KB196059

밤의 이정표

밤의 이정표

아시자와 요
장편소설

김은모 옮김

블루홀6

차례

일러두기

본문의 각주는 전부 독자의 이해를 돕기 위한 옮긴이 주입니다.

제1장

1. 나카무라 요스케

왜 알아차리지 못했을까, 라는 질문을 나카무라 요스케는 나중에 몇 번이고 되풀이하게 된다.

뭔가 부자연스러운 점은 없었나.

자신은 대체 뭘 보고 있었나.

그렇게나 함께 있었는데. 그날도 직전까지 옆에 있었는데.

누구도 힐책하지 않았기에 그 마음은 옅어지지 않고 요스케의 가슴속에서 계속 소용돌이쳤다.

그렇게 주의 깊게 살피지는 않았으니까. 원래 같으면 쉽게 써먹을 그 변명에 요스케는 매달릴 수 없었다.

왜냐하면 쭉 보고 있었으니까.

함께 있는 내내 요스케는 거의 시선을 떼지 않고 그를 계속 눈으로 좇았다.

점프 슛할 때의 무릎 각도와 손목 회전, 재빠르고 낮은 드리블과 공을 다루는 군더더기 없는 손놀림. 속임 동작을 사용할 때의 세세한 눈짓도, 지면에서 떨어진 위치에서 흔들리는 커다란 농구화도 전부 기억한다.

하시모토 하루와 만나기로 약속한 건 7월 6일 오후 4시 반.

요스케는 종례가 끝나자마자 학교를 뛰쳐나와 집에 책가방을 놓아두고, 어머니가 조금 진하게 만들어준 스포츠음료 물통과 농구공을 들고 자전거로 서둘러 공원에 갔다.

요스케의 집에서도 하루가 사는 주택단지에서도 자전거로 15분, 걸으면 30분 넘게 걸리는 곳에 자리한 공원에는 농구 골대가 세 대 설치돼 있다. 요스케와 하루는 늘 그중 하나인 초등학생용 농구 골대에서 연습했다.

공원에는 요스케가 먼저 도착했다.

스트레칭도 하는 둥 마는 둥 점프 슛을 연습하고 있으니 하루가 나타났다.

키가 182센티인 하루는 일반 규격 골대 앞에 진을 친 고등학생 같은 남자 세 명과 대학생으로 보이는 커플보다 키가 크고 팔다리도 길었다. 검은색 민소매 티셔츠와 카키색 반바지, 길이 잘 든 시카고 컬러 에어 조던 1은 전부 성인용 사이즈다. 키에 비하면 빈약한 근육과 매끈매끈한 얼굴, 울대뼈가 튀어나오지 않은 목만이 하루를 원래 나이처럼 보이게 했다.

30분 거리를 달려왔을 하루는 숨을 전혀 헐떡이지 않았다. 골대를 맡아줘서 고맙다고 짤막하게 인사하고 익숙한 몸놀림으로 스트레칭을 마친 후, 바로 골대 옆에서 자세를 취했다.

하루가 버티고 서기만 했는데도 분위기가 팽팽해졌다. 골대가 아주 약간 멀게 느껴졌고, 림이 작아 보였다.

일단 요스케는 점프 슛을, 하루는 리바운드를 연습했다. 슛이 들어가면 하루가 밑에서 잡아서 패스했고, 빗나가면 리바운드를 해서 공을 되돌려주었다. 하루는 언제나 공이 림에 닿기 전에 먼저 결과를 예측해서 움직였고, 리바운드한 후 자세가 부자연스러울 때도 요스케의 손 쪽으로 정확하게 공을 던졌다.

요스케는 거의 쉴 틈도 없이 점프 슛을 쐈지만, 역할을 바꾼 순간 매끄럽던 흐름이 뚝뚝 끊겼다.

하루는 슛 정확도가 높아서 림을 통과해 떨어지는 공을 되돌려주기는 간단하지만, 빗나갈 때는 예상치도 못한 방향으로 튕겨 나가서 허둥지둥 공을 쫓아가야 한다. 그때마다 하루는 할 일 없이 기다려야 했고, 요스케는 숨을 헐떡거렸다.

다음으로 1대1 경기를 했다. 요스케는 공격할 때 드리블하다가 공을 빼앗기기 일쑤였고, 수비할 때는 손도 제대로 못 쓰고 뚫렸다. 한 박자 늦게 돌아보면 너무 가뿐해서 어이없게 느껴지는 레이업 슛 장면과 공이 그물을 스치며 떨어지는 소리가 눈과 귀에 들어왔다.

하루는 다양한 기술과 자신만의 팁을 아낌없이 가르쳐주었다. 요스케의 몸동작에서 드러나는 버릇과 거기서 비롯되는 빈틈도 지적해주었다. 요스케 쪽에서는 얻어갈 점이 많지만, 그

반대는 없다.

이래서야 하루는 연습이 될 리가 없지 않은가. 답이 너무나 분명한 의문이라 오히려 물어볼 수가 없었다. 말을 꺼내면 하루는 분명 연습이 되니까 오는 거라고 쓴웃음을 지으며 부정할 것이다. 그럴 줄 알면서 확인하면 잠깐은 마음이 편해지겠지만 어차피 나중에 더 비참해진다.

요스케가 쉬는 동안 하루는 아버지에게 배웠다는 기술을 연습했다.

뒤쪽으로 펄쩍 뛰면서 슛하는 페이드 어웨이 슛, 공을 붕 띄워서 높은 블로킹을 피하는 플로터 슛, 공중에서 공을 반대쪽 손으로 옮겨서 슛하는 더블 클러치, 백보드에 맞혀서 튀어나온 공을 붙잡아 림에 내리꽂는 1인 앨리우프 덩크슛.

초등학생 대회에서는 별로 사용되지 않는 데다 애당초 대부분의 선수보다 키가 크고 드리블이 빠른 하루로서는 사용할 필요도 없는 기술을 하루는 대회에서도 자주 써먹었다.

테크닉을 과시하는 듯한 화려한 플레이는 관객에게 인기가 높은 한편으로, 어린 녀석이 벌써 우쭐거린다거나 너무 눈에 띄고 싶어 하는 것 아니냐고 질책을 받을 때도 적지 않았다. 하지만 요스케는 그것이 관객에게 보여주기 위한 퍼포먼스가 아니라고 생각했다.

하루는 들끓는 환성에 희열을 맛보는 것 같지 않았다. 그저 자신에게 부여된 의무라는 듯 담담하게 기술을 사용한 후, 재빨리 수비하러 달려갔다.

하루가 연습하는 모습은 공원에서도 사람들의 시선을 끌었다. 저기 좀 봐, 쟤 굉장해. 우와, 엄청 잘 하네. 웅성거림 속에서 높이 뛰어올라 자신에게는 너무 낮은 림에 매달린 하루는 우울해 보이기까지 했다.

요스케 생각에 하루는 따분한 것이 아닐까 싶었다.

또래와 수준 차이가 심해서 힘을 제대로 쓰지 않고도 다른 사람들을 압도하는 하루에게, 공식 규격보다 낮은 골대와 작은 공을 사용하는 초등학생 농구는 성에 차지 않을 것이다. 자극을 얻으려면 가상의 적을 상정하는 수밖에 없으리라.

하지만 그 해석이 틀렸다는 것도 요스케는 나중에 알게 된다.

그것은 분명 보여주기 위한 퍼포먼스였다.

하루가 아버지에게 배웠다는 기술을 한 차례 연습한 후, 두 사람은 다시 1대1 경기를 펼쳤다.

하루와 마주 서면 요스케는 짙어서 바닥이 보이지 않고 거친 물결이 몰아치는 바다가 떠오른다.

불길함이 감도는 빈틈 없는 정적, 불규칙한 요동, 느닷없이 폭발한 것처럼 눈앞으로 밀려왔다가 단숨에 물러가는 격렬함.

온다고 각오한 순간, 뻗은 손끝은 잔상을 스치고 날카롭게 빠져나가는 바람만 획 돌린 고개에 느껴진다. 요스케보다 10센티 넘게 큰 하루의 드리블은 요스케의 허리 높이보다 낮으며, 잔뜩 구부린 긴 다리 사이로 사라진 공은 하루의 큼지막한 손바닥에 실로 꿰맨 것처럼 찰싹 달라붙는다.

연습한 지 두 시간쯤 지났을 무렵, 하루가 공원 시계를 올려다보더니 이만 갈까, 하고 말했다.

아직 집에 가기 싫다는 생각이 먼저 떠올랐다. 하지만 요스케는 최대한 덤덤한 목소리가 나오도록 유의해서 그러자, 하고 대답했다.

요스케는 물통에 든 스포츠음료를 마시며, 수돗가에 쪼그려 앉아 수도꼭지에 입을 대고 물을 마시는 하루의 뒷모습을 바라보았다. 하루가 민소매 티셔츠를 걷어 올려 얼굴을 벅벅 문지르는 모습을 스포츠 타월로 이마의 땀을 닦는 척하며 훔쳐보았다.

하루는 무슨 동작을 해도 멋있었다. 아무것도 아닌 몸놀림 하나하나에 강해지는 비결이 숨어 있는 것 같아서 유심히 훔쳐보다가, 하루가 고개를 들기 전에 한 박자 빨리 시선을 돌렸다.

길이 갈라지는 곳까지 자전거를 밀고 가면서 다음 주로 다가온 경기에 관해 이야기했다.

이번 경기에 이기면 간토 지역 대회에 진출할 수 있다. 딱 1년 전, 아직 하루가 전학을 오지 않았던 시절에 놓친 기회로, 상대 팀도 작년과 같았다.

"이번에야말로 나갈 수 있을 거야."

건널목 앞에서 멈췄을 때 요스케는 선로를 바라보며 말했다.

"하루가 온 뒤로 팀원들도 달라졌어. 이 정도면 충분하다고 자기만족에 머무르는 게 얼마나 바보 같은 짓인지 깨달았다고 할까."

경보음이 커지고 역 쪽에서 전철이 다가오는 모습이 보였다.

"지금까지는 텔레비전이나 직관으로 농구 경기를 봐도 역시 프로는 굉장하다고 감탄만 했거든. 하지만 넌 우리랑 똑같은 시간을 살아왔잖아? 그런데 왜 이렇게 다른 걸까……, 다들 의아해하더라고."

전철이 요란한 소리와 함께 지나갔다.

"그냥 남들보다 농구를 일찍 시작했을 뿐이야."

하루는 어쩐지 거북한 듯한 표정으로 대답하며 차단기가 올라간 건널목을 건너갔다.

"따로 할 일도 없었고."

"아, 나도 좀 더 어릴 때 시작할걸."

실은 시작한 시기만이 이유가 아니라는 것 정도는 잘 알고 있었다. 좀 더 어릴 때부터 농구를 했어도 하루처럼은 못 됐으리라. 하지만 그런 말을 꺼내서 인정하면, 분명 다시는 하루 옆에 설 수 없다.

요스케는 하루의 반대쪽으로 고개를 들어 하늘을 보았다.

드문드문 떠 있는 구름이 불에 달궈진 것처럼 붉게 물들었다. 저 멀리 드리워진 칙칙한 비구름이 눈에 들어왔다.

요스케가 클럽팀에 들어간 건 초등학교 3학년 때였다.

그때까지 수영, 서예, 구몬 학습지를 하다가, 네 살 많은 형에게 빌린 〈주간 점프〉에서 『슬램덩크』를 본 것을 계기로 농구에 흥미가 생겼다.

같은 이유로 농구를 시작한 아이들은 만화와 달리 느릿느릿하게 늘어나는 실력에 실망하고 수수하지만 많은 연습량에 질려서 하나둘씩 떨어져 나갔다. 포기하지 않고 현재 클럽팀에서 뛰는 멤버도 대부분 『슬램덩크』 연재가 시작된 이후의 농구 붐을 타고 농구를 시작했다.

하지만 하루는 세 살 때 농구를 시작했다고 한다. 림 근처에 공을 던지지도 못할 무렵부터 실업팀 농구 선수였던 아버지의 가르침을 받으며 꾸준히 드리블 연습을 계속해왔다는 모양이었다.

하루에게 그 이야기를 들었을 때 요스케는 하루가 『슬램덩크』에 나오는 사와키타 에이지[1]와 똑같다고 생각했다. 사와키타 에이지는 마치 농구를 위해 태어난 듯 주변 선수들과 격이 다른 테크닉을 선보이는 등장인물이다. 요스케가 지금부터 아무리 기를 써도 따라잡을 수 없을 만큼 축적된 시간의 힘을 여실히 보여주므로, 등장할 때마다 마음이 제일 심란해지는 캐릭터였다.

하루는 초등학교 1학년 때 부모님이 이혼한 후로도 아버지와 함께 살며 특훈을 계속했다고 한다. 특훈이랄까 그냥 습관처럼 한 거야, 하고 성가시다는 듯이 말했지만 지금까지 세 번

---

1   『슬램덩크』의 등장인물로 한국판 이름은 정우성이다.

전학하면서도 어느 지역에서나 늘 클럽팀 소속이었다는 이야기였다.

하루를 따라잡으려면 좀 더 연습해야 한다. 하지만 요스케가 연습하는 만큼 하루도 연습한다.

하루가 멈춰 서지 않는 한, 시간이 아무리 흘러도 이 격차는 메워지지 않는다.

"그러고 보니 전에는 어느 팀에 있었더랬지?"

요스케는 자전거를 밀고 좁은 언덕길을 올라가면서 화제를 바꿨다.

"분명 사이타마의 어디라고 했던 것 같은데. 간토 지역 대회에 진출하면 맞붙기도 하려나."

예전 팀원들을 만나면 하루는 어떤 표정을 지을까. 기뻐할까, 멋쩍어할까. 상대 팀 선수들은 적으로 나타난 하루를 보고 어떻게 생각할까.

하루는 도로에 멍한 시선을 던질 뿐 대답하지 않았다.

그 옆얼굴이 마치 모르는 사람처럼 보여서 요스케는 마음을 졸였다.

야, 또 전학 가는 거 아니지?

그런 말이 떠올랐지만 입 밖에 꺼내지는 않았다. 물어보면 현실이 될 것만 같았다.

내내 머릿속 한구석으로 걱정하던 일이었다.

나도 언젠가 예전 팀원에 불과한 존재가 되는 것 아닐까.

하루와 만난 것이 내게는 인생의 전환점이었지만, 하루에게는 지금까지 반복해온 만남 중 하나에 불과하지 않을까.

폭발과도 같은 충격을 선사하며 갑자기 나타난 것처럼, 또 느닷없이 나를 남겨두고 가버리지는 않을까.

요스케의 시선을 알아차렸는지 하루가 길쭉한 목을 틀었다.

"응?"

부드러운 표정은 평소와 다름없었다. 온화하고 담담하니, 너무 차분해서 감정을 거의 읽어낼 수 없는 얼굴.

아니야, 하고 대답하는 목소리가 목구멍에 엉겼다.

"그냥 배고프다고."

"아아."

하루의 목소리가 약간 누그러진 걸 보니, 실은 듣고 있었을지도 모르겠다.

하루와 함께 있으면 가끔 골대가 없는 곳에 농구공을 던지는 듯한 기분이 든다. 어디에도 닿지 않은 공은 땅에 떨어져 퉁, 퉁, 하고 점점 낮게 튀어 오르다가 마침내 멈춘다.

언덕을 다 올라가자 삼거리가 나왔다.

"잘 가."

하루가 오른손을 들었다.

"응, 내일 보자."

요스케도 대답하고 자전거에 올라탔다.

바로 달려가는 하루의 뒷모습을 안장에 걸터앉은 자세로 바라보았다.

사실 요스케는 하루와 헤어지기 싫었다. 저녁 먹을 시간까지
는 집에 돌아가야 하는 것이 아쉬웠는데 하루는 전혀 그런 것
같지 않아서 서운하기도 했다.

하지만 붙들어놓을 핑곗거리가 없었다. 길가에서 계속 이야
기할 수는 없는 노릇이다. 지금 꼭 해야 하는 이야기도 딱히 없
었다.

요스케는 배낭에서 형에게 빌린 MD워크맨의 이어폰을 꺼내
귀에 꽂았다. '핑크 스파이더'의 아랫배를 기어 다니는 듯한 전
주가 들리자, hide 사망 뉴스를 보고 울던 형의 모습이 되살아
나 얼른 다음 곡으로 넘겼다.

L'Arc~en~Ciel의 'HONEY'에 맞춰 자전거 페달을 밟기 시
작했을 때 생각이 번쩍 떠올랐다.

─임간학교2 조 편성 이야기를 하면 되잖아.

같은 조를 하자고 새삼 제안하지 않아도 한 조가 될 것 같기
는 했지만, 일단 말해두는 편이 좋을지 모른다.

자전거 방향을 바꿔서 왔던 길을 되돌아가 하루가 향한 길로
나아갔다.

예상외로 빨리 하루의 모습이 시야에 들어왔다. 요스케는 자

---

2   산간지역이나 고원에 있는 숙박 시설에 머물며 하이킹 및 등산 등을 실시하는 학교
     행사.

전거를 멈추고 빠른 템포의 후렴이 흘러나오는 이어폰을 귀에서 뺐다.

하루는 신호등이 없는 횡단보도에서 조금 떨어진 곳에 서서 지나다니는 차를 바라보고 있었다.

큰 소리로 하루를 부르려다가 말이 튀어나오기 직전에 입을 다물었다.

하루는 뭔가 찾고 있는 것 같았다. 차의 흐름이 끊기기를 기다린다기보다, 차를 한 대 한 대 확인하듯 시선을 움직였다.

숫의 결과를 예측할 때처럼 날카로우면서도 어쩐지 공허한 눈빛이었다. 너무 유심히 바라보면 초점이 맞지 않는 것과 비슷하다고 할까.

"하루!"

하루가 움직이려는 낌새를 느끼고 소리친 순간.

횡단보도로 냅다 뛰쳐나간 하루가 멈춰 서서 도로로 고개를 돌린 것과 동시에 브레이크 밟는 소리가 울려 퍼졌다.

후리후리한 하루의 몸이 공중에 떠서 자동차 보닛 위로 올라갔다.

검은색 민소매 티셔츠에서 뻗어 나온 팔이 지면에 내팽개쳐지는 소리는, 차가 가드레일을 들이받는 커다란 소리에 지워져 요스케의 귀까지 다다르지 않았다.

2. 나가오 도요코

후타마타가와역 북쪽 출입구와 연결통로로 이어진 빌딩의 1층에 자리한 반찬가게에는 인접한 초저가 슈퍼의 홍보 음악이 울려 퍼지고 있었다.

하얀 벽돌풍 벽지, 적갈색 나뭇결무늬 진열대, 이탈리안 레스토랑의 셰프 같은 요리사 모자와 긴 앞치마. 천장에는 싸구려 전통 그릇에 듬뿍 담긴 반찬 사진을 붙인 판이 매달려 있고, 매장에는 동그란 글씨로 저렴한 가격을 주장하는 피오피 광고가 빽빽하게 줄지어 있다. 298엔! 198엔! 98엔!

나가오 도요코는 냉장 쇼케이스 안의 다랑어 김초밥에 할인 스티커를 붙이다 말고 돌아서서 스티커 다발을 앞치마 주머니에 쑤셔 넣었다. 계산대에 들어서려는데 계산용 트레이에 5백 엔짜리 동전이 툭 떨어졌다.

왼손으로 상품의 바코드를 찍고, 오른손으로 할인 버튼을 누르면서 "198엔 두 품목에 20퍼센트 할인을 적용해서 333엔입니다" 하고 알려주자 거의 말을 가로막듯 "소스 많이 넣어 주세요" 하고 높은 목소리가 날아들었다.

도요코는 쑥 내민 가냘픈 손바닥에 거스름돈을 얹어주고, 소스를 한 움큼 집어서 비닐봉지 속에 우수수 떨어뜨렸다.

한일자로 맞물려 있던 여자의 입술이 웃는 형태로 변했다.

고개를 살짝 꾸벅하고 떠나가는 뒷모습을 향해 "감사합니다" 하고 인사한 후, 도요코는 계산용 트레이를 기울여 포스기에 5백 엔짜리 동전을 넣었다.

"Q짱, 오늘도 고로케였어요?"

노자와 마이가 준비실에서 고개를 내밀어 소곤거리는 목소리로 확인했다.

규칙상 앞머리도 포함해 머리카락을 전부 흰색 요리사 모자 속으로 밀어 넣어야 하지만, 마이는 가지런히 다듬은 앞머리뿐만 아니라 턱까지 기른 귀밑머리를 꺼내서 얼굴 윤곽을 가렸다.

갈라진 파운데이션에서 시선을 돌리고 "다섯 개짜리 팩 두 개" 하고 대답하자, 마이는 진한 아이라인을 찡그렸다.

"으아, 듣기만 해도 속이 느글거리네."

Q짱 오늘도 고로케래, 하고 말하며 마이는 포렴 안쪽으로 얼굴을 집어넣었다. 도요코가 앞으로 몸을 돌리자 몇 개나, 하고 곤도 아쓰시의 탁한 목소리가 준비실에서 들렸다. 열 개. 정

말 잘 먹네. 그게 아니라 Q짱은 아이가 많아서 그래. 뭐, 확실히 매일 그걸 전부 혼자서 먹으면 그렇게 말랐을 리 없지.

Q짱이 상품을 누구와 같이 먹는지, 아니면 전부 혼자 먹는지 실상은 직원들도 모른다. Q짱이라는 호칭도 마라톤 선수 다카하시 나오코[3]와 얼굴이랑 몸매가 비슷하다는 이유만으로 붙인 별명이다.

Q짱은 거의 매일, 할인 판매가 시작되는 오후 5시 반쯤 슈퍼에 온다. 그리고 반드시 고로케를 잔뜩 사 간다. 영수증과 젓가락은 필요 없지만, 소스는 많이 넣어줘야 한다. 구입 수량에 맞춰서 넣으면 비닐봉지에 손을 뻗지 않는다. 아무리 생각해도 너무 많다 싶을 만큼 줘야 만족스럽게 상품을 받아든다.

단골손님의 구매 성향은 일부러 외우려 하지 않아도 기억에 남는 법이지만, Q짱은 특히나 수수께끼 같은 점도 있고 해서 화제에 오를 때가 많았다. 자녀가 많아서 그렇다는 설도 있고, 자녀가 많을 나이로는 보이지 않으니까 형제자매가 많다는 설, Q짱은 보육원 출신인데 일해서 돈을 벌게 되자 그곳 아이들에게 간식을 사주는 것이라는 설까지 나왔다.

"어서 오세요."

목소리를 높이자 저절로 그다음 말이 나왔다.

---

3   2000년 시드니 올림픽 여자 마라톤 부문에서 금메달을 획득한 마라톤 선수. 애칭이 Q짱이다.

"다양한 반찬 있습니다."

이 가게에서 일을 시작했을 무렵, 야간반의 아르바이트 매니저였던 전문대생의 말투를 흉내 낸 것이다. '다양한'을 한껏 높여서 말하고 '반찬'에서 낮추면서 잠깐 말을 멈췄다가 '있습니다'에서 다시 목소리를 밀어낸다.

양쪽 귀에 총 다섯 개, 입술에 한 개 피어스 구멍을 뚫은 것이 눈에 거슬리는지, 오전반 주부들 사이에서는 식품을 파는 가게의 아르바이트 매니저가 저래서야 본보기가 못 된다고 화를 내는 사람도 있었지만, 호객하는 그녀의 목소리는 누구보다도 크고 발랄한 데다 리듬감이 있어서 듣기 좋았다.

지금 가게에 있는 손님은 세 명이다. 초밥을 몇 번이나 들었다 놨다 하는 나이든 남자와, 도시락을 들고 주먹밥을 살펴보는 대학생 같은 남자, 닭꼬치구이 팩을 비교하는 중년 여자.

옆 슈퍼에서 나오는 손님에게 "지금 할인 판매 중입니다" 하고 소리치자 몇 명이 걸음을 멈췄다. 일제히 가게 앞으로 시선을 향했지만, 몇몇은 바로 고개를 홱 돌렸다.

중년 여자가 닭꼬치구이에 샐러드를 추가해 계산대 앞으로 오자 대학생과 노인이 그 뒤에 줄을 섰다. 도요코는 계산대에 놓인 상품을 바코드로 찍고 비닐봉지에 넣은 후, 돈을 받고 거스름돈과 영수증을 건넸다.

계산대로 밀려든 손님의 물결이 잦아들었을 때 마이가 나왔다.

"교대할게요."

"고마워."

도요코가 준비실로 들어가자 곤도는 튀김기 앞의 동그란 의자에 앉아 휴대전화를 만지작거리고 있었다. 도요코는 주머니에서 스티커 다발을 꺼내 조리대 가장자리에 놓아두고, 얼굴에 푸르스름한 빛이 비치는 곤도에게 "그럼 잘 부탁해" 하고 인사했다. 곤도는 고개를 들지도 않고 네, 인지 엥, 인지 모를 대답을 했다.

도요코는 포렴을 걷고 나와서 흐트러진 진열대를 정리하며 냉방이 너무 잘 되는 가게를 나섰다. 빵집과 약국, 카페와 햄버거 가게가 늘어선 공간을 재빨리 지나쳐 관계자 외 출입 금지라고 적힌 문을 살짝 열고 들어갔다.

단숨에 어두워진 복도를 지나 여자 탈의실로 들어갔다. 사물함에서 담배와 라이터를 꺼내 직원용 출구로 향했다.

문을 연 순간, 7월 초 같지 않게 푹푹 찌는 공기가 얼굴을 감쌌다.

도요코는 골판지상자를 접어서 쌓아둔 밀차 옆을 빠져나와 트럭 뒤편으로 성큼성큼 걸어갔다. 홀로 덩그러니 놓인 재떨이 앞에서 담배를 물고 불을 붙인 후, 녹슨 벤치에 앉아 연기를 하늘로 뿜어냈다.

앞치마 주머니에 넣어둔 손목시계를 꺼내서 확인하자 오후 6시가 5분 지났다.

약간 손해 본 기분이었지만, 불쑥 떠오른 불만은 금방 사라졌다. 하늘로 흩어지는 연기를 바라보며 팔꿈치를 뒤로 당겨 가슴을 폈다.

애당초 지금도 근무 중이다.

저녁 식사용 반찬 판매를 담당하는 야간반은 오후 4시부터 밤 9시까지 근무한다. 아르바이트생은 대부분 근처 학교에 다니는 학생이고, 근무 인원은 총 세 명이다. 판매 상황을 살피며 상품별로 할인 판매를 하고, 영업이 끝나면 튀김기의 기름을 통에 되돌려놓은 후 가게를 청소하고 포스기를 마감한다. 남은 상품의 유통기한을 확인해 내일 판매할 수 있는 것은 냉장고에 넣고, 나머지는 전부 폐기한다.

1년 반 전에 이 점포로 이동한 점장보다 오래 일한 도요코는 오전반, 주간반, 야간반을 전부 담당해봤는데, 편한 시간대는 단연코 야간반이었다.

반값 할인이 시작된 후의 계산 업무와 영업 종료 후의 뒷정리를 제외하면 셋이서 해야 할 만큼 업무량이 많지 않으므로, 적어도 오후 6시 반까지는 둘이서도 충분하다.

그 결과 야간반에서는 교대로 휴식을 취하는 '전통'이 생겼다.

주간반 점장이 완전히 돌아가기까지 한 시간은 셋이서 성실하게 일하고, 그 후로 반값 할인하기까지 한 시간 반을 3등분해서 한 명씩 농땡이를 부린다.

마이와 곤도는 준비실에서 휴대전화를 하거나 저녁을 먹지만, 도요코는 오로지 흡연 구역에서 시간을 보낸다.

처음으로 이 전통을 알았을 때 도요코는 깜짝 놀랐다.

원래 도요코는 아침 시간을 자유롭게 쓸 수 있는 30대 여자라는 이유로, 같은 또래 여자들처럼 오전반으로 채용됐다. 어느 날 야간반 인력이 모자란다는 날에 부탁을 받고 야간반에 투입되자, 당시 야간반 아르바이트생들의 낌새가 이상했다.

난처하다는 듯 이쪽 눈치를 살피고 몇 번이나 시계를 올려다보길래 "왜 그래?" 하고 물어보자 머뭇머뭇 "나가오 씨는 화 안 내세요?" 하고 물었다.

갑자기 무슨 소리인가 싶어 "뭘?" 하고 되묻자 손끝을 만지작거리며 "머리라든가" 하고 대답했다.

"아아."

확실히 오전반 사람들에 비하면 말도 안 될 만큼 복장 상태가 불량했다. 그렇다고 해서 정직원도 아닌 자신이 주의를 줘야 할 일은 아니다.

"뭐, 어때."

툭 내뱉듯이 말하자 여대생들은 안심한 듯 표정을 풀고 '요전에 도와주러 왔었던 오전반 아줌마'가 얼마나 성가시게 굴었는지 저마다 이야기했다.

요리사 모자에서 머리카락이 나온 걸 질책하고, 손님이 없을 때 잡담이라도 하면 상품을 보기 좋게 진열하라고 야단치고, 집에 가져가려 했던 폐기 상품도 죄다 버리고, 평소보다 20분이나 일찍 타임카드를 찍게 했다고 한다.

"폐기 상품은 가지고 가도 되는 거야?"

"안 가져 가는 게 낫겠지만 어차피 말하지 않으면 아무도 모르잖아요."

거기서 이해관계가 일치했다.

애당초 도요코가 이 가게에 파트타임으로 취직한 건 반찬가게에서 일하면 저녁 반찬을 싸게 살 수 있지 않을까 싶었기 때문이다. 부모님이 돌아가시자 혼자 먹을 밥을 차리기가 귀찮아서 사러 나갔다가, 파트타임과 아르바이트생을 모집한다는 공고를 보고 지원해보기로 한 것이다.

도요코가 야간반에 투입된 후로 아르바이트생들은 당당하게 농땡이를 부리기 시작했고, 도요코는 정식으로 야간반으로 근무 변경을 신청해 폐기 상품을 실컷 가지고 돌아갔다.

당시에 일했던 아르바이트생들은 이제 아무도 없지만, 사람이 바뀔 때마다 '전통'은 더더욱 확고한 형태로 계승됐다. '휴식 시간'이 명확하게 정해졌으며, 나중에 폐기할 상품을 먼저 챙겨놓고 준비실에서 저녁으로 먹는 습관도 생겼다.

수고 많으십니다, 라는 목소리에 고개를 돌리자 약국 직원이 담배를 물고 다가왔다.

도요코는 다리를 꼰 채 고개를 끄덕하고 다시 담배를 피웠다.

"덥네요."

가슴에 '미타'라는 이름표를 단 20대 초반 남자는 가운 같은 형태의 연한 청록색 근무복 옷자락을 펄럭펄럭 흔들었다. 속옷을 안 입었는지 매끈하고 평평한 배가 슬쩍 보였다.

"성격도 급해라. 벌써 울기 시작했네."

미타는 소리가 들리는 곳을 찾듯 고개만 뒤로 돌렸다. 옷깃 위로 뻗어 나온 목에 힘줄이 선명하게 불거졌다.

"홋카이도에도 매미가 있을까요?"

미타는 고개를 앞으로 돌려 도요코를 내려다보았다.

"글쎄."

미타의 코와 입에서 하얀 연기가 왈칵 쏟아져나왔다. 드라이아이스가 연상돼서 도요코는 아이스크림이 먹고 싶어졌다. 초코민트, 말차, 단팥. 젊었을 적에는 싫어했던 맛만 떠올랐다.

"홋카이도 가고 싶네."

미타는 화물 운반대에 쌓인 컵라면 상자를 보고 중얼거렸다. 한숨 섞인 말투가 천진난만한 어린아이 같기도 했고, 무거운 짐을 수없이 짊어진 중년 같기도 했다.

미타는 짧아진 담배를 익숙한 손놀림으로 재떨이 구석에 꾹꾹 눌렀다.

"그럼 수고하십시오."

미타는 왔을 때 그랬던 것처럼, 느닷없이 경쾌한 걸음걸이로 물러갔다.

도요코는 완전히 꺼지지 않아서 연기가 피어오르는 꽁초를 바라보며 다음 담배에 불을 붙였다.

교대하듯 이번에는 카페 직원이 나타났다.

스무 살 안팎, 옷차림에 따라서는 미성년자로도 보이는 그 여자아이는 눈을 내리깐 채 재떨이 앞으로 와서 담배를 두 손가락으로 잡고 뻑뻑 피워댔다.

대화를 거부하듯 뒤로 돌린 가냘픈 등을 도요코는 멍하니 시야에 담았다. 하얀 반소매 셔츠에서 드러난 팔도, 무릎을 가리는 치마에서 뻗어 나온 다리도 삐삐하게 가늘었다.

한동안 둘이서 담배 연기만 들이마셨다가 내뱉었다.

카페 직원이 재떨이로 몸을 빙글 돌려 꽁초 끝을 구멍에 대고 손을 뗐다. 받아놓은 물에서 취익, 하고 작은 소리가 나자 카페 직원은 손을 털며 돌아갔다.

다시 혼자 남은 도요코는 꽁초를 버리고 양팔을 들며 상체를 쭉 폈다. 뻣뻣해진 몸이 풀리자 목구멍에서 헛기침 비슷한 소리가 나고 나른한 기분이 더 강해졌다.

흡연 구역에 앉아 있으면 녹슨 벤치와 한 몸이 되는 듯한 느낌이 든다. 사람이 온다. 돌아간다. 사람이 온다. 돌아간다. 잠깐의 연대감은 바로 녹아내려 풍경 속으로 사라진다.

그 기분은 야간반 직원들 사이에 흐르는 정체감과 어쩐지 비슷했다. 일하는 사람은 바뀌어도, 성가시게 굴지 말고 서로 사소한 죄를 허용하자는 마음은 계속 남는다.

3. 다이라 쇼타로

인적 없이 잿빛 책상만 줄지은 부서는 예전에 수사차 들어갔던 폐쇄된 빌딩을 연상시켰다.

책상 하나하나만 보면 서류와 파일이 쌓여 있거나, 담배꽁초가 수북한 새띨이가 놓여 있거나, 가족사진을 장식해놨다. 그런데도 전체적으로 보면 마치 제 역할을 마치고 버려진 지 몇 년은 된 곳처럼 고요하고 황폐한 인상이다.

다이라 쇼타로는 블라인드 틈새로 가느다랗게 비쳐드는 가로줄 무늬 햇살을 바라보며 '강행범계'라고 적힌 팻말 바로 밑에 있는 자기 자리에 앉았다.

파일을 펼치고 밀려 있던 서류 업무를 처리했다.

오야 게이고가 출근한 건 7시가 지나 인스턴트커피라도 마시려고 자리에서 일어섰을 때였다.

"안녕하십니까."

오야가 멈춰 서서 예의 바르게 허리를 구부리자, 쇼타로는 "오, 일찍 나왔네" 하고 한손을 들어 답했다.

"주임님이야말로요. 몇 시에 나오신 거예요?"

"늙은이는 아침에 일찍 일어나거든."

쓴웃음을 지으며 머그컵과 커피를 준비하자, 오야가 "늙은이라니……, 아직 40대시잖아요" 하고 어이없다는 듯이 말했다.

"그게, 마흔을 넘으면 한 번에 훅 간다는 말이 정말이었어. 밤을 새우기가 힘들고, 기름진 고기를 먹으면 속이 더부룩해. 그러니까 젊을 때 실컷 먹어놔."

"그런 말씀 마세요."

오야는 지겹다는 듯이 인상을 찡그렸다.

쇼타로는 군살 하나 없는 오야의 배에서 시선을 돌리고, 커피 가루에 뜨거운 물을 부었다. 확실히 자신도 10년 전, 오야와 비슷할 나이일 때는 선배들이 자꾸 늘어놓는 이런 유의 이야기에 짜증이 났었다.

머들러 대신 사용한 젓가락을 싱크대에 넣어두고 표면에 거품이 이는 커피를 입에 댔다. 혀 위로 퍼지는 쓰기만 한 액체를 삼키고 입을 열었다.

"다른 반은 도가와 살해 사건에서 손을 뗀대."

2초쯤 후 오야가 "그렇군요" 하고 나지막하게 대답했다.

"그리고 이다 살해 사건에는 끼지 말라는군."

이번에는 대답이 없었다. 쳐다보자 오야는 입을 꾹 다물고 있었다.

"알겠습니다."

결국 오야는 뭔가 따지고 싶은 듯한 표정과 달리 그렇게만 말했다.

"미안해."

"주임님이 사과하실 일은 아니잖아요."

분노가 묻어나는 목소리였다.

"놈들이 쓰레기인 거죠."

그만해, 하고 짤막하게 타일렀을 때 엘리베이터 홀에서 웅성거리는 소리가 들렸다. 머그컵을 든 쇼타로는 뭔가 이야기하며 방으로 들어오는 여러 사람의 목소리에 등을 돌리고 자기 자리로 돌아갔다. 오야도 입을 다물고 자리에 앉아 서류를 펼쳤다.

"안녕하세요."

성큼성큼 다가오는 과장에게 인사했지만, 과장은 걸음을 전혀 늦추지 않고 지나가서 안쪽 자리에 몸을 던지듯이 앉았다.

"아, 뜨거운 물에 몸 좀 푹 담그고 싶네."

과장이 혼잣말치고는 너무 큰 목소리로 투덜거리자 주변에서 소리 죽여 웃는 소리가 들렸다.

"저도 갈아입을 옷을 가지러 가야 해요."

"실컷 노는 사람은 좋겠네."

비위를 맞추듯 말한 사람은 쇼타로의 동기인 아오키 경위와 작년에 쇼타로와 같은 계급으로 승진한 후쿠다 경사였다. 그 순간 순경인 오야가 옆에서 주먹을 불끈 쥐길래 쇼타로는 소리를 내며 일어섰다.

아오키와 후쿠다가 화들짝 놀란 것처럼 고개를 들었다. 쇼타로는 약간 겁먹은 듯한 그들의 얼굴을 시야 가장자리로 확인하며 "오야" 하고 불렀다.

시끄러워 죽겠네, 하고 과장이 말을 내뱉었다.

"일어선다고 티 내냐? 좀 조용히 다녀."

다시 야유 섞인 웃음소리가 들렸다.

쇼타로는 몇십 분 전과는 딴판으로 활기 넘치는 부서를 말없이 나아가, 낡은 소파와 테이블만 놓인 휴게실로 들어갔다. 조금 늦게 달려오는 발소리를 듣고 "진정해" 하고 타일렀다.

"말씀 안 하셔도 압니다."

오야는 불만스러운 듯 나지막한 목소리로 말했다.

"덤벼들어 때리지는 않을 테니 걱정하지 마세요."

"그렇군."

쇼타로는 조용히 고개를 끄덕이고 담배를 꺼내 일회용 라이터로 불을 붙였다. 오야도 안주머니에서 담배를 꺼냈다.

하얀 형광등 불빛이 비치는 소파 위로 담배 연기 두 줄기가 피어올랐다. 쇼타로는 연기를 내뿜으면서 한숨을 쉬었다.

과장 이즈쓰와는 원래부터 마음이 잘 맞지 않았다.

쇼타로보다 일곱 기수 위인 48세. 경정 승진을 노리는 중인데, 점수를 따기보다 실점을 막으려는 경향이 강해서 수사회의

때 번번이 이의를 제기하는 쇼타로를 못마땅해한다는 건 형사과 사람이라면 다 아는 사실이었다.

그래도 이즈쓰가 대놓고 쇼타로를 쳐내려 하지 않았던 건, 아사히니시서에서는 쇼타로가 고참이고 인망이 두터운 베테랑 형사 시바사키와 한 조였기 때문이었다. 쇼타로를 괴롭힌다고 해봤자 시시한 트집거리로 결재 서류를 퇴짜 놓는 것이 고작이었는데, 이즈쓰로서는 그 또한 부아가 치미는 듯했다.

상황이 바뀐 건 지금으로부터 석 달 전.

봄철 이동으로 시바사키가 떠나고, 형사과의 면면이 크게 달라졌다. 게다가 그 타이밍에 쇼타로가 '문제'를 일으켰다.

관내의 대학에서 발생한 상해 사건이었다. 위계질서가 철저한 야구부 소속 남학생 몇 명이 후배를 야구방망이로 폭행해 등뼈를 부러뜨린 사건으로, 피해자는 야구부를 탈퇴하고 학교도 휴학했다. 본인과 보호자의 처벌 의지가 강했고 목격 증언도 충분해서 기소 요건이 얼추 갖춰졌을 무렵, 가해자 중에 정부 관계자의 조카가 있다는 사실이 드러나 불송치 처분 쪽으로 사태가 흘러갔다.

합의를 유도하라는 지시에 쇼타로는 따르지 않았다.

다른 수사관에게 고소를 취하하라는 압력을 받았다며 피해자가 상담하자, 일단 취하하면 나중에 다시 고소하고 싶어도 절차가 까다로워진다고 충고도 해주었다.

하지만 피해자는 결국 고소를 취하했고 사건은 불송치로 종결됐다.

그 후로 이즈쓰는 당당하게 쇼타로를 못살게 굴었다. 살인이나 강도 등 흉악 범죄에서는 제외하고, 기소로 이어지지 않을 법한 사소한 싸움 수준의 안건만 떠맡겼다. 또는 사건이 발생하고 시간이 지나 수사가 지지부진한 안건을 맡겼다. 그리고 바쁘게 일하는 티를 내며 넌 한가해서 좋겠다고 비웃었다.

쇼타로야 다음번에 이동하면 그만이니까 못 견딜 일은 아니었다.

하지만 오야가 딱했다. 쇼타로와 한 조가 된 탓에 염원하던 형사과에 간신히 배속됐는데도 경험을 제대로 쌓지 못한다. 이대로 가면 인사고과에도 영향을 주리라.

담배를 비벼 끄고 자리로 돌아갔다. 잠시 후 시작된 조례는 부리나케 끝나고, 쇼타로와 오야를 제외한 강행범계 사람들은 곧장 회의실로 이동했다.

힘껏 닫힌 문을 오야가 바라보았다. 쇼타로는 그의 어깨를 가볍게 두드렸다.

"가자."

침침한 계단을 내려가서 주차장 구석에 있는 차로 향했다.

조수석에 올라타 안전벨트를 매자 오야가 거친 손놀림으로 시동을 걸었다.

"일단 신고 내용부터 확인하나요?"

"응."

대답을 하기도 전에 오야가 기어를 조작했다.

덜컥덜컥 흔들리며 차가 출발하자 쇼타로는 편의점에서 아침으로 사둔 샌드위치를 뜯었다. 말없이 우물거리며 창밖을 바라보았다.

목적지는 시키미다이 제3공원. 매일 아침 이 시간에 공원의 놀이기구에 앉아 캔커피를 마시는 남자가 도가와 살해 사건의 범인과 닮은 것 같다는 신고가 들어왔다.

도가와 살해 사건은 약 2년 전에 발생했지만 벌써 몇 달이나 진전이 없는 사건이었다.

사건 발생 일시는 1996년 11월 5일.

가나가와 현경의 통신 지령실에 110 신고가 들어온 건 그다음 날 오후 2시 16분이었다.

피해자는 요코하마시 아사히구에서 학원을 운영하던 54세의 도가와 마사히로.

첫 번째 발견자는 도가와가 운영하는 학원에 아이를 보내던 34세의 나카타니 마사코였다.

나카타니는 오후 2시 수업을 위해 여덟 살짜리 아들을 데리고 학원을 찾았다. 하지만 초인종을 눌러도 응답이 없어서 수상쩍은 마음에 잠겨 있지 않은 문을 열고 안으로 들어갔다.

크게 흐트러진 긴 책상이 일단 눈에 들어왔고, 그 안쪽에 사람 다리가 널브러져 있었다. 나카타니는 한 박자 늦게서야 그것이 도가와라는 사실을 알아차렸다.

도가와 곁에는 높이가 25센티쯤 되는 꽃병이 떨어져 있었고, 꽃병에 들었던 물과 꽃은 바닥에 흩어져 있었다.

나카타니는 즉시 구급차를 불렀다. 도가와는 이송된 병원에서 사망이 확인됐다.

사망 추정 시각은 11월 5일 오후 6시부터 오후 8시경, 초동 수사를 담당한 기동수사대는 살인 사건으로 단정했고 피의자도 조기에 추려졌다.

피의자는 아쿠쓰 겐, 요코하마시에서 건설현장 인부로 일하던 당시 35세의 남자였다.

아쿠쓰가 사건 현장인 학원 앞에 서 있는 모습을 오후 6시까지 도가와에게 학습 지도를 받았던 가토 다이키와 그의 어머니 유코가 목격했다.

덧붙여 현관문, 흉기인 꽃병, 긴 책상에서 검출된 지문도 아쿠쓰가 15세 때 폭행죄로 입건됐다가 계도 처분을 받고 풀려났을 때 채취했던 지문과 일치했다.

또한 아쿠쓰가 12세부터 17세까지 5년간, 도가와의 학원에 다녔었던 사실도 밝혀져 체포만 하면 바로 기소할 수 있을 증거가 속속 모였다.

이대로 어려움 없이 해결될 사건이라고 모두가 믿었다.

수사관이 대량으로 투입돼 아쿠쓰의 행방을 쫓았다.

아쿠쓰가 혼자 사는 연립주택과 본가는 물론, 현장에서 가장 가까운 소테쓰본선 후타마타가와역과 인근 주차장, 가나가와

현에서 영업 중인 렌터카 업체를 조사했고 동시에 현장 근처의 감시 카메라를 이 잡듯이 확인했다.

지명수배를 내리고 인근 주민에게 탐문 수사도 실시했다.

하지만 그 결과 밝혀진 사실은 현장을 나선 아쿠쓰가 아사히니시 경찰서 앞까지 걸어왔다가 부지에 들어서기 직전에 돌아갔다는 것, 그리고 선로 밑 터널을 남쪽 출입구 쪽으로 나가서 수영 교실 옆 감시 카메라에 마키가하라 방면으로 나아가는 모습이 찍힌 후 발자취가 사라졌다는 것뿐이었다.

수영 교실 너머에는 아쿠쓰가 예전에 다녔던 중학교가 있고, 중학교 앞을 왼쪽으로 돌아서 미나미혼주쿠초 방면으로 나아가면 아쿠쓰가 열여덟 살 때까지 살았던 집이 있다.

다만 아쿠쓰의 부모님은 외아들이 취직해 독립한 것을 계기로 도쿄도 기타구 주조의 작은 단독주택을 사서 이사했으며, 한때 아쿠쓰의 본가였던 집에는 다른 가족이 살고 있었다.

따라서 아쿠쓰는 그 집을 방문한 것도 아니고, 애당초 그 집으로 갈 거라면 더 가까운 길이 있다. 중학교에 들른 흔적도 부근에서 목격했다는 사람도 없어서 아쿠쓰가 어디로 향했는지는 불분명한 상태였다.

일단 경찰서 앞까지 왔으니 한 번은 자수를 생각한 것으로 보인다. 하지만 직전에 겁을 먹은 건지 마음이 바뀐 건지 자수하기 전에 하고 싶은 일이 떠오른 건지 아쿠쓰는 경찰서에 들어오지 않고 발걸음을 돌렸다.

덧붙여 아쿠쓰가 도주나 은신을 꾀하려면 교통수단이나 다른 사람의 협력이 필요할 테지만, 전철이나 차를 사용한 흔적은 없었고 가족, 전처, 동료, 동창생을 조사해도 수상한 사람은 나오지 않았다.

여기서 수사는 벽에 부딪혔다.

아쿠쓰는 아직 근처에 있을까, 아니면 이미 수사망을 빠져나갔을까, 애당초 살아 있기는 할까.

각도를 바꿔 수사하려 해도 단서가 없었으므로 결국 꾸준히 탐문 수사에 나서고 가족을 감시했지만, 눈에 띄는 성과를 거두지 못한 채 2년 정도의 세월이 지났다.

시간이 흐를수록 수사본부는 축소됐고 겸무가 늘어나는 형태로 수사 인원이 차례차례 새로운 사건으로 빠져나갔다.

이제 수사 담당자는 실질적으로 쇼타로와 오야뿐이다.

샌드위치를 다 먹은 것과 동시에 차가 멈췄다.

쇼타로는 비닐봉지에 쓰레기를 쑤셔 넣고 차에서 내려 공원으로 들어갔다.

반려견의 똥을 치우는 중년 여성, 산책하는 노부부, 캐치볼을 하는 아버지와 아들 등 공원에 있는 사람들을 슬그머니 확인하며 통나무 계단을 오야와 나란히 올라갔다. 톱밥이 깔린 광장을 지나 놀이기구가 있는 구역으로 나아가자 나무 평균대 가장자리에 캔커피를 든 정장 차림 남자가 앉아 있었다.

"안녕하세요."

오야가 말을 걸자 남자는 움찔하며 고개를 들었다. 지명수배범의 얼굴과는 닮은 구석이 전혀 없었고 갑자기 말을 걸어서 당혹스러워하는 표정으로밖에 보이지 않았다.

불심검문에 순순히 응한 남자는 수상하죠, 죄송합니다, 하고 자조하듯 사과했다.

"요즘 일이 힘들어서요. 출근하기 전에 기분 전환 좀 하려고요."

"아니요, 저희야말로 죄송합니다. 협력해주셔서 감사합니다."

오야가 고개를 숙이자 남자는 등을 웅크리고 떠났다.

분명 내일부터는 여기에 오지 않으리라. 쇼타로는 이마에 끈적끈적하게 밴 땀을 닦고 왔던 길을 되돌아갔다.

차에 올라타 담배에 불을 붙였다. 오야가 나른함이 느껴지는 손놀림으로 담뱃갑에서 마지막 한 개비를 꺼내길 기다렸다가 오야, 하고 불렀다.

"이동 신청 할 거야?"

오야는 미동도 없이 운전대만 노려보았다.

"네가 원한다면 와키타 씨와 의논해볼게."

와키타는 이즈쓰가 오기 전에 과장이었던 사람이다. 쇼타로가 처한 상황을 들었는지 한 번 전화를 걸어서 걱정해주었다. 그때는 딱히 도와줄 필요 없다고 대답했지만 오야를 선처해달라고 부탁하는 것도 한 가지 방법일지 모른다.

"왜죠?"

오야는 입술을 거의 움직이지 않고 말했다.

"너도 이렇게 방치되다시피 하는 상황은 견디기 힘들잖아."

"왜 과장의 지시에 따르지 않으신 겁니까?"

석 달 전 상해 사건에 관해 물어보고 있다는 걸 드디어 깨달았다. 쇼타로는 목을 뚜둑 소리 나게 돌렸다.

"왤까."

명확한 답이 있는 건 아니었다. 수사에 간섭이 들어오는 건 그렇게 드문 일도 아니다. 정부 관계자의 친척이니까 불송치로 끝내라는 압력을 받는 사례는 드물다고 해도 파벌이나 인사 관련 요인으로 수사가 흐지부지되는 사례는 종종 있다.

그럴 때마다 반발했던 건 아니고 이즈쓰의 지시라서 따르지 않은 것도 아니었다.

"다만⋯⋯, 그렇지."

쇼타로는 입술을 일그러뜨렸다.

"피해자가 고소를 취하해야 할지 물어봤을 때, 순간적으로 살았다고 생각했어. 이제 내가 직접 압력을 가하지 않아도 되는구나 싶어 안심한 거지. 그걸 자각하자, 나도 모르게 한번 취하하면 나중에 다시 고소하기는 어렵다는 말이 튀어나오더군."

"역시 부정은 용납할 수 없다고 생각하신 거로군요."

오야는 이해했다는 듯이 고개를 끄덕였다.

하지만 쇼타로는 고개를 갸우뚱했다.

"아니, 용납할 수 없다고 할 만큼 격한 감정이 솟구친 건 아니었는데."

"그래도 부정을 저지하려고 하신 거잖아요."

"난 그렇게 올바르지도 않고 강하지도 않아."

쇼타로는 재떨이에 담뱃재를 떨어뜨렸다.

"예를 들어 가해자가 정부 관계자의 친척이 아니라 경찰 관계자의 친척이었다면 지시에 따랐을지도 모르지."

오야의 얼굴에 실망 어린 표정이 서렸다. 그 모습에 쇼타로는 어쩐지 안도했다.

"한솥밥 먹는 동료를 배신하면 이렇게 자잘하게 괴롭히는 정도로 끝나지 않을 테니까. 내 인생이 망가질 걸 알면서 무의미하게 청백리 행세를 할 정의감은 없어."

"무의미하다고요?"

"적어도 그 건은 원래부터 불송치로 흘러갈 가능성이 있었거든. 가해자는 지도하다가 사고로 벌어진 일이라고 주장했고, 야구방망이로 엉덩이를 때리는 건 경찰학교에서도 자주 벌어지는 일이야. 맞은 사람 중에 피멍 정도는 약과인 사람도 있었을걸. 즉, 가해자가 누구든 불송치로 마무리하고 싶을 녀석이 경찰 내부에 있었을 거라는 뜻이지."

오야는 빈 담뱃갑을 움켜쥐더니 정말 쓰레기로군, 하고 중얼거렸다.

쇼타로는 그래, 하고 수긍했다.

"쓰레기의 일원으로서 남의 쓰레기를 치워주기는 아무래도 기분 나빴을 뿐이야."

쇼타로는 밑동까지 탄 담배를 비벼 끄고 폐에 고인 연기를 힘껏 내뿜었다.

오야는 손을 펼치고 몸부림치듯 천천히 퍼지는 담뱃갑을 내려다보았다.

잠시 후 담뱃갑이 움직임을 멈추자 뒷좌석에 휙 던지고 라이터에 손을 뻗었다. 칙, 칙, 하고 부싯돌 돌리는 소리가 난 후 하얀 연기가 좁은 차 안을 채웠다.

이동 신청을 할 거냐는 질문에는 여전히 대답이 없었다.

대신에 오야는 "탐문 수사를 해보면 안 되겠습니까" 하고 말했다.

쇼타로도 대답하는 대신 에어컨 바람에 차가워진 PHS[4] 단말기를 집었다.

---

4   간이휴대전화. 무선전화기에 디지털 방식을 채용해 휴대전화처럼 쓸 수 있도록 한 것이다.

4. 하시모토 하루

하시모토 하루가 아버지와 단둘이 생활하는 주택단지의, 방 두 개가 통째로 들어갈 만큼 널찍한 거실 겸 식당에 텔레비전 소리만 울려 퍼졌다.

드리블하는 소리, 농구화 밑창이 코트에 마찰되는 소리, 끊임없이 오가는 감독의 목소리, 코트에 있을 때보다 크고 격렬하게 들리는 응원 소리.

하루는 너무 푹신해서 허리가 쑥 가라앉는 청회색 소파에, 깁스한 왼팔을 끌어안은 자세로 앉아 텔레비전 화면을 바라보았다.

2층 관객석에서 코트 전체가 보이도록 찍은 비디오는 화질이 거칠었고, 선수들의 얼굴도 작아 보였다.

하지만 선수들 가운데 유달리 키가 큰 하루는 언제나 제일 눈에 띄어서 헷갈릴 염려가 없었다.

패스를 받은 하루는 드리블만으로 세 명을 제치고 골대 밑으로 힘차게 파고들었다. 블로킹당해서 흐트러진 자세로 무리하게 난폭한 슛을 던지는 척한 후, 공이 보드에 맞고 튀어나오자 아까보다 더 높이 뛰어올라 오른손으로 공을 림에 내리꽂았다.

폭발하는 듯한 환성과 함께 화면이 흔들리고 소리가 깨졌다.

큼지막하니 존재감 있는 텔레비전에 흘러나오는 영상은 다섯 달쯤 전에 치러진 전국대회 예전선을 찍은 비디오였다.

하루가 혼자 48점을 득점해서 압승한 경기로, 전에 살았던 사이타마현 아사카시의 클럽팀 멤버들이 화면에 비쳤다.

화면 속의 무표정한 소년은 당시 한 주에 몇 번이나 만났던 사람들에게 둘러싸여 기계적으로 하이파이브를 했다.

팀이 진출한 전국대회에 하루는 출전하지 않았다. 마침 6학년으로 올라갈 타이밍에 지금 생활하는 주택단지로 이사 왔고 그 후로는 예전 팀원들과 한 번도 연락하지 않았다.

옆에 있던 아버지가 리모컨으로 손을 뻗자 잔뜩 움츠러든 자세로 안쪽에 앉아 있던 할머니가 어깨를 움찔했다.

비디오가 일시 정지되자 방에 침묵이 흘렀다. 하루의 귓속에 쏴아, 하고 모래가 흘러내리는 듯한 소리가 되돌아왔다.

텔레비전 정면에 있는 L자형 소파에는 하루와 아버지, 그리고 흰머리와 검은 머리가 반반쯤 섞인 머리를 단정한 단발 스타일로 다듬은 할머니, 즉 하루를 친 자동차 운전자가 앉아 있었다.

아버지는 하루보다 키가 5센티 크고 덩치도 하루의 두 배쯤 된다. 아버지 옆에 앉은 할머니는 아버지보다 30센티 넘게 작고, 주름 없는 흰색 셔츠에서 뻗어 나온 팔은 아버지가 움켜쥐면 부러질 것처럼 가늘었다.

어제 저녁녘, 사고가 일어났을 때의 기억은 드문드문 남아 있다.

갑자기 요스케의 목소리가 들려서 고개를 돌리려는 찰나 회색 푸조가 눈에 들어왔다.

강한 전조등 불빛에 시야가 하얗게 물들자, 반사적으로 오른쪽 다리에 힘을 주어 뛰어올랐다.

브레이크 소리가 귀청을 찢을 것처럼 시끄럽게 울려 퍼졌고, 보닛 위로 올라간 몸이 도로로 내팽개쳐졌다. 얼른 상체를 비틀며 낙법을 쓸 생각으로 왼손을 뻗었다. 팔에 격심한 통증이 몰려오자 시야가 캄캄해졌고, 전조등 불빛의 잔상이 불꽃처럼 튀었다.

정신을 차리자 옆에서 요스케가 소리를 지르고 있었다. 새파랗게 질린 얼굴로 눈물을 줄줄 흘리며 하루, 하루, 하루, 하고 뒤집힌 목소리로 악을 썼다.

하루는 이를 악물고 팔을 누른 채 통증이 조금이라도 적게 느껴지는 자세를 찾았다.

"하루!"

길 반대편에서 아버지 목소리가 날아들었다.

"괜찮니!"

굵은 목소리로 외치며 달려온 아버지는 어딜 찧었어, 하고 하루 앞에 무릎을 꿇었다. 하루가 팔만, 하고 대답하자 벌떡 일어나서 가드레일을 들이받은 차의 운전석으로 향했다.

아버지에게 끌려 나오다시피 차에서 내린 할머니는 땅에 주저앉아 멀리서 봐도 알 수 있을 만큼 몸을 벌벌 떨었다. 할머니는 창백해진 얼굴로 하루 쪽에 흔들리는 시선을 주며 아아, 이럴 수가, 어쩌지, 하고 중얼거렸다.

아버지는 할머니의 면허증을 빼앗아 재빨리 인적사항을 메모하고 나서 쑥 내밀었다.

요스케는 머리를 마구 쥐어뜯으며 눈물에 젖은 얼굴로 말했다.

"미안해, 내가 갑자기 부르는 바람에."

하루는 "네 탓 아니야" 하고 대답했지만 요스케는 고개를 계속 내저었다.

잠시 후 익숙한 사이렌 소리가 울려 퍼졌고, 하루는 구급대원의 부축을 받아 구급차에 올라탔다.

함께 탄 아버지는 구급대원에게 일러바치듯이 강한 어조로 사고 상황을 설명했다. 구급대원은 흥분한 아버지를 달래며 하루에게 머리를 부딪치지 않았는지 확인한 후, 아프지, 최대한 흔들리지 않도록 운전할게, 하고 걱정하는 투로 말했다.

이송된 병원에서 검사를 받은 결과, 전완골 골간부 골절이라는 진단이 내려졌다.

신경과 동맥에는 손상이 없어서 한 달이면 깁스를 풀고, 6주쯤 지나면 일상생활에는 지장이 없을 거라고 했지만, 격한 운동을 하려면 최소한 한 달은 신중하게 재활 훈련을 받아야 한다는 이야기였다.

조사하러 나온 경찰의 질문에 대답하고 병원을 나선 후에야 아버지와 단둘만 남았다.

바깥은 완전히 어두워졌다.

아버지는 "많이 아팠지?" 하고 하루의 머리를 쓰다듬더니 "애썼다" 하고 부드러운 목소리로 칭찬했다. 그리고 메모장에 휘갈겨 쓴 이름과 주소를 보여주며 "오늘은 뭐 맛있는 거라도 먹으러 갈까" 하고 웃었다.

그리고 다음 날인 오늘, 아버지는 아침 댓바람부터 삼각건으로 팔을 고정한 하루를 데리고 운전자의 집을 찾아갔다.

보험회사에 연락하고 싶다는 할머니를 제지하고 억지로 집에 들어가서 하루의 상태가 어떤지 설명한 후, 가져온 비디오를 할머니 집 텔레비전으로 틀었다.

아버지는 뜸을 들이듯 몇 초 있다가 소리 나게 숨을 들이마셨다.

"고소도 생각하고 있습니다."

할머니가 넓적다리 위에 올려둔 손으로 꽃무늬 치마를 움켜잡았다.

"우리 아들은 다음 주에 있을 대회를 위해 노력해왔어요. 매일매일 연습했는데……, 일주일에 두 번 클럽팀에 나갈 뿐만 아니라 다른 요일에는 하굣길에 농구 코트가 있는 공원까지 가서 밤늦게까지 알아서 연습하고, 학교가 쉬는 날에는 아침부터 밤까지 농구에 매달리고……, 그래서 겨우 붙잡은 기회였습니다."

아버지가 목소리를 살짝 떨었다.

"다음 주 경기에 이기면 팀은 간토 지역 대회에 진출합니다. 우리 아들이 있으면 이긴다고, 팀원들 모두 의지하고 있다고요."

감정이 북받쳐서 더는 못 참겠다는 듯 말을 멈추고 숨을 푹 내쉬었다.

"……정말 죄송합니다."

할머니가 잠긴 목소리로 말하며 머리를 깊이 숙였다.

"사과해도 하루의 팔은 원래대로 돌아오지 않습니다."

아버지는 차가운 목소리로 나지막하게 대꾸하고 하루를 보았다. 하루는 눈을 내리깔았다.

하얗고 커다란 깁스가 눈에 들어왔다.

어깨와 목을 감싼 삼각건에 매달린 하얗고 굵은 덩어리.

"우리도 소송까지 하면서 일을 크게 만들고 싶은 건 아니에요. 하지만……, 우리 아들은 이제 더 이상 농구를 못 할지도 모릅니다."

할머니가 숨을 크게 들이마셨다.

아버지는 어깨를 바르르 떠는 할머니를 내려다보며 "가엾게도" 하고 중얼거렸다.

"꿈을 이루기 위해 인생을 걸고 누구보다도 노력해서 실력을 쌓아 올렸는데, 사고 때문에 전부 끝장난 겁니다."

하루는 아버지의 말을 머릿속으로 되뇌었다. 더 이상 농구는 못 한다. 전부 끝장. 하지만 눈물 같은 것은 조금도 맺히지 않았다.

실은 농구를 못 하게 되지 않았기 때문인지, 아니면 정말로 농구를 못 하게 돼도 상관없기 때문인지는 알 수 없었다.

"아아……, 그럴 수가……."

할머니는 망연자실한 표정으로 깁스를 바라보았다.

하루는 급속도로 탁해지는 할머니의 눈에서 시선을 돌렸다. 식탁 위의 접시에는 먹다 만 식빵과 스크램블드에그가 담겨 있었다. 딸기잼을 듬뿍 바른 식빵과 케첩을 뿌린 스크램블드에그.

이러는 사이에도 점점 식어서 표면이 말라간다.

작은 비명이 들려 고개를 돌리자 할머니가 머리를 끌어안고 있었다.

아버지는 그 모습을 뻔뻔한 얼굴로 바라보며 손을 들어 뒤통수를 벅벅 긁었다. 손을 무릎에 다시 올려놓은 후 들으라는 듯이 깊게 한숨을 쉬었다.

"이런 말씀을 드리기는 좀 그렇지만 클럽팀에서 활동하려면 돈이 꽤 많이 듭니다."

할머니가 머뭇머뭇 팔을 내렸다. 그 빈틈으로 쑤셔 넣듯 아버지가 말을 이었다.

"창피한 이야기지만 아내와 이혼하고 남자 혼자 아이를 키우려니 여러모로 힘들더군요. 그래도 아들의 꿈을 응원해주고 싶은 마음에 예금을 깨고 빚까지 지면서 클럽팀에 보냈습니다. 그 마음을 아는지 아들도 나중에 꼭 프로 선수가 돼서 저를 호강시켜 주겠다고 했고요."

아버지는 입술을 일그러뜨리고 아련한 눈빛을 지었다.

하루 눈에는 연기가 틀림없는 그 표정이 약간 우스꽝스러워 보였다.

아버지는 아무리 농구를 잘해봤자 돈이 안 된다고 했다. 일본에는 아직 프로 농구 리그가 없고 실업팀에 들어가도 은퇴 후가 막막하다. 하루에게 그런 말을 되풀이해온 아버지가 아들이 프로 선수가 돼서 자신을 호강시켜 주기로 했다는 말을 꺼냈다.

할머니가 핏기 잃은 입을 빌렸다.

"저기……, 물론 돈으로 해결될 문제라고는 생각지 않습니다만……."

띄엄띄엄 나온 말에 아버지는 바로 고개를 끄덕이지 않았다. 입매가 누그러지는 걸 숨기듯 작게 헛기침을 했다.

할머니는 "잠시만 기다려주시겠어요?" 하고 휘청휘청 거실 겸 식당을 나섰다.

문이 닫힌 후에도 아버지는 침묵을 지켰다.

하루는 어느덧 입안에 고인 침을 삼켰다.

—얼마나 받을 수 있을까.

중요한 건 그뿐이었다.

많이 받아내면 당분간 이런 짓을 안 해도 된다.

옆방에서 서랍을 여닫는 소리가 이어졌다. 10만이나 20만 정도로 아버지가 수긍할 리 없다. 적어도 1백 만이지만 그렇게 큰돈을 보험회사에서 나오는 돈과는 별개로 내어줄까.

그때 갑자기 텔레비전에서 환성이 들렸다.

하루는 어깨를 움찔하며 화면을 보았다.

일시 정지가 자동으로 해제됐는지 하루가 공중에서 더블 클러치에 성공하는 장면이 나왔다.

아버지가 연습하라고 했던, 아마추어도 알아보기 쉬운 화려한 플레이.

아버지가 혀를 차며 리모컨을 조작하자 클로즈업됐던 하루의 옆얼굴이 사라졌다.

거의 동시에 거실 겸 식당 문이 열리고 갈색 봉투를 든 할머니가 돌아왔다.

할머니는 소파 앞에 꿇어앉아 하루를 올려다보며 허벅다리 위에 얹었던 손을 살짝 쳐들었다.

"미안하구나. 많이 아팠지?"

무심코 고개를 돌리자 텔레비전 옆 수납장에 손주로 보이는 아이의 사진이 죽 늘어서 있었다. 웃음 짓는 여자에게 안긴 아기, 무병장수를 기원하는 가래엿 선물을 들고 수줍어하는 여자아이, 커다란 책가방을 메고 싸우는 듯한 자세를 취한 남자아이.

벽에는 삐뚤빼뚤한 글씨로 '할머니'라고 쓴 크레파스 그림도 걸려 있었다. 액자 표면에 빛이 반사돼서 할머니 그림의 뺨 언저리가 번쩍거렸다.

하루가 마지막으로 할머니를 만난 지 3년이나 지났다.

친가도 외가도 후쿠오카에 있어서 1학년 때 부모님이 이혼하기 전에는 매년 연말연시에 놀러 갔다. 지쿠고의 할아버지 집에 하루, 다자이후의 할아버지 집에 이틀. 이렇게 가는 순서와 머무는 날짜도 정해져 있었다. 지쿠고에서는 늘 초밥을 시켜 먹었으며, 다자이후에서는 한 해의 마지막 날에 성묘를 하고 설날에는 신사에 참배를 하러 갔다.

하지만 어머니가 떠난 후로 지쿠고의 할아버지와 할머니는 보러 가지 않았다. 아버지가 일을 그만두고 나서는 다자이후에도 설날에 딱 한 번 갔었다.

아버지는 할아버지와 할머니에게 일을 그만두었다는 말을 하지 않았다. 아버지가 소속된 실업팀이 해체됐다는 소식은 전했지만 할머니 할아버지는 지금도 아버지가 그 회사 영업부에서 일하는 줄로 안다.

비행기를 타고 갈 때 아버지가 쓸데없는 소리 하지 말라고 주의를 주었다. 쓸데없는 소리가 뭘 의미하는지 생각하는 동안 할아버지 집에 도착했고, 차례차례 날아드는 질문에 대답할 말을 찾는 동안 "녀석도 참 무뚝뚝하기는" 하고 핀잔을 들었다.

돌아오는 비행기에서 귀성할 때마다 고향 말투가 튀어나오는 아버지에게 사투리로 야단맞았다.

"야, 그 태도는 뭐야? 오랜만에 만났잖아. 좀 더 사근사근하게 못 해?"

"아빠가 쓸데없는 소리 하지 말라고 했으면서."

어린 목소리로 대답하는 표준어의 말끝이 높아졌다.

"친구가 있는지 없는지 정도는 대답해도 되잖아."

할아버지 할머니도 실망했을 거다, 하고 아버지는 내뱉듯이 말한 후 안대를 끼고 잠들었다.

눈앞의 할머니는 무거워 보이는 머리를 천천히 떨구고 갈색 봉투를 아버지에게 내밀었다.

아버지는 망설임을 표현하듯 꿈지럭거리며 봉투를 받았다.

하루는 아버지를 보았다. 아버지는 표정 변화 없이 봉투에서 돈다발 세 개를 슬쩍 꺼내서 보여주었다.

하루는 얼굴을 앞으로 돌렸다. 말라비틀어진 식빵이 시야 가장자리에 비쳤다.

─3백만 엔.

지금까지 받은 돈 중에서 제일 큰 액수였다.

아버지는 늘 이르면 사고 당일, 늦어도 다음 날에는 운전자 집을 찾아가서 이번처럼 하루가 찍힌 비디오를 보여주며 위자료를 요구했다. 하지만 요즘은 집에 현금을 그렇게 많이 보관해두는 사람은 잘 없어서, 결국 상대를 은행까지 데려가서 출금시켰다.

그런데 이번에는 느닷없이 3백만 엔이다.

―이 정도면 적어도 1년은 아무것도 하지 않고 지낼 수 있겠어.

한동안 통증에 시달릴 걱정도 하지 않아도 되고, 그동안은 이사를 안 가도 된다.

부드러운 소파에 몸이 푹 파묻히는 느낌이 들었다.

잘 해냈다.

즉, 앞으로도 같은 짓을 계속해야 한다는 뜻이다.

잘되는 한, 아버지는 이 방법을 그만두지 않는다.

갑자기 방의 중력이 변한 것처럼 온몸이 무겁고 나른해졌다.

하루는 정면에 있는 텔레비전을 멍하니 쳐다보았다. 껌껌해진 화면에 목부터 아래쪽만 비쳤다. 검은 화면 속에 가라앉아 윤곽이 번져 보이는, 길쭉하고 얄따란 몸.

이런 시간이 언제까지 계속될까.

나는 앞으로 몇 번이나 그런 짓을 해야 하는 걸까.

잘못 부딪혀서 죽을 때까지다, 라는 대답이 고민할 것도 없이 머릿속에 떠올랐다.

5. 나가오 도요코

연파란색 경차를 차고에 넣고 조수석에서 비닐봉지를 들어 올리자 오래된 기름 냄새가 코끝을 스쳤다.

오늘 폐기 처분할 품목 중 고로케와 튀김만두, 박고지 김말 이, 호박찜, 자반고등어 구이, 고구마 맛탕, 가다랑어포 주먹밥 을 가지고 돌아왔다.

닭튀김과 돈가스는 남아도 다음 날 소스에 절이거나 푼 달걀 과 함께 조리해서 다시 내놓으니까 폐기하지 않고, 초밥과 도 시락은 대개 다 팔린다.

품절되기 전에 확보해두는 방법도 있기는 하지만, 도요코는 다른 아르바이트생들처럼 좋아하는 품목을 고르는 짓은 하지 않았다. 좋아하는 품목만 계속 확보하면, 판매가 저조한 상품 으로 간주돼 판매 대상에서 제외되기 때문이다.

일일이 낙담하기도 귀찮거니와 무엇보다 이 가게의 반찬 중에 맛있는 반찬은 딱히 없다.

야간반 아르바이트생들은 도요코에게 한창 성장할 나이의 아들이 있다고 생각하는 듯했다. 도요코는 오해를 굳이 부정하지 않고, 다른 아르바이트생들이 챙기고 남은 반찬 중에서 부자연스럽지 않을 만큼만 반찬을 가지고 돌아온다.

도요코는 녹슬어서 뻑뻑해진 폴딩도어를 힘껏 닫고 '나가오'라고 새겨진 문패 밑에 있는 우편함을 두어 번 흔든 후에 열었다.

음식점 배달 메뉴와 부동산 전단지 사이에 가스 요금 고지서가 있었다. 우편물을 와락 움켜쥐고 한꺼번에 꺼냈다.

우편물을 비닐봉지에 넣고 숄더백에서 열쇠가 달린 끈을 잡아당겼다. 군데군데 칠이 벗어진 현관문 앞에 멈춰 서서 눈만 움직여 주변을 살폈다.

어디선가 오토바이 소리가 들렸다. 잠시 기다리자 다가오던 배기음이 멀어졌다.

도요코는 자물쇠를 푼 후, 이번에는 고개를 돌려 길을 살펴보고 나서 문을 열었다. 재빨리 안으로 들어가서 자물쇠를 잠갔다.

운동화를 벗고 복도에 발을 내디디자 양말을 통해 서늘하고 딱딱한 감촉이 전해졌다. 불을 켜고 세면실에 가서 손을 씻고 물로 입을 헹군 후 복도로 돌아왔다. 2층으로 이어지는 계단 뒤편으로 가서 쌓여 있는 빈 골판지상자를 순서대로 치웠다.

상자 밑에서 바닥과 색깔이 똑같은 베니어판이 나타났다.

도요코는 무릎을 꿇고 앉아 베니어판 끄트머리에 손톱을 걸고 살짝 들어 올렸다. 베니어판을 복도 벽에 기대 놓고 몸을 돌리자, 구멍 안쪽에 빛이 닿지 않는 계단이 보였다.

일어선 상태로 보이는 계단은 몇 단뿐, 안쪽으로 갈수록 어두워져서 끝이 보이지 않는다.

다섯 살 때 여기로 이사 왔을 무렵, 도요코는 이 계단이 무서웠다.

내려가면 다시는 못 돌아올지도 모른다. 이 아래에는 끝없는 구멍이 뚫려 있어서 한번 빠지면 영원히 떨어질지도 모른다.

당시 어머니가 자주 읽어줬던 『이상한 나라의 앨리스』 속 한 장면이 연상됐다. 스스로는 도저히 기어오를 수 없을 만큼 깊이 떨어진다. 하지만 거기에는 분명 마시면 작아지는 물병도, 먹으면 커지는 케이크도 없다.

도요코가 모자란 어휘력으로 그 공포를 설명하자 부모님은 웃었다. 괜찮아, 그렇게 무서우면 엄마가 안고 내려갈게. 맞아, 한번 내려가 보면 별것 아니라는 걸 알겠지.

울면서 고개를 젓자 어머니는 "그럼 엄마가 내려가 볼 테니까 도요코는 여기서 기다리고 있어" 하며 손을 놓았다. 그냥 보내면 다시는 어머니와 못 만난다. 도요코는 허둥지둥 달라붙었고, 결국 어머니에게 안겨 계단을 내려갔다.

두 눈을 꼭 감고 숨을 멈췄다. 혼자 남겨질 바에야 어머니와 함께 죽는 편이 낫다고 열심히 자신을 타일렀다. 하지만 계단 아래에 있는 나무문을 열자 다른 방과 다를 바 없어 보이는 지하실이 나왔다.

벽 한 면을 차지한 나무 선반 앞에 커다란 드럼 세트가 놓여 있었다. 천장은 낮았지만 거실과 비슷한 넓이라서 압박감은 없었다.

1층보다 약간 정원 쪽으로 튀어나온 부분의 천장에는 길쭉한 천창을 내놓았다. 지상에서 비쳐드는 빛이 방에 아름답고 투명한 미끄럼틀을 만들었다.

멋지지, 하고 아빠는 가슴을 폈다. 천창도 방음용 2중 새시를 사용해서 닫으면 소리가 거의 새어 나가지 않아.

하지만 아버지의 말은 도요코에게 다른 공포를 심어주었다.

만약 자신이 지하실에 있는 줄 모르고 누가 문을 잠근다면? 실수로 문 앞에 물건을 놓아두면?

부모님은 이 걱정도 일축했다. 문에는 자물쇠가 안 달려 있고 안쪽으로 열리는 방식이라 안에서 못 열 일도 없다. 천창도 갈고리가 달린 막대를 사용하면 여닫을 수 있다. 열고 큰소리를 지르면 밖에 나 들리고, 도요코 정도로 몸이 작으면 창문으로 나갈 수도 있다고 웃으며 설명했다.

부모님 말을 이해하지 못한 건 아니었고, 두려워했던 일이 실제로 벌어진 적은 30년 동안 한 번도 없었다.

그렇지만 도요코는 지금도 지하실 계단을 내려갈 때면 배 속에서 뭔가가 꿈틀거리는 느낌이 들면서 마음이 조마조마해진다. 이 앞으로는 나아가면 안 되지 않을까, 이 안쪽에는 뭔가 무서운 것이 있지 않을까 싶어서.

도요코는 바닥에 놓아둔 비닐봉지를 왼손에 모아들고 오른손으로 벽을 짚으며 계단을 내려갔다. 한 발짝 내디딜 때마다 낡은 계단이 삐걱거렸다.

문 앞에 다다르자 숨을 짧게 내뱉은 후 문을 두드렸다.

응답은 없고 괴괴한 정적만 이어졌다.

"다녀왔어."

도요코가 말을 걸자 방 안에서 일어서는 기척이 느껴졌다. 상자를 치우는 소리가 나고 문이 천천히 열렸다.

"왔구나."

키가 180센티미터에 가까운 남자는 20센티쯤 키가 작은 도요코의 이마 언저리를 보고 말했다. 도요코는 한 번 더 "다녀왔어" 하고 말한 후 어스름한 실내에 발을 들여놓았다.

아버지의 서가와 드럼 세트를 빼면 지하실에는 늘 깔아놓는 이불과 작은 텔레비전, 나지막한 테이블, 선풍기밖에 없다. 형광등을 꺼놔서 음소거한 텔레비전의 불빛만이 실내를 비추었다.

집을 나섰을 때와 무엇 하나 다를 바 없는 그 광경을 보고 도요코는 표정을 풀었다.

문 옆의 스위치를 눌러 형광등을 켜자 흰색 빛이 어스름을 집어삼켰다. 천창 전체를 덮는 연지색 롤 스크린과 방에 적외선 센서처럼 쳐진 비닐 끈이 선명히 모습을 드러냈다.

끈에는 여러 세탁소를 이용할 때마다 검정, 파랑, 하양 등등 통일성 없이 늘어난 옷걸이가 걸려 있었고, 남자 뒤편에는 빨래한 옷가지가 수북이 쌓여 있었다. 목욕 수건, 수건, 실내복, 외출복, 속옷, 양말로 분류해서 꼼꼼히 개어놓았다.

남자가 도요코에게 등을 돌리고 실팍한 상체를 조용히 구부렸다. 겨드랑이 부분이 누레지고 목 부분이 잔뜩 늘어난 티셔츠에서 긴 팔을 뻗어 오른손에는 도요코의 실내복을, 왼손에는 속옷을 붙잡았다.

남자가 말없이 내민 속옷에는 빨아도 지지 않는 얼룩이 희미하게 배어 있었다. 생리대에서 새어 나온 생리혈 자국이 마치 덜 닦은 대변의 흔적으로밖에 보이지 않아서 도요코는 귀 뒤쪽이 살짝 뜨거워졌다.

"고마워."

물물교환하듯 비닐봉지를 건네자 남자의 배에서 꾸르륵하는 소리가 약 네 평 크기의 공간에 울려 퍼졌다.

남자의 입술이 웃는 형태로 변했다.

도요코는 건네받은 옷을 아까 남자가 문을 열기 위해 옆으로 옮긴, 책이 든 골판지상자에 올려놓고 테이블에 있는 리모컨을 집어 텔레비전 음량을 높였다.

그 순간 폭발하는 듯한 웃음소리가 화면에서 튀어나왔다.

어머니가 생전에 자주 보던, 젊은 코미디언의 콩트를 모은 방송이었다. 하필이면 콩트를 음소거하고 보다니 아무 재미도 없을 텐데, 싶은 생각으로 도요코는 남자를 곁눈질했다.

비닐봉지를 벌린 남자는 우편물을 치우고 반찬이 담긴 플라스틱 팩을 꺼냈다. 테이블 안쪽에 책상다리로 앉아 나무젓가락을 입에 물고 용케 두 쪽으로 떼어냈다. 도요코가 맞은편에 앉기도 전에 고로케 소를 파내서 먹기 시작했다.

도요코는 나무젓가락을 엄지와 검지 사이에 끼우고 두 손을 모아 잘 먹겠습니다, 하고 고개를 숙인 후 호박찜을 젓가락으로 집었다.

텔레비전으로 고개를 돌리자 아까 나오던 콩트가 끝나고 다른 코미디언이 등장한 참이었다.

새하얀 특공복 차림의 2인조는 "부릉, 부르릉" 하고 목소리와 손놀림으로 오토바이를 모는 시늉을 하며 무대 중앙으로 나왔다.

"오늘은 벽에 스프레이로 무슨 글씨를 쓸지 정해 왔어."

펀치 파마를 한 남자가 들고 있던 종이판을 펼쳤다.

〈블랙 헌터 행차!〉

폭주족이 터널이나 셔터 문에 하는 낙서다. 지나다니다 보면 가끔 눈에 띈다. 도요코는 좌측 상단에 뜬 자막으로 '블랙 헌터'라는 콤비 이름을 확인하고 튀김만두를 입에 넣었다.

펀치 파마가 종이판을 넘기며 말했다.

"잘 부탁해!"

〈夜露死井5〉

"요로시이라니 갑자기 왠 칭찬이냐!"

리젠트 머리가 바로 핀잔을 주자 스튜디오가 약간 떠들썩해졌다. 펀치 파마가 다음 종이판을 꺼냈다.

"우리는 싸움도 잘해!"

〈싸움캡짱〉

"캡짱이라니 또 칭찬이냐!"

폭소라고 할 정도는 아닌 웃음이 일자 도요코도 따라서 입매를 누그러뜨리며 옆을 보았다.

남자는 고개를 앞으로 내밀고 가늘게 뜬 눈으로 텔레비전을 보고 있었다. 싸움캡짱, 하고 무표정하게 중얼거리더니 천천히 일어섰다. 그리고 선풍기 앞에 앉아 회전하는 날개에 얼굴을 가까이 대더니, 주먹밥 비닐을 엄지로 찢고 등을 웅크린 채 말없이 먹었다.

도요코는 리모컨으로 채널을 바꾸었다.

밥상 앞에 알몸으로 앉은 남자가 화면에 나타났다. 덥수룩하게 부풀어 오른 머리, 입 주위에 자란 수염, 어깨며 팔이며 배에는 살이 거의 없다. 커튼이 없는 2.5평짜리 일본식 방에는 크기가 들쑥날쑥한 골판지상자와 가전제품이 잡다하게 쌓여

있고, 바닥에 놔둔 텔레비전에는 지구본이 얹혀 있었다. 안쪽 벽에는 히로스에 료코의 포스터를 붙여놨고, 오른쪽 가장자리에는 잡지가 가지런히 꽂힌 잡지 수납대가 비쳤다.

영상이 차례차례 바뀌더니 알몸 남자가 카메라 앞에서 흰자위를 드러낸 채 떠들기 시작했다. 바로 다시 영상이 바뀌고 잡지 수납대와 밥상 외에 아무것도 없는 사진 위에 〈나스비의 현상 일기〉라는 글씨가 떴다.

아아, 이거구나, 하고 도요코는 생각했다.

방송을 본 적은 없지만 아르바이트생 중 한 명이 이야기하는 걸 들었다. 연립주택의 한 방에 갇힌 채, 이벤트에 응모해서 당첨된 상품만으로 생활하는 남자를 관찰하는 방송이다.

본인은 방송에 나가는 줄 모르고 알몸으로 실내를 돌아다니므로 사타구니는 우스꽝스러운 가지 일러스트로 가린다. 매주 응모 엽서를 몇천 통이나 쓰고 먹을 것이 없을 때는 개 사료를 먹는다는 이야기였지만, 화면 속에서 태평스럽게 투덜대고 이리저리 움직이는 남자에게서 비애 같은 것은 느껴지지 않았다.

뭔가에 당첨될 때마다 가늘고 길쭉한 온몸을 사용해 춤춘다. 음식에 당첨되지 않는 걸 한탄하면서도 이렇다 할 용도가 없는 당첨 상품을 익살스럽게 가지고 논다. 여기가 웃을 장면이라고 알려주듯 삽입되는 내레이션과 웃음소리에 도요코는 뭐가 웃긴지도 모르는 채 웃었다. 남자가 낙담한다. 웃는다. 남자가 망연자실해한다. 웃는다. 남자가 허둥지둥한다. 웃는다.

도요코는 제발 음식에 당첨되게 해달라고 기도하는 남자를 보며 자반고등어 구이를 먹고, '이번 주에 응모한 횟수'라고 흘러나온 자막을 바라보았다.

손목시계 196통, '히토메보레' 쌀 100통, 과일주스 100통, 수박 50통, 히로스에 료코 화이트보드 10통 등등 합계 1397통. 이어서 '이번 주에 당첨된 상품'이 금액과 함께 소개됐고 '목표 금액 100만 엔까지 앞으로 55만 3310엔'이라는 자막에 요란한 효과음이 곁들여졌다.

"의외로 당첨이 잘 되나 보네."

도요코는 고등어를 씹으며 중얼거렸다.

남자는 대답 없이 선풍기에 얼굴을 향한 채 멍하니 앉아 있었다.

텔레비전 화면에 무인도라는 글씨가 뜨고 다음 코너로 넘어갔다.

벌써 끝인가 싶어 조금 아쉬웠지만 이 정도로 짧게 편집했으니까 재미있는지도 모르겠다 싶었다.

엽서 천몇백 통을 쓰는 모습을 끊임없이 보여준들 금방 질린다. 그때 문득 응모 엽서를 쓰는 모습은 방송에 거의 내보내지 않았다는 걸 깨달았다.

약 5분 분량의 코너에서는 문을 두드리는 소리가 들리면 남자가 기대감 어린 표정으로 부랴부랴 현관으로 향하고, 당첨된 상품을 보여주는 내용이 되풀이됐다. 자칫 단조로울 수 있는 영상을 내레이션과 효과음을 사용해 드라마틱하게 연출했다. 그렇기에 도요코도 의외로 당첨이 잘 되는 것 같다고 느낀 것이다.

하지만 당첨 상품 몇 개의 이면에는 천몇백 통이나 되는 응모 엽서가 존재한다. 방송만 봐서는 일주일에 그렇게 많은 엽서를 쓴다는 사실을 전혀 상상할 수 없었고, 상상하지 않아도 되게끔 연출했다는 사실이 오싹했다.

도요코는 텔레비전을 껐다. 드리워진 정적 속에서 선풍기 소리가 선명해졌다.

남자는 아까와 변함없는 자세로 앉아 있었다.

세 장에 980엔인 남성용 이너 티셔츠와 순면 사각팬티. 도요코가 사다 준, 옷이라고 하기 힘든 그것만을 입고서 자고, 일어나고, 배설하고, 밥을 먹고, 빨래를 널고, 빨래를 개고, 1층으로 올라와 목욕하고, 이를 닦고, 다시 돌아와서 잔다.

도요코는 텔레비전 화면으로 얼굴을 돌리고, 2년 전보다도 약간 둥그스름해진 것 같은 남자의 옆얼굴을 시야 가장자리로 바라보았다.

제2장

1. 다이라 쇼타로

차에서 내려 숨을 깊이 들이마시자 한바탕 비가 내릴 듯한 냄새가 코끝을 스쳤다.

쇼타로는 굳은 목을 뚜둑뚜둑 돌린 후, 4천 7백 세대나 되는 초대형 주택단지를 망설임 없이 걸어갔다.

목적지는 F동 104호실. 사건이 발생하기 직전에 현장인 학원 앞에서 피의자를 목격한 가토 유코와 다이키의 집이었다.

아들 다이키는 오후 5시부터 6시까지 한 시간 동안 도가와에게 수업을 받았다.

유코는 학원에 아들을 바래다주고 일단 집으로 돌아왔다가, 오후 5시 55분에 아들을 데리러 갔다.

그 시점에 남자는 이미 학원 앞에 있었다.

검은색 티셔츠와 회색 작업 바지 차림의 남자를 보고 처음에 유코는 무슨 업자인 줄 알았다고 한다.

하지만 남자는 작업을 시작할 낌새 없이 빈손으로 그저 문 앞에 우뚝 서 있었다.

유코는 안으로 들어가려 하지 않는 남자를 수상쩍게 여기면서도 눈인사를 하고 지나쳤다.

교실에 들어가자 도가와는 뒷정리하는 다이키를 지켜보고 있었다. "밖에 업자 같은 사람이 있던데요?" 하고 유코가 말을 걸자 도가와는 "업자요?" 하고 고개를 갸웃했다.

하지만 도가와는 밖을 살피러 나가지 않고 평소처럼 그날의 학습 내용을 유코에게 보고한 후, 달력을 보며 다이키와 다음 주 일정을 확인했다.

유코가 다이키를 데리고 학원을 나선 것은 오후 6시 5분.

남자는 10분 전에 유코가 보았을 때와 똑같은 곳에 똑같은 자세로 서 있었다.

유코는 깜짝 놀랐지만 "저기, 수업 끝났는데요" 하고 말을 걸자 남자는 "감사합니다" 하고 조용한 목소리로 말하며 천천히 고개를 숙였다고 한다.

유코는 집으로 돌아가는 길에 그 남자는 누굴까 생각했다.

도가와의 반응으로 보건대 약속하고 찾아온 건 아닌 듯했다. 영업하러 온 업자일지도 모르지만, 그렇다면 초인종도 누르지 않고 밖에서 10분 넘게 기다리는 건 부자연스럽다.

어쩐지 찜찜했지만 유코는 돌아가지 않았다. 왔던 길을 다시 돌아가면 아들이 투정을 부릴 것 같았기 때문이다.

그쯤에서 유코는 그 남자 생각을 떨쳐내고 집에 가서 저녁과 목욕물을 준비해야 한다는 쪽으로 생각을 바꾸었다.

유코는 그때 자신이 말을 거는 바람에 남자가 안으로 들어갔을지도 모른다고 자신의 행동을 후회하는 듯했다. 그리고 만약 되돌아갔으면 남자를 말릴 수 있었지 않았겠느냐고.

하지만 쇼타로는 어찌 됐든 결과는 똑같았을 것이라고 생각했다.

아쿠쓰는 도가와의 옛날 제자였다.

유코가 말을 걸지 않았어도 아쿠쓰는 초인종을 눌렀을 테고, 도가와도 교실로 맞아들였을 것이다.

만약 유코와 다이키가 돌아갔다면 두 사람마저 위험에 처했을 수도 있다.

쇼타로는 그런 식으로 유코를 달랬지만 유코는 위로를 받아들이지 못한 듯 고개를 푹 숙였다.

저희 아이가 울어요, 하고 유코는 힘없는 목소리로 중얼거렸다.

"도가와 선생님이 보고 싶다면서……, 이제 선생님은 안 계신다고 해도 싫다면서, 학원에 가겠다면서 말을 안 듣네요."

"정말 좋은 선생님이셨나 보군요."

쇼타로의 말에 네, 하고 유코는 바로 고개를 끄덕였다.

"그렇게 좋은 선생님은 또 없을 거예요. 그야말로 가족처럼 다이키를 아껴주셨고……, 저도 도가와 선생님을 만나지 못했다면 지금쯤 아들을 데리고 죽었을지도 모르겠네요."

실은 다른 보호자들에게도 이런 증언을 얻었다.

도가와 선생님 학원에 보낸 뒤로 평소 짜증만 부리던 딸이 놀랄 만큼 차분해졌다.

학교에는 가기 싫어하는 아들이 도가와 선생님 학원에는 늘 즐겁게 다닌다. 그래서 갑자기 학원이 없어졌다는 사실을 받아들이지 못하고 우울해한다.

도가와 선생님이 상담해주신 덕분에 자신도 아이와 함께 살아가야 할 인생을 긍정적으로 받아들이게 됐다.

도가와를 나쁘게 평가하는 사람은 하나도 없었다. 다들 왜 하필이면 도가와가 살해당해야 했는지 의문과 분노를 느끼는 듯했다.

학생에게는 자세한 증언을 끌어내기가 어려웠지만 조사에 협력해준 아이들은 하나같이 상냥하다, 좋아한다, 보고 싶다 등 도가와에게 호의적인 말을 했다.

도가와가 자택 1층을 리모델링해서 열었던 학원은 학교 공부를 따라가지 못하는 아이, 지능과 정서에 장애가 있는 아이, 등교를 거부하는 아이 등을 대상으로 하는 개별 지도 학원이었다.

원래는 학교 수업을 복습하고 숙제를 도와주는 학습 지원형 학원이었지만, 1965년에 개업하고 몇 년 지났을 무렵, 집에서는 동생이 방해해서 공부를 못 한다고 투덜거리는 학생이 있었다고 한다.

시험 삼아 학생의 집에 가서 공부를 가르쳐보자, 남동생이 자꾸 방에 들어와서 소리를 질렀고 어머니가 말리려 하면 엉엉 울면서 날뛰는 통에 공부할 상황이 아니었다.

이 아이 때문에 누나까지 공부가 뒤처지겠다고 어머니가 한탄하자, 도가와는 괜찮다며 자신이 남동생의 공부도 봐주겠다고 제안했다.

같은 방에서 누나에게는 초등학교 숙제를 도와주고 남동생에게는 히라가나 쓰기를 가르치자, 남동생은 거짓말처럼 차분해져서 히라가나 쓰기에 몰두했다. 같은 글자를 몇 번이고 반복해서 썼고, 도가와가 돌아간 후에도 누나가 공부하면 책상에 달라붙어 히라가나 쓰기 연습을 하게 됐다고 한다.

집중력이 굉장한 아이입니다, 하고 도가와는 남동생을 칭찬했다. 분명 누나가 공부하는 모습을 보며 자기도 해보고 싶었던 거겠죠. 이 아이의 마음은 억누를 수 없는 의욕과 힘으로 가득했던 겁니다.

도가와는 노트에 몇 페이지나 빽빽이 늘어선 'か(카)'라는 글씨를 인자하게 바라보았다. 그리고 이 아이 눈에 세상은 어떻게 비칠까, 하고 눈부신 듯 눈을 오므렸다.

그 후로도 도가와는 공부를 가르치러 올 때마다 남동생의 의욕을 끌어냈다. 좋아하는 일과 잘하는 일을 차례차례 찾아내서 웃음이 늘어나는 아들을 보자 어머니는 어느 틈엔가 자신이 둘째를 가족의 삶을 망치는 존재처럼 느끼고 있었다는 사실을 깨달았다.

운동회와 재롱잔치, 유치원 졸업식과 초등학교 입학식 등 단체 행사가 열릴 때마다 창피함과 미안함을 느꼈다. 남편은 다른 아이처럼 하지 못하는 아들에게 실망해서 그런 행사에 더는 참가하지 않았다. 그리고 아내가 잘못 키워서 그런 거라고 아내를 계속 질책했다. 달리 상담할 사람도 없어서 둘째를 버리고 싶은 지경까지 이르렀을 무렵, 도가와를 만났다. 정말로 즐거운 듯이 아들을 대하고, 아들을 착한 아이라고 단언한 도가와 덕분에 어머니는 '다른 아이와 똑같이 할 수 있도록 아들을 **고쳐야** 한다'는 강박관념에서 해방됐다고 한다.

그리고 그 이야기가 퍼져나가자 다양한 사정이 있는 아이들이 도가와의 학원에 모여들었다.

제자 중에는 아쿠쓰처럼 이미 '졸업'해서 성인이 된 사람도 적지 않았지만, 수사관이 분담해서 예전 제자와 보호자에게 이야기를 들으러 가도 도가와의 평판은 뒤집히지 않았다.

들으면 들을수록 도가와는 인격자였다.

학생이 사회에 잘 적응할 수 있도록 학부모 상담에도 부지런히 임했고, 진학할 학교나 취직할 회사의 견학에도 동행했다.

학원에 남아 있던 학생별 기록 노트에는 그 아이가 좋아하는 것과 싫어하는 것, 생활 습관, 효과 있는 지도 방법 등이 가득 적혀 있었다.

어떻게 하면 각각의 학생이 집중력을 발휘하기 쉬운 환경을 만들 수 있을까 고민했고, 공부할 때 사용하는 책상과 의자 위치도 학생에 따라 바꾸었다.

학생이 그린 그림과 글씨를 연습한 종이도 파일에 담아 꼼꼼히 분류했고, 학생에게 받은 편지는 설령 복사용지 조각에 적힌 것일지라도 나무상자에 소중하게 보관했다.

도가와가 학원 운영에 너무 열중한 나머지 그의 아내는 집을 나갔다고 한다. 학부모나 이웃 주민들이 재혼은 안 하느냐고 물어볼 때마다 도가와는 꼭 가정을 꾸릴 필요는 없다고 웃으며 대답했다. 아이를 가지지 않아도 이미 아이가 많이 있다면서.

체벌이나 학대를 떠올리게 하는 일화는 아무리 조사해도 나오지 않았다.

그런 사람이 왜 살해당했을까.

아쿠쓰와 도가와 사이에는 무슨 일이 있었던 걸까.

그 점을 지금까지 전혀 밝혀내지 못했다.

가토라는 문패가 걸린 문 앞에 다다르자 쇼타로는 숨을 한 번 내쉬고 초인종을 눌렀다.

딩도옹, 하고 늘어지는 소리가 울리고 쇼타로가 이름을 대기도 전에 문이 열렸다.

"수고 많으세요."

가토 유코는 고개를 살짝 숙인 후 쇼타로와 오야를 안으로 맞아들였다.

"바쁘실 텐데 계속 찾아와서 죄송합니다."

쇼타로는 인사를 하면서 구두를 벗고 준비된 슬리퍼로 갈아 신었다.

현관 한복판에는 빨간 비닐 테이프를 발자국 모양으로 붙여 놓았고, 복도 옆에는 작은 돌이 같은 간격으로 놓여 있었다.

4인용 식탁으로 안내받았다. 보리차를 내주길래 감사를 표하자 유코는 맞은편 자리에 앉아서 물었다.

"뭐 좀 알아내셨어요?"

기대가 담긴 표정이었다.

"아쉽게도 체포로 이어질 만한 사항은 아직."

"그렇군요."

유코는 낙담한 기색을 내보이며 눈을 내리떴다.

쇼타로가 입을 여는 것과 동시에 "하지만" 하고 유코가 목소리를 높였다.

"이렇게 수사를 계속해 주고 계시니까요. 분명 머지않아 범인이 잡히겠죠."

쇼타로는 오야와 살짝 눈짓을 주고받은 후, "그래서 말씀인데요. 오늘은 다이키가 학원에서 어떤 수업을 받았는지 내용을 좀 여쭤보려고요" 하고 말을 꺼냈다.

"수업 내용요?"

유코는 의외라는 듯 말끝을 올렸다.

"전에도 대충 말씀드린 적 있는데요……."

학부모의 눈이 닿지 않는 수업 시간에 뭔가 내키지 않는 짓을 도가와에게 당한 것 아닌가. 그런 추측이 아쿠쓰의 범행 동기를 조사하는 과정에서 제일 먼저 제기됐다.

도가와의 평판은 대부분 학부모에게 들은 것이다. 낯선 어른이 물어보면 괜히 거부감을 느끼는 아이도 적지 않으므로, 겉으로 드러나지 않은 사실이 있을 가능성은 충분하다. 그런 부분이 살해 동기와 관련 있지 않을까 하는 것이 수사본부의 견해였다.

예를 들어 도가와가 부모에게 '고자질'할 수 없는 아이만 골라 체벌이나 학대를 했다면. 아쿠쓰가 그러한 피해를 입은 사람 중 한 명이었다면.

전처의 증언에 따르면 아쿠쓰는 결혼 생활을 할 때 도가와에게 존경심을 드러냈다고 한다. 하지만 그 후에야 옛날에 자신이 무슨 짓을 당한 건지 제대로 이해했을 가능성도 있다.

아쿠쓰 겐은 1961년 6월 19일, 가나가와현 요코하마시 아사히구 미나미혼주쿠초에서 아쿠쓰 슈이치와 에이코의 장남으로 태어났다.

영유아 검진 때 발달이 느리다는 진단을 받았지만, 유치원에 다닐 때까지만 해도 딱히 문제가 없었다.

아쿠쓰가 '문제 있다'고 여겨진 것은 초등학교에 입학한 후부터다.

같은 학년 아이 중에서 혼자만 좀처럼 히라가나를 쓰지 못했다. 한 자릿수 덧셈 문제로 애먹었다. 담임 교사는 어머니에게 연락해 가정에서도 지도해달라고 주의를 주었다.

하지만 사실 어머니는 매일 몇 시간이나 아들에게 공부를 시키고 있었다. 옆에 달라붙어 몇십 번이나 히라가나를 쓰게 하고, 산수 문제를 내고, 틀린 곳을 고쳐주었다.

그래도 아쿠쓰는 도저히 수업을 따라가지 못했다. 판서를 노트에 베끼지 못하거나 선생님이 하는 말을 금방 잊어버렸다. 이런 아쿠쓰를 어떤 교사는 교실에 없는 것처럼 취급했고, 어떤 교사는 바보, 얼간이, 둔탱이라고 욕했다.

3학년이 되자 아쿠쓰는 교사에게 반항하거나 수업 시간에 교실을 뛰쳐나가거나 학교 비품을 부수고는 했다. 반 아이와 자주 싸웠고 집에서도 공부를 완전히 거부하는 지경에 이르렀다.

그러다 6학년 때 도가와의 학원을 방문했다. 학원의 평판을 들은 어머니가 학원에 등록하고 싶어했고 아버지가 질질 끌다시피 아쿠쓰를 데려갔다.

당초 아쿠쓰는 날뛰고, 토라지고, 도가와에게 폭언을 내뱉었지만 두 달쯤 지났을 무렵부터 급속도로 안정되었다. 변함없이 공부는 못했지만 학교에서 문제를 일으키는 빈도가 줄어들었고 반에도 적응했다고 한다.

그 후로는 중학교 3학년 때 교내에서 학생을 폭행해 한 번 입건된 적 있을 뿐이고, 고등학교 졸업 후에는 필기시험에 열 번 넘게 낙방하면서도 간신히 운전면허를 따서 시내의 건축회사에 취직했다.

경력만 보면 도가와를 만난 것이 아쿠쓰의 인생을 호전시키는 전환점이었다고 받아들여야 마땅하다.

현재까지 조사한 바에 따르면, 아쿠쓰가 열일곱 살 때 고등학교 3학년에 올라간 것을 계기로 학원을 그만둔 후 사건 당일까지 도가와를 만나러 간 흔적은 없었다. 학원을 그만둔 것도 어차피 진급이고 진학이고 못 할 텐데 학원이 무슨 필요냐고 아버지가 판단했기 때문이며, 그 일을 두고 딱히 다툰 것도 아닌 듯했다. 필연적으로 학원에 다녔던 시기에 살해 동기를 싹틔운 원인이 있었다고 간주해 탐문 수사를 진행하는 수밖에 없었다.

아쿠쓰를 직접 목격한 가토 유코에게는 당일 아쿠쓰의 태도나 낌새에 관해 주로 물어봤겠지만 다른 학부모와 마찬가지로 수업에 관련해서도 질문했을 것이다.

"몇 번이나 여쭤봐서 죄송합니다."

쇼타로가 미안한 눈빛을 보내자 "그건 상관없는데요" 하고 대답하는 유코의 시선이 흔들렸다.

"하지만 벌써 2년이나 지난 일이라 얼마나 기억이 날지⋯⋯."

"뭐든지 상관없습니다. 전에 다른 수사관에게 말씀하신 내용이라도, 다시 들으면서 뭔가 새로운 단서를 발견할 수 있을지도 모르니까요."

쇼타로 옆에 앉은 오야가 구슬리는 투로 말했다.

"아쿠쓰는 179센티로 키가 크고 덩치도 좋아서 눈에 띕니다. 눈 밑에 특징적인 점도 있고요. 그런데도 전국에 지명수배된 지 2년이 지나도록 행방이 묘연한 걸 보면, 누군가 감춰주고 있을 가능성이 큽니다."

오야는 몸을 내밀고 유코를 똑바로 바라보며 말을 이었다.

"물론 저희도 아쿠쓰의 관계자들은 한 차례 확인해봤습니다. 그런데도 발견되지 않았으니 아직 찾지 못한 끈이 있는 거겠죠."

유코의 미간에 주름이 잡혔다.

"그건……, 저희 중 누군가가 감춰주고 있는 것 아니냐는 말씀인가요?"

"아니요, 그런 게 아니라 동기가 뭔지 알면, 거기서부터 아쿠쓰를 감춰준 사람의 윤곽이 보일지도 모른다는 겁니다."

예를 들어 같은 피해를 입은 경험자라면 아쿠쓰의 동기에 공감해 범인 은닉죄로 처벌받을 위험성을 무릅쓰고서 아쿠쓰를 감춰주기로 결심할 수도 있다.

"하지만 다이키의 수업 내용을 조사하신대도……, 도가와 선생님은 학생에 따라 수업 내용을 바꾸셨는데요."

"다이키 이야기만 들려주셔도 괜찮습니다."

"말씀은 그렇지만 다이키는 3년이나 학원에 다녔는데……, 그중에서 뭘 이야기하면 될지."

유코는 당혹감을 드러내며 기억을 더듬듯 허공을 올려다보았다. 쇼타로는 메모를 하다 말고 문득 고개를 들었다.

"방금 학생에 따라 수업 내용을 바꿨다고 하셨는데, 다른 아이의 수업 내용은 어떻게 아셨습니까?"

유코는 시선을 쇼타로에게 되돌렸다.

"도가와 학원은 개별 지도 학원이죠. 다른 아이의 수업을 견학할 기회도 있으셨습니까?"

쇼타로가 거듭 묻자 유코는 눈을 깜빡이더니 "아아, 그러고 보니" 하고 대답했다.

"어느 날 도가와 선생님이 다른 아이와 함께 수업을 받아보지 않겠냐고 제안하신 적이 있었어요."

오오, 하고 쇼타로는 맞장구를 쳤다.

"학교 수업 비슷하게요?"

"아니요, 두 명만요. 다이키처럼 도가와 선생님의 학원에 다녔던 레이토라는 아이인데, 다운 증후군이었어요."

쇼타로는 재빨리 메모했다. 수사회의에서는 나오지 않았던 이야기였다.

"다이키는 다른 아이와 같이 있으면 난리를 치곤 해서 처음에는 괜찮을까 걱정됐죠. 선생님과 신뢰 관계를 쌓아서 기껏 안정됐는데, 굳이 말썽의 소지가 있는 일을 할 필요가 있을까 싶어서……."

하지만, 하고 유코는 눈을 살짝 오므렸다.

"깜짝 놀랄 만큼 잘 진행됐어요. 다이키는 아이들의 크고 높은 목소리에 거부감을 느끼고, 아이들이 적극적으로 다가오는 것도 싫어하는 편인데요. 레이토는 정말로 순하고 상냥한 데다 느닷없이 큰 소리를 내지도 않아서 다이키도 안심한 것 같더라고요."

"그렇군요."

"그날은 그림을 그렸는데 도가와 선생님은 예를 들면 다이키에게는 연필로 스케치할 시간을 넉넉히 줬고, 레이토에게는 처음부터 그림물감을 사용하게 했어요. 붓이 아니라 손가락으로 그려도 된다면서요. 그걸 보고 아이마다 맞는 방법을 찾아서 가르치는구나, 하고 감동했어요."

"어머님도 교실에서 보고 계셨던 거죠?"

네, 하고 유코는 고개를 끄덕였다.

"레이토가 다이키의 그림을 가리키며 색깔이 예쁘다고 하자 다이키도 기분이 좋았는지, 그 색을 많이 사용해서 그린 그림을 먼저 레이토에게 보여주러 가고……, 가족이나 선생님이 아니라 다른 아이와 의사소통하는 모습을 보자 정말 기뻐서 몰래 울었답니다. 아아, 우리 아들도 이렇게 남과 함께할 수 있구나 싶어서요."

그때가 생각난 듯 유코의 눈이 살짝 젖어 들었다.

"도가와 선생님은 다이키의 앞날을 고려해주신 거예요. 아무리 애를 써도 부모는 먼저 죽죠. 그 후로도 아이의 인생은 계속

되고요. 그러니까 인간관계 속에서 살아갈 힘을 얻을 수 있도록, 조금씩 다양한 경험을 시켜 주자고 하셨어요."

유코는 앞에 놓인 보리차에 시선을 떨어뜨리고 물잔에 맺힌 물방울을 손끝으로 문질렀다.

"다이키가 지금 다니는 중학교를 알아봐 주신 것도 도가와 선생님이셨어요. 개인의 특성에 맞춘 눈높이 교육에 주력하는 학교인데, 집에서는 좀 멀지만 다이키는 전철을 좋아하니까 매일 전철을 타면 좋아하지 않겠느냐면서……, 함께 견학도 가주셨고요."

쇼타로는 메모하던 손을 멈췄다.

잉크가 종이에 검은 얼룩을 만들었다.

아이들 한 명 한 명에게 끈기 있게 다가가 그 아이에게 제일 적합한 교육법을 모색하고, 시간과 노력을 아끼지 않고 아이들을 위해 활동했던 사람이 한편으로 다른 아이를 학대했다니, 정말로 그런 일이 있을 수 있을까.

"도가와 선생님은 절대로 남에게 원한을 살 분이 아니에요."

유코는 단호한 어조로 딱 잘라 말했다.

2. 하시모토 하루

하루는 벌써 15분이나 슈퍼의 아이스크림 냉동고 앞에 서 있었다.

오른손에는 오렌지색 바구니를, 삼각건으로 고정한 왼손에는 옆쪽 반찬가게에서 산 닭튀김이 든 봉지와 거스름돈 292엔을 움켜쥐고 색색의 아이스크림이 진열된 냉동고 선반을 끝에서부터 차례대로 살펴보았다.

아이스크림을 사는 건 반년 만이었다.

평소는 저녁값으로 3백 엔을 받으니까 컵라면과 주먹밥 정도밖에 못 산다.

매일 거스름돈을 조금씩 모아 반찬가게에서 반액 할인하는 닭튀김을 가끔 사 먹기는 하지만, 그 외에는 급식 때 먹지 않고 몰래 가지고 돌아온 빵을 먹거나 냉장고의 우유를 마시거나 여러 슈퍼의 시식 코너를 돌아다니며 허기를 달랬다.

그런데 오늘 저녁값으로 5백 엔이나 받은 건 그 할머니 덕분이었다.

원래는 사고 당일만 외식을 하러 나가는데, 3백만 엔을 받은 날도 아버지는 하루를 라면집에 데려갔다.

낡은 벽돌색 빌딩 1층에 있는 라면집은 좁아서 카운터석밖에 없었다. 크림색 벽에는 손글씨로 쓴 메뉴를 덕지덕지 붙여 놨고, 자리 앞쪽은 나무젓가락, 티슈 상자, 후추와 작은 항아리 같은 것으로 가득했다.

"어서 옵쇼!" 하고 종업원이 고함을 지르듯이 인사하자 아버지는 익숙한 태도로 차슈면 곱빼기 꼬들꼬들하게, 하고 대답했다.

"챠슈 곱빼기 꼬들꼬들!"

머리에 하얀 수건을 두른 종업원이 소리치며 물컵을 내려놓고 하루를 보았다.

하루가 가게를 둘러보자 아버지가 "이 녀석도 똑같은 걸로" 하고 말했다.

"그리고 반숙 달걀이랑 밥 반 공기도 추가해줘."

"알겠슴다!" 하고 위세 좋은 목소리와 함께 종업원이 물러갔다.

"여기, 가게는 지저분하지만 맛있어."

아버지는 카운터에 팔꿈치를 짚고 말했다.

그렇구나, 하고 하루는 살짝 들뜬 목소리로 맞장구를 쳤다.

그리고 가게 안쪽에 놓인 텔레비전으로 고개를 돌린 아버지의 옆얼굴을 가만히 바라보았다.

눈앞에 탁 놓인 라면은 양이 푸짐하고 두툼한 차슈가 다섯 개나 얹혀 있었다. 아버지가 꺼내준 나무젓가락을 들고, 아버지를 흉내 내 국물부터 마셔보았다.

기름이 둥둥 뜬 갈색 국물은 뜨겁고 진해서, 식도를 타고 내려가는 것이 잘 느껴졌다. 입에 짝 붙는 짠맛이 몸속 구석구석까지 스며들었다.

"많이 먹고 더 커라."

아버지는 면을 후루룩 먹으면서 하루의 등을 두드렸다. 하루는 고개를 끄덕인 후, 나무젓가락이 무겁게 느껴질 만큼 면을 잔뜩 집어서 입에 넣었다.

쫀득쫀득한 식감을 맛볼 틈도 없이 단숨에 면을 먹어치우고 남겨둔 반숙 달걀을 집었다. 양념이 잘 밴 반숙 달걀은 탱글탱글해서 계속 입속에 넣어두고 싶은 감촉이었다.

남은 국물을 홀짝홀짝 마시고 있자 아버지가 "다 먹지 마"하고 하루를 쿡 찌르더니 밥공기를 라면 그릇 위에서 뒤집었다. 하얀 밥알이 갈색 국물을 빨아들여 점점 부풀었다.

젓가락을 사용하자 두 알밖에 집히지 않아서 우묵한 숟가락으로 밥을 입속에 그러넣었다.

"평생 이 국물이랑 밥만 먹고 살 수 있을 것 같아."

하루가 중얼거리자 아버지는 "자식이, 오버하기는" 하고 웃었고 종업원이 "듣던 중 기쁜 소리네" 하고 눈을 가늘게 떴다.

"아들?"

"응, 닮았지?"

"그러게요, 판박이네요."

종업원의 말에 아버지가 쑥스럽게 웃으며 하루의 머리에 손을 얹었다.

"내 자랑스러운 아들이야."

하루는 몇 번이나 떠올린 탓에 닳아서 사라질 듯한 기억을 반숙 달걀처럼 아껴서 맛보며 바구니를 내려다보았다.

바구니에는 이미 98엔짜리 컵볶음우동과 88엔짜리 피자맛 포테이토칩이 들어 있다. 292엔을 넘지 않으려면 돈을 얼마나 더 써도 괜찮을까.

하루는 매일 이 슈퍼에서 산수 문제 같은 계산을 되풀이했다. 하지만 소비세를 계산하기가 어려워서 늘 정확히 맞히지는 못했다.

하루는 바구니를 바닥에 내려놓고 손가락을 꼽으며 열심히 계산했다. 컵볶음우동이 백 엔이라 치고, 피자맛 포테이토칩은 대강 90엔 정도니까 합쳐서 190엔. 즉 292 빼기 190은 102. 아마 백 엔이 안 되는 아이스크림이라면 살 수 있을 것이다.

하루는 몇 분 더 망설인 후 98엔짜리 초코 모나카 점보를 꺼냈다. 예전에 팀원들이 연습 후에 사 먹었던 아이스크림이다.

한 조각 나눠주길래 먹어본 초코 모나카 점보는 바삭바삭한 껍데기와 오독오독 씹히는 속의 판초콜릿이 믿기지 않을 만큼 맛있었다. 오늘은 그걸 혼자서 통째로 먹을 수 있다고 생각하자 입에 침이 고였다.

계산대로 가서 바코드를 찍을 때마다 늘어나는 숫자를 숨을 삼킨 채 지켜보았다.

"298엔입니다."

깜짝 놀라 손안의 돈을 내려다보았다.

—6엔 모자라.

"아, 그게……."

종업원이 고개를 내밀어 하루의 손바닥을 보았다.

"하나 뺄까요?"

하루는 주먹을 움켜쥐고 바구니를 들여다보았다. 너무 많이 먹어서 이제 질려버린 컵볶음우동을 얼른 가리켰다.

종업원은 재빨리 포스기를 조작해 "컵볶음우동을 빼면 195엔입니다" 하고 말했다.

하루는 백 엔짜리 두 개를 계산용 트레이에 내려놓고 거스름돈 5엔을 받았다.

귓속에서 소리가 부풀어 오르는 것을 느끼며 건물 출입구로 향했다. 밖으로 나간 순간 찌는 듯한 공기가 온몸을 감쌌고, 귓속의 소리가 더 탁해졌다.

어떻게 생각해도 피자맛 포테이토칩을 빼야 했다.

컵볶음우동 없이는 배고픔을 못 견딘다.

귓속에 울리는 소리를 떨쳐내듯 빠르게 역 반대편으로 내려가서, 평소 요스케와 연습하는 곳이 아닌 다른 어린이 공원으로 향했다. 벤치에 앉아 아무도 없는 공원을 바라보며 아이스크림과 닭튀김을 먹는 동안 부를 리 없는 배가 점점 묵직해졌다.

—애당초 과자를 사지 말고 돈을 모아두는 편이 낫지 않았을까.

곧 여름방학이 시작되면 급식을 못 먹는다. 한동안 농구를 못 할 테니 그만큼 배는 덜 꺼지겠지만, 매일 밥값을 받을 수 있다는 보장은 없는데.

하루는 호주머니에서 꺼낸 구깃구깃한 영수증 두 장과 97엔을 내려다보았다. 도로 호주머니에 넣고, 누군가 장난을 쳤는지 쇠사슬이 엉켜서 짧아진 그네를 바라보았다.

그네는 살짝 흔들리고 있었다. 끼익, 끼익. 희미하게 삐걱거리는 소리가 하루의 귀에만 닿았다.

벤치 등받이에 등을 기대고 앉아만 있는데도 이마에 맺히는 땀을 손등으로 닦았다.

날이 저물기 시작한 하늘에는 다양한 색깔의 구름이 떠 있었다. 빨강, 오렌지, 분홍, 보라, 잿빛, 하양……

오늘 경기가 있는 날인가, 하고 멍하니 생각했다.

드리블하면서 공을 퉁퉁 튕기는 리듬과 농구화가 코트 바닥을 문지르는 소리가 멀리서 들리는 매미 울음소리와 섞여 머릿속에 메아리쳤다.

시선을 내리자 깁스 곁에는 팀원들이 적어준 메시지가 가득했다.

'빨리 나아' '기다릴게!' '우리가 간토 지역 대회로 데려갈 테니까 안심해' '재활 훈련 힘내!' 그중에서 요스케가 쓴 메시지에 하루의 시선이 멈췄다.

'미안해'

흐릿한 글씨로 짤막하게 쓴 말.

깁스 안쪽이 가려워서 벅벅 긁고 싶었다. 하지만 손가락이 닿지 않아서 석고 가장자리로 튀어나온 부분을 손톱으로 찍는 게 고작이었다.

지금까지 하루는 클럽팀 네 곳을 옮겨 다녔다. 언제나 큰 대회 직전에 교통사고로 다쳐서 출전하지 못했고, 그때마다 팀원들에게 격려를 받았다.

아쉬워하는 하루를 아무도 의심하지 않는 듯했다.

어느 팀에서든 다들 하루를 위로하려 애썼고, '불운한 사고'를 원망하며 쾌유를 기원해주었다.

하지만 하루는 사고를 당했다는 사실을 아버지와 함께 알리러 간 후로는 두 번 다시 클럽팀에 얼굴을 내비치지 않았다.

얼핏 봐서는 모를 정도까지 상처가 나으면 즉시 다음 동네로 이사했기 때문이다.

같은 동네에서 계속 교통사고를 당하면 의심받을 테고, 더는 농구를 못 한다는 설정으로 위자료를 받았는데 농구하는 모습을 들키면 골치 아파진다는 것이 아버지 생각이었다.

말썽이 생겨서 이상한 소문이 퍼지면 위자료를 받아내기 힘들어지잖아. 눈 딱 감고 다쳤는데 돈이 들어오지 않는 건 너도 싫지?

분명 이번에도 깁스를 풀자마자 이사할 게 뻔하다. 3백만 엔이나 받았겠다, 곧 6학년 2학기니까 어쩌면 졸업할 때까지는 머물 수 있을지도 모른다. 하지만 중학교는 다른 곳에서 다니게 될 것이다.

지금까지도 몇 번이나 겪은 일이었다. 아무리 매일, 많은 시간을 함께 보냈어도 만나지 않으면 금방 과거의 존재가 된다. 하루는 그걸 알고 있었다.

지금까지와 딱 하나 다른 점은 요스케가 사고에 책임을 느끼고 있는 듯하다는 것이었다.

요스케는 자기가 하루를 부르는 바람에 하루가 멈춰 서서 차에 치였다고 믿는다. 원래부터 하루가 차에 부딪힐 작정으로, 차가 피하지 못할 타이밍을 노려 뛰어들었다고는 상상도 하지 못할 것이다.

하루, 하고 울부짖는 요스케의 목소리가 머릿속에 울려 퍼졌다. 요스케는 경기에 졌을 때나, 연습 중에 발목을 삐었을 때도 드러내지 않았던 어린아이 같은 얼굴로 눈물을 줄줄 흘렸다.

사고 이틀 후에 하루가 깁스를 하고 등교하자 다른 아이들은 차례차례 하루를 둘러싸고 팔이 왜 그렇게 됐는지, 괜찮은지 물었다.

하지만 요스케는 멍한 표정으로 우두커니 서 있었다.

아이들이 물러가자 잔뜩 굳은 얼굴로 비틀비틀 다가온 요스케는 떨리는 입술로 미안해, 라는 말을 꺼냈다.

하루는 네 탓 아니야, 하고 사고 직후에 했던 말과 똑같이 말했다. 하지만 요스케는 비장한 표정으로 나도 이번 대회에 안 나갈 거야, 하고 말했다.

하루는 요스케를 똑바로 쳐다보았다.

"왜?"

"하루가 못 나가게 됐는데, 나만 나갈 수는······."

하루의 마음속에 스스로도 잘 모를 감정이 솟구쳤다.

귀찮은 소리를 하는구나. 머리로는 그렇게 생각했지만 어쩐지 달콤하게 가슴속을 간질이는 듯한 감각을 지울 수 없었다.

그러게, 그럼 요스케도 나가지 마. 그렇게 말하면 뭐라고 할까.

깜짝 놀란 표정을 지을 것이라 생각하자 갑자기 시시해져서 한숨을 쉬었다.

"그럴 필요 없어."

"하지만."

"다 나으면 돌아갈 테니까 그때까지 계속 이기기나 해."

정해진 대사를 읊듯이 말하자 요스케는 마지못해 고개를 끄덕였다.

지금까지 거쳐온 클럽팀에도 요스케 같은 녀석이 있었다.

상냥하고 배려심 있지만 자신이 상상할 수 있는 범위에서 배려하는 것이 상대에게 얼마나 폭력적인지 알아차릴 만큼 상냥하지는 않다.

진짜로 상대를 배려하는 것이 아니라 자기는 상대를 배려하는 사람이라는 설정을 지키기 위해 말을 던지므로, 말을 던진 후에 무슨 사태가 벌어질지는 상상하지 않는다.

아버지가 한 건 또 해보자고 말했을 때보다 이렇게 독선적인 배려를 받았을 때 하루는 모조리 털어놓고 싶은 욕구를 억누르기가 더 힘들었다.

요스케가 믿어 의심치 않는 장밋빛 세상을 부숴버리고 싶었다. 상냥하지도 배려심이 있지도 않다는 걸 깨닫게 해주고 싶었다.

도움을 받고 싶은 게 아니라 상대의 가슴에 못을 박고 싶었다.

문득 오른쪽 장딴지에 기척이 느껴져서 반사적으로 찰싹 때렸지만 모기에 물린 뒤였다.

느릿느릿 고개를 들어 공원의 시계를 올려다보았다. 오후 6시 반. 아버지는 또 술을 마시고 있을까.

좁은 집에 단둘이 있는 광경을 상상만 해도 가슴속에 검은 연기가 차오르는 듯한 기분이었다.

하루는 장딴지를 벅벅 긁었다. 긁을수록 더 가려웠다.

비닐봉지에는 아직 피자맛 포테이토칩이 남아 있었다.

검은색 포장지 표면에는 듬뿍 얹은 치즈가 쭉 늘어난 진짜 피자 사진이 담겨 있다. 반사적으로 혀 위에 침이 배어났다. 탁한 소리가 커져서 귀가 먹먹해졌다.

소리는 언제부터인가 계속 들렸다.

처음에는 귀에 물이라도 들어간 줄 알았다. 하지만 머리를 기울인 채 폴짝폴짝 뛰어도 귀는 낫지 않았고, 소리는 이따금 커졌다가 작아졌다. 대화 상대의 말소리가 들리지 않을 만큼 시끄러워지기도 했고, 다른 소리에 섞여서 신경 쓰이지 않을 때도 있었다.

소리를 의식하면 머리가 멍해진다. 반투명한 막에 휩싸인 것 같은 느낌에 이어 자기 자신까지 반투명해지는 기분이 든다.

딸랑, 하는 맑은 소리가 막 표면을 두드렸다.

소리가 난 방향으로 고개를 돌리자 덤불에서 빨간 목걸이를 한 삼색 고양이가 나타났다.

고양이는 하루를 힐끔 보더니 바로 방향을 바꿔서 공원 출구로 걸어갔다. 그 우아한 뒷모습을 바라보고 있으니 어떤 일이 번뜩 떠올랐다.

하루는 벤치에서 일어나 공원을 나섰다.

기억을 더듬으며 길을 돌아 주택가 안쪽으로 나아갔다.

요전에 이 공원에서 아까 그 고양이와는 다른 고양이를 만난 날이 머릿속에 되살아났다.

털이 꾀죄죄하니 비쩍 마른 그 검은 고양이는 주먹밥을 먹는 하루의 발치에 달라붙어 먹을 걸 달라고 졸랐다. 하는 수 없이 주먹밥에 든 연어를 나눠주자 고양이는 야옹, 하고 울며 공원 출구로 향했다. 그리고 하루를 돌아보며 또 야옹, 하고 울었다.

마치 따라오라고 하는 듯한 몸동작이라 하루는 고양이를 쫓아갔다.

그리고 어느 단독주택의 정원에 다다랐다.

콘크리트 블록 담장과 나무로 둘러싸인 잔디 위, 죽 줄지은 빨간 벽돌 앞에 투명한 플라스틱 같은 것이 놓여 있었다. 고양이가 재촉하듯 울길래 정원에 숨어들어 다가가 보자 생선구이가 든 플라스틱 팩이 있었다.

혹시 음식을 나눠준 보답으로 자기의 밥자리를 알려준 걸까.

하루는 고양이를 보았다. 하지만 그런 것이 아니라 그저 뚜껑을 열어달라고 요구하는 듯했다.

하루가 뚜껑을 열어주자 고양이는 플라스틱 팩을 땅에 내려놓기도 전에 생선구이를 정신없이 먹었다. 더 이상 하루를 보지도 하루를 향해 울지도 않았다.

그때 그 집으로 향하며 하루는 그냥 확인해볼 뿐이라고 자신의 행동을 정당화했다.

딱히 먹으려는 건 아니다. 무엇보다 먹을 수 있는 상태인지 아닌지도 모른다.

—하지만 만약 먹을 수 있다면.

그날 놓여 있던 것은 사람이 먹는 반찬이었다. 하루도 자주 가는 역 건물의 반찬가게에서 본 적 있는 반찬 팩으로, 유통기한은 고작 하루 지났을 뿐이었다. 스티커에 적혀 있던 가격은 198엔.

곧 급식이 끝난다.

먹을 것이 하나도 없어서 우유와 물로 어떻게든 배를 채워야 하는 날이 확실히 다가온다.

오늘도 반찬이 놓여 있을지, 놓여 있다면 어떤 반찬일지 일단 확인할 뿐이다.

집 앞에 도착하자 1층도 2층도 불이 꺼져 있는 듯했다.

길에도 지나다니는 사람은 없었다. 어느 집에서 실외기 돌아가는 소리만 들릴 뿐, 눈앞의 집은 묵묵히 침묵을 지켰다.

하루는 나무 사이에 얼굴을 대고 시선을 모았다.

전에 생선구이가 놓여 있던 곳에 뭔가가 있었다.

하루는 숨을 삼키고 한 번 더 주변을 둘러본 후, 허리를 구부리고 나무 틈새로 몸을 밀어 넣었다.

나뭇잎이 스치는 소리에 심장 박동이 빨라졌다. 쿵쿵 뛰는 가슴을 달래며 정원에 숨어들어 쪼그려 앉은 자세로 조심조심 반찬 팩으로 다가갔다.

반찬 팩 앞까지 다다랐을 때 어느덧 해가 졌다는 사실을 깨달았다. 어스름 속에서 반찬 팩에 얼굴을 가까이 대고 스티커를 확인했다.

'고구마 맛탕 유통기한 1998.7.11.'

물엿을 발라 윤기가 흐르는 고구마 맛탕을 보자 입안에 침이 고였다.

—어차피 이건 고양이가 못 먹지 않나?

아무도 못 먹고 버릴 바에야 내가 먹는 편이 낫지 않을까.

이 집 사람도 분명 길고양이에게 줄 작정으로 놓아뒀으리라. 지금 집에 없다면 고양이가 먹든 자신이 먹든 다를 바 없다.

하루는 머뭇머뭇 손을 뻗었다.

반찬 팩을 주워들다가 움직임을 멈췄다.

—길고양이가 먹은 것처럼 꾸미려면 반찬 팩은 놔두는 편이 나을지도 모른다.

사람이 가져갔다는 걸 눈치채면 반찬을 밖에 놔두지 않을지도 모른다.

그렇지만 여기서 먹으면 언제 집주인이 돌아올지 모른다.

심장이 아플 만큼 빠르게 뛰었다. 망설이는 시간이 아까웠다. 아무튼 빨리 먹고 반찬 팩은 두고 가자.

그렇게 생각하고 반찬 팩을 연 순간.

덜컥, 하고 작은 소리가 지척에서 들렸다.

3. 나카무라 요스케

경기 종료를 알리는 호루라기 소리가 들린 순간, 무릎에서 힘이 쭉 빠졌다.

요스케는 어깻숨을 쉬며 스코어보드로 고개를 돌렸다.

76 대 54.

새삼 확인할 필요도 없이 결과는 참패였다.

이길 법한 상황은 한 번도 찾아오지 않았고, 한때는 30점 넘게 점수가 벌어졌다. 상대 팀은 승리를 확신했는지 마지막에는 주전 선수를 빼기까지 했다.

얕보였다는 것보다도, 스스로도 얕볼 만하다는 생각이 들어서 분했다. 코치는 마지막 작전 시간에 이제부터 역전해서 베스트 멤버로 싸우지 않은 걸 후회하게 해주자고 했지만, 구체적인 방법은 제시해 주지 않았다.

하루가 없는 코트는 너무 넓었다.

골대가 어찌나 먼지 드리블을 하든 패스를 하든 좀처럼 공이 다다르지 못했다. 조금씩이라도 만회해야 한다는 생각에 죽어라 코트를 달렸지만, 성급한 패스는 바로 차단당했다. 간신히 골대 아래까지 도착해도 슛이 몇 번이나 림에 맞고 튕겨 나왔다.

하루가 팀에 들어온 후로 압승이 이어졌다. 다들 사기가 높아졌고, 팀 전체의 실력이 단숨에 늘어났다고 느꼈다.

이번 대회를 위해 매일 맹연습하고, 많은 작전을 세우고, 상대 팀을 분석했으며, 반드시 이기자고 모두 함께 의욕을 불태웠다.

요스케는 체육관 2층 객석을 올려다보았다.

쭉 훑어보았지만 역시 하루의 모습은 없었다.

오늘 경기가 있는 날인 줄은 하루도 당연히 알 것이다. 하지만 어제 학교에서 만났을 때, 요스케는 경기를 보러 올 거냐고 하루에게 물어볼 수 없었다.

출전하지 못하게 된 경기를 보고 싶을 리 없다.

그래도 혹시 하루라면 와줄지 모른다고 약간 기대했지만, 결국 마지막까지 나타나지 않았다.

하루가 와줬다면 어땠을까, 하는 생각을 버릴 수 없었다. 하지만 보지 않아서 다행이라는 기분도 들었다.

이렇게 한심한 꼴을 하루에게 어떻게 보여준단 말인가.

상대 팀과 인사하기 위해 줄을 설 때도, 코치 앞에 모여 격려를 받을 때도 요스케는 머리가 마비된 것처럼 정신이 몽롱했다.

팀원들이 흐느끼는 소리를 들으며 그저 손바닥만 들여다보았다.

간토 지역 대회에 진출해 놓겠다고 하루와 약속했다.

대회에 나가서 하루를 맞이했다면, 양심의 가책을 조금은 덜었을지도 모르는데.

사고가 발생한 날 이후로 하루와 함께하는 시간이 확 줄었다.

학교에서는 평소처럼 대화하고, 이동 수업 때나 쉬는 시간에도 함께 지내지만 종례가 끝나면 하루는 바로 집에 간다.

적어도 학교에서는 지금까지와 거의 다름없어 보였다.

깁스를 해서 체육 시간에는 쉬지만, 담담히 수업을 듣고 변함없이 급식 시간에는 밥과 반찬을 여러 번 받아서 먹는다.

다쳐서 경기에 출전하지 못하게 됐는데도 하루는 전혀 개의치 않는 것 같았다.

처음에는 자신에게 괜히 눈치를 줄까 봐 그러는 줄 알았다. 하지만 그런 점을 감안해도 하루는 너무 무덤덤했다.

이 정도까지 낙담한 낌새를 보이지 않다니 요스케로서는 하루를 이해할 수 없었다.

자기 같으면 분명 억울하고 서글프고 화가 나서 엉망이 됐을 것이다. 부모님이나 친구에게 화풀이했을지도 모른다.

다른 사람들이 연습해서 점점 실력을 쌓는 동안, 자기만 아무것도 못 하고 가만히 있어야 한다니……, 그렇게 생각한 순간 요스케는 문득 깨달았다.

내내 그런 생각을 하지 않았던가?

하루를 따라잡고 싶다고. 뒤떨어지고 싶지 않다고. 하지만 하루가 멈춰 서지 않는 한, 이 격차는 메울 수 없다고.

그래서 어쩌면 요스케 자신이 머릿속 한구석으로 이런 상황을 바란 것 아닐까.

하루 혼자 연습을 못 해서 멈춰 설 수밖에 없기를.

—아니야.

요스케는 허둥지둥 부정했다.

그렇게 못된 바람을 품을 리 없다. 하루가 괴로워하는 모습을 보고 싶을 리 없다.

하지만 그렇다면 아무렇지도 않은 것 같은 하루의 모습이 왜 이렇게 마음에 걸리는 걸까.

하루는 언제나 얇은 벽 너머에 있었다.

아무리 다가가도 실체를 만질 수 없었다. 벽 안쪽으로 손을 뻗으려 하면, 하루는 재빨리 벽을 두껍게 만들었다. 온화한 웃음을 얼굴에 갖다 붙이고서 모질지 않게 은근슬쩍.

—임간학교 일도 그래.

이번 주 목요일, 학급회의 시간에 선생님이 임간학교 조 편성을 마무리하자고 했다.

요스케는 결국 조 편성 이야기를 못 했다는 게 생각나서, 토의 시간이 주어지자마자 하루에게 달려갔다.

하지만 하루는 아무렇지도 않게 "아, 미안해. 난 안 가" 하고 말했다.

어안이 벙벙해진 요스케는 깁스한 하루의 팔을 보았다.

"……다쳐서?"

그제야 팔이 부러지면 씻기도 옷을 갈아입기도 힘들다는 걸 깨달았다. 하지만 그런 것쯤은 도와줄 수 있는데.

그렇게 말하려 하자 하루는 "아아, 아니야, 아니야" 하며 부러지지 않은 오른손을 내저었다.

"원래 안 갈 생각이라 돈도 안 냈어."

무슨 말을 하는 건지 이해가 되지 않았다.

—임간학교에 안 간다고?

그런 6학년이 있을 줄은 꿈에도 몰랐다.

닛코에서 진행되는 임간학교는 다들 기대가 크고, 매년 졸업식 때마다 '6학년의 추억'으로 제일 많이 언급되는 행사다.

게곤 폭포6도, 캠프파이어도, 담력 테스트도, 닛코 원숭이 군단7도 모두 6학년이 되기 전부터 화제로 삼았다.

게곤 폭포는 상상보다 훨씬 크고 박력이 넘쳐서 보고 있으면 감동마저 느껴진다고 한다. 체육 시간에 배울 때는 창피하기만 한 포크 댄스도, 캠프파이어 때는 이상하게 신이 나서 아주 즐

6 일본 3대 폭포로 꼽히는 높이 97미터의 폭포.
7 닛코에 본거지를 둔 원숭이 공연단 또는 그 공연.

겁다고 들었다. 담력 테스트는 남학생과 여학생이 짝을 지어서 진행하는데, 매년 그 자리에서 고백하는 사람이 나온다고 한다. 닛코 원숭이 군단은 원숭이가 아주 영리해서 재미있고, 돌아오면 한동안은 원숭이 흉내가 유행한다고 한다.

6학년 하면 닛코라는 이미지가 있었으므로, 임간학교 일정을 알리는 프린트물을 받기만 했는데도 드디어 우리 차례가 왔구나 싶어 마음이 들떴을 정도였다.

하루도 교과서에 실린 닛코 도쇼구[8] 사진을 보며 난 이런 걸 구경하러 가 본 적이 없어, 하고 말했다. 이걸 인간이 만들었다니, 가까이에서 보면 어마어마하겠다, 하고 간절하니 꿈꾸는 듯한 말투로.

그런데 왜 이렇게 아무렇지도 않은 듯한 표정인 걸까.

"왜?"

요스케는 그렇게 물어보는 것이 고작이었다.

하루는 "돈이 드니까" 하고 역시 아무렇지도 않게 대답했다.

요스케는 아무 말도 할 수가 없었다.

하루의 집에 돈이 별로 없다는 것은 알고 있었다.

하루는 자전거가 없고 용돈도 못 받는다. 다들 스포츠음료를 마실 때 하루는 물을 마셨고, 반 아이들 몇몇이 모여 『명탐정 코난』 극장판을 보러 가기로 했을 때도, 연습을 마치고 돌아가

---

8   에도 막부를 세운 도쿠가와 이에야스를 모신 신사.

는 길에 맥도날드에 들르기로 했을 때도 하루만 가지 않았다. 오락실에 따라온 적은 있지만, 거기서도 하루는 다른 아이들이 노는 모습을 옆에서 구경만 했다.

옷도 농구화도 아버지에게 물려받은 것이고, 하루가 급식으로 나온 빵을 몰래 가지고 돌아가는 모습도 몇 번 봤다.

그리고 하루는 급식을 먹은 후 반드시 양치질을 했다.

집에서 하기도 귀찮은데 학교에까지 양치도구를 가지고 와서 양치질을 하기에 이유를 묻자, 하루는 절대로 충치가 생기면 안 되니까, 라고 답했다. 이가 아픈 건 못 참는다면서.

무슨 뜻인지 잘 모르겠길래 요스케는 집에 가서 어머니에게 이야기했다. 그러자 어머니는 딱하다는 표정으로 그런 집도 있어, 하고 대답했다. 그런 집이라니? 아파도 병원에 마음대로 못 가는 집 말이야.

어머니의 설명을 듣자 하루의 말이 다르게 다가왔다.

이가 아픈 건 못 참는다. 즉, 다른 상처나 병은 어지간하면 참는다는 뜻 아닐까.

충치를 그토록 두려워하는 건 그 지독한 통증을 계속 참아야 했던 적이 있기 때문 아닐까.

너무 두려워서 요스케는 더 이상 생각하지 않기로 했다. 돈이 없는 것이 이유라고 추측되는 상황에 맞닥뜨릴 때마다 못 본 척 시선을 돌렸다.

하지만 임간학교만은 지나칠 수 없었다.

6학년의 임간학교는 평생에 단 한 번뿐이니까.

날짜가 코앞으로 다가오면 아이들은 분명 그 이야기만 할 테고, 돌아온 후에도 한동안은 임간학교의 추억을 꺼내놓을 것이다.

"어떻게 안 될까?"

요스케는 참지 못하고 물었다.

"선생님한테 상담하면 어떻게 해주지 않으려나."

"글쎄."

하루는 나른한 표정으로 고개를 기울였다.

요스케는 꽉 짓눌린 것처럼 가슴속이 아팠다.

프린트물에 적혀 있던 숫자가 떠올라 주먹을 움켜쥐었다.

분명 3만 엔 정도였을 것이다. 어렸을 적부터 모아온 세뱃돈으로도 그 정도는 낼 수 있다.

"……내가 빌려주면 안 돼?"

낸다고 하려다가 빌려준다로 말을 바꿨다.

그 순간 하루는 진심으로 질색하는 표정을 지었다.

"집어치워."

찬물을 머리부터 끼얹은 것처럼 요스케는 온몸이 차가워지는 기분이었다.

해서는 안 되는 말을 했다는 걸 깨달았다.

하루는 바로 표정을 풀고 "에이, 이 나이에 벌써 빚이라니 싫어" 하고 장난치듯 웃었다.

빚지기 싫으면 갚지 않아도 된다고 하고 싶었지만 이번에는 말을 꿀꺽 삼켰다.

그런 소리를 했다간 하루에게 진짜로 미움받을 것 같았기 때문이다.

결국 거기서 이야기는 끝났다.

그 후로도 요스케는 다른 방법이 없을까 수없이 고민했다.

하루는 정말로 닛코에 가고 싶지 않은 걸까.

뭔가 내 힘으로 할 수 있는 일은 없을까.

한 번만 더 하루와 이야기하고 싶다고 생각할 때마다 질색하던 하루의 얼굴이 눈앞에 어른거렸다.

웬일로 하루가 감정을 드러냈다. 하지만 다시는 그런 표정을 대하고 싶지 않았다.

다른 친구에게는 말할 수 없어서 어머니에게 몰래 상의해봤지만, 어머니는 안됐네, 무슨 방법 없으려나, 그런 소리만 했다. 하는 수 없이 아버지에게 털어놓자 그냥 가만히 놔둬, 하고 충고했다. 어쨌거나 자꾸 생각나면 싫을 테니 그 아이 앞에서는 되도록 닛코 이야기를 하지 말라고.

시야에서 뭔가가 움직여서 정신을 번쩍 차리자 다들 일어서는 참이었다.

둥글게 모여서자 코치가 고개를 쑥 내밀었다.

"패배를 성장의 원동력으로 삼는 거야, 알겠지?"

네, 하고 요스케를 제외한 팀원들이 입을 모아 대답했다.

체육관 바닥에 줄지은 빨강, 하양, 검정 농구화와 거기서 뻗어 나온 수많은 다리가 눈에 들어왔다.

어깨동무한 팀원의 축축하고 무거운 팔이 기분 나빴고, 자신이 왜 이런 곳에 있는지 알 수가 없었다.

"겨울 전국대회 예선까지는 아직 시간이 있어. 마음을 다잡고 다시 훈련에 매진하자."

"네!"

선수들과 코치가 어깨동무를 풀고 흩어지기를 기다렸다는 듯 조금 떨어진 곳에 있던 학부모들이 다가왔다.

어머니는 사려 깊은 표정으로 요스케의 목에 수건을 걸고 이마의 땀을 닦아주었다.

"아깝게 됐네."

바로 아깝긴 뭐가 아까워, 하고 따지고 싶어져서 고개를 홱 돌렸다. 유치하게 응석을 부리는 것만 같아서 자기 자신이 싫어졌다.

체육관 앞 출입구에서는 비슷한 상황이 많이 펼쳐졌다. 부모에게 위로를 받고 울거나 툴툴거리는 팀원들.

갑자기 눈물이 핑 돌았지만 여기서 울고 싶지는 않아서 입술을 꽉 깨물었다.

하루가 몹시 보고 싶었다.

4. 하시모토 하루

하루는 화들짝 놀라 고개를 들고 1층 창문을 보았다.

불은 켜져 있지 않았고 커튼도 쳐져 있었다. 신중하게 고개를 움직여 주변을 살폈다.

분명 방금 소리가 났다.

덜컥, 하고 금속끼리 부딪치는 듯한 작은 소리. 정원 밖이 아니라 근처였다.

하루는 천천히 몸을 일으켜 줄지은 벽돌 안쪽으로 살짝 들어가서 창문에 얼굴을 가까이 댔다.

커튼 틈새로 어두침침하고 조용한 방이 보였다. 커다란 식탁과 소파에도, 카펫 위에도, 늘어진 조명 아래에도 사람은 없었다.

기분 탓이었을까 싶었던 순간, 시야 아래쪽에서 뭔가가 움직였다.

하루는 반사적으로 고개를 숙였다. 다리 사이로 보인 것에 놀라 숨을 삼키고 뒤로 펄쩍 뛰었다.

목구멍까지 올라온 비명이 얼어붙었고, 몸은 엉거주춤한 자세로 굳어버렸다.

―방금 그거 뭐지?

쿵, 쿵, 하고 심장이 아플 만큼 요동쳤다.

콘크리트인 줄 알았던 단단한 바닥은 폭이 20센티쯤 되는 길쭉한 유리판이었다.

그 안쪽에 있던 것은…….

덜컥, 하고 소리가 났다. 하루는 몸을 움츠린 채 소리가 들린 방향을 응시했다.

지면에서 갑자기 검은 머리가 쑥 솟아났다.

헉, 하고 꽉 막힌 목소리가 하루의 입에서 튀어나왔다.

얼굴을 내민 건 남자였다.

길게 기른 앞머리, 이리저리 튀어나오고 헝클어져서 펑퍼짐해 보이는 머리털, 가늘고 길쭉한 눈 아래에 선명하게 박힌 점.

남자는 하루를 보는 듯하면서도 보고 있지 않았다. 졸린 듯 멍한 눈빛이 하루의 가슴께로 향했다.

"그, 그게, 고양이…….”

왜 멋대로 숨어들었는지 설명해야 한다고 생각했지만, 뭐라고 말하면 좋을지 몰랐다. 할 말을 찾고 있자니 남자가 "아아" 하고 고개를 끄덕였다.

"뭐야, 고양이였군."

이해했다는 듯 대꾸하고 고개를 쑥 집어넣었다.

하루는 우두커니 서서 남자가 없어진 공간을 바라보았다.

힘이 전혀 들어가지 않는 다리를 간신히 움직여서 뒤로 한 발짝 물러났다. 하지만 더 이상은 움직일 수 없었다.

손을 내려다보자 고구마 맛탕이 담긴 반찬 팩이 휘어져 있었다.

—대체 뭐지?

굳었던 머리가 조금씩 돌아가기 시작했다.

왜 저런 곳에 사람이. 저 공간은. ······지하실?

지금 당장 도망치라는 목소리가 머릿속 어딘가에서 들렸다. 남자가 1층으로 올라와서 밖으로 나올지도 모른다. 지금이라면 도망칠 수 있다.

남자가 창문 밑으로 돌아오는 기척이 느껴졌다.

"고양이가 볶음우동도 먹으려나."

혼잣말치고는 너무 크게 말한 후, 창문으로 팔을 쭉 뻗어서 벽돌 위에 볶음우동이 든 반찬 팩을 올려놓았다.

—고양이'?

하루는 남자가 올려놓은 플라스틱 팩을 내려다보았다.

'볶음우동 유통기한 1998.7.11.' '298엔!' '가성비 최고' '10퍼센트 증량!' 시선이 반찬 팩에 붙은 수많은 스티커를 오갔다.

무슨 일이 일어나고 있는 건지 이해가 되지 않았다. 자신은 멋대로 남의 집 정원에 숨어들었고, 놓여 있던 고구마 맛탕을 훔치려다 들켰다. 이 사람은 "고양이였군" 하고 볶음우동이 든 반찬 팩을 가져와서……. 하루는 순서대로 상황을 확인하다 흠칫 놀라 천창을 바라보았다.

열려 있는 천창 아래에 그 남자는 없었다. 살그머니 다가가서 안을 들여다보자 천창 바로 밑에는 밥상이 놓여 있었고, 남자는 이불 위에 책상다리를 하고 앉아서 텔레비전을 보고 있었다.

─혹시 고양이인 셈 치고 봐준 걸까.

하루는 반찬 팩으로 다시 시선을 돌렸다.

침이 꿀꺽 넘어갔다.

볶음우동은 아주 맛있어 보였다. 양배추와 당근이 버무려진 진한 빛깔의 면 위에 가다랑어포가 듬뿍 뿌려져 있었다.

고구마 맛탕 팩을 붙잡고 있던 손이 움찔했다. 굳어버린 물체가 녹듯 손가락이 조금씩 팩에서 떨어졌다.

하지만 하루가 손을 뻗기 전에 천창에서 팔이 튀어나왔다. 투박하고 커다란 남자의 손이 볶음우동 팩으로 향했다.

"역시 고양이는 안 먹나 보네."

"먹어요!"

저도 모르게 목소리가 튀어나왔다.

달려들려던 순간, 손에 쥐고 있던 고구마 맛탕 팩이 땅에 떨어졌다.

하루가 고구마 맛탕 팩을 얼른 주워들고 볶음우동 팩도 낚아

채자 풋, 하고 웃는 소리가 밑에서 들렸다.

"그렇군. 먹는구나."

남자는 안쪽으로 들어갔다가 이번에는 천창으로 나무젓가락을 내밀었다.

하루는 젓가락을 받아들고 한 박자 늦게 "감사합니다" 하고 고개를 숙였다.

정원 출구를 힐끗 바라보았지만, 나무젓가락을 줬으니 여기서 먹고 가라는 뜻이지 싶어서 잔디 위에 무릎을 꿇고 앉았다.

허벅다리 위에 반찬 팩을 내려놓고 나무젓가락을 쥐자 난리를 치던 심장이 조금씩 진정됐다.

숨을 길게 내쉰 후 이를 사용해 나무젓가락을 떼어냈다.

"잘 먹겠습니다."

남자가 있는 곳에서는 보이지 않는다는 걸 알지만 고개를 숙여 인사했다.

젓가락으로 면을 집으려 하자 플라스틱 팩이 주르르 미끄러졌다. 얼른 젓가락을 쥔 오른손으로 붙잡아서 벽돌 위에 올려놓았다.

몸을 웅크려 반찬 팩에 얼굴을 가까이 대고, 깁스한 왼팔로 반찬 팩을 살짝 누른 채 볶음우동을 먹었다.

굵은 면은 씹는 맛이 있었고 소스도 잘 배었다. 연한 간장 느낌의 부드러운 짠맛이 입안에 퍼졌다.

하루가 음식을 먹는 동안 남자는 아무 말도 하지 않았다. 하루의 존재를 잊어버린 것처럼 이쪽을 쳐다보지조차 않았다.

정말로 고양이가 된 듯한 기분이었다.

경계하면서도 식욕을 억누를 수 없어서 기분 따라 던져주는 먹이에 다가가고 마는 길고양이.

몸을 내밀어 천창에 얼굴을 가까이 대자 이불 위에서 하품을 하는 남자가 보였다.

하루는 고개를 더 뻗어서 방안을 유심히 살펴보았다.

이상한 방이었다.

서가 앞에 멋진 드럼 세트가 있고, 텔레비전의 푸르스름한 불빛이 얇은 이불과 작은 밥상, 쌓아 올린 골판지상자를 비췄다. 천창이 열려 있는데도 텔레비전 소리는 전혀 들리지 않았다. 그 외에 가구다운 가구는 없었지만 허공을 가르듯이 쳐놓은 끈에 옷걸이를 여러 개 걸어놓은 탓인지 어수선한 느낌이 들었다.

"드럼 치세요?"

하루는 별생각 없이 물어보았다.

"응?"

남자가 고개를 들었다.

"드럼 안 쳐."

하루는 드럼에서 이불로 시선을 돌렸다.

"아저씨, 여기 사는 사람 아니에요?"

"여기 사는 사람이 아닌 건 아니야."

남자는 묘하게 빙 둘러 말하는 투로 대답했다. 하루는 고개를 갸웃하고 "뭐 하세요?" 하고 다시 물었다.

뭘 하고 있는 걸까, 하고 남자는 말했다.

이어질 말을 기다렸지만 남자는 그걸로 대답이 됐다고 생각했는지 입을 다물고 텔레비전으로 다시 고개를 돌렸다.

하루는 천창으로 고개를 살짝 넣어서 남자 앞에 있는 텔레비전 화면을 보았다. '사자에 씨[9]'가 나오고 있었다. 사자에의 남동생 가쓰오가 불만스럽게 입을 삐죽거리고 있었지만, 소리가 들리지 않아서 어떤 장면인지는 잘 알 수 없었다.

"……텔레비전 보세요?"

"텔레비전 안 봐."

이상한 사람이라고 하루는 생각했다.

질문을 던지면 같은 말이 부정형으로 바뀌어서 돌아오기 때문인지 기묘한 거울과 이야기하는 듯한 기분이었다.

남자는 하품을 한 후 느릿느릿 선풍기 앞으로 이동하더니, 고개를 내밀고 돌아가는 선풍기 날개를 바라보았다.

—이 사람이야말로 커다란 고양이 같아.

하루는 능에서 힘이 빠져나갔다.

"이 가게 반찬 좋아하세요?"

---

9   주인공 후구타 사자에와 그 가족의 일상을 그리는 애니메이션. 1969년부터 방영된 장수 프로그램이다.

남자는 몹시 어려운 질문을 받았다는 듯 "이 가게 반찬……"
하고 중얼거리고 생각에 잠겼다.

"이거 역 건물에 있는 반찬가게 거잖아요."

하루의 말에 이번에는 "몰라"라는 대답이 돌아왔다.

"아저씨가 직접 사 온 거 아니에요?"

"직접 사 온 거 아니야."

아까 말투로 되돌아갔다.

요령 있게 대답을 해주는 건 아니지만 그렇다고 적당히 얼버
무리고 넘어가는 느낌도 아니었다. 오히려 아주 성실하게 질문
과 마주하는 듯한 태도였다.

먹을 것은 주지만 왜 배가 고픈지는 물어보지 않는다. 이쪽
에 흥미가 없어 보이지만 질문하면 대답한다. 하루가 여기서
음식을 받고 질문하는 것이 당연하다는 듯.

하루는 천창에서 물러나 고구마 맛탕 팩을 열었다.

물엿이 잔뜩 묻은 고구마를 젓가락으로 푹 찔러서 입에 넣었
다. 바삭바삭한 부분의 식감과 몸의 윤곽이 희미해질 만큼 진
한 단맛을 천천히 맛보았다.

마지막 한 조각을 혀 위에서 굴리며 하늘을 올려다보았다.

감색 하늘에 자잘한 별이 수없이 떠 있었다. 가물거리듯 미
약하게 반짝이는 별들을 계속 바라보았다.

미지근한 바람이 땀 맺힌 이마를 어루만졌다.

쏴아, 하는 소리가 갑자기 커졌다. 물결처럼 밀려오는 소리

가 지나가기를 숨죽인 채 가만히 기다렸다. 막이 온몸을 감쌌다가 조금씩 녹아내렸다. 그 나른한 감각에 몸을 맡기고 숨을 길게 내쉬었다.

지쳤다.

어쩐지 여러 가지에 지쳐버렸다.

밥을 못 먹을까 봐 늘 걱정해야 하는 것에도, 아버지 기분을 신경 써야 하는 것에도, 왼팔을 쓸 수 없는 것에도, 반 아이들과 팀원들에게 거짓말을 하는 것에도……, 실은 오래전부터 지쳤는지 모른다.

이대로 드러눕고 싶었다.

온몸을 내팽개친 채 잠들고 싶었다.

하지만 하루는 고개를 내리고 오른손으로 잔디를 짚으며 일어섰다.

"잘 먹었습니다."

천창을 향해 말하자 방 안쪽에서 남자가 일어서는 기척이 느껴졌다.

천창 아래까지 온 남자가 아무 말도 없이 손을 내밀었다. 하루는 한 번 더 감사 인사를 하며 빈 반찬 팩과 젓가락을 건넸다. 남자는 원래 있던 자리로 돌아가려 했다.

"또 와도 되나요?"

입이 멋대로 움직였다.

남자가 멈춰 서서 돌아보았다. 남자의 시선이 하루의 얼굴로 향했다. 하루는 눈을 내리깔았다.

"또 와도 돼."

부정형이 아닌 대답은 처음이었다.

하루는 어느 틈엔가 참고 있던 숨을 내쉬었다.

호흡이 편해지자 예전에 언제 그랬는지 기억도 안 날 만큼
오랜만에, 남에게 뭔가 부탁했다는 것을 깨달았다.

5. 나가오 도요코

수영장에서 나오자 몸이 몹시 차가웠다.

위팔을 문지르며 탈의실로 달려가 어머니가 만들어준 랩 타월로 몸을 대강 닦았다. 학교 수영복 어깨끈만 먼저 내리고 나서 타월을 두르고 앞에 달린 똑딱이 단추를 채웠다.

손이 곱았는지 손가락이 잘 움직이지 않았다. 똑딱, 하고 단추 채워지는 소리가 좀처럼 들리지 않았다. 기를 써서 몇 개 채우다가 좌우가 엇갈렸다는 걸 알아차렸다.

도요코는 짜증을 내면서 몇 번이나 되풀이했다. 간신히 단추를 다 채웠을 때 앞에 있는 동전 반환식 로커에 시선이 빨려들었다.

누군가 백 엔 동전을 놓고 갔다.

운 좋다고 도요코는 생각했다. 이걸로 자동판매기에서 아이스크림을 사 먹을 수 있다.

재빨리 동전을 집어서 수영 가방에 넣고, 또 없을까 싶어 로커로 시선을 돌렸을 때였다.

도요코는 숨을 삼키며 눈을 부릅떴다.

눈에 들어오는 모든 로커에 백 엔 동전이 있었다.

도요코는 허둥지둥 주변을 둘러보며 다른 사람이 없는지 확인했다. 이만큼 있으면 뭘 살 수 있을까. 소꿉놀이용 가스레인지를 살 수 있다. 수예 세트도 살 수 있다. 과자도 실컷 살 수 있고……, 아참, 그 코끼리 장식품도.

콩닥거리는 마음으로 도요코는 얼른 동전을 모았다. 왼손이 금방 가득 차자 수영 가방 속의 갈아입을 옷 아래에 동전을 쑤셔 넣고 다시 로커로 달려들었다.

머리에서 떨어지는 물방울이 어깨를 적셔서 점점 추워졌다. 그래도 도요코는 쉬지 않고 동전을 모았다. 좀 더, 좀 더, 여기 있는 동전을 몽땅. 그런데 손이 닿지 않는 제일 위쪽 로커에 있는 동전을 모으기 위해 벤치를 끌고 와서 위에 올라선 순간, 근처에서 어, 하고 놀라는 목소리가 들렸다.

어느 틈엔가 탈의실에 사람들이 돌아왔다. 낯선 사람들 가운데 엣짱과 사토 선배, 아사미 씨의 얼굴이 보였다.

아, 내 백 엔이 없네, 하고 엣짱이 말했다.

로커로 달려간 사토 선배가 내 것도, 하며 도요코를 보았다. 어, 뭐야. 이상하네. 분명히 있었는데. 사람들이 차례차례 목소리를 높였고, 도요코에게 시선이 모였다.

도요코는 벤치에서 내려오지 못하고 고개를 푹 숙인 채 가만히 서 있었다.

어쩌지, 들켰어, 좀 더 빨리 그만둬야 했어······,

거기서 눈이 떠졌다.

도요코는 낯익은 천장을 멍하니 올려다보다가 눈곱을 떼려고 손을 들었다. 그제야 자신이 옷을 입고 있지 않다는 게 생각났다.

자다가 이불을 걷어찼는지 음모까지 훤히 드러났다. 구불구불하니 거친 털이 선풍기 바람에 떨렸다.

갑자기 한기가 느껴져서 이불을 어깨까지 끌어올렸다. 몸을 웅크리고 눈을 감았지만, 이번에는 소변이 마려웠다. 참을 수 없을까 싶어 망설이던 끝에 이불에서 빠져나왔다.

옆을 보자 남자는 아예 이부자리 밖에 누워 있었다.

도요코라면 바로 숨이 답답해질 것 같은 엎드린 자세로 편안한 숨소리를 냈다.

도요코는 남자의 엉덩이와 등에 이불을 덮어준 후, 옆에 널브러져 있던 속옷과 티셔츠를 입고 지하실을 나섰다. 1층 화장실에서 볼일을 보고 정액이 말라붙은 사타구니를 쓱쓱 닦았다.

2층 자기 방에서 새 속옷과 반바지, 큼지막한 티셔츠로 갈아입고 1층으로 내려와 세면실에서 세수를 했다.

수예 세트라니, 하고 거울을 들여다보며 입술을 찡그렸다.

소꿉놀이용 가스레인지도, 수예 세트도 부모님에게 사달라고 졸랐지만 생일까지 기다리라고 퇴짜를 맞았다. 그래놓고 정작 생일에는 다른 선물을 받고 싶어져서 결국 가지지 못한 장난감이었다.

코끼리 장식품은 초등학교 3학년 때 부모님과 오사카 엑스포에 갔을 적에 사려다가 못 산 물건이다. 다른 기념품도 보고 나서 결정하려 했는데 어디서 파는지 잊어버렸다. 집에 돌아갈 때가 되어서야 그걸 꼭 가지고 싶다고 떼를 쓰다가 아버지에게 혼났다. 전시관이 이렇게 많은데 어떻게 찾으라는 거야? 마음에 드는 게 있으면 보자마자 샀어야지.

온몸에 들어간 가느다란 색색의 자수가 아주 예쁜 수입품이었다. 보석 같은 검은색 유리로 만든 동그란 눈을 들여다보고 있으면 빨려들 것만 같았다.

도요코는 집에 돌아온 후로도 한동안 기운 없이 지냈다. 하지만 시간이 흐르자 코끼리 장식품의 반짝이는 눈과 윤곽은 기억 속에서 흐려졌다.

꿈에 나온 사람들도 못 본 지 오래된 사람들뿐이었다. 초등학교 반 친구, 고등학교 합창부 선배, 회사원 시절 동료. 생각해보면 그 무렵에는 아직 동전 반환식 로커도, 아이스크림 자판기도 없었을 것이다.

도요코는 지하실로 이어지는 계단 위에 서서 어머니라면 이 꿈의 다음 내용을 어떻게 이어나갔을까 생각해보았다.

어렸을 적에 무서운 꿈을 꾸고 울면서 깨어나면 어머니는 도요코를 안고 무슨 꿈을 꿨느냐고 물어보았다.

도요코는 용암에 빠졌다는 둥, 교실에 거인이 나타나서 도망쳐 다녔다는 둥 깨어나기 전까지는 선명한 현실이었던 꿈의 내용을 전달하려 애썼다. 하지만 말로 설명하려 하면 할수록 이야기가 지리멸렬하게 어그러졌다. 그대로 잊어버리면 무섭지 않을 것도 같았지만, 어쩐지 내용은 잊어버려도 두려움만은 남을 듯한 기분이 들었다. 오히려 꿈의 형체를 붙잡지 못하면 언젠가 혼자 있을 때 다시 돌아올 것 같은 느낌이었다.

그래서 도요코는 이런 꿈이 아니었을지도 모른다고 생각하면서도 꿈의 조각을 열심히 긁어모아 입 밖으로 꺼냈다. 도요코가 이야기를 마치면 어머니는 '다음 내용'을 상상해서 들려주었다.

이제 다 끝났다고 생각한 순간 갑자기 하늘에서 커다란 제비가 쌩 날아와서 도요코를 등에 태우고 날아갔습니다. 거인이 도요코가 있는 교실 앞까지 왔을 때였어요. 문으로 들어온 거인의 발이 바닥에 떨어진 컴퍼스를 밟자 거인은 푸슉, 하고 단숨에 쪼그라들었답니다. 알고 보니 거인은 풍선이었네요.

아무리 무서운 꿈도 어머니를 거치면 해피엔딩으로 바뀌었다.

그런 꿈을 꾸었던 것이라고 받아들인 도요코는 잊어버리든 기억하든 상관없다는 편안한 마음으로 다시 잠에 빠졌다.

도요코는 어두침침한 계단을 내려가며 어머니 목을 꽉 껴안았던 어린 시절을 떠올렸다. 내려가면 다시는 어머니와 못 만난다. 혼자 남겨질 바에야 어머니와 죽는 편이 낫다……, 하지만 그로부터 몇십 년 후, 결국 어머니는 도요코를 남겨두고 돌아가셨다.

도요코는 지하실 문을 살짝 열고 아까와 다름없는 자세로 자고 있는 남자 옆에 앉아 무릎을 끌어안았다.

남자와 만난 건 2년 전, 부모님의 1주기 법회를 마치고 돌아오는 길이었다.

완전히 캄캄해진 뒤였다. 낮에 내리던 비는 그쳤지만 하늘 가득 뒤덮인 구름 때문에 달빛도 비치지 않았다.

참석자에게 답례품으로 주고 남은 차 세트와 우산을 들고, 신어 버릇 하지 않아 불편한 펌프스를 또각거리며 도요코는 역에서 집으로 걸어갔다.

옛날에 다녔던 중학교 앞을 지나치고 어린이 공원 옆을 빠져나가 모퉁이를 몇 번 돌았다. 마지막 오르막길을 앞두고 고개를 들었을 때, 오르막길 중간에 서 있는 남자가 눈에 들어왔다.

남자는 키가 크고 반소매 차림이었다. 대체 거기서 뭘 하는 건지 그 자리에서 꼼짝도 하지 않았다. 갑자기 시간이 멈춰버린 것처럼 똑바로 앞만 바라보는, 부자연스러운 모습이었다.

도요코는 조금 거리를 두고 지나가려다가 어디서 본 적 있는 사람이라는 걸 알아차렸다.

"아쿠쓰?"

남자가 깜짝 놀란 것처럼 도요코를 보았다.

눈 아래에 있는 점을 보고 역시 아쿠쓰라고 확신하자 뒤늦게 가슴이 술렁였다.

"아, 갑자기 미안해. 나야, 나가오 도요코. 마키니 중학교 동창인데 기억 안 나?"

부끄러움을 얼버무리기 위해 빠르게 말을 잇자 아쿠쓰는 무표정한 얼굴로 "나가오 도요코" 하고 되뇌었다.

그야 당연하다는 감정이 가슴속에 맺힌 희미한 실망감을 지웠다.

같은 반이 된 적은 없었고, 말 한 번 나눠보지 않았다.

그래도 도요코가 아쿠쓰를 기억하는 건, 아쿠쓰가 같은 학교 학생을 때려서 입건됐을 때 도요코도 현장에 있었기 때문이다.

중학생 때 도요코는 우에하라 다케시라는 남학생과 같은 학년이었다.

불량아, 문제아, 개구쟁이. 전부 우에하라를 표현하기에 딱 적합한 밀은 아니었다. 불량아라고 하기에는 찌질한 면이 있었고, 교사에게는 쾌활한 학생으로 통했다. 그리고 개구쟁이라고 천진난만한 어린아이처럼 표현하기에는 어울리지 않게 음침한 구석도 있었다.

도요코는 2학년 때 우에하라와 같은 반이 됐다. 우에하라는 주로 이토 요지를 우스갯거리로 삼아서 자기 힘을 과시하려 했다.

쉬는 시간에 교실에서 노래를 시키고는 돼지 멱 따는 소리라고 욕하며 실내화를 던진다. 벌칙이라며 교사용 회전의자에 앉히고 나가떨어질 때까지 빙빙 돌린다. 텔레비전에서 본 프로레슬링 기술을 시험하고 이토가 울음을 터뜨리면 비웃는다.

남자 화장실에서 이토의 비명이 들리거나, 이토가 우에하라에게 지갑을 빼앗기는 광경을 본 적도 있었지만 도요코는 딱히 아무것도 하지 않았다.

당시 도요코는 자기 자신을 걱정하는 것만으로도 벅찼기 때문이다.

어쨌든 반에서 겉돌지 말자는 생각밖에 없었다.

매일 아침 학교에 가려니 우울했다. 하지만 하루라도 쉬면 그 틈에 자기가 머물 곳이 사라질 것만 같아서 지각조차 할 수 없었다. 선생님이 무슨 일로 "둘이서 짝을 지으렴" 하고 말할 때마다 긴장했고, 쉬는 시간이 될 때마다 빨리 수업이 시작되기를 바랐다.

이동 수업을 받을 때 함께 다니는 아이가 두 명 있기는 했지만, 실은 도요코를 뺀 나머지 둘끼리 마음이 잘 맞았다.

셋이서 이야기해도 도요코에게만 시선을 주지 않거나 말을 흘려 넘기고는 했다. 그렇듯 사소한 일을 마음에 담아두기가 싫어서, 가끔 일부러 혼자서도 괜찮은 척 따로 행동하자 두 사람과 거리가 더 멀어졌다.

뭔가 시험했다가 실패할 때마다 어릴 적부터 시간을 들여 모아온 것이 깎여나가는 기분이었다. 자기 자신을 그렇게 나쁘지 않은 사람이라고 여기는 감각, 근거 없는 자신감, 장래를 기대하는 마음. 그런 것들을 조금씩 지불하면 그 대가로 당분간은 외톨이가 되지 않을 수 있다.

이토도 외톨이가 되기보다는 어울리는 게 나으니까 그런 것들이 깎여나가는 상황을 감수하고서라도 우에하라 패거리와 함께 있기를 선택한 건지도 모른다고 스스로를 합리화했다. 도움을 요청받은 적은 없었다. 다른 아이들과 함께 웃은 적도 있었다.

하지만 3학년으로 올라가면서 이토가 또 우에하라와 같은 반이 됐다는 사실을 알게 되자, 선생님에게 말했으면 하다못해 반은 갈리지 않았을까, 하는 생각이 고개를 쳐들었다.

도요코 자신은 다른 반이 돼서 이토에 대해 생각할 기회가 적어졌다. 그렇기에 가끔 복도나 신발장 앞에서 이토를 보면, 화장실 휴지를 다 쓴 줄 알면서도 갈아 끼우지 않고 그냥 나왔을 때처럼 마음이 켕겼다.

그날은 황금연휴가 끝나고 다시 등교하는 날이라 도요코는 아침부터 마음이 무거웠다.

섞여든 그룹에서 밀려나지 않고 자리를 잡을 수 있느냐, 중요한 건 그뿐이었다. 즐겁지 않아도, 충실하지 않아도 되니까 중학교 마지막 1년을 평온하게 보내고 싶었다.

하지만 점심시간에 도요코가 선생님에게 과제를 제출하러 간 사이에 같은 그룹 아이들이 먼저 배구를 하러 운동장으로 나갔다.

공기가 꽉 차서 좋은 공을 찜하기 위해 빨리 나갔을 뿐이라고 생각하며 울고 싶은 기분을 참았다. 하지만 만약 일부러 자신을 두고 간 거라면?

도요코는 입술을 깨물고 재빨리 운동장으로 향했다. 도중에 우에하라 패거리가 이토를 때리고 있는 광경을 목격했다.

우에하라가 이토의 어깨를 밀치고 배를 때렸다. 이토가 쓰러지자 등을 밟았다. 교복 등 부분에 허연 발자국이 잔뜩 찍혔다.

아프냐고 우에하라는 몇 번이고 물었다.

이토가 울면서 그만하라고 애원하자, 손가락질하면서 비웃었다. 앞머리를 움켜잡고 억지로 고개를 들어 올렸다.

"아프냐고 묻잖아."

이토의 얼굴은 눈물과 콧물로 엉망진창이었다.

도요코는 바로 눈을 돌렸다. 지독하다. 너무 지나친 짓이다. 새삼스레 그렇게 생각했지만, 자신이 나서서 뭔가 해야겠다는 선택지는 떠오르지 않았다. 일단 친구들에게 지금 본 광경을 이야기하러 가려고 발을 내디뎠을 때였다.

반대쪽 길에서 키 큰 남학생이 빈손으로 걸어왔다.

도요코는 걸음을 멈추고 무슨 상황인지 알아차린 듯한 남학생의 옆얼굴을 훔쳐보았다. 이 사람은 어떻게 할까. 역시 자신처럼 아무것도 하지 않고 지나갈까.

하지만 남학생은 우에하라 패거리에게 성큼성큼 다가가더니 느닷없이 우에하라의 뺨에 주먹을 날렸다.

때릴 줄은 몰랐는지 우에하라는 땅바닥에 꼴사납게 나뒹굴었다.

"이 새끼가 미쳤나!"

"이 자식을 구해주겠다 그거냐?"

우에하라 주변에 있던 패거리가 눈을 부라리며 남학생의 멱살을 잡았다.

하지만 남학생이 키도 크고 덩치도 더 좋았다.

남학생은 표정 변화 하나 없이, 살짝 겁먹은 걸 인정하기 싫다는 듯 "한번 해보자는 거냐" 하고 거품을 물고 소리치는 패거리를 차분한 눈으로 내려다보았다.

"아프냐고 묻길래."

"뭐?"

감정이 더 격해졌는지 패거리의 목소리가 확 뒤집혔다. 남학생은 의아한 표정을 지었다.

"그게, 아픈지 알고 싶으면 때리기보다 직접 맞아보는 편이 낫지 않나 싶어서."

"이 새끼가 뭐지려고 환장했나."

우에하라가 피 묻은 입술을 손등으로 닦으며 일어서서 으름

장을 놓았다.

우에하라가 재빨리 자세를 낮추고 주먹을 움켜쥔 순간.

그보다 한발 먼저 남학생이 우에하라를 또 때렸다.

아까 뺨에 주먹질을 했을 때보다 더 세찬 소리와 함께 우에하라가 땅에 쓰러졌다.

남학생은 우에하라와 울음을 그치고 벌벌 떠는 이토를 번갈아 보더니, 콜록콜록 기침하는 우에하라에게 다가가 배를 걷어찼다.

윽, 하는 신음소리와 함께 우에하라는 배를 감싸며 몸을 웅크렸다.

"잠깐만 기"

말이 끝나기도 전에 남학생이 등을 콱 밟자 우에하라는 비명을 지르고 울음을 터뜨렸다.

"그, 그만해……."

그러자 남학생은 들어 올린 발을 내려놓고 우에하라와 이토를 다시 번갈아 보았다. 그리고 "이 정도면 되려나" 하고 중얼거렸다.

남학생은 우에하라 앞에 쪼그려 앉아 얼굴을 들여다보며 처음과 똑같은 말투로 물었다.

"아파?"

그 남학생이 아쿠쓰였다.

병원으로 실려 간 우에하라는 갈비뼈가 부러졌다는 진단을 받았다.

아쿠쓰는 입건됐다가 계도 처분을 받고 풀려났지만, 사정이 사정이었는지라 정학을 당해 며칠 후에야 학교로 돌아왔다.

우에하라는 더 이상 이토를 괴롭히지 않았고, 아쿠쓰는 함부로 덤비면 안 되는 존재로 소문이 났다.

친구도 아닌 아이를 위해 그렇게까지 하다니 대단해. 안 그래도 요즘 우에하라가 너무 나댔는데 속이 후련하네. 학교 분위기를 흐트러뜨리는 녀석을 혼내줘서 고마워. 아이들이 하나둘씩 늘어놓는 말에, 실은 다들 싫었던 건가 싶어서 도요코는 맥이 탁 풀렸다. 하지만 "아파?" 하고 우에하라가 했던 말과 똑같은 말로 한 방 먹인 아쿠쓰를 칭찬하는 목소리에는 위화감을 느꼈다.

그건 그런 뜻이 아니었다.

그때 아쿠쓰는 우에하라 패거리가 왜 길길이 뛰는지 모르겠다는 표정이었다.

—아픈지 알고 싶으면 때리기보다 직접 맞아보는 편이 낫지 않나 싶어서.

그건 비꼬는 게 아니라 말 그대로의 의미 아니었을까.

우에하라를 혼내주기 위해 폭력을 행사한 게 아니라 단순히 우에하라가 궁금해하니까 알게끔 도와주려 한 것 아닐까.

아쿠쓰의 '친절'을 진정으로 이해한 사람은 아무도 없었다.

그리고 아쿠쓰는 주변 사람과 서로 마음이 통하지 않는다는 것을 아는 듯했다.

그 후로 도요코는 학교에서 아쿠쓰에게 시선을 주려고 애썼다. 아쿠쓰는 언제나 혼자 돌아다녔다.

아쿠쓰는 무엇에도 연연하지 않는 것처럼 보였다. 깎여나가지도 일부러 깎아내지도 않고, 자신의 두 다리로 서서 좋아하는 곳으로 자유롭게 나아가는 것처럼 보였다.

결국 도요코는 한 번도 아쿠쓰와 이야기를 나눠보지 못하고 졸업했다.

하지만 다른 고등학교에 입학한 후에도 도요코는 가끔 아쿠쓰를 떠올렸다.

남자 중학생들이 부르는 소리에 돌아본 순간 "너 말고. 더럽게 못생긴 게 어디서" 하고 비웃길래 뛰어서 도망쳤을 때도, 전문대를 졸업하고 입사한 악기 제작 회사에서 상사가 엉덩이를 만지길래 굳어버리자 "여직원이면 좀 더 아양 부리는 맛이 있어야지" 하고 설교가 날아들었을 때도, 도요코의 머릿속에는 그 당시 아쿠쓰의 모습이 떠올랐다.

탄력 있게 움직이는 아름다운 근육과 호흡을 척척 맞춰 매끄럽게 뻗어나가는 긴 팔다리가.

"아파?"라는 말을 들은 순간 맛보았던, 두툼한 구름에 구멍이 뻥 뚫린 듯한 해방감이.

그렇기에 20년 넘게 지났는데도 도요코는 아쿠쓰를 한눈에 알아본 것이다.

"우와, 옛날 생각난다. 이야, 더 컸네."

중학생 때 말 한마디 붙이지 못했던 것이 맞나 싶을 만큼 말이 술술 나왔다.

"그동안 한 번도 못 봤는데, 계속 이 동네에 살았어?"

"아니."

아쿠쓰의 대답은 짧았다. 그래도 대답해준 것이 기뻐서 도요코는 들뜬 기분으로 "괜찮으면 밥이라도 먹으러 갈까?" 하고 제안했다.

아쓰쿠는 입을 다물었다.

가슴께로 향하는 시선이 느껴져서 도요코는 갑자기 부끄러워졌다. 잘 생각해보니 오늘 상주 노릇을 했으므로 상복 차림이다.

"미안해, 너무 갑작스러웠지? ……그, 중학교 때는 한 번도 말해본 적 없었지만, 실은 전부터 아쿠쓰랑 이야기해보고 싶었거든."

이런 말투로는 아무것도 전해지지 않을 것 같아서 말이 빨라졌다.

"밥이 좀 그러면, 역 앞 카페에서 차라도."

아쿠쓰는 눈썹을 모으고 복잡한 표정으로 "카페" 하고 중얼거리더니 다시 입을 꾹 다물었다.

어른이 되면서 혼자라 맛볼 수 있는 홀가분함이나 이별과 함께 찾아오는 허무함에도 익숙해졌고, 젊은 시절보다 훨씬 넉살 좋게 남을 대할 수 있게 됐다.

그런데도 아쿠쓰와 대화한다는 걸 의식하자 시간이 멋대로 되감겼다.

도요코는 뺨이 화끈거리는 걸 느끼며 "볼일 있으면 됐어" 하고 가슴 앞에서 손을 내저었다.

아쿠쓰는 볼일이랄까, 하고 멍한 목소리로 대꾸하고 오르막길 아래쪽으로 고개를 돌렸다.

"경찰서에 가야 해."

"경찰서?"

예상외의 말에 도요코의 목소리가 높아졌다.

"아, 분실물을 찾으러 간다든가?"

"아니, 분실물을 찾으러 가는 거 아니야."

아쿠쓰는 부정한 후 할 말을 찾는 듯 생각에 잠겼다. 그 진지한 얼굴을 보자 도요코는 조금 미안했다. 뭔가 대답하기 힘든 질문을 했나 싶어서, 그럼 다음에 보자는 말로 얼버무리고 넘어가려 했을 때였다.

아쿠쓰는 자기 손을 내려다보며 작게 중얼거렸다.

"선생님을 죽였으니까."

처음에는 질 나쁜 농담인 줄 알았다.

제안을 거절하더라도 좀 더 그럴싸한 핑계를 대야 하는 것 아닌가 싶어서 어이가 없었다.

하지만 아쿠쓰는 웃지 않았다. 말을 취소하지도, 자세한 사정을 들려주지도 않고 입을 다물었다.

왜라는 말이 도요코의 입에서 새어 나왔다. 아쿠쓰는 뭘 묻는 건지 모르겠다는 듯 고개를 갸우뚱했다.

도요코도 뭘 묻고 싶은 건지 몰랐다.

죽였다니 뭐가 어떻게 된 건가.

왜 그걸 내게 말하는 건가.

도요코는 자신도 모르게 "일단 우리 집으로 가자" 하고 말했다. 말하고 나서야 대뜸 집으로 가자고 하면 이상하게 여기지 않을까 걱정됐다. 하지만 그런 걱정을 하는 게 더 이상하게 느껴졌다.

그때 왜 그런 말을 꺼냈느냐고 언젠가 누가 물어보면 도요코는 잘 대답하지 못하리라.

왜 감춰줬는가.

자세한 사정도 모르면서 무섭지는 않았나.

스스로 생각하기에도 당연한 의문이었지만, 2년 전이나 지금이나 도요코는 상대를 이해시킬 만한 대답을 찾지 못했다.

남편과 이혼했고, 부모님은 돌아가셨으니 딱히 잃을 것도 없다. 이건 분명 나중에 갖다 붙인 이유에 지나지 않는다.

다만 도요코는 아쿠쓰에게 이야기를 듣고 싶었다.

어쩌면 누구에게도 이해받지 못할 이야기를, 그렇기에 아쿠쓰 자신만의 말로.

아쿠쓰는 당황하지도, 안도한 표정을 짓지도, 저항을 시도하지도 않고 고개만 살짝 끄덕인 후 따라왔다.

그리고 이야기를 마친 아쿠쓰는 도요코의 집 지하실에서 새로운 생활을 시작했다.

제3장

1. 다이라 쇼타로

새벽녘부터 내리는 비 때문인지 술 냄새와 느슨해진 흥분이 실내에 고였다.

달성감이 동반된 푸념, 술자리에서 객기를 부린 사람에게 던지는 친근감 어린 욕설, 숙취가 얼마나 심한지 서로 확인하는 대화.

연대감을 확인함으로써 더욱 관계가 끈끈해지는 공동 작업은 술보다 맛있고, 거기 소속된 사람을 취하게 한다.

마치 3차 술자리처럼 노곤한 분위기가 감도는 가운데, 오야가 서류 뭉치를 들고 자리에서 일어섰다. 쇼타로는 그 모습을 가만히 지켜보았다.

"과장님, 실례합니다만."

오야의 명랑한 목소리에 이즈쓰는 인상을 찡그렸다.

하지만 오야에게 서열을 일깨워주기 위한 연출이라기에는

기운이 없었고, 그냥 두통과 구역질을 참기 위해서인 듯했다.

이즈쓰는 술이 약하다. 게다가 그 사실을 감추려고 무리를 한다. 이다 살해 사건을 마무리 지었으니 어젯밤은 몸이 처리할 수 있는 주량을 넘겨서까지 마셨으리라. 얼굴이 창백하고 패기가 없었다.

"보고서를 제출하겠습니다."

오야는 개의치 않고 지난 2주간의 수사 결과를 정리한 자료를 이즈쓰의 얼굴 앞에 디밀었다.

이즈쓰는 게슴츠레한 눈으로 노려보던 서류 뭉치를 확 낚아챘다. 그리고 오야에게 내던졌다.

쇼타로는 반사적으로 엉거주춤 몸을 일으켰다.

"시답잖은 일로 설치기는. 새끼가."

이즈쓰가 냉랭한 목소리로 말을 내뱉었다.

"우리가 너희처럼 한가한 줄 알아? 이딴 걸 훑어볼 시간 있으면 한숨 자는 게 낫지."

나지막한 웃음소리가 여기저기서 들렸다.

어떻게 봐도 수면이 필요한 이즈쓰를 깔보는 웃음도 섞여 있는 듯했지만, 이즈쓰는 자기를 편들어주는 분위기라고 느꼈는지 바닥에 흩어진 종이를 한 장 집어 들고 팔랑팔랑 흔들었다.

"아이고, 얼마나 시간이 남아돌면 보고서까지 이렇게 꼼꼼하게 작성해주시고 말이야."

"정말 한가해서 좋겠네."

손바닥에 턱을 괸 아오키가 쪼그려 앉아 서류를 모으는 오야를 내려다보며 코웃음 쳤다.

"그렇게 서류 작업이 좋으면 사무과에 가든가."

웃음소리가 터져 나오자 쇼타로는 관자놀이를 실룩했다.

―이 자식이.

쇼타로가 벌떡 일어서자 오야는 제지하듯 눈짓을 보낸 후 정리한 보고서를 이즈쓰의 책상에 내려놓았다.

"실례했습니다."

오야는 꼿꼿이 편 등을 기울여 인사한 후 자기 자리에 놓아둔 가방을 들고 형사과를 나섰다.

몇 초 늦게 뒤따라간 쇼타로는 엘리베이터 앞에서 "오야" 하고 불렀다.

오야는 순순히 돌아보았다. 입가에는 희미한 웃음이 맺혀 있었다.

"진정하세요."

그 말을 듣자 일전에 오야에게 같은 말을 했었다는 게 생각났다.

쇼타로는 목구멍 속에서 부풀어 오른 공기를 내뱉었다.

"덤벼들어 때리지는 않을 테니 걱정하지 마."

"그러시군요."

오야는 눈을 가늘게 뜨며 씩 웃더니 "뭐, 이걸로 보고 규정은 지켰으니, 문제가 생기면 과장님 책임이죠" 하고 어깨를 돌렸다.

쇼타로는 숨을 푹 내쉬었다.

"믿음직하네."

"주임님이 가르쳐주셨잖아요, 형사를 계속할 수 있는 비결."

오야가 눈썹을 치켜세웠다.

"무시하더라도 인사는 한다. 읽지 않더라도 보고서는 올린다. 양보할 수 없다고 그어놓은 선에서는 물러나지 않는다."

허를 찔렸다. 뭔가 울컥 솟구치는 느낌이었다. 쇼타로는 그런 자신에게 쓴웃음을 지었다.

이러니저러니 해도 피로가 쌓인 것이리라.

이즈쓰가 상사가 되고 찬밥 신세를 당하면서도 담당한 일에 최선을 다하려 했던 건, 오야 말대로 그 선조차 지키지 못하면 무너져 내리기 때문이었다.

그러나 연일 자잘한 상해 사건에 대응하는 한편으로 도가와의 옛날 제자와 학부모를 계속 탐문 수사했음에도, 지금까지 수사선에 올랐던 것 이상의 이야기는 거의 듣지 못했다.

쇼타로와 오야는 소회의실로 이동했다. 쇼타로가 "한 번 더 보여줘" 하고 손바닥을 내밀자 오야는 보고서 사본을 가방에서 꺼냈다.

"참 잘 썼어."

쇼타로는 보고서를 넘기면서 중얼거렸다.

대화하면서 얻은 정보를 사진과 지도, 그림을 곁들여 과부족

없이 알기 쉽게 검증해놓았다. 객관적인 사실과 개인의 억측도 분명히 구분해서 정확히 기록했다. 수사 도중부터 투입됐다고는 믿기지 않을 만큼 요점을 잘 파악했다.

보고서를 파일에 넣고 옛날에 작성한 수사 자료를 들여다보았다.

"이때도 도가와에게 의지했군."

쇼타로는 아쿠쓰의 계도 처분 이력란에 있는 도가와의 이름을 손가락으로 문질렀다.

오야가 고개를 쑥 내밀어 쇼타로의 손 언저리를 들여다보았다.

"계도 처분을 받았을 때."

쇼타로가 설명하자 오야는 "아아" 하며 의자에 도로 앉았다.

"그러게요. 부모가 아니라 도가와가 데리러 왔어요."

아쿠쓰가 계도 처분을 받은 건 열다섯 살 때였다.

학교 건물 뒤편에서 학교 폭력을 일삼던 학생을 폭행한 사건 때문이었다. 소년과 직원도 사정을 감안해 형식적인 조치만 취했다고 한다. 다만 아쿠쓰는 이때 '왜 폭력을 썼느냐'라는 질문에 '아프냐고 몇 번이나 묻길래 맞으면 아픈지 궁금해하는 줄 알았다'라고 대답했다.

상황 인식에 문제가 있는 것 아닐까 걱정돼 보호자에게 사정을 듣기로 했는데, 이때 아쿠쓰는 신원 인수인으로 부모님이 아니라 도가와의 이름을 댔다.

말썽을 일으키고 계도 처분을 받는 청소년 중에는 불우한 가정환경에서 자란 아이도 적지 않으므로, 부모의 도움은 받고 싶지 않다거나 어차피 부모는 오지 않을 거라며 교사에게 신원 인수인을 부탁하는 사례가 종종 있다.

아쿠쓰는 어머니와는 관계가 양호했지만 아들을 창피하게 여기는 경향이 있었던 아버지와는 사이가 좋지 않았다. 그런 의미에서 보면 도가와를 신원 인수인으로 지정한 것도 이상하지는 않았다.

"도가와를 아버지처럼 여겼던 건가."

쇼타로는 자료에 적힌 전처의 증언을 읽어보았다.

전처 마키 미와는 아쿠쓰가 도가와에 대해 이야기하는 걸 들었다.

아이를 가질지 말지 상의할 때 아쿠쓰는 이렇게 말했다고 한다.

도가와 선생님을 만나지 못했다면 아버지라는 존재가 되기를 바라지 않았을 거라고.

"애당초 사건이 아니라 사고였다고 봐야 말이 될 것 같기도 한데요."

오야가 한숨을 쉬었다.

쇼타로는 자료를 책상에 내려놓고 팔짱을 꼈다.

사건 직후에는 그 가능성도 검토했다.

예를 들면 어쩌다 도가와가 넘어졌고 불운하게도 그 위에 꽃

146

병이 떨어졌다. 의식을 잃은 도가와를 보고 아쿠쓰는 당황해서 꽃병을 치웠고, 도가와의 상태를 확인하려고 몸을 건드렸다.

그렇다면 꽃병에 아쿠쓰의 지문이 남은 점도, 넘어진 것치고는 도가와의 자세가 부자연스러웠던 점도 설명되지 않을까.

하지만 꽃병이 놓여 있던 높이를 고려하건대, 떨어진 꽃병에 맞았다고 해서 도가와에게 그 정도 깊이의 상처가 생길 수 있을지 의심스러웠다.

무엇보다 사고라면 왜 아쿠쓰가 2년이나 도망을 다니고 있는 건지 이해가 가지 않는다.

아쿠쓰가 누군가를 감싸고 있다는 견해도 의제에 올랐다.

그렇기에 지문을 닦아내지도 않고 상황을 파악하기 쉽도록 증거를 남기고 간 것 아니냐. 진범이 숨겨주고 있으므로 아쿠쓰가 발견되지 않는 것 아니냐는 것이 그 견해의 근거였다.

하지만 아쿠쓰와 도가와의 접점은 학원뿐이니, 공통 지인이 있다고 한다면 역시 학원 관계자밖에 없다. 아쿠쓰의 교우 관계 중에서도 특히 학원 관계자를 철저하게 조사했지만, 수상한 사람은 나오지 않았다.

애당초 도가와가 쓴 지도 노트와 다른 학생의 증언에 따르면, 아쿠쓰는 가토 다이키처럼 다른 학생과 함께 수업을 받은 적이 없는 듯했다. 학원이 위치한 이마주쿠는 후타마타가와역을 사이에 두고 아쿠쓰의 집과 반대편인 데다 학군도 달랐던 터라, 학원에 아쿠쓰와 같은 초등학교에 다녔던 학생은 없었고

147

같은 중학교와 고등학교에 진학한 사람도 없었다.

아쿠쓰가 살인죄를 뒤집어쓸 만큼 진범과 친한 사이였다면 이만큼 조사했는데 아무것도 나오지 않을 리 없었다.

"더구나 아쿠쓰가 도가와의 학원에 다닌 건 열일곱 살 때까지고, 사건 당시 나이는 서른다섯이었죠. 18년이나 지났어요."

오야가 주먹으로 턱을 툭툭 두드렸다.

"18년간 아무 짓도 하지 않다가 왜 이 타이밍에 움직였을까요?"

그 이유도 아직 밝혀지지 않았다.

사건 당일, 아쿠쓰는 학원을 방문하기 전에 본가에 들렀다. 따라서 수사본부는 일단 거기서 나눈 대화에 뭔가 열쇠가 있지 않을까 추측했다.

하지만 결과적으로는 아무 단서도 얻지 못했다.

1996년 11월 5일 아침 7시 반, 아쿠쓰는 혼자 살던 연립주택에서 가미오오카에 있는 건설 회사 사무소까지 걸어서 출근했다. 그 후 동료가 운전하는 차를 타고 고난다이의 건축 현장으로 이동해 8시 반부터 콘크리트 타설 작업을 시작했지만, 오전 중에 비가 내려서 작업을 중단했고 오후에 작업이 취소됐다.

아쿠쓰는 일단 사무소로 돌아왔다가 가미오오카역에서 도큐 본선을 타고 시나가와역에서 하차해, JR도카이도 본선과 사이쿄선을 갈아타고 주조역에서 다시 하차했다. 그리고 주조긴자 상점가에서 쌀, 고기, 채소를 구입해 어머니가 사는 본가로 향했다.

이날 아쿠쓰가 본가를 방문한 이유는 이틀 전에 어머니가 '발목을 삐어서 쌀을 사러 갈 수가 없다'라고 연락했기 때문이라고 한다.

본가에 머무른 시간은 약 40분.

어머니는 발목 상태와 발목을 다친 이유를 이야기했고, 아쿠쓰에게는 일과 관련된 근황밖에 듣지 못했다고 진술했다. 아쿠쓰는 3년 전에 뇌경색으로 세상을 떠난 아버지의 불단에 인사를 올린 후, 힘든 일 있으면 바로 연락하라는 말을 남기고 돌아갔다고 한다.

이상한 낌새는 없었으며 도가와 선생님의 학원에 갈 줄은 몰랐다, 선생님 이름은 한 번도 나오지 않았다고 어머니는 말했다. 또한 어머니가 아는 한 아쿠쓰가 학원을 그만둔 후로 도가와를 찾아간 적은 한 번도 없었다는 듯하다.

돌아갈 무렵에는 비가 그쳤으므로 아쿠쓰는 올 때 썼던 우산을 본가에 깜빡 놔두고 나갔다. 그 후 곧장 주조역으로 돌아가 JR사이쿄선에서 소테쓰선으로 환승해 후타마타가와역에서 내렸고, 걸어서 도가와의 학원을 방문한 것으로 보인다.

사건만 일어나지 않았다면, 일이 일찍 끝나서 생긴 귀중한 시간에 어머니에게 효도하고, 은사까지 만나러 갔다는 흐뭇한 일화로 마무리됐으리라.

하지만 이날 아쿠쓰는 도가와를 살해한 것으로 추정되며 그 후로 소식이 끊겼다.

만약을 위해 수사반은 어머니가 다친 일도 조사해 보았지만 비가 그친 후 자전거를 타고 커브 길을 돌다가 미끄러져서 넘어진 사고로 사건성은 전혀 없었다.

역시 아쿠쓰는 사건 당일 이전에 도가와와 접촉했으며 그때 동기가 될 만한 일이 생긴 것 아닐까, 어머니 얼굴을 보러 간 건 도가와를 살해하기로 결심했기 때문 아닐까. 그런 견해도 나왔다. 하지만 현장에 있던 꽃병을 흉기로 사용했다는 점에서 그 견해에 의문을 느끼지 않을 수 없었다.

또한 아쿠쓰가 혼자 살던 연립주택에는 통장과 도장이 남아 있었고, 밥솥에는 한 끼 분량의 밥이 들어 있었다. 싱크대에는 아침 식사에 사용한 듯한 밥공기와 그릇, 찻잔이 설거지하지 않은 상태로 쌓여 있었다. 사건 후에 도주를 꾀할 작정이었다고는 보기 힘든 상황이었다.

"사건 직전에 인생의 분기점이 될 법한 일이 일어나지도 않은 것 같고요."

오야가 험악한 표정으로 끙, 하고 작게 앓는 소리를 냈다.

아쿠쓰는 직장에서 아무 문제 없이 일했고, 이혼한 것도 사건이 발생하기 4년 전 일이었다.

이혼 후에 다른 여자와 사귄 적은 없는 듯하지만, 그렇다고 아예 인간관계를 끊고 고립된 생활을 한 건 아니었다.

사건이 발생하기 일주일 전 일요일, 동료의 제안으로 바비큐 파티에 참석했을 때 한 여성이 호감을 보였다고 한다. 멀끔하게 생긴 데다 덩치도 좋은 아쿠쓰는 이성에게 첫인상이 좋을 뿐만 아니라, 아이와 함께 곤충을 잡거나 아이에게 목말을 태워주는 모습을 보여줘서 '좋은 아빠가 될 것 같다'라고 호평을 받았다는 듯하다.

인생을 포기하고 범행에 나설 법한 원인은 눈에 띄지 않았다. 설령 어릴 적에 도가와에게 무슨 일을 당해서 원한을 품고 있었더라도, 현재 생활과 장래를 망치면서까지 복수한다는 건 아무래도 이해가 가지 않았다.

쇼타로는 아쿠쓰의 교우 관계를 기록한 페이지에 시선을 주었다.

사진을 연결하는 화살표에 적힌 '결혼' '지도' '호의?' 등의 단적인 말이 공허하게 느껴졌다.

"왜 이날 갑자기 도가와를 만나러 갔는지 궁금하군."

쇼타로는 고개를 들지 않고 말했다.

물론 아무 계기 없이 찾아갔을 수도 있으리라.

마침 시간이 나서 오랜만에 훌쩍 선생님을 만나러 가기로 했다. 어쩌면 아버지 불단에 인사를 올리면서 '아버지처럼 여겼던' 도가와가 떠올랐는지도 모른다.

하지만 그럴 경우, 동기에서 사건을 파헤치기는 더 어려워진다.

살해 동기는 사건 당일, 두 사람이 대화를 나누다가 생긴 셈이 되기 때문이다.

주조에서 후타마타가와까지는 약 한 시간, 후타마타가와에서 가미오오카까지 약 30분. 분명 겸사겸사 들를 만한 거리는 아니다.

일부러 전차를 갈아타면서까지 만나러 갈 만큼 도가와를 사모했다면, 왜 그러한 감정이 갑자기 살의로 바뀌었을까.

그날 두 사람 사이에서 어떤 이야기가 오갔고, 아쿠쓰는 무엇에 살의가 치솟을 만큼 감정이 격해졌을까.

"저기, 바비큐 파티는 관계없을까요?"

오야의 목소리에 쇼타로는 고개를 들었다.

"바비큐 파티?"

"어, 아쿠쓰가 사건 발생 전에 참석했던 바비큐 파티에 현직 교사가 참석했다는 게 생각나서요."

오야는 자료를 집어 들고 재빨리 서류를 넘겨, 바비큐 파티 참석자를 정리한 페이지를 보여주었다.

'하야세 겐이치'라는 이름 밑에 근무처로 사립 고등학교 이름이 적혀 있었다.

"하야세는 아쿠쓰와 개인석으로 이야기를 나누지는 않았다고 합니다만, 예를 들어 하야세가 집에 놀러 온 제자 이야기를 했고, 아쿠쓰가 떨어진 곳에서 그 이야기를 들었다면 어떨까요?"

근거는 전혀 없지만요, 하고 오야는 머리를 긁적였다.

"저는 애당초 가르쳐준 선생님을 만나러 간다는 생각 자체를 해본 적이 없어요. 과거의 사람은 어차피 과거에 불과하다고 할까요. 그런데 요전에 동창회에서 이야기를 나눠보니 졸업하고 나서 모교에 인사하러 갔다는 녀석이 꽤 많더라고요. 아아, 그러기도 하는구나 싶어서 놀랐죠."

"그렇군."

쇼타로가 고개를 끄덕이자 오야는 "뭐, 만약 그랬더라도 수사에 도움이 될 것 같지는 않습니다만……" 하고 어깨를 움츠렸다.

확실히 아쿠쓰가 도가와를 만나러 가기로 한 계기를 알아낸들, 현재 아쿠쓰가 어디 있는지 밝혀지는 건 아니다.

그렇지만…….

쇼타로는 담배를 물고 불을 붙였다.

누구도 쇼타로와 오야가 이 사건을 해결할 것이라고 기대하지 않는다.

아쿠쓰의 행방을 찾기 위해 2년간 아쿠쓰 어머니와 전처 집 앞에 잠복했고, 동기를 알아내려고 탐문 수사를 반복했다. 하지만 수사는 벽에 부딪혔고, 수사 인원은 감축됐다.

쇼타로는 재떨이에 재를 털고 담배 연기를 깊이 빨아들였다.

어차피 보고서도 제대로 읽지 않는다면. 허공으로 숨을 한껏 내쉬었다.

설령 본줄기에서 벗어날지언정, 모호한 점선을 실선으로 바꾸는 경험은 헛일이 아니다.

"다음으로는 하야세를 만나러 가볼까?"

"네?"

오야의 눈이 동그래졌다.

"하야세를요?"

"왜? 이야기를 꺼낸 건 너잖아."

"그건 그렇습니다만……."

쇼타로는 당황한 듯 시선을 이리저리 돌리는 오야의 등을 가볍게 두드린 후, 담배를 비벼 껐다.

"시행착오를 반복하는 게 우리 일이야."

2. 나가오 도요코

　감색과 황록색 비닐봉지, 생수 상자를 쇼핑 카트에서 트렁크로 옮기고 문을 닫았을 때야 깜빡하고 수면 양말을 안 샀다는 것이 생각났다.

　쇼핑센터에 들어와서 약국으로 향하는 도중에 양말 전문점이 있길래 잘 때 신을 수면 양말이 있으면 좋겠다고 생각했다. 마지막에 사려고 머릿속에 넣어뒀다가 까맣게 잊어버리고 말았다.

　도요코는 트렁크 창문 너머로 남성용 이너 티셔츠와 팬티, 휴대용 화장실, 물티슈, 쉐이빙 젤, 일회용 면도기가 든 비닐봉지를 내려다보다가 일단 쇼핑 카트를 주차장 가장자리의 반납 장소로 밀고 갔다.

　다시 쇼핑센터로 돌아갈까 집에 갈까 몇 초 망설이다가 결국 차로 향했다.

수면 양말은 다음에 근처 역 건물에서 사면 된다.

운전석에 올라타 시동을 걸자 깊은 한숨이 새어 나왔다. 고작 30분 돌아다녔을 뿐인데 어쩐지 묘하게 피곤했다.

무겁게 느껴지는 팔을 들어 지갑에서 주차권을 꺼내고, 출구로 천천히 차를 몰며 이번에는 의식적으로 심호흡을 했다. 드디어 몸이 좀 풀리는 기분이었다.

아쿠쓰를 위한 물건을 사러 올 때 도요코는 늘 긴장한다.

혼자 사는 여자가 남성용 생필품을 구입하는 걸 이상하게 보지는 않을까. 휴대용 화장실을 몇 번이나 산다는 걸 점원이 기억하지는 않았을까.

반찬가게에서 일하다 보면 단골손님이 주로 무슨 반찬을 사가는지 기억에 남는다. 그렇기에 자신도 수상쩍게 여겨질 것만 같아서 불안했다. 집에서 멀리 떨어진 대형 쇼핑센터와 마트를 순회하듯 이용하기는 했지만, 그래도 계산대에서 돈을 낼 때는 점원이 뭘 물어봐도 대처할 수 있도록 대답을 준비해뒀다.

아버지에게 부탁받았어요. 나이 탓인지 화장실에 자주 가시니까 차로 이동할 때 휴대용 화장실이 없으면 걱정되시나 봐요.

이미 돌아가신 아버지 얼굴을 떠올리며 묻지도 않은 질문에 머릿속으로 답하는 자신이 우스꽝스러웠다.

주차장을 나서고 얼마 후 익숙한 현 도로에 들어서자 차선이 늘어나서 교통이 원활해졌다.

그런데 경찰서가 보이는 곳에서 신호가 바뀌어 앞차가 속력을 줄였다. 도요코도 차를 세우고 고개를 숙였다.

경찰이 자신을 점찍었을 리 없다. 만약 조금이라도 의심한다면 아직 체포되지 않았을 리 없다. 그렇게 생각하면서도 경찰서에서 당장 사람이 튀어나와 자신을 불러세우지 않을까, 하는 상상이 머릿속을 맴돌았다.

사건이 발생하고 얼마 지나지 않았을 무렵, 경찰이 딱 한 번 도요코의 집에 왔었다.

경찰은 도요코가 아쿠쓰와 같은 중학교 출신이라는 사실을 알아낸 듯, 거두절미하고 최근에 요 부근에서 아쿠쓰를 보지 못했느냐고 물었다. 하지만 도요코가 글쎄요, 하고 최대한 말을 줄여 대답하자 집 안을 확인해 보려는 낌새도 없이 고개를 끄덕였다.

아쿠쓰의 중학교 시절 교우 관계를 알고 있는 범위에서 알려달라길래 대답했다. 하지만 경찰은 도요코 본인이 아쿠쓰와 교류가 있을 것이라고는 생각지 않는 눈치였다.

실제로 도요코는 아쿠쓰와 지금까지 교류다운 교류를 해본 적 없었다.

처음으로 대화 같은 대화를 나눈 건 사건 직후였고, 도요코가 중학생 때 아쿠쓰에게 흠모의 시선을 보냈다는 사실은 아무도 모른다.

따라서 자신이 의심받을 리 없다고 생각하면서도, 도요코는 장을 보는 모습을 경찰이 감시하면 어쩌나 걱정됐다. 또는 휴대용 화장실을 사는 사람이 오면 즉시 신고하라고 가게에 협조를 요청했으면 어쩌나 걱정됐다.

거의 강박관념 비슷한 상태였다.

다만 공포에 젖었다기보다는 습관에 가까웠다. 나쁜 상상을 하는 것이 습관처럼 돼서, 그런 생각을 주체할 수 없는 것이 아니라 오히려 자청해서 그런 생각을 하려고 드는 느낌이었다.

30분쯤 지나 집에 도착해 차에서 내릴 무렵에는 졸음이 살짝 밀려왔다.

옷을 갈아입고 낮잠이라도 잘까 싶어 일단 비닐봉지 두 개만 들고 현관으로 향했다. 만약을 위해 앞길에 아무도 없는지 확인한 후, 문을 열고 안으로 들어선 순간 숨을 헉 삼켰다.

베니어판 위에 올려놨을 상자가 복도에 널브러져 있었다.

심장이 쿵, 하고 크게 뛰었다.

—설마 올려놓는 걸 깜빡했나?

단숨에 온몸에서 핏기가 가셨다.

늘 신중하게 상자를 올려놓고 조금 물러나서, 얼핏 봐서는 지하로 이어지는 계단이 있다는 걸 알아채지 않도록 요모조모 확인했다.

하지만 금방 지하실로 돌아갈 때는 일일이 베니어판을 덮어놓지 않는다. 그리고 뭘 살지 어디로 사러 갈지 고민하며 준비한 탓에 그대로 집을 나섰을지도 모른다.

쿵, 쿵, 하고 여진이 일 듯 가슴이 계속 고동쳤다.

—대체 정신을 어디 놔둔 거람.

밖에서 아무리 긴장하며 조심해봤자, 여기를 제대로 숨겨두지 않으면 아무 의미도 없는데.

도요코는 한숨을 쉬며 계단을 내려가 문을 두드렸다.

"다녀왔어."

말을 걸고 기다렸지만 안에서는 아무 소리도 들리지 않았다.

한순간 불길한 예감이 들었다.

도요코는 문을 열고 안으로 뛰어들었다.

눈 앞에 펼쳐진 광경에 망연자실해서 넋 나간 것처럼 눈이 크게 벌어졌다.

아쿠쓰가 없었다.

텔레비전 앞에도, 이불 위에도, 어디에도 없었다.

땀, 소변, 정액 냄새가 희미하게 고인 방은 한 시간 반쯤 전과 똑같아 보였다. 이불도 일어났을 때처럼 그대로 뭉쳐져 있었고, 틀어놨던 선풍기도 그대로였다.

아쿠쓰, 하고 부르려던 말을 입에서 튀어나오기 직전에 꿀꺽 삼켰다.

무릎이 덜덜 떨렸다.

—어디에 간 걸까.

목적지가 어딜지 짐작도 되지 않았다. 다만 아까 보았던 경찰서가 뇌리를 스쳐서 숨쉬기가 힘들었다.

이런 생활이 영원히 계속될 리 없다는 것쯤은 알고 있었다. 하지만 설마 이렇게 느닷없이⋯⋯.

그때 머리 위에서 희미한 물소리가 들렸다.

도요코는 고개를 번쩍 들고 방에서 뛰쳐나갔다.

계단에 발을 올리는 것과 동시에 아쿠쓰가 모습을 드러냈다.

"왔구나."

평소와 다름없는 말투로 건네는 인사를 듣자 심한 현기증이 몰려왔다. 견딜 수 없어서 도요코는 그 자리에 주저앉았다.

아쿠쓰가 계단을 내려오는 기척이 느껴졌다.

"왜 그래?"

그게 지금 할 말이야, 하고 고함을 지르고 싶었지만, 정작 입에서는 왜, 하고 잠긴 목소리만 새어 나왔다.

"응?"

"왜 멋대로 나왔어?"

아아, 하고 아쿠쓰는 지금 깨달았다는 듯한 목소리를 냈다.

"화장실에 갔었어."

온몸에서 힘이 쭉 빠지는 게 느껴졌다.

지금까지도 아쿠쓰가 지하실에만 틀어박혀 지냈던 건 아니었다.

도요코가 집에 있을 때는 휴대용 화장실이 아니라 1층 화장실을 사용했고 목욕, 양치, 이발을 할 때도 욕실이나 세면실로 올라왔다.

도요코가 집에 있을 때는 1층에 불을 켜놓거나 물소리가 나도 이상할 것 없고, 만약 누가 찾아오더라도 현관문을 열기 전에 아쿠쓰를 지하실로 내려보내고 베니어판과 상자를 되돌려 놓을 수 있기 때문이다.

창문이 있는 거실에만 가지 않으면 바깥을 지나다니는 사람의 눈에 띌 걱정 없고, 지하실에서만 대화하면 이야기 소리가 밖으로 새어 나갈 걱정도 없다.

처음에 상의해서 결정한 일이다. 지난 2년간 아쿠쓰가 약속을 어긴 적은 단 한 번도 없었다.

도요코는 오후 4시부터 오후 9시까지인 근무 시간에 통근 시간을 합쳐서 하루에 약 여섯 시간쯤 집을 비운다. 그 외에 쇼핑이나 개인적 용무로 외출할 때도 세 시간 이내에는 꼭 귀가했다.

도요코가 없을 때 아쿠쓰는 대소변이 마려우면 휴대용 화장실을 사용하는 듯했지만, 대개 아침에 일어나자마자 화장실에 갔으므로 지금까지 문제가 된 적은 없었다.

"지금까지도 내가 없을 때 나오고는 했어?"

"나오고는 하지 않았어."

아쿠쓰는 즉시 부정했다.

정말일까 싶어 표정을 살피자 "나오지 않았어" 하고 한 번 더 부정했다.

도요코는 숨을 작게 내쉬었다.

확실히 지금까지 상자 위치가 바뀐 적은 없었다.

베니어판은 어떻게든 덮을 수 있다고 쳐도, 그 위에 상자를 올려놓기는 불가능하다.

도요코는 자신이 동요했음을 자각하고 가슴을 눌렀다. 하지만 빠르게 뛰는 심장은 좀처럼 진정될 기미가 없었다.

"그럼 오늘은 왜 방에서 나왔는데?"

"음, 고양이가."

"고양이?"

도요코는 이맛살을 찌푸렸다.

"정원에 드나드는 고양이가 생겼거든. 똥 쌀 때 고양이가 들어와서 눈이 마주치면 싫잖아."

너무나 얼빠진 이유에 도요코는 갑자기 울고 싶어졌다.

외부인에게 들키지 않도록 베니어판으로 구멍을 막고 상자를 올려놔서 감췄다. 하지만 안에서도 베니어판과 빈 상자를 간단히 치울 수 있다.

―이 사람은 마음만 먹으면 언제든지 밖으로 나올 수 있었어.

머릿속 한구석으로는 알고 있었으면서도 배신당한 듯한 기분이 들었다.

콧속에 날카로운 통증이 느껴져서 도요코는 숨을 참았다.

실은 알아차렸다.

알아차렸으면서 생각하지 않으려 했다.

아쿠쓰가 사람을 죽였다고 스스로 밝힌 것.

그때 신고했다면 그 자리에서 바로 체포됐으리라는 것.

―이 사람은 이 생활이 끝나는 걸 전혀 두려워하지 않아.

우리 집으로 오라고 했기에 따라왔다. 여기 있어도 된다고 했기에 머물렀다.

분명 그뿐이었고 이 남자에게 다른 의도는 없었다.

"네가 체포되면 나도 체포돼."

내뱉는 목소리가 떨렸다.

이런 말을 하고 싶은 게 아니다. 체포되기 싫어서 이러는 게 아니다. 그런데도 입은 멈출 줄 몰랐다.

"지명수배된 사람을 2년이나 감춰줬으니 당연히 나에게도 죄를 묻겠지."

남편과 이혼한 후 다시는 연애 따위 하지 않을 것이라고 다짐했다.

상대의 반응에 일희일비하지 않을 거라고. 상대의 마음이 떠나가는 게 너무 두려운 나머지, 어리석게도 상대가 더욱 멀어지게 하는 짓을 다시는 하지 않을 거라고.

―그런데도 난 실수를 되풀이하지.

잘못됐다는 걸 알면서도 상대를 붙들어 두기 위한 방법을 찾는다.

자기가 저지른 짓이 범인 은닉죄에 해당한다는 걸 알았을 때는 두려움보다 기쁨이 앞섰다. 책에 적힌 '3년 이하의 징역 또는 30만 엔 이하의 벌금'이라는 형량을 보고, 그 중압감이 아쿠쓰를 잡아매길 바랐다.

아쿠쓰가 위를 힐끗 보았다.

그렇다면 나가겠다고 할 것만 같아서 도요코는 얼른 아쿠쓰의 품에 뛰어들었다.

"괜찮아."

등에 팔을 두르고 힘을 주었다.

"여기 있어도 괜찮아."

실은 가지 말라는 말이 떠올랐다. 하지만 그 말을 꺼내면 이 관계는 무너진다.

이 사람이 살인자가 아니라면. 지난 2년간 수없이 그런 생각을 했다.

평범하게 재회했다면 함께 밖을 돌아다닐 수 있다. 둘이서 장도 볼 수 있다. 주변 사람에게 들킬까 봐 경계할 필요 없이 당당하게 아쿠쓰와 어떤 관계인지 남에게 밝힐 수 있다.

올해 연초, 전문대 동기들이 술자리에 불렀지만 다음 날 아침 일찍 할 일이 있다는 핑계로 거절했다. 잠깐이라도 괜찮으니까 얼굴 좀 보자길래 마지못해 참석하자, 오랜만에 만난 친구들은 아이 이야기와 남편에 대한 불만을 샐러드처럼 뒤섞다가, 그러고 보니 도요코는 좋은 사람 없나, 하고 무제한 주류에 와인은 포함되지 않는지 확인하는 듯한 투로 물었다.

도요코가 "아무도 없어" 하고 대답하자 한 명이 "소개해주고 싶지만 괜찮은 남자는 다들 결혼해서 말이야" 하고 한숨을 쉬었고, 다른 한 명이 "하지만 자기 시간을 실컷 가질 수 있는 건 좀 부러워" 하고 자세를 편히 풀었다. "그 마음 알아!" 하고 동의하는 목소리가 오간 후 다시 아이와 남편 화제로 돌아갔다. 도요코는 매실절임 칵테일의 매실절임을 통째로 입에 넣었다.

실은 중학교 동창과 우연히 만나서 사귀고 있어. 지금 같이 살아.

도요코는 달콤한 비밀을 맛이 빠져나간 매실절임과 함께 혀 위에서 굴렸다.

이윽고 과육이 떨어지고 까칠까칠한 감촉만 남자 씨를 뱉어 낸 후, 미안해 고양이에게 밥 주는 걸 깜빡했네, 라는 거짓말로 술자리를 빠져나와 집으로 향했다.

돌아가는 길에 도요코는 밤하늘을 올려다보며 왜 아쿠쓰가 범죄를 저지르기 전에 만나지 못했을까, 하고 이번에는 하얀 입김을 입안에서 굴렸다. 하지만 입김은 조금씩 엷어지며 작아 졌고, 집에 도착했을 무렵에는 술도 완전히 깼다.

만약 아쿠쓰가 살인을 저지르지 않았다면, 분명 이런 관계로 맺어질 수도 없었다.

"부주의한 행동은 하지 마."

아쿠쓰는 움직임이 없었다.

"멋대로 방에서 나오면 안 돼."

도요코가 말을 바꾸자 아쿠쓰가 숨을 들이마셨는지 잠시 후 도요코의 뺨이 닿은 가슴이 살짝 부풀어 올랐다.

"알았어."

그래도 도요코가 팔에서 힘을 빼지 않자 아쿠쓰는 도요코를 끌다시피 방으로 돌아갔다.

이불 위에 앉아 그대로 드러누웠다.

도요코는 아쿠쓰의 겨드랑이에 코를 대고 땀 냄새를 한껏 빨아들였다.

자신의 체취와는 달리 어쩐지 시큼하고 구수한 냄새.

고양이라니, 하고 도요코는 굳은 입매를 살짝 풀었다.

천창의 롤 스크린을 닫아놨으니 길고양이가 천창에 올라온들 보일 리 없다. 아쿠쓰가 자신이 써먹은 거짓말과 비슷한 변명을 한 것이 어쩐지 우습고 약간 기뻤다.

도요코는 아쿠쓰의 심장 박동을 느끼며 천천히 눈을 감았다.

동네 게시판에서 본 지명수배 포스터가 눈꺼풀 안쪽에 떠올랐다.

'가나가와현 요코하마시 아사히구 이마주쿠에서 발생한 살인 사건'

이 지역에서 발생한 사건임을 강조하기 위해서인지, 지명을 큼지막하게 박아넣은 포스터에는 그보다 몇 배는 더 큰 글씨로 '아쿠쓰 겐'이라는 이름이 적혀 있었다.

'키 180센티 정도'

'1961년 6월 19일생(범행 당시 35세)'

'도주했을 때의 복장 : 검은색 티셔츠, 회색 카고팬츠'

다른 글씨에 비해 작은 글씨로 자세한 정보를 설명했고, '이 남자에 관해 아는 바가 있으신 분은 제보 부탁드립니다'라는 문구와 경찰서 전화번호를 눈에 확 띄도록 표시해 놓았다.

사진은 언제 찍은 것인지 모르겠지만 아쿠쓰의 정면 얼굴을 크게 확대해 놓았다.

웃는 사진은 사용하지 않는 것이 원칙인지 어쩐지 졸린 듯한 표정으로, 척 보기에도 나쁜 짓을 할 법한 인상이었다.

너무 오래 보고 있으면 누군가 말을 걸 것 같아서 도요코는 얼른 포스터 앞을 떠났다. 그 후로는 한번도 빤히 들여다본 적이 없었다.

하지만 당시 느꼈던 기묘한 감각은 지금도 도요코의 가슴속에 선명하게 남아 있다.

이런 남자는 모른다는 위화감과 이 사람은 내 남자라는 기분.

둘 중 뭐가 더 큰지는 도요코 자신도 잘 몰랐다.

3. 나카무라 요스케

실례합니다, 하고 교무실 문을 열자 복도와는 비교도 안 될 만큼 시원한 바람이 얼굴에 불었다.

요스케는 도리어 가슴이 답답해져서 숨을 한껏 들이마셨다. 선생님들의 시선이 모인 것을 한 박자 늦게 알아차리고 저기, 하고 말을 꺼내다가 입을 다물었다.

평소 교무실에 올 일이라고 해봤자 당번이라 과학실 열쇠를 빌리거나, 체육부장이라 체육관 열쇠를 빌리거나 둘 중 하나다. 어디어디의 열쇠를 빌리러 왔습니다, 하고 크게 말하고 안으로 들어가서 교감 선생님 책상 뒤편에 죽 걸린 열쇠 중 필요한 열쇠를 가져가는 방식이다.

하지만 오늘은 그렇듯 '평범한 이유'로 온 것이 아니라서 뭐라고 말하면 좋을지 몰랐다.

입구에서 제일 멀리 떨어진 오카노 선생님 자리를 바라보자 아무도 앉아 있지 않았다.

교실에는 없어서 교무실에 있을 줄 알았는데, 어쩌면 이미 과학실에 갔을지도 모른다.

어떻게 할까 망설이고 있으니 앞쪽 자리에 앉아 있던 오다카 선생님이 다가왔다.

"나카무라 군, 어쩐 일이니?"

겉보기보다 약간 낮고 부드러운 목소리로 물었다.

오다카 선생님의 반이 된 적은 없지만, 오다카 선생님은 교내에서 마주치면 늘 이름으로 불러준다. 나카무라 군, 안녕. 운동장에서 넘어진 1학년을 보건실에 데려다줬다면서? 고마워, 나카무라 군.

상냥하고 온화하며, 여러 가지 일에 두루두루 신경을 쓰는 오다카 선생님은 아이들에게 인기가 많았다. 요스케도 언젠가 선생님 반이 되면 좋겠다고 생각했다.

결국 소원을 이루지 못하고 6학년이 됐지만 올해는 1학년 담임이라길래 막 입학해서 긴장했을 1학년에게는 딱 맞겠다 싶었다.

어, 오카노 선생님께 상의드릴 일이 있어서요, 하고 말을 꺼내자 오다카 선생님은 교무실 뒤편을 향해 목소리를 높였다.

"오카노 선생님."

교무실에 없는 오카노 선생님을 부르길래 의아했는데, 옆쪽 사무실에서 "네" 하고 대답하는 소리가 들렸다.

오다카 선생님은 요스케에게 눈짓을 보내며 이리 오렴, 하고 앞장섰다.

선생님들의 책상 사이를 지나 커다란 선반 뒤쪽으로 돌아 들어가자, 점심시간에 교과 전담 선생님들이 급식을 먹는다는, 기다란 책상이 줄지은 공간이 나왔다.

"여기 있으렴."

오다카 선생님은 의자를 하나 빼내서 요스케에게 앉으라고 한 후 사무실로 들어갔다. 요스케는 꽃무늬가 들어간 커다란 테이블보를 내려다보며 접의자에 앉았다.

여기 앉는 건 6년간 학교에 다니면서 처음이었다. 창가에는 작은 싱크대가 있었고, 그 옆쪽 식기대는 접시와 찻잔, 나무 접시 같은 것들로 가득했다. 어쩐지 모르는 사람 집에 온 것 같아서 시선을 한 곳에 둘 수가 없었다.

잠시 후 운동복 차림의 오카노 선생님이 사무실에서 파란색 파일을 들고 나왔다.

"아, 무슨 일이니, 요스케."

요스케 맞은편 자리에 앉아 "상의할 일이 있다면서?" 하고 테이블에 팔꿈치를 싶었다.

뒤이어 나온 오다카 선생님이 빙긋 웃으며 자기 자리로 돌아가는 모습을 보고 요스케는 "네" 하고 고개를 끄덕였다.

"저기, 닛코 임간학교 말인데요……, 하루가 안 간다고 해서요."

하루의 이름을 꺼낸 순간, 선생님의 얼굴이 눈에 확 띄게 흐려졌다.

"아아, 그거."

선생님은 헤어왁스를 발라 세운 머리를 벅벅 긁었다.

"요스케는 하루와 친하니 같이 가고 싶겠구나."

요스케는 턱을 깊이 당겼다.

"그래서 어떻게든 하루도 갈 수 없을까 싶어서요."

하루를 설득할 수 없는 이상, 선생님에게 부탁하는 수밖에 없을 것 같았다. 선생님이 잘 말해주면 하루도 마음을 바꿀지 모른다.

요스케는 선생님을 똑바로 쳐다보며 배에 힘을 주었다.

"돈이라면 제가 낼게요."

"요스케."

선생님이 당황한 듯한 목소리로 말했다.

"이 녀석, 그건."

"지금까지 모아둔 세뱃돈이 있으니까 괜찮아요. 특별히 사고 싶은 것도 없으니."

"그럴 수는 없어."

말이 끝나기도 전에 선생님이 끼어들었다.

요스케는 선생님을 쏘아보았다.

"왜요? 하루가 싫어한다면 제가 냈다는 말은 안 하면 되죠. 선생님이 내주셨다든가, 숙소 측과 상의해서 어떻게 했다고 하면……."

"요스케가 친구를 그렇게 생각해주다니, 그건 선생님도 기쁘구나."

선생님은 안타까움이 약간 묻어나는 눈으로 요스케를 보았다.

"선생님도 하루가 갈 수 있도록 어떻게든 하고 싶어. 하지만 이건 그런 문제가 아니란다."

"그럼 어떤 문제인데요?"

요스케가 대들 듯이 묻자 선생님은 또 머리를 긁었다. 그리고 목소리를 낮춰서 실은, 하고 말했다.

"선생님도 하루만 참가하지 않는 게 아쉬워서, 하루의 아버지께 어떻게 안 되겠느냐고 연락을 드렸어. ……만약 문제가 참가비뿐이라면 내가 어떻게든 하겠다고 했지."

"어떻게 하는데요?"

선생님은 뒤를 힐끔 돌아보더니 요스케에게 얼굴을 가까이 대고 손가락으로 동그라미를 만들며 선생님의 비상금으로 내는 거야, 하고 작은 목소리로 말했다.

"남한테는 말하면 안 돼. 다른 아이들의 부모님이 알면 문제가 될 테니까."

"네."

요스케는 무슨 말인지 알아들었다는 표정으로 고개를 끄덕였다.

그래도 아까보다는 기분이 가벼워졌다.

선생님도 어떻게든 하려고 했다. 선생님이 돈을 내준다면 하루도 요스케가 돈을 내주는 것보다는 마음이 편할 것이다.

선생님은 그런데, 하고 복잡한 표정으로 말을 이었다.

"아버지가 승낙해주시질 않더라고."

"어, 왜요?"

"어차피 우리 아이는 전학 온 지 얼마 안 돼서 친구도 없을 거라고 하셨어."

―친구가 없다고?

요스케는 눈이 동그래졌다.

"그게 무슨, 있는데……."

"선생님도 그렇게 말했어. 반에 완전히 녹아들어서 친구도 많이 생겼다고, 틀림없이 평생 가는 추억이 될 거라고."

"하루 아빠는 뭐라고 하셨는데요?"

선생님은 요스케에게서 시선을 돌렸다. 뭐라고 대답할지 망설여지는지 파란색 파일만 바라보았다. 고개 숙인 그 얼굴이 묘하게 불안해 보여서 그런지, 문득 오카노 선생님이 부모님보다 젊다는 사실이 떠올랐다.

오카노 선생님이 목덜미에 손을 대고 한숨을 쉬었다.

"그런 게 싫다고 하시더구나."

"그런 거라니요?"

"하루의 아버지는 임간학교에 안 좋은 기억밖에 없으시대. 모두 함께 즐거운 추억을 만들자고 설치는 교사가 있으니까 임간학교에는 보내고 싶지 않으시다고……, 그런 말씀을 들으니 아무 말도 못 하겠더구나."

요스케 역시 아무 말도 할 수가 없었다.

모두 함께 즐거운 추억을 만드는 게 왜 안 좋은 걸까?

그러고 보면 차멀미를 하는 아이는 닛코 임간학교에 가기가 좀 우울하다고 했다. 기대되니까 어떻게든 가기는 하겠지만, 이로하자카[10]는 싫다고.

요스케가 매년 의욕을 불태우는 운동회도 싫어하는 아이가 있다는 건 안다. 요스케도 사람들 앞에서 연극을 해야 하는 학예회는 별로 좋아하지 않는다.

하지만 하루는 닛코 도쇼구를 구경하는 걸 기대하는 듯했다. 가까이에서 보면 어마어마하겠다고 동경하는 투로 말했는데…….

교무실을 나선 후에도 머릿속이 빙글빙글 돌았다.

교무실에 들어가기 전보다 훨씬 덥게 느껴지는 복도를 고개를 숙인 채 걸었다. 시야가 구불구불 흔들렸다.

친구가 없다는 말이 머릿속에 메아리쳤다.

하루가 아버지에게 그렇게 말했을까.

—혹시 하루는 나를 친구로 여기지 않았던 걸까.

하루는 올해 4월에 전학 왔다.

---

10 경사가 매우 급하고 48개의 굽이가 있는 닛코시의 고갯길.

6학년 때 전학이라니 힘들겠다고 생각하며 손바닥에 턱을 괸 채 교실 문이 열리는 걸 지켜보았다. 선생님을 따라 들어온 사람은 선생님보다 키가 더 큰 남학생이었다.

우와, 크다!

누군가가 소리쳤다.

어, 뭐야? 요스케보다 크잖아!

자기 이름이 나와서 주변을 둘러보자 몇몇 아이들이 자신을 보고 있었다. 전학생의 시선도 요스케에게 꽂혔다.

"하시모토 하루입니다. 잘 부탁드립니다."

짧고 간단하게 인사하며 머리를 숙인 하루는 더 이상 요스케를 보지 않고 선생님의 지시에 따라 제일 뒷자리로 향했다.

아무리 생각해도 하루에게는 너무 작은 책상과 의자에 몸을 욱여넣듯 앉았다.

요스케는 뺨이 화끈거리는 걸 느꼈다.

키 170센티미터인 요스케는 지금까지 반에서 키가 제일 컸다. 초등학생 농구 대회에 나가면 요스케보다 큰 선수가 얼마든지 있었지만, 그래도 학교에서는 언제나 '키가 아주 큰 초등학생'이었다.

요스케는 여러 사람에게 농구를 하면 잘하겠다는 말을 들으며 자랐다. 본인도 농구를 하기 위해 신이 내려준 몸이라고 생각했다.

키에서 진 것이 분했지만 농구로는 지지 않을 것이라고 요스케는 자신했다. 아무리 키가 커도 드리블과 슛 연습을 하지 않으면 경기에서는 못 써먹는다.

오히려 키가 큰 만큼 움직임이 둔해지기 십상이다. 농구 대회에서 상대한 요스케보다 키가 큰 선수 중에도 몸을 전혀 활용하지 못하는 녀석이 수두룩했다.

요스케는 체육 시간이 되기를 고대했다. 하지만 거기서도 완전히 압도당했다.

하루는 지금까지 요스케가 직접 본 적 있는 그 누구보다도 실력이 뛰어났다. 공을 잡자마자 드리블만으로 모두를 제치고 완벽한 레이업 슛으로 골을 넣었다.

굉장하다, 라는 환성이 한꺼번에 여기저기서 솟구쳤다.

어른 같다, 만화 같다, 프로 같다. 요스케는 하루에게 쏟아지는 그 모든 말들이 귀에 거슬렸다.

왜냐하면 지금까지는 전부 요스케가 들었던 말들이니까.

클럽팀 소속인 요스케는 체육 시간에 처음으로 농구공을 만져본 반 아이들에게 같은 스포츠를 하는 게 맞나 싶을 만큼 수준 차이를 느꼈었다.

잠시 드리블하는 것만으로도 다른 아이들이 허둥지둥하는 가운데, 롤 턴[11]과 레그 스루[12]를 섞어서 수비를 뚫는 건 기분

---

11 수비수 앞에서 회전하며 수비수를 제치는 기술.
12 자신의 다리 사이로 공을 통과시키는 드리블 동작.

좋았고, 슛을 방해받는 경우도 거의 없으므로 멀리서 던져도 재미있을 만큼 잘 들어갔다.

미안하지만 좀 살살 하라고 선생님이 부탁할 정도라 체육 시간에 농구를 할 때면 요스케는 히어로가 된 듯한 기분이었다.

하지만 그 자리를 하루에게 어이없이 빼앗겼다.

농구를 잘 모르는 사람이 봐도 확연히 알 만큼 하루의 실력은 급이 달랐다.

이 녀석만 전학을 오지 않았다면, 하고 요스케는 한탄했다.

하루 잘못이 아니라는 건 안다. 하지만 이 녀석이 오지 않았으면 이렇게 창피를 당할 일은 없었을 것이라는 기분이었다.

농구 수업 때는 여지없이 각자 다른 팀에 들어갔고 결국은 1대1 형태가 되니까 맞서지 않을 수 없었지만, 그럴 때가 아니면 일부러 하루를 피했다.

하루도 먼저 말을 걸지는 않았다. 그 또한 요스케의 자존심에 상처를 입혔다.

그러다 한 달쯤 지났을 무렵, 이 녀석과는 절대로 친해지지 않겠다며 요스케가 쌓아 올린 벽이 덧없이 무너졌다.

계기는 너무나 하찮은 일이었다.

그날 급식으로 튀김빵[13]과 멜론이 나왔다.

결석자는 한 명이었다. 즉, 스프는 어쨌거나 튀김빵과 멜론

---

13   튀긴 핫도그 번에 설탕, 코코아 파우더, 콩가루 등을 뿌린 것.

은 여분이 1인분밖에 없다는 뜻이었다.

처음에 받은 음식을 다 먹어야 다시 배식을 받을 수 있으므로, 요스케는 "잘 먹겠습니다" 하고 인사를 하자마자 스프를 퍼먹고, 멜론을 게걸스럽게 삼키고, 튀김빵을 덥석덥석 뜯어 먹었다.

튀김빵만 절반쯤 남았을 때, 요스케는 우유병 뚜껑을 열면서 하루가 어쩌고 있는지 살펴보기로 했다.

하루도 전학을 온 뒤로 매일 다시 배식을 받아서 먹었으니까, 오늘도 더 먹으려고 빨리 먹고 있을 것이다.

적의 동태를 확인하기 위해 하루의 자리로 몸을 돌리자 빵빵하게 부풀어 오른 뺨이 눈에 들어왔다. 그리고 핏발 선 눈과 시선이 마주친 순간.

요스케는 입에 든 것을 뿜어냈다.

배턴을 이어받듯 하루도 코와 입으로 우유를 확 뿜어냈다.

으아, 더러워라!

에이, 뭐야 이게!

주변 자리의 아이들이 소리를 지르며 난리를 떠는 와중에도 요스케는 웃음이 멈추지 않았다.

뭐야, 그 얼굴은!

결국 둘 다 선생님에게 야단맞았다. 요스케와 하루는 더러워진 책상을 정리하고 걸레를 빨러 갔다.

우유가 떨어지지 않도록 손바닥으로 걸레를 감싸듯이 들고

서 바깥쪽 수돗가로 가자, 하루가 같은 자세로 다가와서 다시 웃음이 터졌다.

야, 그런 얼굴은 반칙이잖아.

누가 할 소릴. 남의 얼굴을 보면서 음식을 뿜는 게 어디 있냐?

시끌벅적 떠들고 있으니 선생님이 나와서 조용히 걸레나 빨라고 또 혼냈다. 이쯤 되자 요스케는 하루를 라이벌로 여기며 적대시하는 것이 좀스럽게 느껴졌다.

걸레를 빨아서 물기를 짠 후, 요스케는 옆에 있는 하루를 보며 다음에 농구를 가르쳐 달라고 부탁했다.

하루는 눈을 살짝 크게 뜨더니 씩 웃었다.

"그럼 내일 점심시간에."

그 후로 요스케는 하루와 꾸준히 농구 연습을 하게 됐다.

20분의 중간 놀이 시간과 점심시간은 물론, 쉬는 시간 5분 동안에도 운동장에 나가서 슛 연습을 했고, 하루가 클럽팀에 들어가고 싶다길래 데려가서 코치에게 소개도 해주었다.

하루와 친해지자 요스케는 매일매일이 몇 배는 더 즐거워졌다. 이렇게 마음이 맞는 친구가 생긴 건 처음이었다.

─하지만 하루는 아니었던 걸까.

교실로 돌아가자 텅 빈 교실에 하루 혼자 서 있었다.

"아, 요스케, 어디 갔었어?"

하루는 타박하는 듯한 투로 말하고 "다들 과학실에 갔어" 하며 복도로 향했다.

요스케가 책상 앞까지 왔을 때 걸음을 멈추더니 "요스케?" 하고 의아해하는 목소리로 부르며 되돌아왔다.

그 순간 재촉하듯 종소리가 울렸다.

"자, 빨리 가자."

하지만 요스케는 수업을 받을 기분이 아니었다.

이런 기분으로 필기를 하거나 실험을 할 수 있을 것 같지도 않았다.

"요스케?"

하루가 길쭉한 목을 기울여 얼굴을 들여다보았다.

요스케는 반사적으로 몸을 휙 돌린 후, 허리께에 올린 손을 꽉 움켜쥐었다.

"……하루, 실은 나한테 화난 거지?"

"뭐?"

하루가 고개를 살짝 뒤로 물렸다.

"화나다니? 내가?"

태평한 그 목소리를 듣자 또 울컥했다. 그야, 하고 내답하는 목소리가 목구멍에 엉겼다.

"……나 때문에 다쳤으니까."

"또 그 소리야?"

하루는 한숨을 쉬었다.

"몇 번이나 말했지만 요스케 탓 아니래도."

"하지만 경기에 출전하고 싶었을 텐데. 하루를 간토 지역 대회에 데려가겠다고 해놓고서 결국은 져서……."

에이, 뭘 그런 걸 가지고, 하며 하루는 목덜미를 만지작거렸다. 아무래도 상관없다는 듯한 그 표정과 몸짓에 요스케는 감정이 더 격해졌다.

지금도 이렇게 태연한 척하는 건 내게 마음을 허락하지 않았기 때문 아닐까. 진심을 말하면 싸움이라도 벌어질까 봐 귀찮아서 그런 것 아닐까.

"왜 제대로 화를 안 내는 거야? 직접 말을 해주는 편이 훨씬……."

—친구가 없다는 소리를 집에서 하는 것보다는 나은데.

턱밑까지 올라온 말을 내뱉을 뻔했던 바로 그때.

하루가 덤덤한 얼굴로 말했다.

"나, 농구 그렇게 좋아하지도 않는걸."

한순간 눈앞이 붉게 물들었다.

입술이 바르르 떨리며 오열이 터져 나올 것 같았다.

온몸을 내달리는 감정이 무엇인지 스스로도 알 수가 없었다.

내내 하루가 부러웠다.

하루처럼 되고 싶었다.

농구의 신에게 사랑받는 것처럼 키가 크고, 기술도 뛰어나고, 여러모로 특별한 하루.

하루가 내게 죄책감을 안겨주지 않으려고 일부러 이렇게 말하는 것이다. 그렇게 받아들이려 했다.

하지만, 아무리 그래도.

농구를 좋아하지 않다니.

—하루, 네가 나한테 그런 말을 한다고?

"그럼 왜 그렇게 실력이 좋아질 때까지 연습했는데?"

떨리는 목소리 때문인지 말끝이 흐릿해졌다. 넘쳐흐를 듯한 눈물을 꾹 참았다.

하루는 아무 말도 하지 않았다.

그저 가만히 요스케 앞에 서 있었다.

잠시 후 머리 위에서 한숨 쉬는 소리가 들렸다. 하루가 교실 문으로 향했다. 요스케는 입술을 꽉 깨물었다.

이제 끝이라는 말이 머릿속에 떠올랐다.

이렇게 된 이상, 설령 하루의 팔이 다 낫더라도 예전 같은 관계로 돌아갈 수 없으리라.

예전처럼 둘이서 함께 웃고 연습하는 나날은 이제 끝났다.

눈가까지 솟아오른 눈물이 왈칵 쏟아질 것만 같았다. 하지만 여기서, 하루 앞에서 울기는 싫었다.

하다못해 하루가 사라질 때까지는 참으려고 기척이 멀어지기를 가만히 기다렸다.

아, 진짜, 빨리 좀 나가…….

갑자기 문 닫히는 소리가 귀에 들어와서 요스케는 고개를 번쩍 들었다.

문을 완전히 닫은 하루가 요스케 쪽으로 천천히 돌아섰다.

"다른 사람한테는 절대로 말하지 마."

"응?"

하루는 한껏 낮춘 목소리로 말을 이었다.

"아빠가 나한테 자해공갈을 시키고 있어."

4. 하시모토 하루

처음에는 진짜로 사고였다.

초등학교 3학년이었던 해의 3월, 그날은 아침부터 가랑비가 뿌렸다.

클럽팀 연습이 끝나자 하루는 부모님과 저녁을 먹으러 간다는 팀원과 헤어져 혼자 집으로 돌아갔다.

다리가 무거웠다. 열심히 연습해서 피곤했기 때문만은 아니었다.

하루는 3학년 중에서 혼자 전국대회 주전 선수로 뽑혔다. 좋은 체격과 예선전 때 올린 점수를 높이 평가받은 덕분이었지만, 벤치에 앉지 못한 4, 5학년과 학부모들 사이에서는 왜 3학년을 주전에 넣느냐는 원성도 높았다. 하루 본인은 들려오는 원성 이상으로 큰 불만을 피부로 느꼈다. 혼자 주전으로 뽑혀서 신나겠네. 왜 저 녀석만. 코치는 하루만 편애한다니까.

코치는 경험을 쌓게 해주고 싶다고 설명했다. 2, 3년 후 전국대회 경험이 풍부한 선수가 있느냐 없느냐로 팀의 역량이 달라진다. 자신은 초등학생 농구를 단순한 취미 정도로 생각지 않는다. 하루가 있으면 전국대회 우승도 노릴 수 있다고.

코치의 발언에 다들 더욱 화를 냈지만, 그래도 하루는 실력을 인정받아 기회를 얻은 자기 자신이 자랑스러웠다. 주전으로 뽑힌 날에는 과연 내 아들답다고 아버지가 기뻐해 주는 모습을 상상하며 들뜨는 마음을 애써 억누르고 부랴부랴 집으로 돌아갔다.

하지만 하루가 비장의 보물을 선보이는 기분으로 소식을 전하자 아버지는 콧방귀를 뀌었다.

"단순한 취미가 아니면 뭔데? 비싼 수강료 받아 처먹고 제멋대로 병신 같은 꿈을 꾸고 자빠졌네."

아버지는 하루가 주전으로 뽑힌 것에 대해서는 아무 칭찬도 없이, 소주를 가지러 부엌에 갔다. 부엌에 선 채로 소주를 작은 술잔에 따라 쭉 들이킨 후, 하루를 돌아보았다.

"하루, 농구는 3학년까지만 하고 끝이다."

뭐, 하고 묻는 자신의 목소리가 멍청하게 들렸다.

마침 잘됐잖아, 하고 아버지가 웃음을 섞어서 말했다.

"너한테는 이다음에도 기회가 있는데 주전으로 뽑혀서 다들 성질이 난 거니까. 너도 3월까지만 하고 끝내겠다고 하면 이해하겠지."

온몸이 싸늘해지는 기분이었다. 자신이 실수했다는 것만 똑똑히 알았다.

뭔가 말해야 할 것 같아서 다른 사람이 이해해주지 않아도 상관없어, 하고 목소리를 짜냈다. 하지만 이것도 실수였다.

아버지는 어디서 꼬박꼬박 말대꾸야, 하고 호통을 치며 소주병을 테이블에 쿵 내려놓았다. 둔중한 소리와 진동에 하루는 반사적으로 몸을 움츠렸다.

성이 났는지 아버지의 눈썹이 잔뜩 올라갔다.

"그깟 공놀이 때문에 다달이 돈이 얼마나 들어가는지 알아? 그런 소리는 돈이나 벌고 나서 해."

아버지는 원래 증권회사 실업팀 소속 농구 선수였다.

하지만 거품 경제가 꺼지고 실업팀이 해체됐을 때, 이미 서른 살이 넘은 아버지가 갈 곳은 없었던 모양이다. 하는 수 없이 현역에서 은퇴하고 그 회사의 영업부에서 일하기로 했지만, 양복을 입고 출퇴근하는 아버지는 늘 기분이 언짢았다. 오랜만에 아버지의 웃는 얼굴을 봤던 그 날, 아버지는 일을 그만뒀다.

농구 같은 걸 해봤자 일본에서는 돈이 안 된다는 것이 아버지의 입버릇이었다. 그러니 진지하게 해본들 의미가 없다고 투덜거리거나 농구를 할 거면 미국으로 가라고 충고하곤 했지만, 실업팀이 없어진 후로 미국이라는 말은 쑥 들어갔다.

수강료 봉투를 건넬 때마다 아버지는 무표정한 얼굴이었다. 싫은 얼굴도 귀찮아하는 얼굴도 아니라 감정을 지운 얼굴.

봉투에 돈을 넣어서 줄 때는 아주 잠깐 망설이는 낌새가 느껴졌다. 하루는 늘 모르는 척했다. 아버지가 뭔가 말을 꺼낼 계기를 만들지 않도록.

무슨 일이 계기가 될지 모르니까 최대한 조심했다. 곧 실업 보험이라는 돈을 못 받게 될지도 모른다는 걸 알고 예전보다 더욱 신중하게 행동했다.

—그런데 왜 그때, 칭찬을 받을 수 있을 거라고 생각했을까.

하루는 갈아입을 옷과 농구화가 든 배낭의 어깨끈을 움켜쥐고 발치를 내려다보며 걸었다.

이번 달을 끝으로 클럽팀을 그만둔다는 이야기를 코치와 팀원에게는 아직 꺼내지 못했다. 말하면 정말로 그렇게 된다. 아무에게도 말하지 않고 당연하다는 듯 계속 다니면, 타이밍을 놓쳐서 그만둔다는 이야기 자체가 흐지부지될지도 모른다.

전국대회에서 우승하면 농구를 계속해도 된다고 하지 않을까, 라는 기대는 애초에 품지도 않았다. 초등학생 농구 전국대회 우승은 아버지가 보기에 아무것도 아니다. 아버지는 일찍이 전국 고교 종합 체육대회에서 우승했고, 체육 특기자 전형으로 대학교에 입학하고 나서는 전국 대학생 선수권에서 준우승했다.

오히려 우승하면 좋은 추억을 만들었으니 이제 그만두라고 할 것 같았다. 어차피 그만둘 거면 빠른 편이 낫다. 생산성 없는 공놀이에 인생을 낭비하면 나중에 고달파진다면서.

아버지는 고달파진 것이라고 하루는 생각했다. 자신이 같은 꼴을 당하지 않도록 걱정해주는 것이라고 받아들이려 했다.

하지만 아무래도 그만두고 싶지 않았다. 지금까지 열심히 기초를 닦은 보람을 드디어 느꼈다. 몸을 쓰는 법을 깨달았고, 점과 점이 이어지기 시작한 참이었다.

코트에서 뛰면서 시험해 보고 싶은 것이 수없이 많았다. 지금이 급성장할 시기라는 감이 왔다.

그런데…….

입술을 깨물고 횡단보도에 발을 내디딘 순간.

갑자기 바로 옆에서 브레이크 밟는 소리가 요란하게 울려 퍼졌다. 고개를 휙 돌리자 자동차 전조등 불빛이 다가왔고, 어느덧 눈앞에 커다란 타이어와 아스팔트가 있었다.

운전자는 면허를 딴 지 얼마 안 된 대학생이었다. 대학생과 대학생의 부모님은 선물용 과자를 들고 쇄골이 부러진 하루를 찾아와 이마가 무릎에 닿을 만큼 고개를 깊이 숙였다.

딸이 이런 짓을 저질러서 정말로 면목 없다. 신호를 무시한 딸이 백 퍼센트 잘못했다. 아직 초보 운전인데 비 오는 날에 운전을 해서는 안 됐다. 소중한 아드님을 다치게 했으니, 뭐라고 사죄를 드려야 할지 모르겠다.

하루는 울기만 했다. 설마 이런 식으로 끝날 줄은 몰랐다. 이제 마지막 경기에 나갈 수조차 없다. 슬프고 억울해서 몸이 뻥 터질 것만 같았다.

초등학생 농구 선수인 하루가 전국대회에 출전할 수 없게 됐다는 걸 알자, 대학생은 창백한 얼굴로 얼핏 봐서도 알 수 있을 만큼 몸을 덜덜 떨었다. 세 사람은 하루의 집을 나섰다가 30분 후에 다시 돌아와서 아버지에게 봉투를 내밀었다.

아버지는 그들이 돌아가자마자 봉투를 열어보더니 땡잡았네, 하고 흥분한 목소리로 외쳤다.

"봐봐, 하루. 백만 엔이나 들었어."

그래서 뭐 어쩌라고, 하고 하루는 생각했다. 백만 엔이 있든 없든 자신하고는 상관없다. 그딴 것보다는 지금 당장 몸을 원래대로 만들어줬으면 했다.

대답할 기분이 아니라서 외면하자, 아버지가 쇄골이 부러지지 않은 쪽 어깨에 손을 얹었다.

"하루, 경기에 못 나가서 아쉽겠네."

언제 들었는지도 잊어버렸을 만큼 다정한 목소리에 놀라서 하루는 아버지를 보았다. 아버지는 목소리보다는 살짝 딱딱하니, 어쩐지 긴장된 시선을 던졌다.

"속상하겠어. 아빠가 하루 마음을 몰라줘서 미안하다."

뭘 어떻게 받아들이면 좋을지 모르겠는 기분으로 고개를 저었다. 아버지가 눈을 천천히 오므렸다.

"농구를 계속하고 싶니?"

하루는 숨을 짧게 들이마시고 동그래진 눈으로 아버지를 쳐다보았다.

그런 건 왜 묻는 걸까. 혹시…….

"응."

몸을 내밀고 대답하자 아버지는 "그렇겠지" 하고 웃으며 하루의 머리를 마구 쓰다듬었다.

"알았어."

"농구를 그만두지 않아도 된다는 거야?"

대답을 제대로 듣지 않으면 없었던 일로 치고 넘어갈 것 같아서 얼른 확인했다.

아버지는 응, 하고 고개를 끄덕이며 봉투를 쳐들었다.

"이만큼 있으면 수강료 정도는 낼 수 있겠지."

고마워 아빠, 하고 끌어안으려다 어깨에 통증이 느껴져서 팔을 내렸다. 가슴속에 고인 숨을 신중하게 내쉬면서 아버지의 말을 곱씹었다. 농구를 그만두지 않아도 된다!

눈 앞을 가린 짙은 안개가 걷히는 기분이었다. 고개를 돌리자 아버지 역시 내내 풀지 못했던 문제의 해답을 얻은 듯한 표정이었다.

"농구가 돈이 될 줄이야."

아버지는 곰곰이 생각하는 밀투로 중얼거렸다.

하루는 몸을 움찔한 후 굳어버렸다. 무슨 뜻인지 모르는데도 찜찜한 예감이 들었다. 뭔가가 담긴 끈적거리는 목소리.

아버지는 어두운 미소를 지으며 말을 이었다.

"좀 더 활약하다가 좀 더 안 좋은 타이밍에 사고를 당하면 돈을 더 많이 받아낼 수 있겠지."

아버지는 세상에 '자해공갈꾼'이라는 사람들이 있다고 설명했다. 잘 들어 하루, 차를 사면 보험에 들어. 운전자가 사고를 내면 보험회사에서 돈을 내주지. 조금만 다쳐도 아프다고 주장하면 병원에 계속 다닐 수 있고, 그만큼 돈이 들어오는 거야. 상대를 잘 선택하면 이번처럼 위자료도 받을 수 있을 테고. 설마 초등학생이 자해공갈을 치리라고는 생각지 않을 테니 의심받을 걱정도 없어.

아버지는 말을 술술 늘어놓았다.

매끄럽고 거침없이 이야기하는 아버지는 지금까지 한 번도 본 적 없을 만큼 활기가 넘쳤다.

아빠도 실은 하루에게 농구를 계속 시키고 싶어, 하고 아버지는 애처롭게 말했다.

꼭 정말로 다칠 필요는 없어. 어딘가 아파도 이상할 것 없다고 여길 만큼이면 돼. 걱정하지 마, 하루라면 할 수 있어. 앨리우프 덩크를 할 때 타이밍을 맞추는 거랑 똑같아.

처음으로 차에 치이러 갔던 날은 지금도 하루의 머릿속에 똑똑히 새겨져 있다.

어두침침한 가운데, 빠른 속력으로 달려오는 차가 수많은 얼굴처럼 보였다.

올라간 눈초리와 옆으로 크게 벌어진 입. 웃으면서 화내는 듯한 이상한 얼굴이 눈을 번쩍거리며 하루를 날려버릴 타이밍을 노리는 것 같았다.

하루는 눈을 꼭 감고 떨리는 숨을 길게 내쉬었다.

아스팔트를 스치고 지나가는 타이어 소리가 몹시 크게 들렸다. 까칠까칠하니 머리를 멍하게 만드는 리듬, 돌멩이를 튕겨 내는 날카로운 소리, 부르릉하고 낮게 울리는 엔진 소리.

빨리, 하고 생각을 말로 꺼냈다.

빨리 뛰어들어. 빨리 발을 앞으로 내밀어.

서두르지 않으면 누군가 저지한다. 그러면 여기는 더 이상 못 쓴다. 오늘을 놓치면 경기 날이 다가온다.

소리가 커졌다. 보이지 않는 손이 창자를 쥐어짜는 것처럼 괴로웠다. 죽으면 어쩌지. 아픈 건 싫다. 무섭다. 이런 짓을 어떻게 한단 말인가.

하지만 눈꺼풀을 들어 맞은편을 보자 아버지가 하루를 무섭게 노려보고 있었다.

왜 이렇게 된 걸까. 울고 싶어졌다.

정말로 다른 방법은 없을까. 아버지는 내가 죽어도 상관없는 걸까.

그럴 거라는 생각이 든 순간, 물결이 잠잠해지듯 떨림이 멈췄다.

이혼을 결정한 아버지와 어머니가 누구랑 같이 살고 싶으냐고 물었을 때, 하루는 대답을 망설였다.

실은 어머니라고 하고 싶었다. 하지만 어머니는 전혀 눈을 맞춰주지 않았고 아버지만 하루를 바라보았다.

둘이서 결정해주길 바랐지만 둘 다 하루의 대답을 기다렸다. 잠자코 있는 시간이 길어질수록 부모님이 점점 멀어지는 기분이었다. 결국 누구를 감싼 막이 더 얇으냐는 것만을 기준으로 아빠, 하고 대답하자 아버지를 감싼 막이 탁 터지고 아버지의 웃는 얼굴이 보였다.

그 순간 하루는 후회했다.

어머니라고 대답했으면 어머니를 감싼 막이 찢어지지 않았을까. 어쩌면 절대로 틀려서는 안 되는 문제를 틀린 것 아닐까.

구슬프고 무서워서 하루가 계속 울자 아버지가 안아주었다. 하루, 힘든 선택을 시켜서 미안해. 아빠랑 농구 하자.

1년이 지나 초등학교 2학년으로 올라갔을 무렵, 어머니가 재혼해서 아이를 낳았다는 소식을 아버지에게 들었을 때는 온몸의 수분이 몽땅 없어지는 것 아닐까 싶을 만큼 펑펑 울면서도 어쩐지 안도했다.

나는 역시 틀리지 않았다고.

하루는 주먹을 움켜쥐고 지나가는 차들로 다시 눈을 돌렸다.

아버지가 고급 차라고 알려준 차종, 여성 운전자, 상대가 아슬아슬하게 피하지 못할 타이밍을 노릴 것. 아버지의 지시를 머릿속으로 확인하며 횡단보도 한복판을 바라보았다.

저기가 골대다. 차는 농구공. 속도와 거리를 재서 한치도 어굿나지 않도록 단숨에 뛰어든다.

다리 움직임, 시선의 방향, 허리 회전, 시야의 변화를 이미지 트레이닝으로 확인한 후 숨을 한껏 내뱉은 순간, 장딴지가 바짝 긴장됐다.

하나, 둘……, 지금이다!

눈앞이 새하얗게 칠해졌고, 찢어지는 듯한 소리가 귀에 꽂혔다. 공기 덩어리가 얼굴 앞을 지나갔고, 진동을 동반한 커다란 소리와 함께 시야가 빙글 돌았다.

보닛 위로 올라갔다는 사실을 이해했을 때는 이미 발부터 땅에 내려선 뒤였다.

다리에서 힘이 빠진 하루가 그 자리에 주저앉자 사람들이 우르르 몰려들었다.

괜찮아? 부딪쳤니? 아픈 데는 없니? 빠르게 날아드는 말에 대답하지 못하고 아버지가 서 있던 곳으로 고개를 돌리자 아버지는 고개를 작게 끄덕했다.

그 몸짓이 무슨 뜻인지 몰라서 가만히 있었다.

누군가가 당황한 목소리로 머리를 찧었는지도 몰라, 하고 말했다. 빨리 구급차를 부르는 게 좋겠어. 옆으로 눕혀요. 좀 더 천천히. 최대한 머리가 움직이지 않도록 조심하세요.

소동이 점점 커지는 가운데, 하루는 땅에 가만히 누워서 아픈 곳이 없는지 열심히 찾았다. 구급차까지 불렀는데 아무 데도 아프지 않으면 문제가 생기는 것 아닐까. 왜 바로 괜찮다고 말하지 않았느냐고 혼나는 것 아닐까.

오른쪽 넓적다리가 아픈 것 같았다. 머리가 핑핑 도는 것 같기도 했다. 출동한 구급대원에게 그렇게 말하자, 구급대원은 의식은 또렷한 것 같으니까 일단 괜찮을 거라고 아버지에게 알린 후, 병원에서 검사를 받자며 하루를 구급차에 실었다.

몇 시간이나 검사를 받고 한 시간을 더 기다려서야 결과가 나왔다. 오른쪽 다리에 타박상을 입은 것 말고는 멀쩡했다.

하루는 귀가 화끈 달아올랐지만, 의사와 간호사는 일을 크게 만든 하루를 나무라지 않고 오히려 위로했다.

깜짝 놀랐지? 이제 걱정 안 해도 된단다.

아버지와 둘만 남자 아버지는 하루를 칭찬했다.

제법인걸. 머리를 부딪힌 척까지 하다니, 아빠 깜짝 놀랐어. 타박상 진단도 받았겠다, 한동안 병원에 다닐 수 있겠군.

실은 더 이상 병원에는 가고 싶지 않았다. 이 정도 상처로 호들갑을 떨기도 부끄러웠고, 진짜로 크게 다치거나 심한 병에 걸려 병원에 온 사람들에게 방해가 될까 봐 미안했다.

머뭇머뭇 그렇게 말하자 아버지는 물었다.

그럼 좀 더 심하게 다칠래?

기껏 사고를 당했는데 위자료도 못 받아서야 아무 의미가 없겠지. 정말로 다치면 너도 마음 놓고 병원에 다닐 수 있으니 일석이조잖아.

아버지는 만족스럽게 고개를 끄덕이더니 몸을 어떻게 사용하면 딱 알맞게 다칠 수 있는지 설명했다. 그러고 착지에 공을 들여야지. 발부터가 아니라 어깨부터 떨어지면 팔이나 쇄골이 부러질 거야. 머리만 부딪히지 않도록 조심하면 돼. 좋아, 다음에는 좀 더 연습하고 해보자.

그날부터 하루는 농구 연습과 더불어 자해공갈 연습도 하기 시작했다.

아버지가 골판지상자를 실은 커다란 밀차를 밀면서 달려오면, 하루가 그 위에 구르듯이 올라탄다. 연습하다 다치면 본전도 못 찾으므로 떨어지는 연습을 할 때는 시민 체육관에 가서 에어매트를 사용했다.

아버지는 즐거워 보였다. 실업팀에 있었던 시절에 농구를 가르쳐주었을 때처럼 하루의 움직임을 유심히 지켜보며 지시를 내렸고, 잘 해내면 손뼉을 치며 기뻐했다.

하루는 자기 몸이 어떤 식으로 움직이는지, 그리고 몸을 어떻게 움직여야 하는지 조금씩 익혀나갔다. 그리고 연습을 시작한 지 한 달쯤 지났을 무렵, 실전에 나섰다.

하지만 이때는 보닛에 올라가는 타이밍을 놓쳐서 다리가 부러지고 말았다.

무사히 50만 엔을 손에 넣었지만 다리가 부러지자 여러모로 불편했다.

아버지와 상의해 다음에는 최대한 일상생활에 지장이 없는 곳을 다치기로 했다. 다리가 다 나은 후 세 번째로 자해공갈을 시도했을 때는 아버지가 가르쳐준 대로 몸을 잘 활용해서 첫 번째 사고로 부러진 쇄골과는 반대쪽 쇄골이 부러졌다.

물론 매번 일이 잘 풀린 건 아니었다.

차가 피해서 지나간 적도 있었고, 부딪치는 데 성공했지만 찰과상에 그친 적도 있었다.

다쳤는데도 기대했던 만큼 돈을 뜯어내지 못한 적도 있어서, 아버지는 운전자에게 대응할 방법을 연구했다.

언제부터인가 하루는 달리는 차를 바라봐도 더는 무섭지가 않았다.

그저 다른 때는 느껴지지 않았던 지독한 긴장감과 기묘한 고 양감만 밀려왔다.

마음이 수렁에 잠긴 것 같은 기분이었다. 수렁에 돌멩이를 떨어뜨려봤자 수면은 흔들리지 않는다.

이제 하루는 처음 사고를 당했을 때 왜 그렇게 울었는지도 기억이 나지 않았다.

경기에 못 나가는 게 뭐가 그리 슬펐을까.

왜 그렇게 필사적으로 농구를 계속하려 했던 걸까.

농구를 계속하고 싶다면 자해공갈을 해라. 지금 그렇게 시킨 다면 하루는 망설임 없이 농구를 그만둘 것이다.

하지만 하루는 이제 자해공갈을 하지 않으면 농구는커녕 밥 도 못 먹을 지경에 처했다.

5. 나카무라 요스케

하루가 무슨 말을 하는 건지 요스케는 전혀 이해가 되지 않았다.

자해공갈?

백만 엔?

대체 무슨 이야기를 듣고 있는 걸까.

"뭐, 그러니까 그때도 요스케가 나를 부르는 바람에 차에 치인 건 아니야."

하루는 어쩐지 즐거워하는 것처럼 들리는 목소리로 명랑하게 말했다.

"원래부터 뛰어들 작정이었고, 이렇게 다친 것도 예상한 대로라고 할까 노린 대로였어. 오히려 팔이 부러졌으니 완벽하게 해냈다고 할까."

마치 경기에 출전했을 때의 움직임을 되돌아보는 듯한 말투였다. 그것도 이긴 경기의.

"다시 말해 요스케가 책임을 느낄 필요는 없다는 뜻."

요스케는 입을 벌리다가 도로 다물었다.

하루가 고개를 내밀어 귀를 가까이 댔다. 하지만 아직 아무 말도 꺼낼 수가 없었고, 앞으로 해야 할 말도 찾지 못했다.

머리를 세차게 뒤흔드는 듯한 느낌이 들었다.

시야가 캄캄해지고 좁아졌다.

예전에 보았던 하루의 아버지 모습이 검은색으로 덧발라진 머릿속에 떠올랐다.

하루보다 키가 더 크고 온몸이 탄탄한 근육질이었다. 정강이 부분이 미국 선수처럼 길쭉하고, 관절이 불거진 손은 위화감이 느껴질 만큼 커다랬다.

코치는 하루 옆에 서 있는 아버지를 올려다보고 눈을 크게 떴다.

"혹시 하시모토 다이요 선수 아니세요?"

하루 아버지는 난감한 표정으로 웃으며 네, 뭐, 하고 고개를 끄덕였다.

"코치님, 아는 분이세요?"

"이 녀석아, 다이닛폰 증권 블랙 이글스의 하시모토 선수 셔."

누군가의 질문에 코치가 허둥지둥 대답했지만, 요스케는 딱 떠오르는 사람이 없었다. 다른 팀원들도 마찬가지였는지 얼굴을 마주 보거나 고개를 갸웃거렸다. 코치는 답답하다는 듯 하시모토 선수는 전국 고교 종합 체육대회에서 우승하신 분이야, 하고 말을 이었다.

"어, 정말요!"

"굉장하다!"

단숨에 분위기가 달아올랐다.

팀에서 제일 붙임성이 좋고 겁이 없는 다시로가 달려가서 "기술 좀 보여주세요" 하고 졸랐다. 버릇없이 그럼 못 써, 하고 코치가 야단쳤지만 자기도 내심 기대되는지 하루 아버지의 눈치를 슬쩍 살폈다.

하루 아버지는 "몸도 안 풀었는데" 하고 쓴웃음을 지었지만, 하루와 눈을 마주치더니 그럼 조금만, 하며 농구공 정리함에 든 성인용 농구공을 한 손으로 가볍게 집어 들었다. 그 자리에서 천천히 다리를 구부렸다 폈다 하며 아킬레스건을 풀고 어깨를 크게 돌렸다.

단지 그뿐인데도 박력이 느껴졌다. 자신의 몸 상태와 다치기 쉬운 부위를 훤히 꿰고 있다는 사실이 전해지는 익숙한 몸놀림이었다.

텅, 하고 공을 튕기는 소리가 초등학생 농구용 공과는 완전히 달랐다. 묵직하고 여유 있게 바닥을 두드리는 진동이 세 번 이어졌다. 요스케가 침을 꿀꺽 삼켰을 때 하루 아버지는 스위치가 전환된 것처럼 순간적으로 온몸의 근육을 긴장시키며 몸의 중심을 낮췄다.

투명한 적을 아름답고 정확한 드리블로 제치며 순식간에 자유투 라인에 다다른 후, 갑자기 중력이 없어진 것처럼 커다란 몸이 붕 떠올랐다.

공을 잡은 오른손과 바닥에서 멀리 떨어진 발이 한순간 공중에서 정지했다가 반동으로 휘어진 팔을 림에 세차게 내리쳤다.

림이 삐걱거리는 소리와 착지하는 진동이 배 속 깊은 곳까지 퍼져나갔고, 온몸에 소름이 돋았다. 폭발하는 듯한 환성 속에서 요스케는 그저 하루 아버지를 눈으로 좇았다.

"역시 몸이 둔해져서 안 되겠네요."

하루 아버지는 오른쪽 어깨를 돌리며 코치에게 웃음을 짓고는 하루의 등을 툭 쳤다.

"이 녀석을 잘 부탁드립니다."

이야, 하시모토 선수의 아드님을 가르치려니 긴장되네요, 라는 코치의 말에 하루 아버지는 "엄격하게 지도해 주세요" 하고 쾌활하게 웃었다.

그 모든 몸짓이 멋있어 보였다.

하루가 부러웠다.

아버지가 이런 사람이라니 좋겠다고 생각했다.

요스케는 특별한 그림처럼 기억에 새겨진, 날듯이 덩크슛하는 하루 아버지의 모습을 떨쳐내려 애썼다. 그래도 하루의 이야기에 나온 말이 소리로 잘 변환되지 않았다.

거짓말이지, 라는 말이 턱밑까지 올라왔다. 그렇게 끔찍한 일이 어디 있단 말인가. 부모가, 그것도 그 사람이 아들에게 일부러 차에 치이라고 시킬 리 없다.

하지만 돌이켜보면 확실히 하루가 전학 올 때까지 요스케는 하시모토 하루라는 이름을 못 들어봤다. 이만큼 체격이 좋고 농구도 잘하면 전국대회에서 활약을 보여서 소문이 났을 만도 한데.

요스케는 삼각건으로 팔을 고정한 하루에게 고개를 돌렸다.

"하루는 싫지 않아?"

이런 걸 물어보고 싶은 게 아니었다. 이렇게 바보 같은 질문 말고 다른 걸…….

"싫어."

하루는 선뜻 대답했다.

"당연히 싫지. 아프단 말이야."

담담한 대답을 듣자 요스케는 울고 싶어졌다.

"……왜 너희 아빠는 그렇게 터무니없는 짓을 시키는 거야?"

"왜냐니. 그야 집에 돈이 없으니까."

하루는 부러지지 않은 팔을 돌려 손바닥을 위로 향하고 장난스럽게 어깨를 으쓱했다.

애처로운 그 모습에 요스케는 가슴이 미어졌다.

그건 이상해, 하고 따지고 싶었지만 말이 나오기 직전에 참았다.

"그건……, 너희 아빠가 일하면 해결될 문제잖아."

"가끔 일하기는 하는 것 같던데? 공사 현장 인부나 이삿짐 아르바이트."

"가끔이라니……."

또 말문이 막혔다. 목구멍에 뭔가가 가득 차서 부풀어 오르는 듯한 기분이었다.

"어쩐지 오래 붙어 있지를 못하는 것 같더라."

하루는 어른스러운 얼굴로 한숨을 쉬었다.

"뭐, 나도 일해본 적은 없으니까 얼마나 힘든지는 모르겠지만."

요스케는 교실에 있는 하루를 바라보았다.

갑자기 자기가 어디에 있는지 알쏭달쏭해졌다.

책상, 의자, 칠판, 벽에 붙은 학급신문 등등 전부 아까 전과 똑같은데도, 왠지 자기가 있던 곳이 아닌 듯한 기분이 들었다.

"……왜 너희 아빠가 직접 하지 않는 건데?"

잠긴 목소리가 흘러나왔다.

"뭐?"

"차에 치여서 돈을 받고 싶으면 너희 아빠가 직접 하면 되잖아."

바로 그거다.

하루 아버지가 하면 된다. 하루 아버지는 어른이니까 아들에게 시키지 말고 본인이 직접 다쳐서 돈을 받으면 된다.

아아, 하고 하루는 맥 빠진 목소리를 냈다.

"뭐, 나만 아픈 걸 참아야 한다니 확실히 치사하다 싶기는
해. 하지만 아빠랑 나는 장래성에 차이가 있다나."

—장래성.

"왜, 우리에게는 미래가 있잖아? 그래서 다쳤을 때 문제가
될 소지랄까, 중요도가 전혀 다르대."

하루는 오른손을 내려다보고 손가락을 뚜둑뚜둑 꺾었다.

"아빠는 그래서 내게 농구를 가르친 거라고 했어. 농구 실력
이 좋으면 선수로서 가치가 높아지니까 돈을 듬뿍 받아낼 수
있다고."

그럴 리 없다고 요스케는 속으로 소리를 질렀다.

아까 하루 본인이 말하지 않았는가.

처음에는 진짜 사고였다. 백만 엔이 손에 들어온 걸 보고서
야 하루 아버지는 농구가 돈이 될 줄이야, 하고 말했다.

더구나 하루는 세 살 때부터 농구를 배우기 시작했다.

자해공갈을 시키기 위해 그 시절부터 농구를 쭉 가르쳤을 리
없다.

아무리 생각해도 앞뒤가 안 맞는데……, 하루는 그걸 모르는
건가.

'나, 농구 그렇게 좋아하지도 않는걸.'

하루의 말이 머릿속에 되살아났다.

그런 말을 하다니 너무하다 싶었다.

하지만…….

눈가에서 눈물이 흘러내렸다.

"야, 왜 울어?"

하루가 당황한 목소리로 말하며 다가왔다.

"이게 울 일이야? 평생 농구를 못 하게 된 것도 아닌걸. 뭐,
요스케랑은 못 할지도 모르지만 중학교에 가면 또……."

"나랑은 못 한다니?"

요스케가 그 부분을 집어내자 하루의 시선이 흔들렸다.

"어, 아니."

"그게 무슨 소리야? 다 나으면 돌아오는 거 아니었어?"

"아…….."

하루는 목덜미를 문지르며 "그게, 아직 몰라" 하고 말을 얼
버무렸다.

"팀으로 못 돌아올지도 모른다는 거야? 왜?"

요스케는 하루의 팔을 붙잡았다. 하루는 팔을 내려다보며
"그야……" 하고 작게 말했다.

"농구를 못 하게 됐다는 이유로 돈을 받았는데, 다시 하면 이
상하잖아."

"이상하다니…….."

요스케는 멍하니 그 말을 되뇌었다.

이상한 것으로 따지면 하루가 차 앞으로 뛰어들어서 돈을 버
는 현재 상황이 더 이상하다.

애당초 이상해도 너무 이상한 짓을 하고 있는데, 왜 그런 부분만 이치에 맞게 행동하려는 걸까.

"뭐, 팔이 다 나을 즈음에는 6학년 2학기일 테니까 졸업할 때까지는 여기 있을지도 모르고."

달래듯이 말하는 하루를 요스케는 믿기지 않는 기분으로 쳐다보았다.

요스케는 한 번도 전학을 간 적이 없다. 하지만 해마다 반을 바꿀 때면 늘 우울했다. 친한 친구와 다른 반이 되면 불안했다.

그런데……, 하루는 그런 이유로 지금까지 몇 번이나 친구와 헤어져 왔다.

하루가 아참, 하며 요스케를 보았다.

"남한테는 절대로 이야기하지 마."

요스케는 흠칫하며 눈을 크게 떴다.

그렇다. 이런 일을 이대로 놔둬서는 안 된다.

하루 아버지가 하고 있는 짓은 분명 범죄니까 선생님이나 부모님에게 상의하면…….

"야, 부탁 좀 하자."

하루가 요스케의 어깨를 잡았다.

"잘 생각해 봐. 아빠가 시켜서 했다는 의미에서는 피해자일지도 모르지만 운전자가 보기에는 가해자잖아? 들통나면 소년원……은 나이 때문에 안 갈지도 모르지만 어쨌든 어딘가로 끌려가서 그야말로 농구는 물 건너갈 거야."

"그럴 수가⋯⋯."

"당연히 그렇게 되겠지."

하루는 답답하다는 듯 인상을 찌푸렸다.

"내가 뛰어든 탓에 아무 잘못도 없는 사람이 갑자기 아이를 친 범죄자가 됐는걸? 당신이 아이의 꿈을 빼앗았다면서 비난하고 돈까지 뜯어내. 최악이잖아."

"하지만 하루는 아무 잘못도 없는데."

"잘못이 없기는."

하루는 요스케의 어깨에서 손을 떼고 내뱉듯이 말했다.

"난 그렇게 해서 번 돈으로 먹고 살아. 요전에는 3백만 엔이나 받아서 스테이크를 먹었고, 라면집에서도 삶은 달걀까지 추가해서⋯⋯"

하루의 목소리가 점점 흐릿하게 들렸다.

3백만, 스테이크, 삶은 달걀. 일관성 없는 그 단어들을 어떻게 받아들이면 좋을지 몰랐다.

스테이크는 요스케도 많이 먹어봤다. 라면집에는 가본 적 없지만, 집에서 라면을 먹을 때는 어머니가 늘 삶은 달걀을 얹어준다.

"아무튼."

하루가 목소리를 높여서 말했다.

"난 그저 요스케가 속을 태우는 것 같아서 말해줬을 뿐이고, 도움을 받고 싶다든가 뭔가 해주길 바라는 건 아니야."

하루는 교실 출입구 쪽으로 가다가 "부탁이니까 절대로 남한테는 말하지 마" 하고 쐐기를 박듯 한 번 더 말하고 나서 소리 나게 문을 열었다.

"이러다 늦겠다. 빨리 과학실에 가자."

하루가 교실을 나서는 모습을 보고도 요스케는 발을 뗄 수가 없었다.

제4장

1. 다이라 쇼타로

하야세 겐이치가 근무하는 사립 고등학교는 모토마치의 언덕 위에 있었다.

쇼타로는 역사가 느껴지는 벽돌벽과 교문 옆의 커다란 벚나무를 3백 미터쯤 떨어진 코인 주차장에서 바라보았다.

아침에 비하면 빗줄기가 가늘어졌다. 하지만 끊임없이 떨어지는 빗방울에 차창이 젖어서 시야가 안 좋았다.

손목시계를 보자 10시 40분이 막 지났다.

2교시는 10시 10분에 끝난다고 들었는데, 아직 교문에는 사람이 보이지 않았다.

"하야세가 수업이 비는 시간은 3교시뿐이죠?"

오야가 초조한 목소리로 물었다.

"응. 4교시는 11시 15분에 시작되고. 늦어도 5분 전에는 돌아가야 할 테니……, 앞으로 30분이군."

쇼타로는 교문에 시선을 고정한 채 대답했다.

원래 하야세가 만나주기로 한 시간은 10분이었다. 만날 기회
만 얻으면 대화하면서 자연스레 시간을 늘릴 수 있을 거라 생
각했지만, 보아하니 어쩌면 딱 10분 전에 올지도 모른다.

사건이 발생하기 일주일 전 주말, 아쿠쓰와 바비큐 파티를
했던 사람 중 한 명인 하야세는 파티의 총무이자 아쿠쓰의 예
전 동료였던 에기 다쓰오의 고등학교 후배였다.

아쿠쓰와는 그날 처음 만났다고 한다. 에기의 소개로 간단히
인사는 나누었지만, 그 후로는 서로 떨어져 있어서 잡담조차
나누지 않았다고 한다.

따라서 하야세에게는 당일 파티 분위기와 에기에 관한 몇 가
지 질문만 했을 뿐, 깊이 파고들어 진술을 청취하지는 않았다.

10시 48분에 교문에서 남자가 나왔다.

오야가 기다렸다는 듯 차에서 내렸다. 검은 우산을 머리에
바짝 붙여서 쓴 남자가 빠른 걸음으로 다가왔다. 쇼타로도 밖
으로 나가서 한 손을 들자, 하야세는 좌우를 둘러보고 나서 뛰
어왔다. 그리고 대뜸 "안에서 이야기 나눠도 될까요?" 하고 차
를 가리켰다.

"물론이죠."

쇼타로는 고개를 끄덕인 후 "환기를 좀 시켜서 더울지도 모
르겠습니다만" 하며 뒷좌석 문을 열었다.

하야세는 말없이 뒷좌석에 올라타서 문을 닫자마자 인상을

찡그리더니 손수건을 꺼내서 코를 막았다.

오야는 운전석에 앉았고, 쇼타로는 반대쪽 문을 열고 하야세 옆에 앉았다.

"죄송합니다. 오늘은 차 안에서 안 피웠는데, 냄새가 심한가요?"

쇼타로는 팔을 들어 양복 냄새를 맡았다. 역시 흡연자인 오야가 에어컨 세기를 최강으로 바꾸자 차 안에 시원한 바람이 흘러나왔다.

하야세는 질문을 무시하고 "이제 와서 왜 보자는 겁니까?" 하고 못마땅한 듯이 말했다.

"제가 할 이야기는 다 한 것 같은데요."

"네, 바쁘실 텐데 죄송합니다. 빨리 끝내겠습니다."

쇼타로가 사과하며 고개를 슬쩍 숙이려 하자 "이러면 곤란합니다" 하고 하야세가 짜증 섞인 목소리로 끼어들었다.

"저는 아무 상관도 없는데 경찰이 집까지 찾아오는 바람에 이상한 소문이 나서 골치 아팠다고요."

"정말 실례했습니다. 앞으로는 조심하겠습니다."

"그래서요? 뭐가 궁금한 건데요?"

하야세는 한숨을 푹 내쉬었다.

"시간이 없으니 간단히 말씀드리면, 바비큐 파티 날에 하야세 씨가 하신 이야기를 알고 싶습니다."

쇼타로는 자세를 바로 하고 말했다.

"제가 한 이야기? 그 남자하고는 말 안 했는데요."

"네. 하지만 하야세 씨가 다른 분과 나눈 대화 내용을 아쿠쓰가 들었을 가능성은 있으니까요."

하야세의 시선이 흔들렸다.

"그렇더라도 벌써 2년이나 지난 일이라 무슨 이야기를 했는지는……."

당연한 반응이기는 했다.

쇼타로는 오야가 준비한 바비큐 파티 참가자의 사진을 얼른 보여주었다.

"하야세 씨는 당일 여기 모리카와 아카네 씨와 다카미네 유키야 씨, 그리고 마스모토 요코 씨와 이야기를 나누셨다고 들었는데요."

순서대로 얼굴을 가리켰다. 하야세는 사진을 가만히 바라보았지만 입에서는 아무 말도 나오지 않았다.

쇼타로는 몇 초 기다렸다가 "예를 들면" 하고 입을 열었다.

"졸업한 제자가 만나러 왔다는 이야기는 안 하셨습니까?"

"네?"

하야세가 얼굴을 들었다.

하지만 잠시 후 당혹스러운 표정으로 고개를 저었다.

"아니요……, 그런 이야기는 안 했을 텐데요."

"졸업한 제자는 아니더라도 학생에 대해 이야기하셨다거나?"

"그것도 아닙니다. 분명 그때는 일과 관련된 대화는 전혀 안 하고……. 아아, 마스모토의 아들 다쓰야가 앉아 있는 아쿠쓰와 키를 재더니 '내가 더 커!' 하고 신나서 떠들길래 다들 귀엽다면서 바라봤죠."

마스모토 요코는 하야세처럼 에기의 고등학교 후배다. 하야세와 에기가 활동했던 축구부의 매니저로, 에기가 바비큐 파티를 열면 자주 참석했다는 이야기였다.

"다쓰야가 지금까지는 스스로를 '닷군'이라고 불렀는데, 유치원 상급반으로 올라가서 축구를 시작한 뒤로는 그런 말투를 안 쓰게 됐다고 마스모토가 그러더군요."

쇼타로와 오야는 백미러로 시선을 맞췄다.

"아참, 그때 아쿠쓰가 일어서서 '내가 더 크다' 하고 으스대듯이 말하자 다쓰야가 목말을 태워달라고 졸랐어요. 목말을 태워주자 다쓰야가 아쿠쓰의 머리를 두드리며 '이제 내가 더 크지롱!' 하고 뻐겨서 다들 웃었죠."

이야기하는 동안 기억이 되살아났는지 하야세의 눈이 살짝 가늘어졌다.

"마스모토가 '아쿠쓰 씨의 아이는 키가 많이 크겠네' 하자 마스모토의 남편이 '그렇다면 축구보다는 배구나 농구를 시켜야겠군' 하고 맞장구를 쳤어요. 그렇다면 엄마도 키가 큰 편이 좋지 않겠느냐는 이야기가 나오자, 마스모토가 '얘는 168센티나 돼요' 하며 장난치듯 모리카와 씨의 손을 쳐들었죠."

모리카와 아카네는 마스모토 요코의 직장 동료로, 당시 남자 친구랑 헤어졌던 터라 마스모토가 새로운 만남의 계기를 만들어줄 생각으로 데려왔다고 한다.

예전에 모리카와 아카네의 진술을 청취한 수사관도 마스모토가 모리카와의 키를 매력 포인트로 내세우며 아쿠쓰의 관심을 끌었다는 사실은 보고했다. 경위에 대해서는 언급하지 않았지만, 쇼타로가 그 수사관이었더라도 수사회의에서는 자세하게 설명하지 않았으리라.

하야세의 얼굴에서 웃음이 사라졌다.

"사건이 일어난 후에도 마스모토와 몇 번 만났는데……, 울더라고요. 살인자가 아들을 목말 태우는 걸 내버려 뒀다면서요. 그때 다쓰야에게 무슨 일이라도 생겼으면 어쩌나 생각만 해도 섬뜩하다면서."

손수건을 쥔 손에 힘이 들어갔다.

쇼타로는 턱을 살짝 당기고 "모리카와 씨의 손을 쳐들자 아쿠쓰는 어떻게 반응했습니까?" 하고 물었다.

하야세는 눈을 내리뜨고 "딱히 아무 반응도 없었는데요" 하고 대답했다.

"마스모토도 진심으로 꺼낸 말은 아니었을 테고, 전체적으로 농담이 섞인 분위기였는지라 다들 한바탕 웃고 넘어갔죠. ……그나저나."

하야세의 목소리가 한층 낮아졌다.

"다들 아쿠쓰를 보고 아이를 좋아하니까 좋은 아빠가 될 것 같다고 말했지만, 제가 보기에는 그냥 본인이 어린아이 같던데요."

"그게 무슨 말씀이신지?"

"말 그대로의 의미입니다. 볶음국수의 채소를 일일이 골라 내서 남기질 않나, 구운 마시멜로는 모두에게 돌아갈지를 전혀 고려하지 않고 혼자 두세 개나 먹더군요. 뭐, 분위기를 망치기도 그래서 아무 말도 안 했지만요."

쇼타로는 메모하면서 맞장구를 쳤다. 하야세의 뺨이 비아냥거리듯이 일그러졌다.

"그렇게 편식이 심하면 본인이 요리를 맡아서 원하는 대로 만들고 나눠주면 되잖습니까. 하지만 그런 준비는 일절 안 하더라고요. 그냥 어슬렁어슬렁 돌아다니다가 느닷없이 쪼그려 앉아서 개미 행렬을 구경하곤 해요. 그 모습을 보고 뭐 하는지 궁금해서 다가간 아이와 친해지는 거고요. 기가 찬다고 할까 어이가 없더군요. 아아, 여자는 의외로 이런 인간에게도 속는구나 싶었습니다."

실제로 그런 남자와 결혼하면 고생할 거예요, 하고 덧붙인 후 쓸데없는 이야기를 했다고 생각했는지 "아무튼"하고 정리에 들어갔다.

"그 남자가 모리카와 씨의 연락처를 물어보지는 않았던 것 같고, 마스모토도 딱히 중간 다리 역할은 하지 않았다고 했습니다."

어느 틈엔가 아쿠쓰라는 명칭이 '그 남자'로 되돌아갔다.

실제로 바비큐 파티 이후로 아쿠쓰가 모리카와 아카네에게 연락한 흔적은 없었다. 모리카와 본인도 부정했고, 임의로 제출한 PHS 통화 기록에도 수상한 이력은 남아 있지 않았다.

그렇기에 수사본부도 모리카와 아카네를 더 이상 조사하지 않았다.

쇼타로는 메모를 멈추고 '아쿠쓰 본인이 어린아이 같다'라고 휘갈겨 쓴 부분을 바라보았다.

확실히 아쿠쓰의 행동을 보면 약간 어린아이 같은 구석이 있는 것처럼 느껴지기도 한다. 보통 어른이라면 상식적으로 하지 않을 법한 행동이랄까. 쇼타로가 생각에 잠긴 걸 알아챈 듯 하야세가 팔을 들어 손목시계를 보았다.

"이만 가봐야겠네요."

말을 끝내기가 무섭게 재빨리 문을 열고 차에서 내렸다.

시간을 확인하자 약속 시간인 10분을 5분쯤 초과했다. 쇼타로도 차에서 내려서 하야세를 보았다.

"바쁘신 와중에 시간 내주셔서 감사합니다. 뭔가 또 생각나는 일이 있으시면."

"없을 겁니다."

말허리를 끊은 하야세가 처음으로 쇼타로를 똑바로 쳐다보았다.

"제가 들려드릴 수 있는 이야기는 이제 없을 거예요. 정말로 더 이상은 아무 생각이 안 나서요."

실례합니다, 하고 고개를 꾸벅 숙인 후 학교를 향해 걸어갔다.

쇼타로는 한숨을 쉬고 다시 차에 올라탔다. 조수석에 앉아 담배를 꺼내 불을 붙였다.

차 안에 하얀 연기가 퍼져나갔다.

세 시간쯤 전에 한 대 피웠는데도 온몸의 세포가 니코틴을 왕성하게 흡수했다.

"쩝, 생각처럼 잘 풀리지는 않는군."

"죄송합니다."

오야가 미안하다는 듯 몸을 움츠렸다. 쇼타로는 손바람으로 얼굴 앞의 연기를 날려 보냈다.

"말했다시피 시행착오를 반복하는 게 우리 일이라니까."

오야는 눈인사를 보내고 작게 숨을 내쉰 후 담배를 입에 물고, 길게 내뿜은 연기의 움직임을 눈으로 좇았다.

쇼타로는 차창을 바라보았다. 밖에서 익숙지 않은 음계의 종소리가 들렸다.

"아쿠쓰는 아이를 가지고 싶었던 걸까요?"

오야가 중얼거리는 목소리에 고개를 돌렸다.

"그리고 보니 아쿠쓰가 전처와 이혼한 이유도 불임 때문이라고 했던 것 같아서요."

오야는 딴생각을 하는 듯한 투로 말하고 대시보드에 엎어둔 수사 자료를 집어서 전처와 이혼한 것에 관련된 페이지를 펼쳤다.

마키 미와. 미혼일 적 성씨는 다지마.

1960년 6월 28일 미야자키현 출생.

아쿠쓰보다 한 살 많고 아쿠쓰와는 1984년에 만났다고 했다.

당시 스물네 살이었던 미와는 요코하마 시내의 건축회사에서 사무원으로 일하다가 아쿠쓰의 직장 선배 소개로 아쿠쓰와 사귀게 됐다.

약 2년간 사귀다가 결혼해 6년간 결혼 생활을 유지했지만 미와가 서른두 살이고 아쿠쓰가 서른한 살 때 이혼했다.

오야가 아까 말한 대로 아이가 생기지 않았던 것이 이혼 사유라고 미와는 증언했다.

"하지만 아이에 연연했던 건 전처 아니었나?"

미와의 이야기에 따르면 본인이 노이로제 증상을 보였다고 했다. 아쿠쓰가 탓한 적은 없었으며 오히려 아쿠쓰는 아이가 생기지 않으면 그냥 둘이서 살자고 했다고 한다.

하지만 결혼한 지 몇 년이 지나도록 임신할 기미가 전혀 보이지 않자 미와는 정신적으로 피폐해져 결혼 생활은 파탄이 났다.

결국은 미와가 "나랑 결혼 안 했으면 당신은 아빠가 될 수 있었을 텐데, 이렇게 같이 사는 게 미안해" "당신은 괜찮아도 난 못 견디겠어" 하고 강경하게 주장해서 이혼에 이르렀다는 이야기였다.

"그건 그렇지만 어쩐지 아까 이야기를 듣다 보니 아내에게는 아무 말도 안 했지만, 실은 아쿠쓰도 아이를 가지고 싶었던 것 아닐까 해서요."

"뭐, 그럴 수도 있겠지."

탐문 수사를 하는 동안 아쿠쓰와 아이에 관련된 일화가 몇 번 나왔다. 하야세가 참석했던 때 말고도 다른 바비큐 파티에서 아쿠쓰는 참석자의 아이와 자주 놀아주었던 듯하고, 그것이 '좋은 아빠가 될 것 같다'라는 평판으로 이어졌다.

"하지만 아내가 임신을 못 해서 노이로제에 걸렸는데, 차마 그런 말은 못 하겠지."

"그런데 말입니다. 결국 전처는 그 후에 임신했잖아요."

오야는 스스로도 무슨 말을 하고 싶은 건지 잘 모르겠다는 듯 모호한 어조로 말했다.

확실히 미와는 아쿠쓰와 이혼하고 4년쯤 지나, 지금 남편인 마키 신스케와 소위 '속도위반'으로 재혼했다.

이혼하고 4년 후. 계산을 마친 쇼타로는 오야를 보았다.

"사건이 발생하기 직전인가."

"그렇습니다."

오야가 몸을 살짝 내밀었다.

"왜, 사건이 발생하기 전에 아쿠쓰에게 인생의 분기점이 될 만한 일은 일어나지 않았다고 판단했잖습니까. 실제로 직장도 평범하게 다녔고, 꽤 인기도 있었던 모양이라 인생을 포기하고 범행에 나설 만한 이유는 눈에 띄지 않았다는 이야기였을 텐데요. 하지만 실은 전처가 짐작한 것 이상으로 아쿠쓰가 아이를 바랐다면, 전처의 임신이 큰 충격으로 다가오지 않았을까 싶은데요."

쇼타로는 턱을 쓰다듬으며 오야의 말을 곱씹었다.

"그러게, 일리가 있어."

아이 운운하는 이야기는 빼더라도, 한때 부부였던 사람의 재혼 소식을 들으면 보통은 마음이 편하지 않으리라. 게다가 결혼 생활이 파탄에 이를 만큼 애먹었던 임신이 쉽사리 해결됐다면, 크게 동요했어도 이상할 것 없다.

하지만 그렇다고 현재 생활과 장래를 버릴 만큼 자포자기하겠느냐는 면에서 보면, 역시 이해가 되지 않았다.

아쿠쓰의 도주를 도와줬을 가능성도 있기에 사건이 발생하고 한동안은 마키 미와를 감시했지만, 이혼하고 4년이 지난 데다 사건 당일은 재혼 상대의 아이가 절박 조산[14]의 징조를 보여서 입원했으므로 가정을 망가뜨리면서까지 아쿠쓰를 감춰줬을 거라고 보기는 어렵고, 또한 감춰주기도 불가능했으리라고 판단됐다.

그래도 세밀하게 진술을 청취했고, 입원했던 병원의 간호사에게도 탐문 수사를 펼쳤다. 전화 통화 기록과 은행 계좌 입출

---

14   임신 22주부터 37주 사이의 이른 시기에 출산할 위험성이 높은 상태를 가리킨다.

금, 통화등기 우편 사용 여부까지 샅샅이 조사했지만, 미와의 주변에서 수상한 낌새는 전혀 나오지 않았다.

하지만 발자취를 찾는다는 시점이 아니라, 아쿠쓰가 범행을 저지르기에 이른 계기를 찾는다는 의미에서 진술을 청취했다면 지금까지와는 다른 이야기가 나왔을지도 모른다.

"좋아, 마키 미와를 찾아가 볼까."

쇼타로의 말에 오야는 "네" 하고 의욕에 찬 목소리로 대답하고 재빨리 안전벨트를 맸다.

2. 나가오 도요코

물에 젖은 아쿠쓰의 머리카락은 시각으로 접하는 인상보다 살짝 뻣뻣하고 묵직하다.

폭신폭신한 공기를 머금고 각자 자유로운 방향으로 뻗친 것 같으면서도 머리카락 한 올 한 올은 진하고 중량감 있게 작은 머리 가마를 보호하듯 덮여 있다.

도요코는 어디서부터 손을 대야 할지 모르겠는 머리털에 살짝 가위를 댔다. 뻣뻣하고 두꺼운 머리카락에 가윗날이 밀려서 아무래도 들쭉날쭉해진다. 길이를 다듬다 보니 어디를 잘랐고 어디를 자르지 않았는지 헷갈렸다.

찰각찰각찰각찰각, 싹둑. 찰각찰각찰각찰각, 싹둑. 길게 자란 머리카락을 잘라내면 어쩐지 양심의 가책이 밀려온다. 하지만 무너져 가는 안정감이 기묘한 해방감과 함께 도요코의 가슴을 달콤하게 간질인다.

도요코는 욕실 의자에 앉은 아쿠쓰의 머리를 내려다보았다. 길이를 확인하기 위해 허리를 구부려 거울을 들여다보았다.

목욕 수건만 어깨에 걸치고 귀마개를 낀 아쿠쓰는 멍한 표정이었다. 졸린 듯한 눈으로 허공을 바라보는 얼굴이 포스터 사진 속 남자와 조금 닮았다.

아쿠쓰가 팔을 들길래 도요코는 가위를 치웠다. 아쿠쓰가 동그스름한 손톱으로 근육이 불룩한 어깨를 긁적거렸다. 도요코는 팔이 내려가기를 기다렸다가 다시 가위를 댔다. 머리카락을 집어서 자른다. 머리카락을 집어서 자른다. 머리카락을 집어서 자른다. 가위질할 때마다 머리털은 균형을 잃고 흐트러졌다가 가끔 정돈됐고, 다시 흐트러졌다.

잘린 머리카락이 욕실 바닥에 떨어지는 희미한 소리를 듣고 있으니 도요코는 어린 시절이 떠올랐다.

어머니 미용실.

움직이면 안 돼, 하고 어머니가 긴장된 목소리로 말했다. 도요코는 살에 닿는 가윗날이 차가워서 몸이 굳어버렸다.

걱정하지 마, 예쁘게 잘라줄게, 하고 어머니는 되풀이해 말했다. 도요코를 타이른다기보다 자기 자신을 격려하는 듯한 목소리였지만, 그래도 도요코는 안심했다.

머리카락이 묻지 않도록 옷을 벗었는지라 추워서 닭살이 오돌토돌 돋았다. 도요코는 손끝으로 위팔을 문지르며 눈만 움직여서 거울로 어머니의 손놀림을 지켜보았다.

딱딱한 표정으로 머리털을 잡고 거울을 날카롭게 노려보는 어머니는 평소 모습과 달라 보였다. 하지만 두피에 닿는 굵고 부드러운 손가락은 확실히 어머니 것이었고, 조금만 있으면 끝난다고 자꾸 달래는 목소리도 귀에 익숙했다.

빨리 끝나기를 바랐는데도 다 끝났다는 말을 들으면 어쩐지 아쉬웠다. 손가락을 머리카락 사이로 밀어 넣자 쑥 빠져나갔다. 그 감촉을 맛보는 사이에 어머니가 샤워기를 틀었다. 자, 머리 감자. 이대로 몸도 씻을 거니까 오늘은 목욕 안 해도 돼.

신난다, 하고 어린 시절의 활기찼던 목소리를 머릿속으로 떠올리며 도요코는 아쿠쓰의 목덜미에 가위를 댔다. 목덜미의 머리털은 방향이 일정해서 자르기 쉽다. 하지만 일직선으로 가지런하게 자르면, 그건 그것대로 이상하므로 결국 가윗날을 목에 대고 최대한 짧게 자른다.

전기이발기를 사야겠다 싶었다. 목덜미의 머리털을 자를 때면 매번 이 생각이 난다. 전기이발기가 있으면 위쪽 머리도 일일이 가위로 자르지 않아도 될지 모른다. 많이 짧아지기는 하겠지만, 가위로 자르는 것보다 깔끔하게 정돈될 것이다.

그렇지만 도요코는 앞으로도 전기이발기를 구입하지 않으리라는 걸 잘 알고 있었다.

훤히 드러난 아쿠쓰의 목덜미는 뽀얬다.

작고 빨간 뾰루지가 하나 보였다. 도요코는 무심코 그 뾰루지를 손톱으로 긁고 싶어졌다.

시선을 돌리자 오른손에 쥔 가위가 눈에 들어왔다.

둔탁한 빛을 발하는 가윗날에 시선이 빨려들었다.

―여기서 이 남자가 죽는다면.

거칠거칠한 것이 배 속을 문지르는 듯한 기분이 들었다.

이 남자가 여기 있다는 사실은 아무도 모른다.

심장이 빠르게 뛰었다.

죽으면 떠나지 못한다. 이대로 영원히 여기에 머문다.

도요코는 침을 꿀꺽 삼켰다. 가위를 쥔 손에 힘이 들어갔다.

아쿠쓰는 움직이지 않았다. 아까와 다름없는 자세로 똑바로 앞을 보고 앉아 있다.

앞머리를 자르는 척 앞으로 가자 아쿠쓰는 눈을 감았다. 아까 면도한 입을 헤 벌렸고 팔은 비좁다는 듯 잔뜩 오므린 다리 위에 축 늘어뜨렸다.

도요코는 소리가 나지 않도록 조심해서 다시 뒤로 돌아갔다. 시선이 흔들리자 카운터에 놓아둔 면도기가 눈에 들어왔다.

실은 눈치챈 것 아닐까 싶었다.

알면서 아무것도 하지 않는다. 그리고 싶다면 어쩔 수 없다는 듯, 무방비하게 목을 드러내고 있다.

이쪽을 돌아볼 낌새가 없는 뒷모습에 겹치듯 6년 전 이혼한 전남편의 모습이 떠올랐다.

요 몇 년간 거의 떠오르지 않았던, 이혼 서류를 내려놓고 집을 나가는 전남편의 뒷모습이.

전문대를 졸업한 도요코는 한때 뮤지션을 꿈꾸다 악기점을 차린 아버지의 연줄로 악기 제작 회사에 입사했고 거기서 전남편과 만났다.

도요코의 주된 업무는 사무실 청소, 손님 차 대접, 전화 응대, 전표 처리였고, 나이는 한 살 위지만 고졸로 취업해 3년 선배였던 그는 바이올린 부품을 제조하는 공장에서 브리지를 담당했다.

브리지는 네 개의 현을 지탱하며 진동을 앞판으로 전달하는 중요한 부품이다. 두께와 높이, 앞판과 브리지 다리의 밀착성, 구멍의 위치에 따라 소리의 풍부함과 청아함이 달라진다. 하지만 대량 생산품은 하나하나 엄밀하게 만드는 것보다 출하되는 모든 상품이 일정 수준을 밑돌지 않는 것이 중요했다.

그는 기계로 깎여서 나온 부품을 확인하는 업무를 맡았다.

크기와 두께가 규정에 맞는지 갈라지거나 깨진 곳은 없는지 밀리미터 단위로 측정해 불량품을 빼내고, 적합한 것만 앞판에 브리지를 피팅하는 베테랑 직원에게 가져간다.

퇴근하고 나이가 비슷한 직원끼리 한잔하러 갔을 때, 언제쯤이면 재미있는 업무를 맡겨주는 거냐고 동료가 분통을 터뜨렸지만 그는 미소만 지었을 뿐 동의하지는 않았다.

돌아가는 방향이 같길래 함께 걸어가며 왜 이 회사에 취직했는지 물어보자, 그는 "그냥 어쩌다 보니" 하고 술자리에서처럼 미소를 짓더니 호주머니에서 불량품 브리지를 꺼냈다.

"허리에 손을 대고 두 다리로 떡 버티고 서 있는 어린아이 같아 보이잖아."

그는 브리지의 측면을 도요코에게 보여주었다.

"기준을 충족시킨 브리지는 당당하고 의기양양한 모습으로 벨트 컨베이어에 실려 와. 폐기돼야 할 브리지는 어쩐지 봐달라는 듯이 숨죽이고 있지. 그래서 측정하지 않아도 알아. 업무상으로는 불량품이 적어야 좋겠지만, 찾아내면 어쩐지 조금 안심돼."

그 브리지는 다리 끝에 해당하는 부분이 살짝 깨진 상태였다.

그는 불량품이라 폐기 처분된 브리지를 집에 가져갔다. 서가 위, 말하지 않으면 모를 법한 곳에 나란히 놓인 브리지들은 즐겁게 이야기를 나누는 것처럼 보였다.

취직 6년 차, 그가 브리지를 피팅하는 업무를 담당하게 됐을 때 결혼해서 도요코는 스물다섯 살의 나이로 퇴사했다.

결혼하고 2년이 지났을 무렵, 도요코는 유산했다.

입덧이 심해서 3주 만에 5킬로그램이나 빠졌다. 자신의 의지와는 상관없이 몸이 변화해서 당황스러웠고, 이제 되돌릴 수는 없다는 사실에 속아 넘어간 듯한 기분이 들었다.

앞으로 몇 개월은 더 임신 생활을 해야 한다. 출산하면 임신부에서는 벗어나지만 엄마가 된다. 뭐가 불안한지도 모르는 것이 불안해서, 변기에 게운 후 그 자리에서 울었다.

어느 날 아침, 잠에서 깨자 속이 메슥거리지 않았다. 드디어 입덧이 끝났다는 생각에 갑자기 마음이 편해졌다. 오랜만에 가볍게 느껴지는 몸을 일으켜 화장실에 갔다.

볼일을 보고 화장지로 닦은 후, 화장지에 묻어난 핏빛을 보고 몸이 덜컥 굳었다.

당황해서 산부인과로 달려가자 의사는 도요코에게 유산했다고 알렸다.

실감은 조금도 나지 않았지만 구역질이 싹 가신 것이 섬뜩하게 다가왔다. 몸이 마음을 배신한다. 돌이켜보면 임신한 후로 쭉 그랬다.

남편에게 알리자 남편은 우울한 표정으로 고개를 푹 숙이더니, 이럴 줄 알았으면 아버지에게 말하지 말 걸 그랬다고 중얼거렸다.

도요코는 미안하다고 사과했다.

남편은 고개를 번쩍 들고 자기야말로 미안하다며 도요코의 등에 손을 얹었다.

이혼하게 된 건 남편에게 따로 좋아하는 여자가 생겼기 때문이었다.

그 여자는 남녀 고용 기회 균능법 시행 후, 음악 관련 출판사에 종합직15으로 처음 채용된 사람으로, 악기 제작 현장에 관한

15　종합적인 능력이 요구되는 업무에 종사하는 정직원. 장래의 간부 후보로서 폭넓은 업무를 경험한다.

특집 기사를 잡지에 싣기로 했을 때 남편이 취재에 응했다는 이야기였다.

그 여자와는 도요코도 한 번 만난 적이 있었다. 장인어른의 스튜디오를 구경하고 싶다길래, 하며 남편이 처갓집으로 데려왔다.

스튜디오라고 부를 정도는 아니라서 도요코는 약간 부끄러웠지만, 예쁘게 다듬은 단발머리가 잘 어울리고 늘씬한 몸을 바지 정장으로 감싼 그 여자는 멋진 방이라며 커다란 눈을 더 크게 뜨고 손뼉을 쳤다.

아버지가 서가에 꽂아둔 외국 음악 잡지에도 관심을 보였고, 그 모습에 기뻐하는 아버지와 이야기꽃을 피웠다.

이런 식으로 여러 사람에게 귀여움을 받는 사람이구나 싶었다. 남초 사회에서 자기가 지낼 자리를 잘 만들어내고 상대의 자존심을 세워주며 정보를 끌어낸다. 그리고 이 사람에게 도움을 주고 싶다는 마음을 품게 한다.

도요코는 흉내도 못 낼 일이라 이런 사람이 종합직으로 취직하는 거구나, 하고 묘하게 납득했다.

한 시간쯤 지나 구경을 끝내자 어머니가 점심이라도 먹고 가라고 제안했다. 그 여자는 아직 일정이 남아 있어서 안 된다고 몹시 아쉬워했다. 흐름상 남편과 도요코도 친정집을 나섰다. 셋이서 역으로 향하는 동안, 한가운데서 걷던 그 여자는 도요코에게만 말을 걸었다.

1층에 있으면 지하에서 나는 소리는 얼마나 들리는가. 2층에서는 어떤가. 근처에서 시끄럽다고 불평이 들어온 적은 없는가. 당시 지하실을 만드는 건 아주 드문 일이었을 텐데 비용은 얼마나 들었는가.

사적인 질문도 많았지만 진지한 말투였고, 대답할 때마다 정중히 맞장구를 쳐서 그런지 무례한 인상은 아니었다.

역에 도착하자 그 여자는 허리를 쭉 편 자세로 아름답게 머리를 숙이며, 쉬시는 날에 귀중한 곳과 자료를 보여주셔서 감사합니다, 하고 예의 바르게 인사했다.

그러고 나서야 남편을 보고 지난번 취재 내용과 관련해 추가로 여쭤보고 싶은 게 있는데요, 하고 말했다.

일정이 남아 있다던 그 여자와 카페로 향한 남편은 결국 저녁 시간이 지나도록 돌아오지 않았다.

도요코로서는 아무 망설임도 없이 이혼을 받아들인다는 결단을 내릴 수가 없었다.

작은 목소리도 놓치지 않은 남편의 귀를 좋아했다. 그렇기에 원하는 걸 자기 힘으로 차지하는 그 여자에게도 남편이 숨죽여 간직하고 있는 목소리가 있을지도 모르겠다 싶었다.

남편과 헤어진 후의 인생이 상상되지 않는 한편으로, 남편이 앞으로 그 여자와 함께 인생을 걸어가고 싶다면 억지로 잡아둔들 둘 다 행복할 수 없겠다는 생각도 들었다.

도요코는 자신의 힘으로 남편을 행복하게 해주지 못해서 슬펐지만, 그 마음을 전하자 남편은 상처 입은 듯한 표정을 지었다. 이제 남편의 귀에 도요코의 목소리는 다다르지 않는 듯했다.

이혼이 성립되지 않은 상태로 한 달이 지났다.

도요코는 아버지 앞으로 배달된 잡지에서 자택 스튜디오 특집을 읽었다. 네 집 중 한 집으로 소개된 도요코의 본가는 최근에 지었다는 다른 집들에 비해 낡고 촌스러워 보였다.

남편이 취재에 협력했다는 악기 제작 현장 관련 특집호는 결국 집에서 보지 못했다.

두 달 후, 도요코는 이혼 도장을 찍고 본가로 돌아왔다.

도요코는 자기 손을 내려다보았다. 거칠어진 손등, 거스러미가 생긴 손끝. 삶의 밑거름은 챙길 줄 모르면서 나이만 먹은 손.

그때그때 올바르다고 여긴 길을 선택해 왔다. 하지만 실은 아무것도 선택하지 않았는지도 모른다.

그렇기에 결국 31년을 살았는데도 손안에 아무것도 남아 있지 않은 것이다.

처음부터 다시 시작하기에는 너무 늦었고, 여생을 생각하기에는 너무 일렀다.

부모님은 도요코가 이혼한 것에 대해 거의 아무 말도 하지 않았지만, 아버지가 딱 한 번 너는 정을 줄 줄 모른다고 한탄했다.

도요코는 그럴지도 모른다고 생각했다.

집착하는 마음이 없기에 아무것도 남지 않았을지 모른다고.

가위를 쥔 손이 시야 한복판에서 떨렸다.

도요코는 남자의 뽀얀 목덜미를 바라보며 애써 한 발짝 물러났다.

—이건 뭘까.

난 어떻게 된 걸까.

머리카락이 맨발바닥을 따끔따끔 찌르는 감촉이 느껴졌다.

바다가 펼쳐진 것처럼 바닥 가득 떨어진 머리카락을 멍하니 내려다보았다.

내게는 아무것도 없다.

남편과는 이혼했고, 부모님도 이제 안 계신다. 아이는 태어나지 않았고, 직장은 그만둬도 언제든지 다시 시작할 수 있는 파트타임에 불과하다.

언젠가 아쿠쓰가 체포되면 자신은 벌을 받는다. 모든 것을 잃는다.

하지만 잃는다고 아쉬울 만한 건 없었다.

아쿠쓰가 다시 팔을 들어 가느다란 머리카락이 묻은 목덜미를 벅벅 긁었다.

커다랗게 하품하는 모습이 서울에 비치사 반사석으로 노요코도 입술이 떨렸다. 전염된 것처럼 하품이 밀려오자 울면서 웃는 듯한 표정이 지어졌다.

3. 하시모토 하루

창밖에서는 매미 소리가, 바로 옆에서는 선풍기 돌아가는 소리가 들렸다.

하루는 체온으로 뜨뜻해진 다다미에서 일단 다리를 옮기고, 다음으로 오른팔을 사용해 상체를 움직였다.

아주 약간만 더 시원하게 느껴지는 방바닥에 뺨을 대고 눈을 감았다.

배를 쥐어짜는 듯한 소리가 났다. 고개만 들어 밥상에 놓인 디지털 시계를 올려다보았다.

오후 3시가 막 지난 참이었다.

하루는 등을 웅크리고 허리를 구부려 두 다리 사이에 오른팔을 끼웠다.

배고프다는 생각밖에 안 들었다.

오늘은 우유와 식빵 한 장밖에 못 먹었다. 아침 7시에 깨어나 최대한 배가 고프지 않도록 다시 잠을 청했지만, 9시가 되기 전에 다시 눈이 떠졌다. 하는 수 없이 일어나서 한 장 남겨 둔 식빵을 먹고 거꾸로 잡고 흔들어도 반 잔밖에 채워지지 않은 우유를 마셨다.

아버지는 사흘 전부터 집에 들어오지 않았다.

일하러 간다면서 나갔지만, 진짜로 어디에 갔는지는 모른다.

지금까지도 아버지가 며칠이나 들어오지 않은 적이 있었다. 들어오면 대개 향수 냄새가 났으므로 여자 집에 있었구나 싶었지만, 어디에 사는 누구인지는 하루도 모른다.

아버지가 나가기 전에 준 3백 엔은 이미 다 썼다. 수납장과 벽장을 뒤졌지만, 쟁여둔 식료품은 없었고 돈도 찾지 못했다.

하루는 부엌에 가서 씻어둔 나무젓가락을 식기 건조대에서 꺼냈다. 나무젓가락을 깁스 틈새로 밀어 넣고 힘껏 긁었다.

며칠이나 혼자 버텨야 하는지 미리 알았다면 거스름돈을 착실히 모았을 것이다. 받은 돈으로는 건면을 사서 조금씩 먹었으리라. 평범하게 매일 돈을 받아서 배가 어느 정도 찰 때까지 먹다가, 아무 조짐도 없이 돈이 뚝 끊기니까 곤란해지는 것이다.

하루는 빕싱 잎으로 돌아와서 책상다리로 앉았다. 이세 깨물 곳이 거의 없어진 손톱을 깨물며 검게 빛나는 텔레비전 화면을 바라보았다.

무슨 방송이라도 보면 허기를 잠시나마 잊을 수 있다는 건 알지만 텔레비전을 틀 기분이 아니었다. 틀어놓으면 반드시 음

236

식 광고가 나오기 때문이다.

어제부터 몇 번이나 보았던 탁상 달력에 손을 뻗어 급식이 시작될 때까지 며칠 남았는지 헤아렸다. 앞으로 35일. 눈 안쪽에 둔한 통증이 느껴져서 밥상에 푹 엎드려 눈을 감았다.

1학기가 끝나갈 무렵, 오카노 선생님이 하루를 교무실로 슬쩍 불러서 뭔가 힘든 일은 없는지 물었다.

하루가 고개를 젓자 생각하는 표정으로 잠시 뜸을 들이다가 그렇구나, 하며 고개를 끄덕이고 주소가 적힌 종이를 건넸다. 여름방학 기간에 무슨 일 있으면 오렴, 하고 선생님은 말했다.

"무슨 일이라니요?"

아무 일도 없이 그냥 와도 돼, 하고 선생님은 웃었다.

"배고프면 놀러 오렴. 선생님도 너희들을 못 봐서 쓸쓸하니까. 출근하는 날도 있으니까 늘 집에 있는 건 아니지만, 집사람은 대개 집에 있거든. 소면이라도 먹으면서 기다려도 되고, 집으로 찾아오기가 민망하면 학교로 와도 돼."

선생님은 참 착한 사람이구나 싶었다. 상냥하고 친절하고 올바른 사람이다.

그러므로 하루가 밥을 못 먹는다는 사실을 선생님이 알면, 어떻게든 해주려 하리라는 건 쉽사리 짐작이 갔다. 처음에는 몰래 밥을 먹여줄지도 모르지만 분명 조만간 아버지와 직접 이야기하려 들 것이다.

임간학교에 그렇게 가고 싶으냐면서 쏘아보던 아버지의 얼굴이 하루의 머릿속에 떠올랐다.

학교에서 뭐라고 지껄인 거야? 오늘 담임이 집까지 찾아왔
잖아.

그로부터 며칠간 아버지는 기분이 안 좋았다. 일어서거나 젓
가락을 내려놓을 때 크게 소리를 냈고, 툭하면 혀를 찼다. 그때
마다 하루는 귓속에 의식을 집중하려 애써야 했다.

하루는 쓰디쓴 공기가 가득 찬 것처럼 무지근하게 아픈 배를
끌어안고 숨을 가늘게 내쉬었다.

처음으로 남자 집 정원을 찾아간 후 약 보름 만에 네 번 음식
을 얻어먹었다.

남자가 오후 4시 반 이후에 오라고 했으므로, 그때까지 꾹
참다가 딱 4시 반에 도착하도록 정원을 찾아갔다.

남자는 밖에 내놓으면 상한다며 반찬 팩을 보관해뒀다가 하
루가 가면 천창을 열고 건네주었다.

하루는 묵묵히 음식을 먹었고 남자는 하루를 신경 쓰지 않고
이불에 드러누웠다. 다 먹은 하루가 잘 먹었습니다, 하고 인사
하면 천창으로 기다란 팔을 뻗어 빈 반찬 팩을 받아들었다.

이 사람이 있어서 다행이다 싶으면서도 어째선지 최악의 결
말이 지금까지보다 더 확실하게 머릿속에 떠올랐다. 이 사람이
없어지면 난 어떻게 되는 걸까.

오후 4시 20분이 지나자 하루는 집을 나섰다.

터널을 빠져나와 곧장 남자의 집으로 향했다.

집 앞까지 왔을 때 그러고 보니 다음부터 월요일은 빼고 오라고 했던 것이 기억났다. 하지만 오늘이 무슨 요일인지 기억나지 않았다.

나무들 사이를 헤치고 정원으로 들어가서 커튼이 쳐진 창문 앞에 쪼그려 앉았다. 살짝 두드리자 커튼이 걷히고 발밑의 창문이 열렸다.

"안녕하세요."

"안녕하세요."

남자는 여느 때와 다름없이 묘하게 정중한 말투로 인사했다. 펑퍼짐했던 머리가 조금 작아졌다.

"오늘 와도 되는 날이에요?"

하루가 묻자 남자는 잠깐 입을 다물었다가 뭐, 상관없나, 하고 중얼거렸다.

"오늘 월요일이에요?"

"응, 하지만 도요코는 나갔으니까 문제없어."

남자가 발판으로 사용한 밥상에서 내려섰다. 잠시 후 반찬 팩을 세 개 들고 돌아왔다. 오늘은 박고지 김말이, 고로케, 소스에 절인 닭튀김이었다.

하루는 감사 인사를 하며 반찬 팩을 받아들고 잔디에 책상다리로 앉았다. 잘 먹겠습니다, 하고 고개를 숙인 후 일단 닭튀김부터 입에 넣었다.

달콤하면서도 짭짤한 소스가 잔뜩 묻은 닭튀김이 위벽에 스며드는 느낌이 들었다. 잘 씹어서 맛보고 있으니 남자가 차 페트병을 내밀었다.

하루는 페트병을 입에 대고 마신 후, 입술 가장자리로 흘러내린 차를 티셔츠 소매로 닦았다.

이어서 고로케 하나와 박고지 김말이를 두 개 더 먹자 배가 불렀다. 위장이 작아진 건지 평소처럼 많이 들어가지 않았다.

반찬 팩에 남은 반찬을 내려다보며 "저기, 아저씨" 하고 불렀다.

"응?"

"이거 가져가면 안 돼요?"

남자가 느릿느릿 상체를 일으켰다.

이유를 묻는 듯한 정적이 흘러서 하루는 그게, 하고 눈을 내리떴다.

"지금 아빠가 집에 없어서, 내일 아침이랑 점심에 먹을 게 없거든요. 여기서 다 안 먹고 남은 음식은 집에 가져갔다가 내일 먹으면 좋겠는데⋯⋯."

이 남자라면 상관없다고 선선히 말해줄 것 같았다. 하지만 뜻밖에도 남자는 대답 없이 침묵을 지켰다.

하루는 남자를 보았다.

남자는 음, 하고 작게 소리를 낸 후 하루를 올려다보았다.

"뭔가 담을 그릇을 가져올 수 있어?"

"담을 그릇? 왜요?"

"반찬 팩을 가져가면 곤란해."

하루는 이맛살을 모았다. 남자의 말이 무슨 뜻인지 이해가 잘 되지 않았다.

"반찬 팩을 따로 쓰려고요?"

"따로 쓰지 않아."

남자는 부정했다. 하루는 고개를 갸우뚱했다.

"반찬 팩이 없으면 도요코가 화내."

남자가 말을 덧붙였다.

"도요코는 아저씨한테 밥을 주는 사람이죠?"

남자는 고개를 끄덕였다.

"그 사람은 아저씨가 나한테 음식을 나눠주는 걸 몰라요?"

"몰라."

하루는 갈색 소스와 파, 참깨가 버무려진 닭튀김을 물끄러미 바라보았다.

사정이 어떻게 돌아가는 걸까.

―아저씨는 그 사람에게 비밀로 내게 음식을 주고 있고, 들키면 혼나니까 반찬 팩이 없으면 곤란하다?

"그 사람은 아저씨 아내?"

남자가 눈을 깜박거리더니 한 박자 늦게 고개를 저었다.

"아내 아니야."

"그럼 길러주는 사람?"

하루가 농담조로 말하자 남자는 그 말의 뜻을 고민하듯 입을 다물었다. 잠시 후 그렇군, 하고 중얼거렸다.

"길러주는 사람이야."

하루는 남자를 빤히 바라보았다. 장난치는 느낌은 아니었다.

남자 옆에 뭉쳐진 이불이 보였다. 문득 전에 남자가 여기 사는 사람이 아닌 건 아니야, 하고 빙 둘러서 말했던 게 떠올랐다.

"아저씨, 계속 여기에 있어요?"

"1996년 11월 5일."

"네?"

"1996년 11월 5일부터 여기에 있어."

느닷없이 구체적인 날짜가 튀어나와서 당황한 나머지 또 "네?" 하고 되묻자 남자는 어째선지 "화요일이야" 하고 덧붙였다.

"……그날은 뭔가 특별한 날이에요?"

남자는 다시 입을 다물었다. 대답을 생각하는 분위기였으므로 잠자코 기다렸지만 5초쯤 지나도 남자는 고개를 들지 않았고, 10초쯤 지나서야 나지막하게 입을 열었다.

"뭐였더라."

하루는 눈이 휘둥그레졌다.

"기억이 안 나요?"

"아니, 방금 뭘 물어봤었지?"

하루는 잠시 생각한 후 "아니요" 하고 고개를 내저었다.

"아무것도 아니에요."

242

어쩌면 물어보지 말았으면 하는 문제였을지도 모른다. 하루도 대답하기 싫은 일이 있다.

"필요한 물건은 도요코 씨가 사주는 거예요?"

질문을 바꾸자 이번에는 바로 "응" 하고 고개를 끄덕였다.

"도요코가 사줘."

"밖에는 전혀 안 나가고요?"

"안 나가."

"왜요?"

남자는 신기한 질문을 받았다는 듯 고개를 기울였다.

"못 나가니까."

어, 하고 하루는 목소리를 높였다.

"못 나온다고요?"

무슨 상황인지 전혀 이해되지 않았다.

나오지 않는 것이 아니라 못 나온다. 대체 어떻게 된 일일까.

남자가 밥상 위에 올라서서 손으로 창틀을 잡았다. 그대로 턱걸이하듯 몸을 끌어올려 천창으로 머리를 내밀었다.

가슴께에서 걸렸다. 남자는 상체를 천천히 창틀 안쪽으로 내리다가 마지막에는 아래로 푹 꺼지듯이 제자리로 돌아갔다.

하루는 천창으로 고개를 들이밀어 방 안쪽에 시선을 모았다.

어두워서 잘 보이지 않았지만 문 같은 것이 어렴풋이 눈에 들어왔다. 문 앞에는 골판지상자가 쌓여 있었다.

하루는 고개를 빼내고 흰색 이너 티셔츠에 묻은 먼지를 털고 있는 남자를 내려다보았다.

"도와줄 사람을 부르는 게 나을까요?"

아니, 하고 남자는 짤막하게 대답했다.

"안 불러도 돼."

"정말로요? 밖에 나오고 싶지 않아요?"

"딱히 아무래도 상관없어."

진짜로 아무래도 상관없다는 듯한 목소리였다.

하루는 뒤쪽 나무들을 돌아봤다가 고개를 되돌렸다.

"하지만 그래서는 아저씨가 직접 먹을 걸 사러 못 가잖아요. 만약 도요코라는 사람이 돌아오지 않으면 어떻게 해요? 무섭지 않아요?"

"도요코가 돌아오지 않은 적은 없어."

지금까지야 그랬겠지만, 앞으로 어떻게 될지는 모르는 일인데…….

그럼, 하고 입에서 말이 튀어나왔다.

"거기서 늘 뭐 해요?"

드럼은 치지 않는다고 했다. 텔레비전도 보지 않는다고 했다. 그렇다면 대체 뭘 하면서 지내는 걸까.

"책 읽어요?"

"책은 안 읽어."

남자는 당연하다는 듯 대답했다. 하루는 입을 다물었다. 그럼 아무것도 할 일이 없다.

"머릿속으로 광경을 재생해."

남자가 불쑥 말했다.

"광경을 재생한다니요?"

"옛날에 갔던 곳이나 사람과 이야기한 내용을 틀어놓는 거지."

짤막하게 설명하더니 시범을 보여주겠다는 듯 허공을 쳐다보았다. 하루는 그 이완된 얼굴을 가만히 바라보았다.

바로 눈앞에 있는데도 갑자기 남자의 윤곽이 희미해진 것 같았다.

그대로 녹아내려 어두운 방에 스며들 것만 같아서 하루는 "옛일을 떠올린다는 거예요?" 하고 물었다.

남자는 눈을 천천히 끔뻑였다.

"뭐, 그렇지. 머릿속에 스크린을 만들고 거기에 좋아하는 영상을 내보내는 거야."

긍정하는 대답이 돌아오자 이해하기가 더 힘들었다.

스크린, 영상, 내보낸다. 하루가 뭔가를 떠올릴 때의 감각과는 전혀 달랐다.

뭔가를 떠올린대도 하루의 머릿속에는 막연한 이미지밖에 생겨나지 않는다. 그것도 움직임이 있는 영상이 아니라 단편적인 사진이다.

흐릿한 사진 같은 것이 번쩍 나타났다가 금방 사라진다. 잔상을 긁어모으려 해도 그 전후의 광경은 남아 있지 않다.

"본 광경을 그대로 보관해두는 거야. 그러면 거기에 직접 다시 가지 않아도 언제든지 가고 싶을 때 갈 수 있잖아."

가슴에 전혀 와닿지 않는 말인데도 만족스러운 듯한 남자의 표정을 보고 있으니 어쩐지 떨떠름한 기분이 부풀어 올랐다.

떠올리고 싶은 광경은 딱히 없었다.

여러 번 이사하면서 다양한 동네에 살아봤지만 어느 곳이나 기억은 흐릿했다.

영화 관람, 여름 축제, 백중맞이 춤, 여행 등 돈이 드는 일을 하러 간 적은 없었고, 농구와 관련된 기억은 전부 자신을 향해 다가오는 자동차 전조등 불빛으로 이어졌다.

떠올리려고 애써본들 선명하게 떠오르는 광경은 병원 대기실, 슈퍼의 상품 가격표, 누워서 바라본 방바닥과 선풍기뿐이다.

어쩌면 어머니와 함께 살던 시절에는 즐거운 추억도 있었을지 모르지만, 이미 다 잊어버렸다.

남자는 또 무슨 광경을 머릿속에 틀어놓았는지 눈에 초점이 맞지 않았다. 하루는 고개를 내밀어 남자 앞에 있는 하얀 벽을 보았다.

—정말로 언제든지 원할 때 할 수 있는 거구나.

남과 이야기를 하거나 눈을 감지 않아도 단숨에 다른 곳으로 날아갈 수 있다.

"어떤 광경을 내보내는데요?"

남자는 여전히 흐리멍덩한 눈으로 공원, 하고 한마디로 대답했다.

"공원?"

예상외의 대답에 하루는 되물었다. 어쩐지 좀 더 멀고 특별한 장소일 줄 알았다.

외국이나 유명 관광지. 사진을 수없이 찍고, 기억에도 새겨두고 싶을 만한 곳.

"바로 근처에 집회장 같은 곳이 있고, 물놀이를 할 수 있는 공간이 있지. 희한하게 생긴 미끄럼틀도 있고."

"에이, 뭐야 그게."

"캥거루인지 커다란 쥐인지 모를, 짝퉁 캐릭터 같은 동물의 가슴에 구멍이 있는데, 거기로 아이들이 우르르 나와서 파랗고 가장자리가 노란색인 미끄럼틀을 타고 내려가."

상상해 보려고 했다. 하지만 가슴에 구멍이 있는 동물에 미끄럼틀이 달린 놀이도구가 어떤 형태인지 잘 떠오르지 않았다.

"나는 주먹밥을 쥐고 있고, 미와는 닭튀김을 먹는 중이야."

"미와?"

"아내였던 사람."

남자는 아무렇지도 않게 대답하고 "풀과 흙이 묻은 빨강, 노랑, 파랑, 하양 무늬 돗자리에는 도시락을 펼쳐놨는데" 하고 말을 이었지만, 하루는 바로 전에 들은 말에 놀라 엥, 하고 소리를 냈다.

아내라니 결혼한 건가. 하지만 였던, 이라고 했으니 지금은 아닌가. 그럼 도요코라는 사람은 뭘까.

"차가운 바람이 세차게 불어서 도시락이 다 식었지. 보온병에 담아온 차만 따뜻해서 말없이 번갈아 마시며 코트를 입은 채 서둘러 먹었어."

남자는 개의치 않고 이야기를 계속했다.

하루는 생각을 멈추고 "소풍 이야기예요?" 하고 끼어들었다.

"왜 굳이 그렇게 추운 날에 소풍을 갔어요?"

남자가 눈을 깜박이자 초점이 맞춰졌다.

그래도 아직 완벽하게는 의식이 이쪽에 돌아오지 않은 듯한 표정으로 "주머니" 하고 중얼거렸다.

"주머니?"

"미와가 주머니를 잔뜩 만들거든. 도시락 주머니, 컵 주머니, 젓가락 주머니, 돗자리 주머니 같은 거."

하루는 고개를 갸웃했다.

이야기가 어디로 향하는지 보이지 않았다.

"원래는 옷 만들기가 취미였는데 천이 남잖아. 그래서 점점 주머니만 늘어나."

주머니가 늘어나는 것과 추운 날씨에 소풍을 가는 것이 무슨 상관이란 말인가.

하루가 묻자 남자는 복잡한 표정을 지었다.

"주머니는 사용해야 해."

"……주머니를 사용하기 위해 소풍 간 거라고요?"

설마 그럴 리 없을 거라 생각하며 묻자 남자는 말이 통했다고 여겼는지 응, 하고 고개를 끄덕였다. 하루는 어처구니가 없었다. 그래서야 앞뒤가 바뀐 셈이다.

눈앞의 남자가 도시락 주머니와 똑같은 천으로 만든 옷을 입고 바들바들 떨면서 묵묵히 주먹밥을 먹는 모습이 떠올랐다. 어쩐지 조금 우스웠다.

"여러 공원에 갔었지만 이 공원을 제일 많이 머릿속 스크린에 틀어놓지."

남자는 입매를 살짝 누그러뜨렸다.

"뭔가 특별한 일이라도 있었어요?"

"아니, 그냥 그 미끄럼틀이 재미있었어."

어떤 미끄럼틀일지 하루는 다시 상상해 보았다.

캥거루인지 쥐인지 모를, 짝퉁 캐릭터 같은 동물은 결국 무슨 동물일까.

"가보고 싶네."

머리보다 입이 먼저 움직여서 자신도 모르게 말이 튀어나왔다.

남자의 눈이 다시 흐리멍덩해졌다. 하루는 상체를 조금 뒤로 물리고 움직임을 멈춘 남자를 바라보았다. 이번에는 어떤 광경을 보고 있을까.

갑자기 남자가 고개를 들었다.

"갈까?"

"네? 어디에요?"

"공원."

"……아저씨, 거기서 못 나오는 거 아니었어요?"

"도요코에게 말하지 않으면 못 나가."

"네?"

하루는 눈을 깜박깜박했다.

"말하면 나갈 수 있다는 뜻?"

남자는 대답하는 대신 너희 집에, 하고 말했다.

"우리 집?"

하루는 자기를 가리켰다. 남자는 턱을 살짝 당겼다.

"여기에서 나가면 데리러 갈게."

기대하지 않는 편이 낫겠다는 생각이 제일 먼저 들었다.

도요코라는 사람이 안 된다고 할지도 모른다. 아저씨 마음이
바뀔 수도 있다. 애당초 진심이 아닐 수도 있다.

그렇게 스스로를 타이르는데도 가슴이 뛰었다.

—만약 정말로 아저씨가 거기 데려가 준다면.

하루는 네, 하고 대답했다. 자신이 듣기에도 한껏 들뜬 목
소리였다.

4. 다이라 쇼타로

오후 2시가 되기 조금 전, 쇼타로와 오야는 마키 미와가 지정한 카페에 도착했다.

미와는 현재, 재혼한 남편의 본가에 가까운 도쿄도 오타구의 맨션에 살고 있다고 한다.

프랜차이즈가 아닌, 고풍스러운 동네 카페는 시간이 시간인지라 나름대로 붐볐지만, 나중에 한 명 더 올 것이라고 하자 4인용 테이블로 안내해 주었다. 쇼타로와 오야는 나란히 앉아 미와가 오기를 기다렸다.

약속 시간인 2시가 5분쯤 지났을 무렵 딸랑, 하고 방울 소리가 손님이 왔음을 알렸다.

"늦어서 죄송해요."

헐렁한 카키색 셔츠에 슬림 진을 맞춰 입은 여성이 감색 챙모자를 벗으며 부랴부랴 뛰어왔다.

미와는 땀에 젖어 이마에 들러붙은 앞머리를 떼어내고 "나가려는데 아이가 칭얼거려서요" 하며 고개를 숙였다.

"저희야말로 갑자기 뵙자고 해서 죄송합니다. 아이는 괜찮은가요?"

"네, 시어머님께 맡기고 왔어요."

그러고는 쇼타로 맞은편에 앉아 달아오른 뺨을 손등으로 닦았다.

"시원한 음료라도 한 잔 드시죠."

오야가 메뉴를 펼쳐서 건넸다. "주임님은 뭐로 하시겠습니까?" 하고 쇼타로에게 고개를 돌렸다.

"아이스커피로 부탁합니다."

쇼타로가 물을 가져온 종업원에게 주문하자 오야가 "저도 그걸로" 하고 한 손을 들었다. 미와는 "아, 그럼 저는 오렌지 주스로" 하며 메뉴를 덮었다.

종업원이 물러가자마자 미와는 물을 쭉 들이켜고 숨을 후 내쉬었다.

"너무 서두르게 하신 것 같아서 죄송하네요."

오야가 부드러운 어조로 말을 걸었다.

"아이는 18개월이던가요?"

쇼타로가 묻자 미와는 그제야 약간 마음이 가라앉았는지 "네" 하고 고개를 끄덕이고 표정을 풀었다.

"싫어싫어 시기에 들어선 사내아이예요."

사건이 발생했을 무렵은 임신 8개월이었다. 절박 조산의 징조를 보여서 입원 중이었으므로, 조심스레 탐문 수사에 나섰던 것이 기억났다.

미와의 연락처를 알려준 아쿠쓰의 어머니도 중요한 시기인데 이런 일에 휘말리게 해서 미안하다며, 무리가 가지 않도록 최대한 조심해 달라고 잔뜩 움츠린 태도로 애원했다.

그때 배 속에 있던 아이가 벌써 18개월.

사건이 발생하고 그만큼이나 시간이 흘렀다.

"그 후로 아쿠쓰에게 연락은 있었습니까?"

쇼타로는 수첩을 슬쩍 펼치며 물었다.

미와는 바로 고개를 살짝 저었다.

"그랬다면 연락을 드렸겠죠."

단호한 말투였다.

쇼타로는 고개를 끄덕이고 "오늘은 미와 씨가 재혼하신 걸 아쿠쓰가 알고 있었는지 여쭤보려고 뵙자고 했습니다" 하고 본론에 들어갔다.

한순간 미와의 눈이 흔들렸다. 결혼반지를 낀 손을 내려다보고 중얼거리듯이 "알고 있었어요" 하고 대답했다.

"재혼하기로 결정했을 때 연락했거든요. 언젠가 다른 사람에게 들을지도 모르고……, 그럴 바에야 직접 알리고 싶어서요."

"언제였죠?"

"2년 전……, 사건이 발생하기 한 달쯤 전이요."

기억을 더듬지 않고 바로 대답이 나왔다. 명확하게 기억하는 이유가 뭘까 궁금해하고 있으니 "안정기에 들어서서 결혼하자는 이야기가 나왔을 때 전화했죠" 하고 미와가 말을 이었다.

"그렇군요."

쇼타로는 고개를 끄덕였다.

"아쿠쓰는 뭐라고 했나요?"

"아아, 그렇구나. 그 말로 대화가 끝나서……, 어쩐지 못 견딜 기분이라 미안하다는 말을 덧붙였어요. 그랬더니 왜 사과하느냐고 묻더군요."

"그럼 임신하셨다는 소식도?"

"어차피 알 일이니까요."

미와가 입술을 일그러뜨렸다. 비아냥거림이 담긴 표정이었다.

"저는 아이를 못 낳는다는 이유로 아쿠쓰와 이혼했어요. 앞으로 혼자 살겠다고 했던 제가 재혼하다니 임신하지 않았다면 이상하잖아요?"

쇼타로가 생각하기에는 전혀 이상할 것 없었지만, 실제로 미와는 임신하지 않았다면 재혼할 마음이 없었으리라.

그랬더니, 하고 미와는 말을 멈추더니 물이 조금밖에 남지 않은 물잔을 움켜잡았다.

"잘됐다고 하더라고요."

미와는 가느다란 손가락으로 물잔에 묻은 물방울을 닦았다.

물잔을 조금씩 돌리면서 엄지손가락으로 아까까지 차가운 물이 담겨 있었음을 알리는 선을 지워나갔다.

"그러고 나서 요즘 어떠냐고 물어봤어요. 어쩌면 아쿠쓰도 새로운 사람을 만나 재혼할 예정일지도 모르니까요 ……그게 아니라면 어떻게 잘됐다고 말할 수 있는지 저로서는 모르겠더라고요."

그 사람은 거짓말을 못 하거든요, 하고 미와가 덧붙였다.

"예의상 하는 말이나, 본심이 아니더라도 상대의 기분을 고려해서 신경 써주는 말을 먼저 할 줄 모르는 사람이라……, 생각을 있는 그대로 꺼내놓는 바람에 사람들을 화나게 한 적도 많았어요. 그래서 임신해서 재혼한다는 이야기를 하면 뭐라고 할지 겁났죠……, 그런데."

울기 직전처럼 목소리가 떨렸다.

하지만 미와는 눈물을 흘리지 않고, 숨을 크게 들이마셨다가 신중하게 내쉬었다. 쇼타로는 아쿠쓰가 거짓말을 못 한다고 메모했다.

"저도 친구가 임신했다는 이야기를 들었을 때는 그렇게 말했죠. 축하한다고, 잘됐다고……, 하지만 제 말과 그 사람의 말은 완전히 달라요."

그때 종업원이 음료가 담긴 쟁반을 들고 다가왔다.

미와는 입을 다물고 종업원이 물러가기를 기다렸다.

오렌지 주스에 빨대를 꽂고 주스잔을 잡았지만, 마시려고는 하지 않고 자기 손을 바라보았다.

"요즘 어떠냐는 질문에 아쿠쓰는 뭐라고 했습니까?"

쇼타로가 묻자 "어떠냐니, 하고 되묻더군요" 하고 미와는 힘없이 미소 지었다.

"그런 면이 있었어요. 모호하게 물어보면 뭘 묻는 건지 모른다고 할까. ……그래서 망설이면서도 사귀는 사람 있느냐고 직설적으로 물어봤죠."

지금까지 여러 번 진술을 청취하면서 자세하게 캐물었던 부분이다. 미와는 쇼타로가 기억하고 있는 대로 "사귀는 사람은 없다고 대답했어요" 하고 말했다.

쇼타로는 메모한 내용을 내려다보며 생각에 잠겼다.

아쿠쓰는 사건을 일으키기 한 달 전에 전처의 재혼과 임신소식을 알았다. 하지만 전처에게 축복하는 말을 건넸다. 그리고 아쿠쓰는 마음에 없는 말을 할 줄 모르는 사람이라고 한다.

"아쿠쓰는 아이를 갖고 싶어 했습니까?"

오야가 물었다.

쇼타로는 사실이 어떨지언정 적어도 전처는 긍정할 것이라고 예상했다.

하지만 미와는 "모르겠네요" 하고 대답했다.

쇼타로가 고개를 들자 시선이 마주치길 피하듯 미와가 눈을 내리떴다.

"결혼 초에는 원하는 줄 알았죠. 예를 들어 아이가 태어나면 이름을 뭐로 지을지 잡담처럼 이야기한 적이 있었는데요. 아직 아이가 생기지도 않았는데 아쿠쓰가 작명 사전을 사왔길래……, 성격도 급하다고 웃었더니, 자기는 무슨 일에든 시간이 걸리는 사람이라고 진지한 표정으로 말하더군요."

미와는 숨을 한 번 내쉬었다.

"하지만 잘됐다는 말을 들으니 확신이 사라지더라고요. 어쩌면 아쿠쓰는 제가 생각했던 것보다 아이를 원하지 않았는지도 몰라요. 저 혼자 마음에 담아두고 난리를 떨었을 뿐인지도 모르죠. ……저도 실제로 엄마가 되고 나서야 지금까지 부모가 된다는 사실을 현실적으로 상상했던 적이 없다는 걸 깨달았어요. 그저 결혼하면 아이를 낳아야 한다는 법이라는 생각에 초조해했을 뿐……."

그러다 무슨 질문에 대답하고 있었는지 잊어버린 것처럼 입을 다물고 시선을 이리저리 돌렸다.

오야는 펜을 쥔 손을 재빨리 움직인 후 미와를 똑바로 바라보았다.

"아쿠쓰는 도가와 선생님을 만나지 못했다면 아버지라는 존재가 되기를 바라지 않았을 거라고 했다면서요?"

미와는 "네" 하고 고개를 끄덕이고 나서야 빨대를 물었다. 그리고 생각났다는 듯 물수건을 집어 손을 꼼꼼히 닦았다.

"어른이 돼도 결혼하거나 부모가 되지 않겠다고 어릴 적에 결심했었대요. 아버지처럼은 되기 싫어서……, 아쿠쓰의 아버지는 꼴도 보기 싫다, 왜 제대로 하는 게 없느냐면서 늘 아쿠쓰를 때렸다는군요."

쇼타로는 '아버지'라고 쓴 글씨에 동그라미를 치고 폭력을 행사했다고 적어 넣었다.

별달리 놀랄 만한 이야기는 아니었다.

체벌과 학대가 문제시된 지 몇 년 지나지 않았다. 옛날에는 부모가 자식을 때려서 훈육하는 것이 당연하다는 풍조가 만연했다.

"하지만 선생님 같은 부모가 된다면 나쁘지 않을지도 모르겠다고 했어요."

―선생님 같은 부모가 된다면 나쁘지 않다.

쇼타로는 수첩에 메모하며 그 말을 머릿속으로 음미했다.

"아쿠쓰는 도가와에 대해 어떤 식으로 이야기했습니까?"

오야가 몸을 살짝 내밀고 물었다.

분명 수사관이 마키 미와에게 가장 많이 던진 질문이리라. 미와도 여러 번 대답해서 생각이 정리됐는지, "그 사람이 도가와 씨에 대해 자기 생각을 말한 건 그때 한 번뿐이었습니다" 하고 지체없이 대답했다.

"하지만 저는……, 일상의 다양한 부분에서 도가와 씨의 그림자 같은 걸 느꼈어요."

"그림자요?"

"어떻게 표현하면 좋을지 모르겠지만, 예를 들면 무슨 서류를 읽어야 할 때 백지를 한 줄 폭만큼 도려내서 서류에 겹쳐놓고 한 줄씩 읽는다거나……, 그리고 느닷없이 유리구슬을 사온다거나."

유리구슬에 관해서는 도가와의 학원에 남아 있던 학생별 기록 노트에도 적혀 있었다. 아쿠쓰가 학원에 등록했을 무렵, 바로 공부를 시작하는 것이 아니라 구슬치기나 카드 짝 맞추기, 직소 퍼즐 등의 놀이부터 했던 듯하다.

아쿠쓰는 구슬치기 자체는 잘 못 했지만 유리구슬은 마음에 들었는지 집에 가져가서 하염없이 그것을 바라봤다고 한다.

"그 무렵에 저는 몹시 불안정했어요. 머릿속에 아이밖에 없어서……, 특히 한 달에 한 번 찾아오는 그 날……, 아이가 생기지 않았다는 걸 알면 죽을 만큼 우울했죠. 나 같은 건 태어나지 말아야 했다고 울면서 난리를 쳤어요."

생리를 돌려 말했다는 걸 쇼타로는 약간 늦게 깨달았다.

"그때 아쿠쓰는 태어나지 말아야 하는 아이는 없다고 했어요. 그 아이가 누구를 가리키는 건지 못 알아듣고, 한순간 그러니까 아이를 못 가져서 괴로운 것 아니냐고 생각했죠. 잠시 후에야 저한테 한 말이라는 걸 알아차렸어요."

미와는 주스잔을 양손으로 감싸듯이 잡았다.

"그때 혹시 이건 아쿠쓰가 어렸을 적에 누군가에게 들은 말 아닐까 싶더군요. 분명 도가와 씨한테 들은 말을 소중히 간직하고 있었던 게 아닐까 해요."

아쿠쓰도 소년 시절에 미와처럼 태어난 것 자체를 후회하는 말을 꺼낸 적이 있었으니까 그런 말을 들었으리라. 하지만 성장해서 어른이 됐고, 같은 말을 해주게 됐다.

"아쿠쓰에게 도가와 씨는 이정표 같은 존재였을 거예요."

주스잔에서 녹은 얼음이 달그락 돌아가는 소리가 났다.

"아쿠쓰는 자기는 바보라서, 라는 말을 자주 했어요. 자기는 바보라서 다른 사람들이 당연하게 할 줄 아는 일을 못 한다. 눈앞에 있는 사람이 무슨 생각을 하는지 모른다. 자기 혼자만 어두운 곳에 있는 것 같은 기분이다. 전부 희미하게 보일 뿐이라 잘 보려고 해도, 보려고 했던 걸 잃어버린다고요."

쇼타로는 메모를 하려다 어떻게 생략하면 좋을지 망설였다. 단어만 추려서 쓰면 뭔가가 빠져서 사라질 것 같은 느낌이 들었다.

"아쿠쓰와 도가와 씨 사이에 무슨 일이 있었는지는 몰라요. 하지만 분명 그랬을 이유가 있을 거예요."

목소리에 힘이 들어가서 말끝이 거칠어졌다.

"아쿠쓰가 왜 하필이면 도가와 씨를 죽였을까, 지난 2년간 몇 번이나 생각해봤어요. 하지만 전혀 모르겠더군요. ……6년이나 같이 살았는데도."

미와가 입술을 깨물었다.

"아쿠쓰와 결혼하기로 하고 시댁에 인사드리러 가자, 아버님이 무슨 생각이냐고 대뜸 호통을 치더군요. 일언반구도 없었으면서 결혼이라니, 너 같은 놈이 무슨 가정을 꾸리느냐면서요. 너무 화가 나서……, 반드시 행복한 가정을 꾸릴 거라고 쏘아붙이고 돌아와 부모님 허락 없이 결혼했는데요.”

거기서 말을 끊더니 계속 이야기해봤자 의미 없다고 마음을 바꾼 듯 고개를 살짝 저었다.

“아쿠쓰의 아버지는 돌아가셨죠.”

네, 하고 쇼타로는 고개를 끄덕였다.

“사건이 발생하기 3년 전에 뇌경색으로. ……그 이야기는 전화하셨을 때?”

“네. 어머님과 아버님은 잘 지내시냐고 물었더니, 아버지는 죽었다고……, 전혀 몰라서 장례식에도 못 갔어요.”

미와는 어깨를 축 늘어뜨리고 한숨을 쉬었다.

“알려주지 그랬느냐는 말이 저도 모르게 튀어나왔죠. 그러자 알려줘야 하는 거냐고 놀란 듯이 말해서……, 아쿠쓰는 보통 그래야 하냐는 뜻으로 물어봤을 거예요. 하지만 어쩐지 너한테 그런 자격이 있느냐고 묻는 것처럼 들리더라고요.”

결국 그 후에 어머님께 연락도 안 했어요, 하고 말을 이었다.

“그러고 나니 무슨 말을 하면 좋을지 몰라서, 잘 지내라고 하고 전화를 끊었죠.”

그 후로 아쿠쓰와는 한 번도 이야기하지 않았고요.

미와는 죄라도 고백하듯 조용히 중얼거렸다.

카페를 나서서 차로 돌아오자 차 안은 찌는 듯이 더웠다.

시동을 걸고 에어컨을 최강으로 튼 후, 둘 다 담배에 불을 붙였다.

쇼타로는 연기를 길게 뿜어내며 뻣뻣해진 목을 뚜두둑 돌렸다.

오야의 가설대로 아쿠쓰는 분명 사건을 저지르기 전에 미와가 임신했고 재혼한다는 소식을 들었다.

하지만 아쿠쓰는 미와를 축복했고, 미와 말에 따르면 아쿠쓰는 마음에 없는 말을 못 하는 인간이라고 한다. 그렇다면 사건의 동기라고 할 만한 것은 눈을 씻고 찾아봐도 없는 셈이다.

"잘 모르겠네요."

오야가 재떨이에 재를 털면서 중얼거렸다.

"역시 이치에 맞도록 평범하게 생각해서는 동기를 찾아낼 수 없는 걸까요?"

쇼타로도 동감이었다.

아쿠쓰는 중학생 때 상해 혐의로 입건됐다가 계도 처분을 받았을 때, 왜 폭력을 썼느냐는 질문에 '아프냐고 몇 번이나 묻길래 맞으면 아픈지 궁금해하는 줄 알았다'라고 대답했다.

하야세의 증언을 통해서도 아쿠쓰가 상식적인 어른이라면 의아해할 만한 행동을 했다는 사실을 알았다.

그리고 방금 미와에게 들은 이야기.

거짓말을 못 하고 상대방의 기분을 고려해서 신경 써주는 말을 먼저 할 줄 모른다.

모호하게 질문하면 뭘 물어보는 건지 이해하지 못한다.

아쿠쓰에게 도가와는 이정표 같은 존재였다.

자기 혼자만 어두운 곳에 있는 것 같은 기분이다. 전부 희미하게 보일 뿐이라 잘 보려고 해도, 보려고 했던 걸 잃어버린다.

"어쩌면 원한이나 살의를 품은 게 아니라 도가와를 사모했기 때문에 죽일 수도 있을까요?"

그럴 수도 있겠다고 쇼타로는 생각했다.

"예를 들면 도가와 본인이 부탁했기 때문에 아쿠쓰가 꽃병으로 때렸다든가."

"촉탁 살인이었다는 말씀이십니까?"

"아니, 도가와도 죽을 생각은 아니었는데 살인으로 이어졌는지도 모르지."

"즉, 사고 같은 상황이었다고요?"

쇼타로는 나지막하게 앓는 소리를 냈다. 역시 그렇게 기묘한 상황은 상상하기 힘들다.

오야도 미간에 주름을 잡고 팔짱을 낀 채 "꽃병으로 내리칠 상황……" 하고 중얼거렸다.

"잘 모르겠습니다만 무슨 실험이었다든가?"

"실험?"

"도가와는 학원생들을 위해 독자적인 교재를 만들거나 시행착오를 거치며 지도 방법을 확립했다고 합니다. 어쩌면 학원생들을 가르칠 때 꽃병을 사용해서 뭔가 해보려던 건 아닐까 싶어서요."

"그때 마침 아쿠쓰가 왔길래 잘됐다며 도와달라고 했다?"

"끙."

이번에는 오야가 앓는 소리를 냈다.

"딱 와닿지가 않네요."

"그게 진상이라면 바로 구급차를 불렀겠지. 하지만 안 그랬어."

단순한 사고였을 가능성은 수사본부에서도 사건 직후에 검토했다.

꽃병을 내리친 이유는 일단 제쳐놓고, 살해할 의도 없이 내리쳤는데 운 나쁘게 도가와의 머리에 맞았다고 가정하더라도 그 후에 왜 도망쳤는지 설명이 안 된다는 점은 변함없다.

"……맞은 후에도 도가와에게 의식이 있어서, 아쿠쓰에게 도망치라고 했다면 어떨까요?"

"도가와의 말에 따라 도주했다?"

"네. 그렇다면 지금까지 계속 도주 생활을 하는 것도 말이 되지 않을까 싶은데요."

"의식이 있다면 더더욱 구급차를 부르지 않을까?"

"음, 일단 아쿠쓰를 도주시킨 후에 도가와가 직접 구급차를 부르려고 했지만, 그 전에 힘이 다해서 의식을 잃었다거나."

이쯤 되면 추리라기보다 망상이다.

근거는 전혀 없이 무리한 가능성을 조합한 것에 불과하다.

두 사람은 입을 다물고 담배에 또 불을 붙였다. 침묵 위에 한 숨이 겹쳤다.

몇 분 후, 쇼타로가 밑동까지 탄 담배를 재떨이에 눌러 껐을 때였다.

"그러고 보니 아쿠쓰의 부모님은 처음에 결혼을 반대했잖아 요."

오야가 손안의 담배를 바라보며 문득 말했다.

길어진 재를 조금 당황한 듯 재떨이에 털고 나서 그게, 하고 말을 이었다.

"아쿠쓰의 어머니가 마키 미와를 몹시 걱정하는 것 같길래 요. 결혼한 후에 화해했나 싶어서요."

면목 없다는 듯이 몸을 움츠린 아쿠쓰의 어머니 얼굴이 쇼타 로의 머릿속에도 되살아났다.

사건이 발생한 후, 경찰이 미와에게 진술을 청취하려 하자 아쿠쓰의 어머니는 미와를 걱정했다.

중요한 시기인데 이런 일에 휘말리게 해서. 그 말이 떠오른 순간 뭔가가 살짝 마음에 걸렸다.

쇼타로는 아까 미와에게 들은 이야기를 돌이켜보았다.

아쿠쓰는 사건을 저지르기 한 달 전, 미와에게 연락을 받고 임신과 재혼 소식을 알았다.

미와는 그때 예전 시아버지가 사망했음을 알았지만, 그 후로도 예전 시어머니에게 연락을 하지는 않았다.

한편 사건 직후에 아쿠쓰의 어머니는 임신 중인 예전 며느리를 걱정했다.

쇼타로는 고개를 번쩍 들고 오야를 보았다.

"아쿠쓰의 어머니는 이혼한 며느리가 임신했다는 걸 언제 알았지?"

오야가 화들짝 놀란 듯 쇼타로와 시선을 마주쳤다. 그리고 주먹을 입에 댄 채 허공을 쳐다보았다.

"수사관 입에서 흘러나갔나……."

탐문 수사를 할 때 수사 대상자에게 괜한 정보를 누설하지 않는 것은 수사의 기본이다. 물론 그래도 누군가 깜박하고 말했을 가능성은 있지만…….

만약 통화 중에 미와에게 타박을 받고서, 그런 이야기는 알리는 법이라고 생각한 아쿠쓰가 사건을 저지르기 전에 어머니에게 말했다면.

하지만 어머니에게서는 한 번도 그런 말이 나오지 않았다.

사건 당일 아쿠쓰가 어머니와 무슨 대화를 나눴는지 어머니에게 청취한 사람은 쇼타로다. 그 이전에 전화로 통화한 내용에 관해서도 꽤 많이 거슬러 올라가서 물어보았다. 다른 수사관들도 다양한 각도에서 반복해서 질문했을 것이다. 그런데도 깜빡했을 리는 없다.

아들에게 '전처가 임신해서 재혼하게 됐다'라는 이야기를 들

266

었다면, 고만고만한 근황 보고보다 훨씬 선명하게 기억에 남을 테니까.

"혹시 고의로 그 이야기를 숨겼다면."

쇼타로는 온몸의 세포가 아우성치는 감각을 느꼈다.

—숨길 만한 이유가 있었던 셈이야.

"일단 서로 돌아가자."

쇼타로가 말을 마치기도 전에 오야가 꽁초를 재떨이에 버리고 운전대를 잡았다.

5. 나카무라 요스케

'여기는 용머리 콜로세움. 실력에 자신 있는 자들이 전 세계에서 모여 아이템을 걸고 싸우는 곳.'

요스케는 화면에 나타난 글씨를 침대 위에 책상다리로 앉아서 바라보았다.

'이 콜로세움에서는 아이템을 걸고 싸웁니다. 일단 소유한 아이템 중에서 뭘 걸지 골라주세요.'

이제는 다 외워서 읽을 필요도 없는 내용을 컨트롤러 버튼을 연타해서 넘기고 선택 화면까지 바로 나아갔다.

요스케의 방은 네 살 많은 형과 함께 썼던 방에 벽을 설치해서 반으로 나눈 공간이므로, 침대, 책상, 텔레비전만으로도 거의 꽉 찼다. 필연적으로 게임을 하려면 침대에 앉을 수밖에 없지만, 텔레비전 위치가 낮아서 등을 웅크리고 고개를 내민 자세가 나온다.

요스케가 지금 하고 있는 게임은 형에게 물려받은 파이널 판타지6였다.

2년 전에 엔딩을 본 후로는 게임팩을 꽂지도 않았지만, 어쩐지 입수 가능한 아이템을 전부 모으고 싶어서 요 며칠 방에 있는 시간에는 계속 붙들고 있었다.

소유한 아이템을 걸고 적과 싸워서 이기면 희귀한 아이템을 받을 수 있지만, 지면 참가비 명목으로 걸었던 아이템을 빼앗긴다.

다만 전투는 자동, 즉 스스로 조작할 수 없고 저절로 승패가 정해진다. 할 수 있는 일은 레벨을 많이 올린 캐릭터를 사용해 만반의 준비를 하는 것 정도다. 바꿔 말해 그것만 끝나면 담담히 선택 버튼만 누르면 된다.

어떤 아이템을 걸지 결정하고 싸울 캐릭터를 고르자 전투가 시작됐다.

빠르고 경쾌한 음악이 울려 퍼졌지만 요스케는 딱히 신나지 않았다. 공격하거나 공격받거나, 상대의 소지품을 훔치려다 실패하는 등 빨리 넘기고 싶어지는 지루한 시간이 이어지다가 마침내 화면에 결과가 나타났다.

'겐지의 방패를 얻었다!'

'브레이브 링을 얻었다!'

'도적의 장갑을 얻었다!'

입수한 아이템이 늘어날 때마다 요스케는 노트에 아이템 이름을 적고 다시 버튼을 눌렀다.

이기면 아이템을 받은 후 세이브하고, 지면 전원을 껐다가 다시 시작한다.

크리스탈 헬름이라고 적었을 때 어머니가 요스케, 하고 성난 목소리로 부르는 소리가 문밖에서 들렸다.

거의 동시에 문이 열리고 눈에 쌍심지를 켠 어머니의 얼굴이 나타났다.

"언제까지 게임만 하고 있을 거야? 얼른 임간학교 준비하라고 몇 번을 말했어?"

"걱정하지 마. 대강 준비해놨고 나머지는 밤에 하면 돼."

요스케는 텔레비전 화면으로 시선을 돌리고 세이브했다. 차라링, 하고 효과음이 작게 울렸다.

"되기는 뭐가 돼."

어머니가 텔레비전 앞을 막아섰다.

"빠진 게 있으면 사러 가야 하니까 다 잘 챙겼는지 지금 확인해 보라는 거잖아. 밤이 돼서 이게 없다느니 저게 없다느니 찡찡대도 사러 못 가."

어머니는 바닥에 떨어져 있던 임간학교 안내문을 주워서 자, 하고 요스케 눈앞에 디밀었다.

"과자는 먹고 싶은 걸 직접 사러 가겠다고 했지? 갈아입을 옷도 날짜별로 정해놓으면 거기 가서 허둥대지 않아도 돼서 좋잖아."

270

"옷은 윗도리와 아랫도리를 적당히 세 벌씩 넣어가면 돼."

요스케는 안내문을 치우고 고개를 뻗어 화면을 보았다.

"요스케!"

어머니가 고함을 질렀다.

지금까지의 잔소리와는 다른 낌새가 느껴져서 요스케는 그제야 컨트롤러를 책상다리 틈새로 내렸다.

"너, 대체 왜 그러는 거니?"

어머니는 화났다기보다 어쩐지 겁먹은 듯한 시선을 던졌다.

"요즘은 농구 연습도 하러 안 가고 집에서 게임만 하잖아. 하루가 다쳐서 같이 연습 못 하는 건 알지만, 그럼 다른 아이들이랑 다른 걸 하면서 놀면 되잖아."

요스케는 대답 없이 손에 쥔 컨트롤러를 내려다보았다.

"이번이 초등학교 마지막 여름방학인데 아무 추억도 안 만들고 혼자 게임만 하고 말이야."

추억이란 뭘까, 하고 요스케는 생각했다.

왜 추억을 만들어야 할까.

하지만 요스케도 내내 유념해 왔다.

6학년 임간학교는 평생에 딱 한 번뿐이다.

이번 기회를 놓치면 다시는 돌아오지 않는 귀중한 시간이니 즐기지 않으면 손해라고.

그런 이유로 지금까지도 친구가 놀러 가자고 하면 반드시 나갔다.

4학년 때도, 5학년 때도 '여름다운 추억'을 많이 만들었고, 여름방학 숙제인 그림일기에 적었다.

초등학생 농구 대회에 나갔고, 친구와 불꽃놀이며 백중맞이 춤을 구경하러 갔고, 슈퍼 리조트 하와이안즈[16]에 가족여행을 갔다.

늘 즐거웠고 만족감을 얻었다. 자신은 **올바른 일**을 하고 있다는 확신을 느꼈다.

지금도 어머니가 야단치기 전부터 이러고 있어도 될까 싶었다.

1년 만에 찾아온 여름방학인데 집에서 혼자 게임만 하다니, 그것도 엔딩을 보기 위해서가 아니라 그저 아이템을 다 모으기 위해 어영부영 시간을 보내다니 바보 같지 않은가. 이래봤자 남는 건 아무것도 없는데.

하지만 자신은 대체 뭐에 이기고 싶었고, 뭘 남기고 싶었던 걸까.

지금까지는 이런 생각을 단 한 번도 해본 적 없었다.

그런데 지금은 마지막 여름방학이라는 말이 몹시 갑갑하게 느껴졌다.

"저기, 하루랑 싸우기라도 했어?"

어머니의 말에 요스케는 몸이 굳었다.

---

16 후쿠시마현에 있는 대형 온천 리조트 시설.

─지금 엄마에게 말하면 어떻게 될까.

어머니는 분명 아버지에게 말하리라. 그럼 아버지는 어떻게 할까.

선생님과 상의한다?

경찰에 신고한다?

하루 아버지에게 직접 이야기하러 간다?

요스케로서는 그 정도밖에 생각나지 않았다.

─그러면 하루는 어떻게 되는 거지?

이래도 놔둬도 괜찮을 리 없다. 하지만 만약 하루 말처럼 하루가 어딘가로 끌려간다면.

하루의 이야기는 충격적이었지만 자신에게만 진실을 알려준 건 기뻤다.

화난 것 아니냐고 자꾸 물어봐서 귀찮았기 때문일지언정 마음속 한구석에 믿음이 있었기 때문이라는 기분이 들었다.

하지만 요스케가 구해줄 것이라고 믿은 것은 아니다.

아무에게도 말하지 않고, 가만히 놔두리라고 믿은 것이다.

그렇기에 요스케는 아무에게도 말할 수 없었다. 하루와 나눈 약속을 어기면, 설령 하루가 걱정했던 일이 일어나지 않고 좋은 결과가 나오더라도, 하루는 두 번 다시 요스케를 믿어주지 않을 것이다.

"아니, 아무 일도 없었는데."

결국 요스케는 고개를 숙인 채 대답했다.

어머니가 그렇구나, 하고 나지막한 목소리로 중얼거렸다.

그리고 생각에 잠긴 듯 잠시 가만히 있다가 "엄마는 언제나 요스케 편이야"라는 말을 남기고 방에서 나갔다.

문이 닫히는 소리가 들리자 요스케는 불안해졌다.

역시 어머니에게 말해야 하지 않았을까.

이대로 아무것도 하지 않으면 돌이킬 수 없는 일이 벌어지지 않을까.

시선을 들자 눈앞에는 아까와 변함없는 화면이 있었다.

요스케는 한숨을 길게 내쉰 후, 게임기 전원을 끄고 침대에서 내려왔다.

지갑만 들고 방을 나서서 현관으로 가자 어머니가 당황한 표정으로 뛰어왔다.

"요스케, 어디 가려고?"

"과자 사러 다녀올게."

그렇게만 대답하고 집을 나섰다.

어머니는 아들이 왕따라도 당하는 것 아닐까 걱정하는 건지도 모른다고 걸으면서 생각했다.

같이 놀 사람이 한 명도 없어서 임간학교에 가기가 우울해진 것 아닐까 걱정하는 걸 수도 있다.

하지만 같이 놀 사람은 있다.

실은 오늘도 료의 집에서 놀자는 이야기가 나왔고, 임간학교 때도 료와 같은 조다.

하루가 전학 오기 전까지 요스케는 료와 제일 친했다. 하루와 농구 연습을 하기 시작한 뒤로는 료와 함께 노는 시간이 줄어들었지만, 그래도 과자를 사 먹거나 영화를 보러 가는 등 하루가 못 하는 놀이는 함께했다.

분명 임간학교도 막상 가면 나름대로 즐겁게 시간을 보내리라.

다양한 곳을 구경하고 여러 가지 이벤트를 하다 보면 순식간에 일정이 끝날 테고, 돌아오는 길에는 최고였다고 아이들과 함께 떠들어댈 것이다.

그렇게 생각하면서도 요스케는 왜 닛코 임간학교가 최고였다는 소리밖에 들리지 않는지 알 것 같은 기분이었다.

그야 최고여야 했기 때문 아닐까.

초등학교 6년 중 가장 큰 행사인 임간학교를 즐기지 못하면 손해 보는 셈이니까.

어느덧 슈퍼가 아니라 하루의 집 쪽으로 향하고 있었다.

어쩐지 조금 으스스하게 느껴지는 주택단지가 눈에 들어오자 걸음을 멈추고 발끝을 내려다보았다.

요스케가 책임을 느낄 필요는 없다고 하루는 말했다.

부르지 않아도 원래부터 뛰어들 작정이었다고.

─하지만 정말로 나에게 전혀 책임이 없는 걸까.

하루를 클럽팀에 데려가서 코치에게 소개한 건 요스케였다.

죽어라 연습해서 준결승전에서도 22점을 득점했다.

그 점수 한 점, 한 점이 사고를 일으켜야 하는 곳까지 하루를 밀어낸 것 아닐까.

하루와 이야기를 하고 싶었다.

한 번 더 차분히, 뭔가 할 수 있는 일이 없을지 상의하고 싶었다.

하지만 하루는 분명 그러는 걸 제일 싫어한다.

결국 자신은 똑같은 이야기를 되풀이하는 것이 고작이다. 하루의 마음을 바꿀 수는 없다.

돌아가려고 발걸음을 돌리려 했을 때였다.

하루가 B동 계단을 내려오는 모습이 문득 눈에 들어왔다.

요스케는 얼른 안내판 뒤편에 몸을 숨겼다. 말을 걸 타이밍을 놓치고 허둥지둥하는 사이에 하루는 반대편으로 걸어갔다.

뒤를 밟을 생각은 아니었다. 그저 어쩌다 보니 거리를 둔 채 따라가는 모양새가 됐다.

터널과 밭을 빠져나와 주택가로 들어가서 좁은 골목길을 몇 번 꺾자, 익숙지 않은 풍경이 펼쳐졌다. 부자가 살 법한 커다란 집이 많았고, 갈림길이 어디로 이어질지 짐작도 가지 않았다. 이 동네에서 태어나고 자란 요스케도 거의 와본 적 없는 길을 하루는 망설임 없이 나아갔다.

갑자기 하루가 멈춰 섰다.

요스케는 반사적으로 옆길로 뛰어들었다. 몇 초 후 고개를 살짝 내밀어 상황을 살피자 하루가 나무 사이를 헤치고 어느 집 정원에 들어가는 모습이 보였다.

요스케는 하루가 들어간 집을 올려다보았다. 좀 낡았지만 벽이 하얗고 네모난 것이 세련돼 보이는 집이었다.

현관 쪽으로 돌아가서 문패를 확인했다.

'나가오.'

요스케가 알기로 적어도 6학년에 성씨가 나가오인 아이는 없었다.

발소리가 나지 않도록 조심해서 정원 쪽으로 돌아갔다. 머뭇머뭇 나무로 다가가 얼굴을 가까이 댔다.

하루가 보이지 않길래 벌써 집 안으로 들어갔나 싶었을 때, 정원 안쪽에 쪼그려 앉은 하루의 뒷모습을 발견했다.

—뭘 하는 걸까.

요스케는 숨을 죽인 채 시선을 모았다.

그렇게 넓은 정원은 아니었다. 차 한 대를 옆으로 댈 수 있을 만한 정도고, 손질을 잘 안 하는지 잡초가 자랐다. 자세히 보니 하루 바로 앞에는 벽돌 같은 것이 죽 놓여 있었다. 그 순간, 벽돌 안쪽에서 팔이 쑥 튀어나왔다.

요스케는 저도 모르게 튀어나올 뻔한 비명을 간신히 삼켰다.

—밑에 사람이 있나?

집 구조가 어떻게 생긴 건지 잘 상상이 되지 않았다.

눈을 부릅뜨고 지켜보자, 하루가 슈퍼에서 파는 반찬 팩 같은 것을 받아들고 잔디에 책상다리로 앉았다. 잘 먹겠습니다,

하고 고개를 숙인 후 그 자리에서 먹기 시작했다.

—음식을 먹는 건가?

심장이 쿵쿵 세차게 뛰었다.

이렇게 엿봐서는 안 된다고 생각하면서도 눈을 뗄 수가 없었다.

저기, 아저씨, 하고 하루가 누군가를 부르는 목소리가 희미하게 들렸다.

—아저씨?

여기는 하루의 친척 아저씨 집인 걸까.

그다음 말은 잘 들리지 않았다.

목소리를 낮췄는지, 말한다는 건 알겠지만 소리가 흐릿해졌다.

좀 더 가까운 곳으로 옮길까 싶었을 때 "담을 그릇?" 하고 하루의 목소리가 들렸다.

남자의 대답은 여전히 들리지 않았다. 요스케는 고개를 뒤로 돌려 길 좌우를 살펴보았다.

이렇게 엿보고 있다가 뭐 하는 짓이냐고 누가 야단이라도 치면 하루에게 들킨다. 뒤를 밟을 작정은 아니었다고 말해도 분명 일부러 따라왔다고 여기리라.

—돌아가는 편이 나을까.

망설이면서도 다시 나무 틈새에 눈을 가까이 댔다.

"아저씨, 계속 여기에 있어요?"

들려온 목소리에 요스케는 이맛살을 찌푸렸다.

대체 상대는 누구일까.

—친척이 아닌가?

거기까지 생각하다 애당초 정원 잔디 위에서 반찬 팩에 든 음식을 먹는 것부터가 이상하다는 걸 깨달았다.

"밖에는 전혀 안 나가고요?"

하루가 또 물었다.

"왜요?"

두 사람이 어떤 관계인지 알고 싶다는 호기심과 어쩌면 하루가 밖으로 나올지도 모른다는 초조함이 동시에 밀려왔다.

역시 여기서 물러나는 편이 낫겠다고 판단한 순간.

땅속에서 남자의 얼굴이 솟아났다.

요스케는 소리를 지를 뻔해서 황급히 손으로 입을 틀어막았다.

남자는 하루를 올려다보다가 땅으로 빨려드는 것처럼 다시 사라졌다.

심장이 미친 듯이 쿵쿵 뛰었다.

아는 얼굴이라는 생각이 제일 먼저 떠올랐다.

저 사람을 본 적이 있다.

하지만 어디서 봤는지는 기억나지 않았다.

나이로 보면 같은 반 아이의 아버지라고 해도 이상할 것 없지만 짐작 가는 사람은 없었다.

약간 졸린 듯한 저 눈, 그 아래의 점……

요스케는 흠칫 놀라 숨을 짧게 삼켰다.

눈을 부릅뜬 채 뒤로 물러나서, 멀어지면 안쪽이 전혀 보이지 않는 나무들을 응시했다.

2년 전 요스케가 4학년 때, 살인 사건이 발생해 동네 분위기가 뒤숭숭해진 적이 있었다.

범인이 붙잡히지 않았는지 한때는 단체로 등하교하기도 했다. 부모님과 선생님들은 절대로 혼자 다니지 말라고 신신당부했고 친구와는 살인귀가 나타났대, 하고 호들갑을 떨었다.

방과 후에 반 아이들 몇 명과 공원에 모여 놀았을 때, 누군가가 지명수배 포스터를 보러 가자고 제안했다.

다 함께 게시판으로 향하자 여자아이 중 한 명이 울상을 지었지만 요스케를 비롯한 나머지 아이들은 우리가 범인을 찾아내서 신고하자며 의욕을 불태웠다. 포스터 내용을 다 함께 읽고 공원으로 돌아와 범인 체포 놀이를 하며 놀았다.

싸움 놀이처럼 범인 역할을 해치우기도 했고, 『긴다이치 하지메 소년의 사건부[17]』를 흉내 내 범인을 맞히는 놀이를 하기도 했다. 어떤 놀이에서든 범인이 반드시 졌고, 한 명씩 차례대로 범인 역할을 맡았다.

그렇게 놀던 어느 날, 네임펜으로 눈 밑에 점을 찍고 졸린 듯

---

17   한국에서는 '소년탐정 김전일'로 번역됐다.

한 표정을 짓는 아이가 나왔다. 표창장을 받는 전개가 추가되 거나, 범인이 도망쳐서 추적하는 내용으로 흘러가기도 했다.

그렇게 한동안 유행했던 놀이는 조금씩 시들시들해졌고, 단 체 등하교가 중단됐을 무렵에는 사건도 더 이상 화제에 오르지 않았다.

범인 체포 놀이를 했을 때는 전혀 무섭지 않았는데, 그런 장 난기 없이 포스터를 보자 이 사람이 아직도 범인이 붙잡히지 않았다는 생각에 가슴이 울렁거렸다.

자기가 사는 동네에 살인범이 있을지도 모른다. 혼자 있을 때 딱 마주치면 붙잡거나 해치우기는 불가능하다.

불안감이 뭉게뭉게 부풀어 올랐지만 아무에게도 털어놓을 수 없었다. 말하면 겁쟁이라고 놀림 받는다. 여자아이도 아닌 데 꼴사납다고 비웃음을 당한다. 친구들 앞에서는 전혀 신경 쓰지 않는 척하고 혼자 몰래 포스터를 보러 갔다.

포스터의 사진을 보면 매번 기분이 착잡해졌다. 봐서는 안 될 것을 보는 기분이라 이제 그만두려는데도 눈을 뗄 수 없 었다.

남자의 얼굴은 어떤 날에는 화난 것처럼 보였고, 또 어떤 날 에는 희미한 웃음을 지은 것처럼 보였다. 어느 쪽이든 나쁜 생 각을 하는 듯한 얼굴이라 어쩐지 남자의 시선 앞에 서기 싫어 서 약간 비스듬한 방향에서 바라보았다.

그 남자가 바로 저기 있다.

굵은 막대기로 배를 꽉 누른 것처럼 압박감이 느껴졌다.

하루는 분명 이렇게 물었다.

'아저씨, 계속 여기에 있어요?'

'밖에는 전혀 안 나가고요?'

―경찰에 붙잡히지 않기 위해 계속 숨어 있다는 뜻 아닐까.

침이 꿀꺽 넘어가는 소리가 났다. 무릎이 떨리고 다리가 뻣뻣해졌다.

빨리 하루를 데리고 도망쳐야 한다.

아무튼 남자가 쫓아오지 못하도록 전속력으로 달린다. 파출소로 뛰어들어⋯⋯, 아니, 근처 중학교로 가는 편이 빠를지도 모른다. 어른에게 신고를 부탁하고 하루에게도 설명해서⋯⋯.

요스케는 문득 알아차렸다.

하루는 올해 4월에 이 동네로 이사 왔다.

범인 체포 놀이를 했던 친구 중에 하루는 없었다.

하루는 2년 전 사건을 모른다.

제5장

1. 다이라 쇼타로

아담한 단독주택의 문에는 달걀노른자와 흰자가 말라붙어 있었다.

발밑에는 깨진 날달걀이 방치돼 있었다. 초인종을 누르자 달걀이 튀었는지 손가락이 찐득거렸다.

잠깐 기다렸지만 대답은 없었다.

"아사히니시서에서 나온 다이라라고 합니다."

쇼타로는 목소리를 약간 낮춰서 말했다. 잠시 후 실내에서 비닐이 서로 스치는 듯한 소리가 들렸다.

자물쇠가 풀리는 소리와 도어 체인을 벗기는 소리가 작게 울리고, 문이 아주 약간만 천천히 열렸다.

쇼타로는 고개를 살짝 숙여 인사한 후, 좀 여쭤보고 싶은 게 있어서요, 하고 말을 꺼냈다. 아쿠쓰의 어머니는 느릿느릿하게 고개를 끄덕이고 문고리에서 손을 뗐다.

눈앞에서 문이 닫혔다. 쇼타로는 실례하겠습니다, 하며 밖에서 문을 열었다. 신발이 어지러이 널린 현관에 발을 들여놓은 순간, 속이 역해질 만큼 탁한 공기가 얼굴을 감쌌다.

음식물 쓰레기, 곰팡이, 선향, 짐승의 분뇨 냄새가 뒤섞인 독특한 악취였다. 작은 소리와 함께 귀 옆을 날아가는 날벌레를 떨쳐내며 쇼타로는 여기저기 쌓인 쓰레기 봉지 사이를 누비듯 나아가 절반만 열린 간유리문으로 들어갔다.

아쿠쓰 어머니는 무표정한 얼굴로 빨래를 한 건지 만 건지 구분이 안 되는 방바닥의 옷가지를 넘어서 4인용 식탁 안쪽으로 돌아갔다.

그리고 머그컵, 다 먹은 편의점 도시락 용기, 조미료, 우편물 더미를 한꺼번에 밀어내서 작은 공간을 만든 후, 그것만으로도 힘이 다했다는 듯 의자에 털썩 앉아 등을 웅크렸다.

쇼타로와 오야는 아쿠쓰 어머니와 마주 보는 위치에 나란히 앉았다.

"아직도 괴롭히는 사람들이 있습니까?"

쇼타로는 복도 쪽을 돌아보며 말했다.

아쿠쓰 어머니는 천천히 고개를 끄덕인 후 어, 아니요, 하고 멍하니 대답했다. 긍정인지 부정인지 확실치 않지만 쇼타로는 더 이상 파고들지 않고 수첩을 꺼냈다.

"오늘은 어머님이 사건 직전에 아드님과 나누신 이야기에 대해 여쭤보려고 왔습니다."

아쿠쓰 어머니는 별다른 반응을 보이지 않았다.

"이미 여러 번 여쭤봤지만 의문스러운 점이 좀 나와서요."

쇼타로는 아쿠쓰 어머니를 똑바로 바라보며 "사건 당일도 그 이전에도 아드님과는 일 이야기나 어머님이 발목을 다치신 이 야기밖에 안 했다고 진술하셨을 텐데요" 하고 말을 이었다.

"다만 당시 아드님의 전처, 미와 씨에 대해 '중요한 시기인데 이런 일에 휘말리게 해서 미안하다'라고 하셨던 게 생각나서 요."

아쿠쓰 어머니는 미동도 없었다. 눈 한 번 깜박이지 않고 허 공만 쳐다보았다.

"그게 좀 의아하더라고요. 어머님은 언제 어디서 미와 씨가 임신했다는 걸 아셨나 싶어서."

아쿠쓰 어머니가 어깨를 살짝 움찔했다.

"실은 아드님에게 미와 씨 이야기를 들은 것 아니십니까?"

아쿠쓰 어머니는 대답하지 않았다. 하지만 연신 눈을 깜박 였다.

쇼타로는 볼펜을 쥔 손에 힘을 주었다.

역시 아쿠쓰 어머니는 숨기고 있었다. 지금까지 수없이 조사 를 받으면서 한마디도 꺼내지 않았던 이야기가 남아 있었다.

"왜 지금까지 진술하지 않으셨습니까?"

아쿠쓰 어머니는 이제 척 보기에도 알 만큼 어깨를 바들바들 떨고 있었다.

하지만 꾹 다문 입을 열려고 하지는 않았다.

사건 당일에 들었느냐고 재차 물어볼지 말지 쇼타로는 잠깐 망설였다. 침묵은 이야기를 재촉하는 힘이 있지만, 어느 한 지점을 넘어서면 무응답을 수용하는 셈이 된다. 상대가 무응답 속으로 완전히 도망치면 반응을 다시 끌어내기가 힘들어진다.

"대답을 안 해주시면 사건과 중요한 관련이 있다고 보고 수사를 진행하는 수밖에 없습니다만."

"아니에요."

아쿠쓰 어머니가 드디어 입을 열었다.

"저기, 숨기려고 했던 게 아니라……, 그저 사건과는 상관없는 이야기라고 생각해서……."

"상관이 있는지 없는지는 저희 쪽에서 판단하겠습니다."

쇼타로는 일부러 딱딱하게 말했다.

"아무리 사소한 일이라도 그냥 넘기지 말고 말씀해주시면 감사하겠습니다."

아쿠쓰 어머니가 몸을 움츠렸다. 반창고가 감긴 엄지손가락을 붙잡고 "그게……" 하고 떨리는 목소리로 말했다.

"분명 겐에게 미와 이야기를 듣긴 했어요. 임신해서 재혼한다고……, 하지만 그게 다예요."

"어머님은 뭐라고 대답하셨나요?"

"그렇구나, 라고……, 달리 할 말도 없고 해서요."

"그러자 아드님은?"

거듭 질문한 순간, 아쿠쓰 어머니의 눈가에 안도감이 살짝 서린 것을 쇼타로는 놓치지 않았다. 이야기가 무사히 앞으로 진행된 것을 환영하는 듯한 눈치였다.

—여기에 뭔가 있다.

"별말은……, 겐이 입을 다물길래 제가 일은 어떠냐고 물었고……, 그 후는 전에 말씀드린 대로예요."

아쿠쓰 어머니는 눈을 내리깐 채 가느다란 목소리로 대답했다.

거짓말이라고 쇼타로는 직감했다. 하지만 아직은 사실이라고 우기면서 버틸 여지가 남아 있었다.

쇼타로는 수첩을 내려다보며 "딱 그렇게만 말씀하셨습니까?" 하고 물었다.

"네?"

"미와 씨에게 들었습니다. 아드님은 모호하게 질문하면 무슨 뜻인지 잘 못 알아듣는다고 하던데요. 일은 어떠냐는 질문에 대답이 제대로 돌아왔습니까?"

아쿠쓰 어머니의 시선이 다시 흔들렸다.

"그건……, 확실히 걔한테 그런 면이 있기는 하지만 자주 물어봤던 터라……."

"아드님이 돌아갈 때 '힘든 일 있으면 바로 연락해'라고 말했다고 하셨는데요. 이 부분도 좀 의아합니다."

쇼타로는 일부러 수첩에 시선을 주는 척했다.

"이것도 미와 씨에게 들었는데요. 아드님은 상대방의 기분을 고려해서 신경 써주는 말을 먼저 할 줄 모른다고 하더군요."

어머니의 뺨이 굳어졌다.

"정말로 아드님이 그렇게 말하고 돌아갔습니까?"

"그야······, 그것도 제가 늘 힘든 일 있으면 연락하겠다고 했으니까······."

아쿠쓰 어머니의 표정과 몸짓에서 거짓말임이 여실히 드러났다. 하지만 어떻게 하면 순순히 입을 열게 할 수 있을까.

"아드님은 미와 씨에 관한 이야기를 어떤 말로 표현했습니까?"

오야가 입을 열었다.

"임신해서 재혼한다, 정확히 그렇게 말했습니까?"

아쿠쓰 어머니는 시선을 이리저리 돌리다가 "구체적으로 뭐라고 했는지는 잘 기억이 안 나네요" 하고 대답했다.

오야가 입을 다물자 침묵이 흘렀다.

여기서부터 어떤 공을 던지느냐가 문제였다. 사실 쇼타로와 오야가 가진 패는 많지 않았다.

대답하지 않으면 사건과 중요한 관련이 있다고 보고 수사하는 수밖에 없다고 하자 허둥지둥 입을 연 것으로 보건대, 건드리지 말았으면 하는 사실이 있는 건 분명했다.

하지만 현재 시점으로서는 아쿠쓰 어머니에게 무슨 단서를 끌어내지 못하면 수사의 실마리를 찾을 수가 없다. 어차피 대답하든 말든 조사할 것 아니냐고 될 대로 되라는 식으로 나오면, 앞으로가 막막해지니까 무리하게 몰아붙이는 건 좋은 방법이 아니다.

쇼타로는 소리 없이 숨을 내쉬고 시선을 들어 방을 바라보았다.

푹푹 찌는 날씨인데도 침침한 실내는 서늘했다. 불단 주변만 정리해두었는데, 불이 꺼진 선향 너머의 영정사진 속에서 아쿠쓰 아버지가 어색한 웃음을 짓고 있었다.

여기서 아쿠쓰 어머니 혼자 살아가는 것이다.

남편과 사별하고 아들이 살인범으로 지명 수배돼 이웃 주민들에게 떠나라는 압력을 받으면서도 이 집에 살고 있다.

괴롭힘이 제일 심했던 사건 발생 직후, 이사할 마음은 있느냐고 수사관이 확인하자 아쿠쓰 어머니는 "우리 애가 찾아올지도 모르니까요" 하고 부정했다고 한다.

아들이 의지할 본가가 없어지면 안 되니까 이곳에 머무르며 괴롭힘을 견디는 길을 선택했다……, 그때 문득 쇼타로는 아쿠쓰 어머니가 '돌아온다'가 아니라 '찾아온다'라고 표현했음을 알아차렸다.

"그러고 보니 아드님은 이 집에 살았던 적이 없죠."

쇼타로는 중얼거렸다.

"이사할 때 아쉽지는 않으셨습니까?"

어머니는 어딘가에서 사건과 연결될 이야기를 꺼내는 것 아닌가 경계하는 듯한 표정을 지었다.

쇼타로는 잡담하는 듯한 투로 말을 이었다.

"그게, 저는 관사 생활을 해서 근무지를 이동할 때마다 이사했거든요. 아들이 태어난 후로도 두 번 집을 옮겼고요. 그래서 지금 집에는 아들이 어릴 적에 낙서한 벽도, 스티커를 덕지덕지 붙인 문도 없습니다. 언젠가 아들이 독립할 나이가 됐을 때, 아들이 성장한 기록이나 기억이 집에 새겨져 있지 않은 게 아쉽지 않을까 그런 생각이 드네요."

"저기……, 무슨 말씀을 하고 싶으신 거죠?"

"그냥 호기심에 여쭤봤습니다. 아들을 키우신 집을 내놓은 게 서운하지는 않으셨을까 싶어서."

"그야 아쉽고 서운했죠."

아쿠쓰 어머니의 목소리가 조금 딱딱해졌다.

"하지만 대출금을 생각하면 쓰지도 않는 방을 남겨놓기보다 둘이서 지내기에 적당한 집으로 이사하는 편이 청소 걱정도 줄어서 좋을 거라고 남편이……."

말하다 말고 바닥에 어질러진 옷가지로 눈을 돌리더니 입을 다물었다.

"아드님은 지금쯤 어쩌고 있을까요?"

쇼타로는 의식적으로 말투를 바꾸지 않고 말했다.

"누가 감춰주고 있는 건지, 얼굴을 바꾸고 숨죽여 지내고 있는 건지……, 이 집에 돌아오고 싶어도 돌아올 수 없는 건지."

일부러 '돌아온다'라는 표현을 사용해 아쿠쓰 어머니에게 말을 걸었다. 하지만 아쿠쓰 어머니는 눈을 내리뜰 뿐 대답하려고는 하지 않았다.

쇼타로는 "한 가지 더 확인하겠습니다" 하고 자리에서 일어섰다.

"사건 당일, 아드님은 상점가에서 식재료를 구입해 이 집에 왔습니다."

현관으로 이동해 "부엌으로 와서 쌀을 쌀통에 넣고" 하며 부엌 앞으로 향했다.

"이때 미와 씨가 임신해서 재혼한다는 소식을 전했고요."

쇼타로는 걸음을 멈추고 아쿠쓰 어머니를 돌아보았다.

"아드님 표정은 어땠습니까?"

"표정이라고 해도……, 평소에 감정을 별로 드러내지 않는 애라."

"미와 씨와는 불임 때문에 이혼했죠. 미와 씨가 임신했다고 알리자 아드님은 '잘됐다'고 축하의 말을 건넸다던데,"

거기까지 말했을 때, 보이지 않는 채찍으로 후려친 것처럼 아쿠쓰 어머니가 몸을 격하게 움찔했다.

쇼타로는 흠칫 놀라 말을 멈췄다.

아쿠쓰 어머니는 "그야……" 하고 떨리는 목소리로 말하며 머리카락을 연달아 쓸어넘겼다.

"그야 겐이 결혼할 날이 올 줄은 몰랐으니까……."

—결혼?

쇼타로와 오야는 재빨리 시선을 교환했다.

대체 무슨 이야기가 시작된 걸까.

하지만 섣불리 끼어들지 말라고 직감이 충고했다.

"겨우 안정된 줄 알았는데 같은 학교 학생을 때려서 경찰에 잡혀가고……, 그래서 다들 한다길래."

"다들 한다길래?"

아차 싶었을 때는 늦었다.

오야의 질문에 아쿠쓰 어머니가 고개를 들었다. 방금 자기가 꺼낸 말을 음미하듯 눈을 굴리더니 재빨리 머리를 숙이고 고개를 설레설레 흔들었다.

"아무것도 아니에요."

"아무것도 아니기는요. 다들 한다니 뭘 한다는 말씀이십니까?"

오야가 당황한 말투로 닦달했지만 아쿠쓰 어머니는 더 이상 반응이 없었다.

—글렀다.

쇼타로는 어금니를 악물었다.

마침내 기회가 찾아왔는데. 의미 있는 진술을 끌어낼 기회를 놓쳤다.

오야가 열심히 질문했다. 다들이란 누구인가. 결혼할 날이 올 줄은 몰랐다니, 그건 무슨 뜻인가. 그것과 아들이 학생을 때린 일이 무슨 상관인가.

아쿠쓰 어머니가 무심코 흘린 말을 하나하나 건져 올려 질문이라는 형태로 내던졌다.

하지만 아쿠쓰 어머니는 이제 꿈쩍도 하지 않았다.

2. 하시모토 하루

콘크리트 블록 담장과 나무로 둘러싸인 정원에서 나오자 밖은 오기 전보다 밝게 느껴졌다.

하루는 반찬 팩을 꼭 쥔 채 왔던 길을 되돌아갔다.

결국 남자는 반찬 팩을 그냥 가져가도 된다고 했다. 어차피 말하기로 했는데 들키고 말고가 어디 있겠냐면서.

박고지 김말이, 고로케, 소스에 절인 닭튀김. 내일 아침과 점심은 이걸 먹으면 된다고 생각하자 배 속이 따뜻하게 차오르는 느낌이었다.

하다못해 조금이라도 허기를 덜 느끼려고 드러누워 있을 필요도 없다. 텔레비전을 봐도 괜찮을지 모른다. 오른손으로 드리블 연습을 해도 될지 모른다.

—그리고 공원.

공원이라는 단어를 마음속으로 말하기만 했는데도 어쩐지

설렜다.

이런 기분은 얼마 만일까.

빨리 그날이 오면 좋겠지만, 영영 오지 말았으면 싶기도 했다. 자유투를 던지기 직전의 긴장감과 비슷하니, 마치 공을 던지기도 전부터 골이 들어간 순간의 몸이 두둥실 부풀어 오르는 듯한 감각을 미리 경험하는 기분이었다.

그만 헤 벌어질 뻔한 입을 꾹 다물고 모퉁이를 돌았을 때였다.

아, 하는 목소리가 먼저 새어 나왔다.

눈앞에 서 있는 낯익은 사람을 보고 걸음을 멈췄다.

"요스케."

요스케는 딱딱하게 굳은 얼굴로 아무 말도 하지 않았다.

"이런 데서 뭐해?"

방금까지 배 속에서 느껴졌던 따뜻한 기운이 단숨에 식어버렸다. 혹시 날 기다리고 있었던 걸까. 그 정원에 있는 모습을 본 걸까.

"야, 언제부터 여기 있었어?"

"하루."

요스케가 꽉 잠긴 목소리로 나지막하게 말했다.

요스케에게 시선을 돌린 하루는 그 험악한 표정을 보고 약간 주춤했다.

"요스케?"

요스케가 이런 표정을 짓는 건 처음 봤다.

사고 직후에 엉엉 울던 얼굴도, 실은 화난 것 아니냐고 따졌을 때의 성난 얼굴도, 자해공갈을 한다는 사실을 밝혔을 때의 어안이 벙벙했던 얼굴도 요스케가 흔히 보여주는 표정은 아니었지만, 그래도 그런 표정을 짓는 이유는 뻔히 다 보였다.

그런데 지금 이 표정의 이면에 뭐가 있는지는 전혀 보이지 않았다.

요스케는 벌리려던 입을 다물고 하루 뒤편을 힐끗 보았다.

"저리로 가자."

요스케가 갑자기 팔을 잡아끌어서 하루는 반찬 팩을 떨어뜨릴 뻔했다. 허둥지둥 품에 끌어안고 요스케를 노려보았다.

"갑자기 뭐야."

요스케는 화들짝 놀라서 손을 놓고 미안해, 하고 사과하며 반찬 팩을 바라보았다. 언젠가 본 적 있는 표정이었다.

요스케는 입을 꾹 다물고 걸음을 옮겼다.

하루는 멀어져가는 요스케의 뒷모습을 가만히 서서 잠시 바라보았다. 갈림길 앞에서 돌아본 요스케가 바쁘게 손짓했다.

하루는 한숨을 내쉬고 발을 내디뎠다. 요스케 옆에 나란히 서서 "왜, 뭔데?" 하고 물었지만, 요스케는 대답 없이 걸음을 빨리했다. 중학교 앞에 도착하자 걸음을 멈추고 긴장된 얼굴로 하루를 보았다.

"하루, 누군지 알아?"

그렇게만 말하고 어쩐지 거북한 듯 고개를 숙였다. 그리고 땅을 향해 쥐어짜듯 "그 남자" 하고 말을 이었다.

그 남자가 누구를 가리키는 건지 몰라서 한순간 어리둥절했다.

한 박자 늦게 지하실에 있는 남자임을 깨달았다.

"뭐야, 역시 봤네."

뺨이 화끈거리고 목소리가 날카로워졌다. 뭐야, 라는 말이 한 번 더 새어 나왔다.

"봤으면 좀 더 빨리 말을 걸든가. 혹시 너, 내가 거기 들어가기 전부터,"

"그 남자, 살인범이야."

겹치듯이 말이 날아들어서 잘 못 알아들었다.

"뭐?"

"살인범, 지명수배된 범죄자라고. 2년 전에 요 근처에서 학원 선생님을 죽였어."

엥, 하고 되묻는 건지 웃는 건지 모를 목소리가 튀어나왔다.

살인범? 지명수배?

대체 무슨 소리를 하는 건지 몰라서 가만히 있자 요스케는 입술을 거의 움직이지 않고 "아쿠쓰 겐" 하고 말했다.

"그 남자라니까?"

아쿠쓰 겐, 하고 하루는 입속으로 중얼거렸다.

처음 들어보는 이름이었다. 이게 그 사람의 이름?

뭔가 생각하기도 전에 핫, 하고 이번에는 확실히 웃음소리가 흘러나왔다.

"뭔 소리야. 잘못 봤겠지. 그 아저씨는 그런……."

"그럼 누구인데?"

하루는 말문이 막혔다.

누구냐고 물어본들 모른다. 통성명은 한 적 없고, 애당초 어디의 누구인지는 아무래도 상관없었다.

그저 음식을 주는 사람으로 족했기 때문이다.

"따라와."

요스케가 다시 걸음을 옮겼다.

이번에는 하루의 팔을 잡아끌지 않았고 하루도 요스케를 바로 따라갔다.

반 발짝 뒤편을 걸어가면서 하루는 방금 요스케에게 들은 이야기를 떠올렸다.

—그 사람은 살인범. 살인 사건을 일으켜서 지명 수배됐다.

말도 안 되는 소리라고 생각하는 한편으로, 그럴지도 모른다는 기분도 들었다.

그 사람은 계속 그 지하실에서 지낸다고 했다.

밖으로는 못 나간다고도 했다.

늘 창문을 꼭 닫고 커튼을 단단히 쳐놓았다. 텔레비전도 음소거를 해뒀다.

길러주는 사람이라는 표현, 후줄근한 속옷, 적당히 자른 듯한 머리……. 아니야, 하고 하루는 생각을 떨쳐냈다.

그 사람은 공원에 가자고 말했다. 반찬도 챙겨주었다.

정말로 경찰 눈을 피해서 숨었다면 그럴 리 없다.

부동산 중개소와 은행이 늘어선 길 저편에 역이 보였다.

"어디 가는 건데?"

하루가 묻자 요스케는 뒤도 돌아보지 않고 "역" 하고 대답했다.

"나, 표 살 돈 없어."

"역에 지명수배 포스터가 붙어 있어."

요스케는 개찰구로 이어지는 계단을 곧장 올라갔다. 하루는 훤히 드러난 반찬 팩을 숨기듯이 들었다.

오랜만에 와본 개찰구 앞은 사람들로 북적거렸다. 모두 바빠 보이는 표정으로 표를 사고, 전광판을 올려다보고, 개찰구로 뛰어들었고, 개찰구에서 손을 흔들며 나오기도 했다.

요스케는 멈춰 서서 주변을 두리번거렸다. 잠시 후 움직임을 멈추더니 하얀 벽에 붙은 포스터 앞으로 부리나케 달려갔다.

하루는 뛰어가지 않았다. 사람 얼굴 사진이 큼지막하게 박혀 멀리서 봐도 지명수배 포스터가 분명한, 거무스름한 종이 앞으로 한 발짝 한 발짝 다가갔다.

얼굴을 구분할 수 있는 거리까지 다다랐을 때 발을 멈췄다.

—비슷하게 생겼어.

대뜸 그런 생각이 떠올라서 등줄기가 뻣뻣하게 굳었다.

하지만 가만히 바라보자 그렇지 않은 것 같기도 했다.

그 사람은 이렇게 무섭게 생기지 않았다. 그야말로 나쁜 짓을 저지를 듯한 눈빛도 그 사람과는 다르다. 하지만 눈 밑의 점. 그리고 '1996년 11월 5일'이라는 날짜.

남자가 말했던 날짜는 잘 기억나지 않았다. 그렇긴 해도 그러고 보니, 2년 전 가을부터 쭉 여기서 지내는 건가, 라고 생각하지 않았던가.

"그 남자잖아."

요스케가 나지막하게 속삭였다.

하루는 입안에 고인 침을 삼키고 입술을 핥았다.

"……아니야."

"왜 감싸는 거야! 이대로 있다가는 하루가,"

"큰소리 내지 마."

요스케가 흥분하길래 팔을 확 잡아당겨서 제지했다. 눈만 움직여 주변을 둘러본 후, 저쪽에서 이야기하자, 하고 사람이 없는 계단 옆 공간으로 향했다.

요스케는 불만스러운 표정으로 따라오더니 "하루" 하고 나무라는 듯한 목소리로 말했다.

"믿고 싶지 않겠지. 그 마음은 알지만 무슨 일이 생긴 후에는 늦어."

"무슨 일이라니, 구체적으로 뭐?"

"어……, 살해당한다거나."

요스케의 시선이 흔들렸다.

"뜬금없이 날 왜 죽이는데?"

하루는 콧방귀를 끼었다. 요스케가 하루를 쳐다보았다.

"그야 하루는 그 사람이 어디 있는지 아니까."

"남한테 일러바치지 못하도록 죽인다는 거야?"

"그래. 경찰에 신고라도 하면 야단날 테니……."

"모르는 소리 하지 마."

하루는 입술을 일그러뜨렸다.

"벌써 다섯 번이나 거기 갔었어. 남한테 일러바칠까 봐 겁났으면 벌써 죽였겠지."

어쩌면, 하고 요스케가 눈을 내리뜬 채 반박했다.

"하루가 눈치채지 못한 것 같으니까 상황을 두고 봤던 건지도 모르지."

"그럼 이제 알아차렸으니까 죽을 일만 남았네?"

하루는 장난치는 듯한 투로 말했다. 요스케가 고개를 번쩍 들었다.

"하루."

"농담이야. 그 사람은 그런 짓 안 해. 그리고 딱히 숨어 있는 것도 아니야."

요스케가 미심쩍은 표정을 지었다.

"그 사람이 다음에 같이 공원에 가자고 했거든. 몸을 숨긴 살인범이 그런 소릴 하겠어?"

말하면서 그 말이 옳다고 자기 자신에게 동의했다. 역시 그 사람이 살인범일 리 없다.

"하지만……, 그런 식으로 하루를 꾀어내서 죽일 작정일지도."

"생각 좀 하고 말해라."

하루는 말을 툭 내뱉었다.

"날 죽이러 나왔다가 다른 사람 눈에 띄면 본전도 못 찾잖아."

요스케가 드디어 입을 다물었다.

몹시 난감해하는 그 표정을 보자 몸속에서 뭔가가 부풀어 올랐다. 목구멍을, 코를, 귀를 안쪽에서 점점 압박한다. 귓속의 소리가 다른 소리를 지우고, 요스케의 말이 머릿속에서 메아리쳤다.

—믿고 싶지 않겠지. 그 마음은 알지만.

네까짓 게 뭘 안다고, 하고 생각한 순간 머리가 띵하더니 부풀어 올랐던 뭔가가 차갑게 쪼그라들었다.

"요스케."

하루는 요스케를 똑바로 바라보며 말했다.

"절대 신고하지 마."

"하지만……."

"신고하면 평생 용서 안 할 거야."

조금이라도 요스케의 마음에 족쇄가 될 가능성이 있는 말을 골랐다.

하루는 눈이 휘둥그레진 요스케에게 시선을 고정한 채 또 할 말이 없는지 찾아보았다. 뭔가 신고를 단념시킬 수 있을 만한 핑계를.

"그 사람은 쭉 그 지하실에서만 지내고 있어. 아무한테도 피해를 주지 않는다고. 더구나 나한테 음식을 줘. 그 사람이 없어지면 난 굶어 죽을 거야."

"······그럼 우리 집에 밥을 먹으러 오면 어때?"

"그건 네가 결정할 수 있는 일이 아니잖아."

요스케가 움찔하며 몸을 움츠렸다. 입술을 깨물고 몸 옆으로 늘어뜨린 손을 움켜쥐었다.

"······엄마한테 말해 볼게."

"안 해도 돼."

하루는 한숨을 쉬었다.

"요스케는 아무것도 할 필요 없어. 그냥 잠자코 있어 주기만 하면 돼."

하지만, 하고 말하는 요스케의 눈이 흔들렸다.

하루는 요스케에게서 시선을 돌렸다.

지끈지끈 아픈 이마를 손가락으로 세게 눌렀다. 모래가 흘러내리는 듯한 소리에 의식을 집중하고, 막이 퍼져나가기를 가만히 기다렸다. 통증이 조금씩 멀어졌다.

"신고하면 안 된다니, 하루도 실은 그 남자가 살인범이라고 생각한다는 뜻 아니야?"

흐릿한 요스케의 목소리가 뒤늦게 귀에 들어왔다. 막 너머에 있는 요스케가 고개를 들었다.

"그렇잖아. 그게 아니라면 신고해도 상관없을 테지."

막이 떨렸다. 우웅, 우웅, 하고 세탁기가 돌아가는 듯한 진동이 머리에 울려 퍼졌다. 시선이 이리저리 흔들렸다. 바닥의 검은 얼룩이 시야로 뛰어들었다.

"하루."

오른팔에 이상한 느낌이 들어서 시선을 내리자 팔을 붙잡은 손이 보였다.

"나, 하루가 없어지는 거 싫어."

울음을 터뜨리기 직전처럼 떨리는 목소리에, 자해공갈을 하다 다쳤을 때 새파랗게 질린 얼굴로 울던 요스케의 목소리가 겹쳤다. 하루, 하루, 하루…….

얼른 팔을 빼내고 요스케에게서 얼굴을 돌렸다.

"상관없어."

새어 나온 목소리에 이끌리듯 그딴 건 상관없어, 하고 생각이 말로 튀어나왔다.

그 사람은 살인범일지도 모른다.

누군가를 죽였지만 경찰에 체포되지 않고 도요코라는 사람의 도움으로 그곳에 숨어 지내는지도 모른다.

―하지만.

그게 뭐 어쨌단 말인가.

하루는 배에 힘을 주고 걸음을 내디뎠다.

반찬 팩을 끌어안고 요스케 곁을 지나쳐 계단을 내려갔다.

어느덧 주변은 어두침침해졌다.

3. 나카무라 요스케

하루의 뒷모습이 계단 저편으로 사라졌다.

요스케는 반사적으로 뻗은 손을 허공에 멈춘 채 손바닥을 보았다.

정원 밖에서 남자의 정체를 알아차렸을 때, 요스케는 당장 신고할지 말지 망설였다.

아무튼 조금이라도 빨리 도움을 요청하러 가는 편이 나을 것 같기는 했지만, 자신이 자리를 비운 사이에 하루에게 무슨 일이라도 생기면 어쩌나 걱정돼서 움직일 수가 없었다.

남자가 뭔가 이상한 짓을 하려고 하면 즉시 뛰쳐나가서 저지한다. 남자가 놀란 틈에 하루를 데리고 함께 도망친다.

그렇게 몇 번이나 머릿속으로 예행연습을 하며 대비했지만, 그 후로도 남자가 밖으로 나올 낌새는 없었다.

잠시 후 하루가 반찬 팩 같은 것을 들고 일어나길래 요스케는 허둥지둥 나무에서 물러났다. 길모퉁이를 돌아간 곳에 몸을 숨기고 있다가 하루를 조금이라도 더 안전한 곳으로 데려가서 남자의 정체가 살인범이라는 걸 설명했다.

설마 하루가 그 남자의 정체를 알고서도 감싸려 할 줄은 꿈에도 몰랐다.

같이 파출소에 가서 그 남자가 어디 숨어 있는지 이야기하면 다 끝날 줄 알았다.

남자가 붙잡히면 이 동네에서 살인범은 사라질 테고, 그럼 하루가 위험한 일을 당할 걱정도 없다고.

요스케는 눈을 꼭 감았다.

하루가 무슨 소리를 하든 신고해야 한다고 머리로는 생각했다.

무슨 일이 벌어지고 나서는 늦는다. 하루가 죽기라도 하면 반드시 후회한다.

다만 살해당한다는 말이 실제로 마음에 딱 와닿지는 않았다.

다 안다는 듯한 표정으로 말했지만, 요스케는 아직 사람이 죽는 광경을 본 적이 없다. 할아버지와 할머니 둘 다 정정하므로 장례식에도 참석한 경험이 없었다.

5학년 시절 반에서 길렀던 햄스터가 죽었을 때는 슬펐지만, 사람의 죽음은 햄스터의 죽음과 전혀 다를 것이라고 어렴풋이 짐작했다.

구체적으로는 뭐가 어떻게 다른지 모르기에 무서웠다.

6학년이 됐지만 어릴 적에 어머니가 죽으면 어쩌나 상상하고 울었을 때와 달라진 점이 전혀 없었다.

지금까지 살아서 움직이고 말하던 사람이 뼈만 남아 흙 속에 묻힌다. 그런 무시무시하고 터무니없는 일이 이 세상에 존재한다는 걸 믿고 싶지 않아서 요스케는 죽음을 존재하지 않는 셈 치고 지내왔다. 생각만 해도 머리가 이상해질 것 같아서 의식이 그쪽으로 향하려 할 때마다 얼른 다른 일을 떠올렸다.

텔레비전에 지하철 사린 가스 테러 사건이나 한신·아와지 대지진 관련 뉴스가 나왔을 때는 만화책을 펼쳐서 열심히 들여다보았고, hide가 죽었다며 형이 거실에서 울었을 때는 말을 걸지 않고 자기 방으로 돌아갔다.

하지만 실은 너무 신경 쓰였다.

2년 전에 동네에서 사건이 발생했을 때도 자세한 내용을 알고 싶지 않은데, 결국 참지 못하고 지명수배 포스터를 보러 갔다.

하루가 그 사건의 범인과 가까운 사이라고 생각한 순간, 가슴이 뜨끔 아팠다.

무슨 느낌인지 안다. 차에 치인 후에 받은 돈으로 스테이크와 라면을 먹었다고 하루가 특별한 일처럼 말하는 걸 들었을 때 밀려왔던 기분이다.

까딱하면 죽을 수도 있는 일을 되풀이해온 하루에게 죽음은 정체 모를 괴물 같은 것이 아닐지도 모른다.

좀 더 친근하고 예사로운 것일지도 모른다.

'그럼 이제 알아차렸으니까 죽을 일만 남았네?'

웃으면서 그렇게 말한 하루의 목소리가 머릿속에서 탁하게 울려 퍼졌다.

요스케는 뻣뻣한 다리를 움직여 북쪽 출입구로 향했다. 빌딩과 이어진 연결통로 앞에 서서 지상에 있는 작은 파출소를 내려다보았다.

하루는 신고하면 평생 용서하지 않겠다고 했다.

요스케는 계단을 한 발짝씩 내려갔다. 횡단보도 앞에 멈춰서 길 건너 파출소를 가만히 쳐다봤다.

저기 가서 전부 말한다.

요스케는 자기 자신을 설득하듯 속으로 다짐했다.

하루는 정말로 용서해주지 않으리라. 평생 말을 걸지 않을지도 모른다. 눈조차 맞춰주지 않을지도 모른다.

그런 건 싫다는 생각에 눈물이 핑 돌았다.

신호가 파란불로 바뀌었다.

요스케는 노란색 점자 블록 너머로 발을 내디뎠다.

입술을 질끈 깨물었다.

—미움받아도 되니까 하루가 무사하면 좋겠어.

고개를 숙인 채 파출소 앞까지 가서 고개를 들었다.

요스케는 파출소 입구에 발을 들여놓은 자세로 멍하니 멈춰섰다.

안에는 아무도 없었다.

회색 책상 위에는 팻말만 덜렁 놓여 있었다.

〈현재 순찰 중입니다. 용건이 있으신 분은 파출소에 있는 전화로 연락해 주십시오.〉

온몸에서 힘이 쭉 빠져나갔다.

그 자리에 쪼그려 앉고 싶은 기분을 참으며 전화기로 시선을 옮겼다.

어디로 걸면 되는지 번호가 적혀 있었다. 하지만 전화는 걸어본 적이 거의 없었다. 얼굴도 보이지 않는 경찰관이 갑자기 전화를 받으면, 뭘 어디서부터 이야기하면 될까.

파출소 입구에 우두커니 서서 시계를 노려보았다. 매끄럽게 돌아가는 초침을 눈으로 좇자, 대번에 1분이 지나갔다. 그걸 네 번 반복한 후 5분이 지나면 나가기로 마음먹고 마지막 한 바퀴를 지켜보고 있으니 초침이 돌아가는 속도가 느려진 것 같았다.

초침이 12를 가리키자마자 파출소를 나섰다.

그대로 고개를 숙인 채 횡단보도를 건너 계단을 오른 후, 한 번만 더 파출소를 내려다보았다.

경찰관은 아직 돌아오지 않았다.

역을 가로질러 남쪽 출입구로 나가자 날이 완전히 저문 뒤였다.

어머니가 걱정할 것이라는 생각이 문득 머리를 스쳤다.

과자를 사러 간다며 나온 지 몇 시간이나 지났으니, 무슨 일이 생긴 것 아닐까 싶어 발을 동동 구르고 있을지도 모른다.

요스케는 집에 돌아가기로 했다.

역시 일단은 어머니와 상의하는 편이 낫겠다. 자신이 본 광경과 하루에게 들은 이야기를 전부 털어놓고 어쩌면 좋을지 물어보면 된다.

하지만 터널 앞까지 왔을 때 요스케는 걸음을 멈췄다.

하얀 형광등 불빛이 비치는 회색 벽은 뭐라고 썼는지 모를 낙서로 가득했다. 그 낙서 위에 포개지듯 한숨을 내쉰 하루의 얼굴이 떠올랐다.

요스케가 우리 집에 밥을 먹으러 오면 어떠냐고 제안하자 하루는 그건 네가 결정할 일이 아니라고 말했다. 어머니에게 상의해 보겠다고 하자 시큰둥한 표정을 지었다.

—결국 난 엄마에게 의지하지 않으면 아무것도 못 하는 걸까.

하루를 배신하고 신고하는 것조차 어머니에게 떠넘기려는 건가.

뜨끈하고 묵직한 뭔가가 목구멍까지 솟아올라 목을 마구 쥐어뜯고 싶어졌다.

무서웠다. 멍청한 짓이라는 생각도 들었다.

하지만 그래도 몸을 돌려 어두운 길로 나아갔다.

남자와 직접 이야기한다.

그것이 제일 나은 방법일 듯했다.

남자와 만날 뿐이라면 하루를 배신하는 것이 아니다. 남자의 얼굴을 정면에서 보고 정말로 지명수배 포스터 속 남자가 맞는지 확인할 수도 있다.

그리고……, 일단 남자를 만나면 신고할 수밖에 없다.

하루에게 미움받는 것이 무섭고 말고를 떠나 끝까지 갈 수밖에 없다.

하루 말에 따르면 그 남자는 지하실에서 지낸다. 밖으로 나오려면 시간이 좀 걸릴 테고, 달리기만 놓고 보면 자신이 하루를 제치고 학교에서 제일 빠르다. 무슨 일이 있으면 전속력으로 달아나면 된다.

요스케는 암송하듯 생각하며 남자가 있는 집까지 와서 걸음을 멈췄다.

그냥 걸어왔을 뿐이건만 숨이 찼다. 숨을 깊게 들이마셨다가 길게 내쉬었다. 무릎이 떨리고 목이 바싹 말랐다. 그러고 보니 저녁녘에 집을 나선 후로 아무것도 안 먹었다.

저녁 먹을 시간이 한참 지났겠지만 배는 전혀 고프지 않았다.

요스케는 평평한 배에 대고 있던 손을 조금씩 위로 올려서 시끄럽게 고동치는 가슴에 댔다. 눈을 감고 심장 박동을 손바닥으로 느끼며 해야 할 일을 하나씩 떠올렸다.

정원으로 들어간다. 실례합니다, 하고 말을 건다. 남자가 얼

굴을 보여주길 기다린다. 하루의 친구라고 말한다……, 거기서
눈을 번쩍 떴다.

그다음은?

대체 남자와 무슨 이야기를 하겠다는 건가.

이제 하루와 만나지 말라고 부탁한들 아무 의미도 없다. 오
히려 남자는 자신의 정체를 알아차린 하루가 다른 사람에게 떠
벌렸다고 오해할 테니 하루만 더 위험해질 뿐이다.

요스케는 한 발짝 뒤로 물러섰다.

어두워서 검은 덩어리처럼 느껴지는 나무들을 바라보았다.

어쩔 수 없다. 그런 생각과 함께 자신이 애당초 남자와 만날
마음이 없었다는 걸 깨달았다. 자기가 할 수 있는 일을 하려고
했다. 자기 나름대로 방법을 찾으려 했다. 그저 그런 변명을 하
고 싶어서 파출소에 갔다가 이 집 앞까지 왔다.

"저기요!"

갑자기 뒤에서 날카로운 목소리가 들렸다.

요스케는 깜짝 놀라서 몸을 돌렸다.

여자가 비닐봉지를 들고 서 있었다.

소매가 팔꿈치까지 내려오는 짙은 색 후드 집업와 헐렁한
바지 차림이었고, 구불구불 흐트러진 머리털이 뺨 옆에 늘어
졌다.

"우리 집에 무슨 볼일이라도 있어요?"

―우리 집?

말이 잘 나오지 않았다.

여기는 이 사람 집?

"그게, 어, 볼일이랄까……."

땀이 왈칵 솟고 귓불이 화끈거렸다.

"잠깐, 그, 아저씨한테……."

고개를 숙인 채 간신히 말했지만 여자는 아무 대답도 없었다.

요스케는 슬슬 뒷걸음쳤다.

이 사람은 그 남자를 감춰주고 있는 걸까. 살인범의 동료일까. 만약 지금 그 남자가 나온다면. 상대가 두 명이면 뛰어서 달아나기가 여의치 않을지도 모른다.

"우리 남편은 왜요?"

"네?"

요스케는 고개를 들었다.

―남편?

여자가 눈썹 사이에 주름을 잡았다.

"이봐요, 이름은 뭐죠?"

"아, 그러니까, 죄송합니다. 착각했어요."

요스케는 재빨리 발걸음을 돌렸다.

얼굴이 뜨겁게 달아오르는 걸 느끼며 달음박질했다.

모퉁이를 돌면서 돌아보자 여자는 쫓아오지 않았다. 그냥 미심쩍다는 듯이 이쪽을 바라보고 있었다.

요스케는 단숨에 다리를 건넌 후, 지나온 길을 다시 살펴보

있다. 어깻숨을 쉬면서 길 저편에 시선을 모았다.

역시 아무도 쫓아오지 않았다.

—만약 진짜로 살인범이라면 쫓아올 텐데.

요스케를 붙잡아서 경찰에 가지 못하도록 가두든지, 죽이려 하지 않을까.

다시 뛰어가자 이번에는 뺨에 닿는 바람이 차갑게 느껴졌다.

—역시 착각이었을지도 몰라.

하루도 아니라고 했다. 몸을 숨긴 살인범이 같이 공원에 가자는 소리를 할 리가 없다고.

하루가 신고하지 말라고 해서 더 수상쩍었지만, 그냥 아저씨에게 민폐를 끼치기 싫어서 그랬는지도 모른다.

잘 생각해보니 포스터 사진도 눈 밑의 점 정도만 똑같은 것 같았다.

—신고 안 하길 잘한 건지도 몰라.

그대로 집까지 달려서 돌아가자 현관 앞에 있던 어머니가 "요스케!" 하고 비명을 지르듯 소리쳤다.

"이 시간까지 어디 있었던 거야! 엄마가 얼마나 걱정했는지 알아!"

어머니는 당장이라도 울 것 같은 표정으로 요스케에게 와락 달려들어 아플 만큼 꼭 끌어안았다.

죄송해요, 하고 대답하는 자신의 목소리가 어린아이처럼 들려서 콧속이 찡하니 아팠다.

4. 나가오 도요코

도요코는 불러세울 틈도 없을 만큼 쏜살같이 달려가는 소년의 뒷모습을 우두커니 서서 바라보았다.

방금 무슨 일이 일어난 건지 잘 이해가 되지 않았다. 소년의 뒷모습이 시야에서 사라진 뒤에도 한동안 가만히 있다가 굳은 목을 비틀어 집을 돌아보았다. 뒤틀린 몸이 원래대로 돌아가려는 힘을 이용해 겨우 걸음을 내디뎌 현관으로 향했다.

자물쇠를 풀고 안으로 들어가서 현관 턱에 비닐봉지를 내려놓았다.

방금 그 아이는 정원을 엿보고 있었다.

아저씨라고 했다.

발치에서 비닐봉지가 부스럭거리며 무너지는 소리가 났다. 비닐봉지 아가리로 튀어나온 수면 양말과 헤어밴드, 매니큐어, 족집게, 파우치를 멍하니 바라보았다.

형사가 별안간 찾아오는 광경은 그동안 여러 번 상상했다.

집 안을 확인하겠다며 들어온 형사가 지하실 입구를 가린 베니어판을 발견하고 계단을 내려간다. 자신은 형사의 머리만 내려다볼 뿐 아무것도 하지 못한다.

베니어판을 발견하지 못해 가슴을 쓸어내렸지만, 형사가 별생각 없이 정원으로 나갔다가 1층 밑부분에 있는 천창을 찾아내는 결말도 있다.

아쿠쓰의 손목에 수갑이 채워지는 순간도, 아쿠쓰가 올라탄 경찰차가 무수히 많은 카메라 플래시를 받으며 출발하는 순간도, 지난 2년간 수없이 그려온 장면이었다.

—그런데 아이가.

방금 봤던 소년의 얼굴을 떠올리려다가 이미 기억이 모호해졌다는 걸 깨달았다.

팔다리는 길쭉했지만 초등학생처럼 천진난만한 인상의 아이였다.

얼른 남편이라고 둘러대자 소년도 착각했다면서 허둥지둥 돌아갔다. 하지만 좀 진정되면 역시 무언가 이상하다고 생각할 것이다.

적어도 집에 가서 말하면 부모는 수상쩍게 여기리라.

지하실에 남몰래 숨어 지내는 남자가 있다는 사실과 이 동네에서 발생한 살인 사건의 범인이 아직 체포되지 않았다는 사실을 결부시키는 데 시간이 얼마나 걸릴까.

빈 골판지상자와 베니어판을 치우고 계단을 내려가 지하실 문을 두드렸다. 하지만 대답은 들리지 않았고, 사람이 움직이는 기척도 느껴지지 않았다.

시험 삼아 문고리를 잡고 밀자 문은 어이없이 열렸다.

아쿠쓰는 둘둘 뭉친 이불에 엉겨 붙은 듯한 자세로 자고 있었다.

도요코는 표정을 지운 얼굴로 아쿠쓰 곁으로 다가가 살며시 앉았다.

요즘 뭔가 이상하다 싶기는 했다.

묘하게 반찬이 금방 떨어졌다. 지금까지 이번처럼 문 앞에 책이 든 골판지상자를 놓아두는 걸 잊어버린 적은 거의 없었다. 그리고 일주일쯤 전에는 고양이가 정원에 드나든다는 핑계로 자신이 없을 때 지하실을 빠져나가 1층 화장실을 사용했다.

그 소년을 가리켜 길고양이라고 한 것 아닐까 싶었다.

아까 그 소년이 정원에 드나들기 시작했으니 지하실에서 용변을 보기가 싫어진 것 아닐까.

이미 외부인에게 들통났기에 골판지상자를 문 앞에 놔둬봤자 무의미하다고 느낀 것 아닐까.

옆에서 이 가는 소리가 들려서 눈을 돌리자 아쿠쓰는 악몽을 꾸는 것 같았다.

얼굴을 찡그린 채 이마에서 땀을 흘리며 작게 끙끙거렸다.

무슨 꿈을 꾸는 걸까 궁금했다.

아쿠쓰는 가끔 이렇게 악몽에 시달렸다. 벌떡 일어난 후, 무슨 꿈을 꿨느냐고 물어봐도 기억나지 않는다며 고개를 저었다.

실은 어머니가 자신에게 해줬던 것처럼 무서운 꿈의 다음 내용을 지어내서 들려주고 싶었다.

해피엔딩으로 바꿔주고 싶었다.

하지만 아쿠쓰는 절대로 꿈 이야기를 하지 않았다.

중학생 때 깎여나가지도 일부러 깎아내지도 않고 자신의 두 다리로 서서 좋아하는 곳으로 자유롭게 나아가는 것처럼 보였던 남자가, 실은 더 이상 깎여나갈 부분이 없을 만큼 상처 입고, 짓밟히고, 미래를 선택할 수 없는 곳으로 몰렸다는 사실을 도요코는 이미 알고 있었다.

우에하라를 때렸을 당시 아쿠쓰가 정의감에 불타서 행동했을 거라고 다들 멋대로 생각했듯이, 경찰에 붙잡히면 사건은 누구나 이해하기 쉬운 이야기의 틀에 끼워 맞춰져 진실은 흔적도 없이 사라질지도 모른다.

도요코는 그저 그게 싫다는 이유만으로 아쿠쓰를 집에 들여서 이야기를 들었다.

하지만 아쿠쓰가 털어놓은 이야기는 상상했던 바와 전혀 달랐다.

그것은 도요코가 거들떠보지도 않고 지나쳐온 일이었다. 그리고 그런 자신이야말로 아쿠쓰를 상처 입히고, 짓밟고, 궁지에 몰아넣었다는 걸 알았다.

아쿠쓰가 커다란 몸을 마구 뒤척이더니 기다란 속눈썹을 떨며 눈을 떴다.

아쿠쓰는 어깻숨을 몰아쉬며 천장을 응시하다가 고정된 인형의 목을 억지로 비트는 것처럼 도요코를 보았다.

다녀왔어, 하고 도요코가 말했지만 아쿠쓰는 왔구나, 라고 말해주지 않았다.

도요코의 온몸 윤곽을 확인하듯 충혈된 눈을 이리저리 돌리더니 기다란 근육질 팔을 뻗었다.

도요코는 옷을 거칠게 벗겨내는 아쿠쓰에게 말없이 협력했다. 후드 집업의 지퍼를 내리면 팔을 구부려서 뺐고, 티셔츠를 걷어 올리면 팔을 들었다. 고무줄이 들어간 바지와 팬티를 한꺼번에 내리면 허리를 띄웠고, 무릎 아래까지 내려온 바지와 속옷은 발을 움직여서 스스로 벗었다.

마지막으로 양말을 벗는 사이에 아쿠쓰는 재빨리 자기 이너 티셔츠와 팬티를 벗어던졌다.

메마른 입술을 밀어붙이는 것과 동시에 입속으로 두툼하고 뜨거운 혀가 들어왔다. 아쿠쓰가 유방을 주무르고, 살을 빨고, 손가락으로 음모 안쪽을 더듬는 동안 도요코는 손등을 깨물며 새어 나오려는 신음을 참았다.

신음 소리를 내도 밖에 들리지 않는다는 건 안다. 하지만 목소리를 내면 뭔가를 망가뜨릴 것 같은 기분이 들었다.

전남편과 잠자리를 가졌을 때도 그전에 사귄 사람과 살을 섞었을 때도 도요코는 다양한 소리와 몸짓으로 쾌감을 느끼고 있다는 걸 상대에게 전하려 했다.

달뜬 신음을 흘리고 등과 어깨를 손톱으로 찍고 질을 수축시킨다.

절정에 도달했을 때는 고개를 뒤로 젖히며 몸을 요란하게 경련시킨다.

그러한 행동이 전부 다 연기는 아니었지만, 늘 머릿속 한구석으로 자신이 성행위를 하고 있다는 사실을 의식했다. 자신의 목소리, 몸짓, 표정에 따라 상대가 더욱 흥분하면 기뻤고, 그 결과 자신도 더 큰 쾌감을 느낄 수 있다고 믿었다.

하지만 도요코의 온몸을 혀로 핥고, 뭔가를 긁어내려는 듯 바쁘게 손가락을 움직이는 이 남자는 쾌락을 원하는 것 같지 않았다. 그보다 훨씬 절실한 뭔가를 찾는 듯한 남자를 도요코는 방해하고 싶지 않았다.

목소리를 죽이고 쾌감을 억누르려 할수록 온몸의 신경이 민감해져서 자극에 반응하려 했다. 긴박감이 안쪽에서 자꾸 부풀어 오르며 흘러넘칠 것처럼 작은 폭발이 반복돼서 도요코는 당혹스러웠다.

남자는 입, 귀, 코, 성기를 꼼꼼히 핥았다. 눈알에도 혀를 내밀었다.

눈앞으로 혀가 다가오자 처음에는 두려웠다. 하지만 예상했던 아픔은 밀려오지 않았고, 미지근하고 부드러운 물체가 눈알

표면을 미끄러지는 감촉에 강렬한 쾌감을 느꼈다.

남자의 혀가 닿을 때마다 몸의 윤곽이 허물어지는 기분이었다. 질척질척하게 녹아서 구멍이 몇 개 뚫렸을 뿐인 주머니가된다. 남자는 구멍 안쪽에 혀끝과 손가락을 뻗고, 성기를 넣는다. 아무리 집요하게 늘려도 구멍은 찢어지지 않는다. 남자가원하는 것은 손에 들어오지 않는다.

쾌감의 파도가 밀려왔다가 물러갈 때마다 도요코는 서글펐다.

처음으로 임신한 아이를 잃은 후, 가랑이 사이로 흘러나간검붉은 덩어리를 바라보았을 때 느꼈던 먹먹함과 비슷한 감정이었다.

의사는 이 정도 임신 주수라면 소파 수술[18]은 필요 없을 거라고 했다. 가만히 놔둬도 생리할 때처럼 자연스레 배출될 거라고. 그 말대로 생리 이틀째와 거의 다름없는 양의 핏덩어리가저절로 몸에서 밀려 나왔다.

도요코는 아이가 될 터였던 핏덩어리를 화장실에서 오랫동안 바라보았다. 도저히 물을 내릴 기분이 들지 않았다.

그래도 평생 그대로 놔둘 수는 없는 노릇이라 결국 몇 시간후에 소변이 마려워진 걸 기회 삼아 천천히 손잡이를 내렸다.

물은 평소와 다름없이 흘러나왔고, 핏덩어리는 소용돌이에

---

18   도구를 이용해 자궁 내막을 긁어내는 수술.

삼켜졌다.

남자가 절정에 달할 때마다 도요코는 뭔가를 그르친 것 같아서 초조했다. 열심히 손을 뻗어도 붙잡을 수가 없었다. 밀려오는 쾌감은 물러갈 때 모래를 휩쓸어서 빼앗아 간다.

행위가 끝난 후에도 도요코는 한동안 아쿠쓰와 나란히 누워 있었다. 땀과 침과 정액이 뒤섞여 끈적끈적해진 살은 좀처럼 마르지 않았다.

에어컨이 없는 지하실은 몹시 무더웠다. 창문을 열고 선풍기를 틀면 나름대로 지낼 만하지만, 창문을 열지 않으면 고인 공기가 어디로도 빠져나가지 않는다.

도요코는 아쿠쓰의 어깨에 이마를 댔다. 배에 팔을 얹고 달라붙듯 끌어안았다.

아쿠쓰는 가만히 있었다. 소년에게 했던 거짓말이 도요코의 머릿속에 되살아났다.

조금씩 힘이 빠져서 몸이 떨어졌다.

아쿠쓰가 천장을 보고 누운 자세로 입을 열었다.

"공원에 가려고 하는데."

가도 되느냐는 부탁은 아니었다.

그래서 도요코도 그렇구나, 하고 대답했다.

"그 남자아이랑 가는 거야?"

아쿠쓰가 숨을 작게 삼켰다. 그 반응에 도요코는 희미한 만족감을 맛보았다.

"어느 공원?"

노가타, 하고 아쿠쓰는 짤막하게 대답했다.

"세이부 신주쿠선의?"

딱히 묻고 싶은 건 아니었지만 물어보았다. 응, 하는 대답을 들으며 도요코는 눈을 감았다.

몸이 무거웠다. 일어나기가 귀찮았다. 가능하다면 이대로 잠들고 싶었다.

계속 이렇게 있고 싶었다.

앞날에 대해서는 아무 생각도 없이 미지근한 물 속에 몸을 맡기고 싶었다.

이 방을 만들고 주말이면 늘 신나게 드럼을 치던 아버지와 드럼이 그렇게 좋으냐고 쓴웃음을 지으면서도 가끔 리듬에 맞춰 몸을 흔들던 어머니는 3년 전 여행지에서 교통사고를 당해 함께 돌아가셨다.

많은 절차를 마치고 돌려받은 아버지 지갑에서는 선물로 산 듯한 치즈케이크와 코끼리 인형 영수증이 나왔지만 실물은 사고가 났을 때 불타버린 듯했다.

아버지는 코끼리 인형을 참 많이도 사주었다.

오사카 엑스포 때 사주지 않은 것이 마음에 걸렸는지 눈에 띌 때마다 구입해서는 그거랑 비슷하지 않니, 하며 건넸다.

아버지의 기쁜 표정을 보고 있으면 딱히 코끼리 인형을 좋아하는 건 아니라는 말을 꺼낼 수 없었다. 고마워, 닮았네, 하고 받아들어도 아버지는 코끼리 인형을 계속 사 왔다.

도요코의 방 벽장에는 아버지에게 받은 코끼리 인형을 모아 둔 상자가 있다.

크기도 질감도 귀여움도 다양하니, 그저 코끼리라는 것만이 공통점인 인형들.

지금까지 아버지에게 받은 인형 중에 기억 속 장식품과 흡사한 것은 하나도 없었다. 하지만 어째선지 불타버린 마지막 인형만큼은 흡사하지 않았을까 싶었다.

그래, 맞아, 이거야, 하고 도요코가 기뻐하자 어깨의 짐을 겨우 내려놨다는 듯 아버지의 표정이 누그러진다. 결코 체험할 수 없는 장면을 몇 번이고 몽상하며 접힌 자국이 남은 영수증을 자꾸 들여다보았다. 어느 가게인지 알아보았지만 결국 가지는 않았다. 영수증 글씨는 조금씩 착실하게 희미해졌다.

도요코는 느릿느릿 몸을 뒤척인 후 팔 힘을 사용해 상체를 일으켰다. 무릎을 세우고 일어서자 가랑이 사이에서 미끈거리는 액체가 흘러나오는 게 느껴졌다.

그대로 방을 나서서 계단을 올랐다.

2층 자기 방으로 가서 서랍장 제일 아랫단에 든 아쿠쓰의 옷을 꺼냈다.

검은색 민무늬 티셔츠와 회색 카고팬츠.

2년 전에 빨아서 지하실에서 말린 후, 서랍장에 넣어둔 옷에서는 방충제의 인공적인 냄새가 났다.

지하실로 돌아가자 아쿠쓰는 이불 위에 알몸으로 드러누워, 방에 쳐놓은 끈에 널어둔 빨래를 올려다보고 있었다.

도요코는 문간에 서서 그 모습을 잠시 바라보았다.

아쿠쓰가 지내기 시작한 후로 지하실에서 기묘한 이국정취가 느껴졌다.

구체적으로 어느 나라가 연상되는 건 아니고, 영화나 드라마에서 본 외국의 정경과 겹치는 것도 아니다. 그래도 도요코는 어째선지 이국에서 느끼는 향수와 비슷한 감정을 맛봤다.

예를 들면 어렸을 적에 침대 난간과 책상에 이불을 걸쳐서 텐트를 만들고 캠핑 놀이를 했었을 때 같은 기분.

아쿠쓰에게 옷을 주고, 바닥에 구겨져 있는 바지에서 자동차 키를 꺼냈다.

자동차 키를 테이블에 내려놓고 다시 이불에 드러누웠다.

고마워, 하고 아쿠쓰가 덤덤한 목소리로 말했다.

고맙기는, 하고 도요코는 등을 돌린 채 대답했다.

이게 마지막 대화일 것이라고 조용히 생각했다. 분명 다음에 일어났을 때 아쿠쓰는 없다.

눈을 감기 직전, 텔레비전 받침대 위에서 떨어진 듯한 탁상 달력에 시선이 갔다.

넘기는 걸 잊은 지 몇 달 된 달력은 새로운 페이지가 펼쳐진 채 쓰러져 있었다.

5. 하시모토 하루

　얇은 이불 위에서 눈을 뜨고 고개를 돌리자 베개에 대고 있던 오른쪽 뺨에서 침이 길게 늘어졌다.

　하루는 다 빨아들이지 못한 침을 손등으로 닦은 후, 오른팔을 들고 기지개를 켰다. 허리를 좌우로 비틀자 등뼈에서 소리가 났다. 그러고 나서 다리를 아무렇게나 쭉 뻗었다.

　자세를 마음대로 바꿀 수 없기 때문인지 팔이 부러진 후로 아침에 일어나면 목이며 허리며 등이 뻐근했다. 스트레칭을 해도 뼈마디에 뭔가가 들어찬 것처럼 개운하지가 않았다.

　다시 눈을 감았지만 달아난 잠기운은 돌아오지 않았다. 하루는 꾸물꾸물 이불에서 빠져나와 화장실에 갔다.

　하품을 하며 볼일을 보고 손 씻는 김에 세수도 한 후, 미지근한 물을 손에 받아서 마셨다. 그리고 어젯밤에 사용한 목욕 수건으로 손과 얼굴을 닦았다.

세탁 바구니에서 넘쳐난 옷과 수건과 속옷을 잠시 내려다보
았다.

슬슬 빨래를 해야겠다 싶었지만 귀찮았다. 일단 방으로 가서
텔레비전을 틀었다.

여름 축제 같은 영상이 화면에 비쳤다.

하얀 천막, 빨간색과 흰색 등롱, 기다란 나무 책상에는 커다
란 금색과 은색 냄비와 흰색 밥솥이 죽 놓여 있었다. 플라스틱
팩에 담은 카레 라이스 위에 '청산화합물이 혼입'이라는 글씨가
떴다.

청산화합물이 뭔지는 모르지만, 표면이 말랐고 색깔도 연한
카레 라이스는 맛없어 보였다.

채널을 돌려도 비슷한 영상이 나오길래 하루는 텔레비전을
껐다.

다시 이불 위에 드러누웠다.

눈을 감자 아주 약간이지만 잠기운이 돌아왔다. 꼭 끌어안듯
잠기운에 몸을 맡기고 힘을 쭉 뺐다.

아무 생각도 하기 싫었다. 하지만 머릿속에 있는 응어리가
잠기운에 잘 녹아들지 않았다.

—또 그 집에 가야 하나.

아버지는 어젯밤에도 들어오지 않았다. 오늘은 어제 남자에
게 받아 온 고로케와 박고지 김말이를 먹는다 치더라도, 아버
지가 내일도 들어오지 않으면 어떻게든 먹을 걸 마련할 필요가

있었다.

도둑질한다는 방안이 뇌리를 스쳤다.

그 순간 침이 말라서 입속이 끈적거리는 느낌이 들었다.

작년 여름방학 때 하루는 가게에서 물건을 훔쳤다.

처음에는 성공했고, 다음에는 실패했지만 주인이 눈감아주었고, 마지막에는 신고당했다.

아버지는 꼴사납게 이게 뭐냐고 길길이 화를 내며 하루를 때렸다. 하루는 자해공갈과 도둑질이 뭐가 다른지 이해하지 못했지만 아무튼 붙잡히면 안 된다는 것만은 이해했다.

다만 하루는 도둑질에 별로 소질이 없었다. 큰 덩치에 비해 얼굴이 어려 보여서 그런지, 서 있기만 해도 주목을 받으므로 음식을 몰래 가지고 나가기가 여간 어렵지 않았다.

역시 또 그 사람이 있는 집에 가겠지, 하고 하루는 생각했다.

만약 정말로 그 사람이 살인범일지라도 상관없다는 기분이었다. 요스케는 살해당할지도 모른다고 걱정했지만 그건 그것대로 괜찮겠다는 기분도 들었다.

죽으면 적어도 배가 고프지는 않으리라. 아프거나 괴로울지도 모르지만 분명 한순간이다.

햇빛을 머금은 오렌지색 어둠이 몸 가장자리부터 서서히 스며들었다. 의식이 조금씩 멀어졌다. 쏴아. 귓속에서 소리가 났다. 온몸의 윤곽이 흐릿해지면서 막에 휩싸였다.

갑자기 현관에서 초인종 소리가 울렸다.

하루는 고개만 들어서 여기서는 보일 리 없는 외시경에 시선을 주었다. 이불을 살그머니 덮은 후, 숨을 죽이고 움직임을 멈췄다.

"어, 여기가 아닌가."

문밖에서 들린 목소리에 거의 반사적으로 벌떡 일어났다. 구르다시피 현관으로 달려가 문을 열었다.

"아, 맞네."

남자가 중얼거렸다.

남자는 늘 속옷 차림이었지만 오늘은 옷을 입었다.

검은색 티셔츠와 회색 바지.

"어떻게."

하루는 무심코 중얼거렸다.

남자는 의아해하는 표정으로 고개를 갸웃했다.

"데리러 오겠다고 했잖아."

"하지만……, 어차피 못 나올 줄 알았는데."

"그래?"

남자는 몸을 빙글 돌렸다.

"아, 잠깐만요."

하루는 부엌 냉장고에서 어제 받은 고로케와 박고지 김말이가 든 반찬 팩을 꺼냈다.

반찬 팩을 들고 현관으로 돌아가서 맨발을 서둘러 운동화에 쑤셔 넣고 닫힌 문을 열었다.

계단 아래에 있던 남자는 하루의 손을 힐끗 보더니 그럼 갈까, 하고 걸음을 옮겼다. 하루는 남자 바로 뒤를 따라갔다.

남자의 검지에 걸린 열쇠가 흔들거렸다. 주택단지 안내판 앞에 밝은 파란색 차가 주차돼 있었다. 아버지가 보여준 고급차 목록에는 없었던 차종이었다.

남자가 운전석에 올라탔다. 하루는 조수석과 뒷좌석을 번갈아 본 후, 뒷좌석 문에 손을 뻗었다.

차 안은 비좁았다. 남자를 보자 역시 좁다는 듯 목을 움츠리며 안전벨트를 맸다.

부르릉, 하는 소리와 함께 엉덩이 아래가 떨렸다.

하루는 시트 끄트머리를 붙잡고 앞을 보았다.

앞유리 가장자리에는 교통안전을 기원하는 빨간색 부적이 놓여 있었다.

"이거, 아저씨 차예요?"

아니, 하고 남자는 짧게 답하고 상체를 비틀어 차를 후진시켰다.

하루는 조수석에 걸친 남자의 팔을 보았다. 힘줄이 도드라진 근육질 팔을 보자 배 속이 살짝 굳어지는 기분이었다.

"어디 가는데요?"

백미러 너머로 묻는 목소리가 차의 진동에 맞춰 떨렸다.

"노가타."

남자는 앞만 보고 대답했다.

"그게 어딘데요?"

"음, 나카노?"

어째선지 의문형이었다.

하루는 거기가 어디고, 여기서 얼마나 먼지 모르지만 흐음, 하고 고개를 끄덕였다.

차가 어딘지 모르는 길을 쭉쭉 나아갔다.

회전초밥집, 편의점, 주유소, 패밀리레스토랑, 우체국, 주차장. 차례차례 뒤로 흘러가는 풍경을 바라보고 있으니 몸이 조금씩 가벼워지는 기분이었다.

진짜로 데리러 와주었다.

밖에 나와도 괜찮으냐는 말이 떠올랐지만, 입 밖에 꺼내지는 않았다. 대신에 하루는 나무젓가락을 깜박했네, 하고 중얼거렸다.

남자는 백미러를 보고 나무젓가락, 하고 따라서 말했다.

"고로케랑 박고지 김말이는 들고 왔는데 젓가락을 안 가져왔구나 싶어서요."

하루가 설명하자 남자는 아아, 하고 맞장구인지 탄식인지 모를 반응을 보였다.

그 외에 다른 말은 하지 않았지만, 잠시 후 편의점 앞에 차가 멈췄다. 하루는 차에서 내리는 남자를 바라보았다.

"젓가락, 여기서 받을 수 있어."

남자는 뒷좌석 창문 너머로 말하고 편의점으로 향했다.

하루는 남자가 자동문 안쪽으로 사라질 때까지 지켜보다가 차에서 내렸다. 종종걸음으로 편의점에 들어가서 남자를 찾았다.

남자는 주먹밥 판매대 앞에 있었다. 가다랑어포 주먹밥을 들고 하루를 돌아보았다.

"좋아하는 걸로 골라."

남자 옆쪽 샐러드 판매대에는 운동복 차림의 여자가 서 있었다. 하루는 몸속이 딱딱하게 굳었다. 이렇게 남들 앞에 모습을 드러내도 괜찮은 걸까. 혹시 누군가가 알아차리기라도 하면······.

"실례합니다."

뒤에서 목소리가 들려서 어깨를 움찔했다.

고개만 돌리자 샐러드 판매대 앞에 있었을 여자가 하루의 눈앞에 있었다.

여자는 성가시다는 듯한 표정으로 남자 쪽을 가리켰다.

"저거 좀 꺼내려고요."

남자가 판매대 앞에서 물러나자 여자는 주먹밥을 낚아채듯 집었다. 하루는 계산대로 향하는 여자를 바라보며 명치를 눌렀다. 판매대로 돌아서서 눈에 들어온 주먹밥을 적당히 세 개 골라 남자에게 주었다.

남자는 두 손으로 주먹밥을 들고 계산대에 줄을 섰다. 여자가 계산을 마치고 나가자 남자는 계산대에 주먹밥을 내려놓았다.

아르바이트생은 고개도 들지 않고 주먹밥의 바코드를 찍었
다. 하루는 고개를 돌려 편의점 출입문을 보았다.

"아참."

남자가 불쑥 말했다.

"그리고 닭튀김도 두 개."

아르바이트생이 케이스를 열고 작은 종이봉투에 든 닭튀김
을 꺼냈다.

하루는 귓불이 뜨끈해질 만큼 조마조마한 기분이었다.

"젓가락 주세요."

남자가 말하자 아르바이트생이 비닐봉지에 나무젓가락을 넣
었다. 남자는 작게 접은 천 엔짜리 지폐를 계산용 트레이에 내
려놓고, 아르바이트생이 내어준 영수증과 거스름돈을 바지 호
주머니에 쑤셔 넣었다.

편의점을 나서서 차에 올라탈 때까지 하루는 등에서 힘을 빼
지 않았다.

차가 출발하고 나서야 참았던 숨을 내쉬었다. 약간 어지러워
서 뒷좌석 머리받이에 머리를 댔다.

가슴에 손을 대고 심호흡을 했다. 하지만 쿵쿵 뛰는 심장은
좀처럼 진정될 낌새가 없었다.

신호에 걸려 차가 멈추자 남자가 아, 하고 소리를 냈다.

"마실 걸 깜박했네."

편의점에 돌아갈 길을 찾듯 시선을 이리저리 돌리길래 하루는 몸을 내밀어 "나중에 자판기에서 사면 돼요" 하고 주장했다.

남자는 그런가, 하고 고개를 끄덕이고 다시 차를 몰았다. 하루는 뒷좌석에 몸을 묻고 눈을 감았다.

몸에서 힘이 빠져나가는 감각이 들자 자신도 모르게 입매가 누그러졌다. 왠지 갑자기 웃고 싶어졌다.

살짝 열어둔 차창으로 고개를 돌렸다. 조금 시원한 바람이 많이 자란 앞머리를 밀어 올렸다.

빨리 도착하면 좋겠다는 마음과 이대로 계속 차를 타고 가는 것도 좋겠다는 마음이 비슷하게 솟구쳤다. 꾸르륵, 하고 배에서 난 소리를 듣고서야 그러고 보니 아직 아침을 안 먹었다는 것이 생각났다.

하루는 차창에 이마를 댔다. 규칙적으로 전해지는 진동에 몸을 맡기고, 어른거리는 졸음을 가까이 끌어당겼다. 귓속에서 울리는 소리의 존재감이 커졌다.

언제부터인가 하루는 귓속 잡음을 부적처럼 여겼다. 잡음이 만들어내는 막은 현실의 온갖 소리를 감싼다. 듣기 싫은 말도, 감정적인 목소리도, 논리만 앞세워 타이르는 말도 전부 어렴풋이 들릴 뿐이다. 막이 있으면 세상은 조금 떨어진 곳에서 돌아가고, 화내거나 슬퍼하거나 기대하는 사람들도 부드럽게 떼어낼 수 있다.

"찾았다."

눈을 뜨자 밖에 공원 같은 공간이 보였다.

남자는 차를 골목에 댄 후, 반찬 팩도 넣은 편의점 비닐봉지를 들고 내렸다. 하루는 혼자서 길을 나아가는 남자를 재빨리 쫓아갔다.

공원은 집 근처 어린이 공원과 별반 다를 바 없었다. 안쪽에는 야트막한 풀장 같은 물놀이 공간이 있었지만, 그네, 미끄럼틀, 모래밭, 벤치는 김이 확 샐 만큼 평범했다. 아직 이른 아침이라 그런지 공원에는 개를 데리고 나온 할아버지 정도밖에 없었다.

짝퉁 캐릭터 같은 미끄럼틀은 어디 있나 주변을 둘러보며 나아가자, 흔히 볼 수 있는 평범한 미끄럼틀 안쪽에 숨듯이 설치돼 있었다.

"이거예요?"

하루는 미끄럼틀을 가리키며 남자를 보았다.

오, 하는 대답을 들으며 미끄럼틀로 시선을 돌렸다.

미끄럼틀은 상상했던 것보다 훨씬 작았다.

하지만 짧은 팔로 미끄럼틀을 지탱하고 있는 동물은 확실히 캥거루인지 쥐인지 잘 구분이 되지 않았다.

"한번 타 봐."

남자의 말에 동물 뒤편으로 돌아가자 등 부분에 계단이 있었다. 하루가 디디기에는 너무 좁은 발판을 두 단씩 뛰어올라 허리를 잔뜩 구부리고 작은 구멍으로 들어갔다.

미끄럼틀 위에 서도 풍경은 그렇게 달라 보이지 않았다. 옆에 있는 미끄럼틀이 더 높고 길었다.

왼팔이 닿지 않도록 조심해서 앉은 후 발바닥을 쳐들고 미끄럼틀을 탔다.

내장이 붕 떠오르는 듯한 감각을 느낄 새도 없이 땅에 발이 닿았다.

하지만 남자는 만족스러운 표정이었다.

"너, 이 미끄럼틀이 잘 어울리네."

잘 모를 말을 하길래 하루는 "미끄럼틀이 잘 어울린다는 게 무슨 뜻이에요?" 하고 대꾸했다.

"아저씨도 타 봐요."

그렇게 말하자 남자는 "그러고 보니 타 보지는 않았네" 하고 고개를 끄덕이더니 미끄럼틀로 향했다.

하루는 정면으로 돌아가서 남자가 얼굴을 내밀기를 가만히 기다렸다.

아야야, 하는 목소리가 들렸다. 조그마하네, 하고 남자는 중얼거리며 고개를 쑥 내밀었다.

캥거루 배에서 나온 것처럼 보였다.

남자가 하루처럼 순식간에 땅으로 내려오자 하루는 "저기, 아저씨" 하고 불렀다.

"역시 이거, 캥거루예요."

"그렇구나."

남자는 미끄럼틀을 올려다보며 마치 드디어 올바른 답을 알았다는 듯한 목소리로 말했다.

하루는 남자와 나란히 서서 미끄럼틀을 바라보았다. 그러고 보니 캥거루라는 동물이 있다는 걸 알았을 때, 주머니에 들어가 보고 싶다는 생각을 했었다.

분명 1학년 때, 어머니가 집을 나가고 얼마 지나지 않았을 무렵이었다. 캥거루 주머니 속은 냄새가 지독하대, 라는 반 친구의 말을 듣고 몹시 화가 났었다. 그런 시절도 있었구나, 하고 덤덤히 생각했다.

"밥 먹을까?"

남자가 느닷없이 그렇게 말하고 풀밭으로 들어갔다. 아마도 전에는 돗자리를 깔고 앉았을 곳에 직접 엉덩이를 대고 책상다리로 앉았다.

하루가 다가가자 아참, 마실 거, 하며 지갑을 내밀었다.

"입구에 자판기 있더라."

하루는 접었다 폈다 하는 단순한 형태의 검은색 지갑을 받아 들고 "아저씨 거는요?" 하고 물었다.

"응?"

"아저씨는 뭐 마실 거냐고요."

"아아, 아쿠에리아스19. 레몬 맛 아닌 걸로."

---

19   포카리스웨트에 대항하기 위해 일본 코카콜라에서 출시한 스포츠음료.

하루는 고개를 끄덕이고 자판기로 뛰어갔다. 자판기 앞에 서서 줄지은 견본을 하나씩 훑어보았다.

일단 아쿠에리아스부터 샀다. 옆에 레몬 맛이라고 적힌 노란색 캔도 있었으므로, 파란색 캔을 구입하는 버튼을 신중하게 눌렀다.

그리고 망설인 끝에 자기가 마실 음료수로 '지카라미즈[20]'를 골랐다. 전에 요스케와 다른 아이들이 마시는 걸 본 적 있었다.

풀밭으로 돌아가자 남자는 주먹밥과 반찬 팩, 닭튀김 봉투를 비닐봉지 위에 꺼내놓고 있었다. 묘하게 반듯이 늘어놓는 모습을 보고 웃음을 참으며 자요, 하고 캔을 내밀었다.

남자는 받아든 캔을 바로 따서 꿀꺽꿀꺽 마셨다.

하루도 남자 앞에 앉아 지카라미즈 뚜껑을 열고 입에 댔다.

달콤하고 탄산이 톡톡 터지는 지카라미즈는 소름 끼칠 만큼 맛있었다.

"그거, 그거잖아."

남자가 턱으로 가리키며 말했다.

"뭐였더라, 먹으면 머리가 좋아진다는 거."

"DHA?"

"그래, 그거."

손을 뻗길래 병을 건네자 남자는 빤히 바라보았다.

---

20   DHA가 포함된 탄산음료.

"내가 어릴 적에도 있었으면 좋았을 텐데."

"머리가 좋아지고 싶었어요?"

"난 바보거든."

남자가 병을 되돌려주었다.

조금 의외였다. 남자가 자신을 부정적으로 표현하는 말은 처음 들었다.

누군가에게 그런 말을 들은 걸까? 생각하다 보니 남자가 학원 선생님을 죽였다고 했던 요스케의 말이 떠올랐다.

문득 왜 죽였느냐고 묻고 싶어졌다.

무슨 일이 있었던 거예요? 죽인 후에 기분이 어땠어요? 왜 몸을 숨겼어요? 기껏 몸을 숨겨놓고 왜 나왔어요?

수많은 질문이 떠올랐지만, 하루는 말없이 나무젓가락을 갈랐다. 닭튀김을 입에 넣고 씹으면서 참치마요 주먹밥을 집었다.

남자는 박고지 김말이를 손으로 집었다. 박고지를 빼서 플라스틱 팩에 버리고 김과 밥만 입에 넣었다.

그리고 문득 깁스한 하루의 팔을 보았다.

"팔은 왜 그래?"

"이거요?"

하루는 깁스를 들어 올렸다. 몇 초 생각하다가 "차에 치였어요" 하고 대답했다.

"그렇군."

그 대답으로 수긍했는지 남자는 박고지 김말이가 담긴 플라스틱 팩으로 시선을 되돌렸다.

"아저씨도 뼈 부러진 적 있어요?"

물어보자 남자는 있어, 하고 대답했다.

"어쩌다 부러졌는데요?"

"움직이는 차를 만져보고 싶었거든."

이해가 잘 안 되는 대답에 하루는 이맛살을 찌푸렸다.

"일부러 부딪쳤다는 거예요?"

"일부러는 아니야."

"난 일부러 그랬어요."

말하고 나서야 아차 싶었다. 하지만 "차에 치여서 다치면 위자료를 받을 수 있거든요" 하고 입에서 멋대로 말이 튀어나왔다.

남자는 표정 변화 없이 하루 쪽으로 고개를 돌렸다.

"집에 돈이 없어서, 그렇게 번 돈으로 먹고살아요."

하루는 입꼬리를 일그러뜨렸다. 가슴이 울렁울렁하니 괜히 마음이 어수선해서 닭튀김에 손을 뻗었다. 입에 넣자 고기 비린내가 살짝 코를 찔렀다.

남자는 아무 말도 하지 않았다. 박고지 김말이를 하나 더 집어서 또 박고지를 빼냈다.

뺨이 화끈거렸다. 하루는 지카라미즈 뚜껑을 열고 벌컥벌컥 들이켰다.

"그렇구나."

맞장구라기에는 너무 늦은 타이밍에 남자가 말했다. 하루는 젖힌 고개를 천천히 되돌렸다. 차분한 남자의 기척이, 태양이 만드는 오렌지색 어둠처럼 몸에 스며들었다.

"잘 부딪치라고 아빠가 늘 그래요."

하루는 깁스를 내려다보고 중얼거렸다.

"그렇다고 시범을 보여주는 건 아니에요. 늘 나만 한다고요."

"시범을 보여주면 좋겠어?"

여태까지 그랬듯 약간 엇나간 대답이 돌아왔다. 그런 이야기가 아니라고 생각했지만, 어쩌면 그럴지도 모르겠다는 기분도 들었다.

장래성이 다르다는 아버지의 설명을 일단 받아들이기는 했다. 그런데도 이따금 꿀꺽 삼킨 감정이 목구멍까지 치민다.

하루가 대답하지 않자 남자는 다시 음식을 먹었다. 하루도 주먹밥을 덥석 베어 물고 씹었다.

음식을 다 먹어치우고 쓰레기를 비닐봉지에 담은 후 남자가 일어섰다.

"다음에는 어디로 갈까?"

"다음?"

하루는 눈을 깜박깜박했다.

"집에 갈까?"

"다른 데 가고 싶어요."

잽싸게 대답했다.

남자는 "어디로 가면 될까?" 하고 물었다.

어디로, 하고 하루는 입속으로 되뇌었다.

가고 싶은 곳은 딱히 없었다.

그렇지만 이대로 집에 돌아가고 싶지는 않았다. 할 수만 있다면 차를 타고 계속 달리고 싶었다. 어디든 좋으니 아무튼 어딘가 먼 곳으로…….

갑자기 머릿속에 교과서에서 본 닛코 도쇼구의 사진이 떠올랐다.

"닛코."

하루가 중얼거리자 남자는 "닛코" 하고 따라서 말했다.

하루는 고개를 끄덕였다.

"우리 학교, 오늘부터 임간학교라서 닛코에 갔거든요."

닛코에 간다고 임간학교에 참가할 수 있는 건 아니다. 참가하고 싶은 것도 아니다. 하지만 닛코까지 간다면 이 차를 오래 탈 수 있다.

턱, 하고 묵직한 감촉이 머리 위에 얹혔다.

눈을 들자 자신의 머리 위로 향한 남자의 팔이 보였다.

"닛코라면 가본 적 있어서 길을 알아."

남자는 닛코에 가는 것보다도 길을 안다는 것이 더 중요하다는 듯한 목소리로 말했다.

제6장

1. 다이라 쇼타로

"죄송합니다."

아쿠쓰 어머니의 집을 나서자마자 오야가 등을 구부리고 머리를 푹 숙였다.

"뭐, 어쩔 수 없지."

쇼타로는 짧게 대꾸하고 조수석에 올라타 문을 닫았다. 담배에 불을 붙이자 오야가 조금 늦게 운전석에 앉았다.

그리고 어깨를 축 늘어뜨린 채 "죄송합니다" 하고 다시 사과했다.

확실히 오야가 끼어들지 않았다면 아쿠쓰 어머니가 속내를 털어놨을 가능성은 있었다. 그렇다고 잠자코 있으면 하나부터 열까지 다 이야기했을 거라고 기대하는 건 너무 낙관적인 생각이다.

아쿠쓰 어머니는 분명 뭔가 감추려 했다. 동요한 나머지 속내를 더 꺼내놓았다고 해도 기껏해야 한두 마디 정도였으리라.

어쨌거나 이제 입을 열지 않겠다고 단단히 마음먹은 모습이었으니, 체념하고 입을 열 수밖에 없는 단서를 찾아내야 한다.

"다들 한다는 일이란 게 대체 뭘까."

쇼타로는 연기를 뿜어내면서 중얼거렸다.

"……어쩐지 변명하는 듯한 말투였죠."

오야가 운전대를 바라보고 말했다.

—그야 겐이 결혼할 날이 올 줄은 몰랐으니까.

"'겨우 안정된 줄 알았는데 같은 학교 학생을 때려서 경찰에 잡혀가고……, 그래서 다들 한다길래'라는 말의 문맥을 보면 아들 이야기겠지."

"도가와나 학부모 중 한 명이 뭔가 권한 걸까요?"

"일단 서로 돌아가서 도가와의 학부모 면담 기록을 다시 살펴볼까."

네, 하고 오야는 나지막이 대답하고 시동을 걸었다. 쇼타로는 안전벨트를 메고 머리받이에 뒤통수를 댔다.

눈을 감고 생각에 잠겼다.

학부모 면담 기록은 이미 몇 번이나 검증했다. 특히 아쿠쓰의 것은 자잘한 메모에 이르기까지 확인 작업을 마쳤다.

다른 학부모와 어떤 식으로 교류했는지도 탐문 수사에 인원을 투입해 확인했다.

그 결과, 아쿠쓰의 부모님과 사적으로 교류한 사람은 없다는 결론이 나왔다. 다른 학부모들은 대부분 아쿠쓰의 얼굴과 이름을 몰랐다. 학원에서 수업을 마치고 나오면서 마주친 적이 있는 사람도, 인사 말고 더 깊은 대화를 나눈 적이 없다고 했다.

하지만 예를 들어 '다들 한다'는 일이 양심상 켕기는 일이라면, 관계자들이 쉬쉬하며 교류했던 것 자체를 없었던 일로 묻어버릴 가능성도 없지는 않다.

서에 도착하자 쇼타로는 일단 과장에게 보고를 올렸다.

명백히 진전이 있다고 판단되는 정보를 건진 이상, 귀띔해두어야 한다. 혹시 인원을 보충해주지 않을까 기대했지만, 이즈쓰는 "그래서, 아쿠쓰는 찾았어?" 하고 쇼타로의 이야기를 막았다.

"아니요, 다만 아주 중요해 보이는 정보가 나와서."

이즈쓰가 책상을 쾅 내리쳤다.

"중요하긴 개뿔."

입술을 일그러뜨리고 난 너희와 달리 바쁘단 말이야, 하고 말을 내뱉었다.

"쓸데없이 보고할 시간이 있거든 아쿠쓰가 어디 숨어 있는지나 빨리 알아내."

이 망할 자식이, 라는 말이 턱밑까지 올라왔다.

입 밖으로 튀어나오기 직전에 겨우 그 말을 삼킨 후 알겠습니다, 하고 몸을 돌렸다.

소회의실로 가자 먼저 와서 자료를 펼쳐놓고 있던 오야가 고개를 들었다. 문득이 쳐다보길래 "쓸데없이 보고할 시간 있거든 아쿠쓰가 어디 숨어 있는지나 빨리 알아내래" 하고 답했다.

허, 하고 오야가 건조한 웃음을 흘렸다.

"이렇게까지 철저히 무시하는 것도 어떤 의미에서는 대단하네요."

오야가 가벼운 말투로 받아주자 쇼타로도 목구멍에 꽉 들어찼던 짜증이 녹아내렸다.

쇼타로는 오야 맞은편에 앉아 자료를 절반 끌어당겼다.

그리고 학부모 면담 관련 기록을 훑어보면서 "그러고 보니 도가와의 학원에서 학부모 모임 같은 건 열지 않았지" 하고 중얼거렸다.

"개별 지도 학원이었으니까요. 지도 내용도 학생에 따라 다르니 학부모들이 한데 모여서 뭔가 할 기회도 없었겠죠."

오야도 페이지를 넘기며 말했다.

"등교를 거부하는 아이의 부모끼리는 정보를 교환했던 것도 같습니다만."

자료를 두 장 집어서 쇼타로에게 내밀었다.

도가와의 학원에 다니는 등교 거부 학생의 부모에게 청취한 진술이었다. 교류하는 학부모가 있느냐는 질문에 서로의 이름을 댔다.

"하지만 아쿠쓰가 등교를 거부했던 적은 없으니까요."

오야는 자료를 받아서 파일에 넣었다.

"상황이 다르면 고민도 달라질 테죠."

애당초 도가와의 학원은 통상적인 교육에서 낙오된 아이를 널리 받아들이는 개별 지도 학원이었다.

학교에 가지 못하는 아이와 학교 수업을 따라가지 못하는 아이. 개중에는 지능이나 정서에 장애가 있다고 진단을 받은 아이도 있었다.

도가와의 학원과 자택에는 장애 관련 전문 서적과 아동 심리학 학술서, 교육론과 지도법을 정리한 책, 복지 관련 자료 등이 잔뜩 남아 있었는데, 그러한 책과 자료도 특정 장애에 한정하지 않고 폭넓게 수집했다.

학생별로 구분한 노트에는 등교 거부, 다운 증후군, 자폐증, 학습 장애, 발달 장애, 정신박약, 정신지체, 지적 장애 등의 말이 적혀 있었다. 전문가에게 확인하자 용어는 시대에 따라 변하기도 하고, 의사에 따라 진단명이 달라질 수도 있으므로 장애 상태를 정확하게 나타냈다고 할 수는 없다고 했다.

도가와는 아쿠쓰의 노트에 '정신박약'이라고 적었다가 다른 색 펜으로 그 위에 두 줄을 그었다. 그 밑에 '캐너 증후군[21]?' '자폐증?' '학습 장애?' '비언어성 학습 장애[22]'라고 새로 적어 넣었지만, 전부 다른 펜으로 두 줄을 그었다.

---

21   지적 장애를 동반한 저기능 자폐증.

22   언어능력에는 강점을 보이지만 공간지각능력, 운동능력, 사회성 기술과 같은 비언어적 능력에서 결함을 보이는 학습 장애.

결국 아쿠쓰는 어떤 장애인 걸까.

아쿠쓰에 관한 자료를 전문가에게 보여주고 의견을 물어보기도 했지만, 확실한 대답은 돌아오지 않았다. 다양한 특성이 뒤섞여서 특정 장애에 대입하려 하면 설명이 되지 않는 부분이 많이 나온다고 했다.

애당초 아쿠쓰뿐만 아니라 개인의 말과 행동을 모조리 장애로 설명하려 드는 것 자체가 이치에 맞지 않는 짓이며, 장애에 따른 경향과 특유의 애로 사항은 있더라도 증상이 나타나는 방식은 십인십색이라는 이야기였다.

확실한 사실은 아쿠쓰가 정신박약으로 간주되던 시기가 있었다는 것뿐이었다. 정신박약은 부적절한 표현이라 현재는 사용하지 않는 말이지만, 도가와가 소장한 책의 제목을 정리한 목록에도 정신박약자라는 용어는 수두룩하게 나온다.

"……그러고 보니 분명 부모회라는 게 있었는데."

쇼타로는 뭔가가 마음에 걸렸다. 목록을 손가락으로 짚어나가자 정신박약자 육성에 관한 소책자 다섯 권의 비고란에 '부모회'라는 글씨가 있었다. 보관 장소란에는 '히라야마 사치코 지도 노트'라고 기록돼 있었다.

"히라야마?"

어디선가 본 이름이었다.

오야가 고개를 들었다.

"뭐 좀 찾으셨어요?"

쇼타로는 아니, 하고 일단 부정하고 자리에서 일어났다. 쌓아둔 자료 더미로 다가가 히라야마 사치코 지도 노트가 어디 있는지 찾아냈다.

오야도 하던 일을 멈추고 쇼타로 옆에 서서 노트를 들여다보았다.

"이 사람이 왜요?"

쇼타로는 대답 없이 노트를 펼쳤다.

'히라야마 사치코. 1959년생'

프로필 옆에는 사랑스럽게 웃는 소녀의 사진이 붙어 있었다. 열 살 정도일까 추측했을 때, 열 살 때부터 도가와의 학원에 다니기 시작했다는 기술이 눈에 띄었다. 표지를 확인하자 '1969. 9~1973. 3'이라고 적혀 있었다.

아쿠쓰는 1973년 5월부터 도가와의 학원에 다녔으니 학원에 다닌 기간은 겹치지 않는다.

"히라야마, 히라야마……."

쇼타로는 입속으로 중얼거렸다. 그냥 도가와의 학원에 다녔던 학생 일람에서 본 기억이 남아 있을 뿐인 건가.

"히라야마라면 자주 도가와를 만나러 왔던 사람이잖아요."

오야가 노트를 내려다보며 말했다.

쇼타로는 고개를 번쩍 들었다.

―그렇다.

다시 자료 더미에 달려들어 도가와가 학원을 차린 후로 사용했던 수첩들의 사본을 찾아냈다. 글자 오른쪽이 약간 위로 올라가는 경향이 있지만, 또박또박 적어서 읽기 쉬운 도가와의 메모를 손가락으로 재빨리 짚어나갔다.

"이 사람이 뭐 어쨌길래요?"

오야가 노트와 쇼타로를 번갈아 보며 고개를 갸웃했다. 쇼타로는 잠깐 생각한 후 "그게, 부모회라는 말에서 이 소책자가 생각나서 말이야" 하고 도가와의 소장본 목록을 가리켰다.

잠깐만요, 하고 소회의실에서 나간 오야가 잠시 후 소책자를 들고 돌아왔다.

"이건가요?"

숨을 헐떡이며 내민 것은 A5 용지 크기의 얇은 책자였다.

4호, 5·6합병호, 29호, 179호. 판권 페이지의 발행연도를 보자 1956년부터 1971년 사이에 간헐적으로 발행됐다. 히라야마 사치코가 학원에 다녔던 시기부터 헤아려도 꽤 오래된 것이 많았다.

이러한 책자가 히라야마 사치코의 지도 노트에 끼워져 있었던 것에 뭔가 의미가 있을까.

쇼타로는 의자에 앉아 제일 오래된 책자를 펼쳤다.

팔락팔락 넘기자 대학교수나 학교 교장, 의학 박사, 아동 복지사 같은 직함이 눈에 띄었다. 어머니라고 적힌 곳도 있긴 했지만, 아무래도 학부모끼리 교류하는 장소라기보다는, 전문가가 정보를 제공하는 매체인 듯했다.

"아쿠쓰의 부모님도 이 부모회에 가입했을까요?"

"지금까지 이야기가 나온 적은 없지만, 가능성은 있겠지."

쇼타로는 햇볕을 쬐어서 변색된 책자의 내용을 훑어보았다.

시, 수필, 의학 상담, 교육 상담, 좌담회, 사례 보고. 작은 글씨로 인쇄된 다양한 글들이 책자를 빽빽하게 채웠다.

쇼타로는 한순간 주춤했다.

도가와의 장서 중에서도 체벌이나 학대에 관한 책은 만약을 위해 내용을 확인했다. 하지만 장서를 모조리 세밀하게 조사하지는 않았다.

숨을 한 번 내쉰 후 몸을 앞으로 당겨 책상에 팔꿈치를 짚고 책자를 다시 들여다보았다.

읽어나가자 당연하다는 듯 사용되는 단어에 일단 위화감을 느끼지 않을 수 없었다. 저능아, 정박아, 노둔[23], 백치 등등 시대가 다르다는 걸 감안하더라도 예전에는 이렇게나 차별적이고 노골적인 말을 사용했구나 싶어 놀랐다.

이니셜로 표기하기는 했지만 학부모가 보내준 상담 내용이나 사례집에서도 개인의 고민이 적나라하게 드러났고, 〈정박아의 성 문제 첫 번째. 여자 정박아는 보호받고 있는가〉라는 제목의 좌담회에서는 매춘, 성범죄 피해, 자위 행위에 대해 사

---

[23] 지능지수가 낮아 이해력이나 습득력이 떨어지므로 책임 있는 개인으로서 사회생활에 적응할 수 없다는 것을 가리키는 용어.

례를 들어가며 논의했다.

성교육 과제와 성욕을 억제하는 방법에 관한 이야기에 접어들자, 쇼타로는 책자에서 시선을 들고 손가락으로 미간을 주물렀다.

굳은 목을 돌리고 다시 책자를 읽으려 했을 때였다.

정면에서 숨을 삼키는 소리가 들렸다.

고개를 들자 오야가 깜짝 놀란 표정으로 다른 호 책자를 들여다보고 있었다.

"왜 그래?"

"주임님, 이거…….”

오야가 약간 높아진 목소리로 말하며 책자를 가리켰다. 쇼타로는 오야 뒤편으로 돌아가서 그가 손가락으로 짚은 곳을 들여다보았다.

〈정박아의 성 문제 두 번째〉

아무래도 방금 자기가 읽었던 좌담회의 다음 내용인 듯하다고 생각한 순간이었다.

〈우생 수술과 결혼에 대해〉

제목의 나머지 부분이 눈에 들어오자 몸속이 싸늘하게 식는 기분이었다.

'우생보호법상 유전적인 질병이 아니면 단종할 수 없는 것이 원칙입니다만, 정박아의 경우는 유전인지 아닌지 확실치 않더라도 보호자의 동의가 있으면 우생 수술의 심사를 신청할 수

있는 거로군요.'

─이건 뭐지.

쇼타로는 다른 책자를 펼쳐서 재빨리 페이지를 넘겼다.

〈정박아의 성교육에 대해〉

〈'성'적 충동에 대한 지도〉

〈정신박약자는 결혼해도 되는가〉─'일반적인 관점에서 말하 자면, 결혼시킬 경우는 남녀 모두 우생 수술을 실시해 아이를 낳지 못하도록 조치했으면 하는 바이다.'

어느 책자를 봐도 성에 관련된 특집이 실려 있었다.

아쿠쓰 어머니가 말했던 '다들 한다'는 일은 무엇일까.

─만약 아쿠쓰 어머니가 아들에게 우생 수술을 받게 했다면.

'물론 아이를 낳지 못하도록 한다는 전제하에' '정신박약자의 출산에는 찬성하기 힘들다' '아이를 낳지 못하도록 하고 결혼 생활을 시키면 어떨까' '거의 확실하게 문제가 생길 텐데 정신 박약자가 아이를 낳게 할 필요는 없다' '정박아의 경우, 사실상 본인의 동의 없이도 우생 수술을 할 수 있습니다' 등등 대화를 재현한 글씨가 차례차례 눈에 들어왔다.

아쿠쓰 어머니가 도가와에게 상의했고, 도가와가 뒤에서 힘 을 실어주었다면.

발치에서 오한과 비슷한 뭔가가 기어오르는 것이 느껴졌다.

2. 하시모토 하루

바로 닛코에 갈 줄 알았는데, 어째선지 남자는 왔던 길을 되돌아갔다.

"닛코에 가는 거 아니에요?"

하루가 묻자 "여기서부터 가는 길은 몰라"라는 대답이 돌아왔다.

하루는 잠시 고민하다가 이왕 돌아갈 거면 집에 들러서 갈아입을 옷을 가져와도 되느냐고 물었다. 남자는 아주 진지한 표정으로 알았어, 하고 고개를 끄덕였다.

남자가 운전하는 차로 집에 돌아가는 길에 어쩌다 보니 하루는 아버지 이야기를 꺼냈다.

남자는 가엾어하지도, 충고를 해주지도 않고 그저 담담히 사실을 확인했다. 흐음, 과연, 그렇구나. 이 세 가지 맞장구를 주로 사용하며 이야기를 재촉할 뿐, 딱히 감상다운 감상은 입에 담지 않았다.

백미러로도 거의 눈을 마주치지 않기 때문인지, 어쩐지 허공에 대고 이야기하는 기분이었다.

하루는 아버지와 어떤 연습을 했는지도 이야기했다. 타이밍과 중심 이동이 포인트야. 무서워도 절대로 눈을 감으면 안 돼. 이 감각을 잊어버리지 말고 몸에 잘 새겨놔. 움직이는 풍경을 잘 보고, 땅이 어느 쪽인지 항상 확인하는 거야……

아버지에게 배운 내용을 마치 남자에게 다시 가르쳐주는 것만 같았다. 남자는 듣고 있기는 한 건지, 공원에 갔을 때와 다름없이 조용히 차를 몰았다.

생각나는 일들을 단숨에 다 이야기하고 나자 하루는 살짝 숨이 찼다. 입을 다물고 호흡을 가다듬으며 창밖으로 시선을 주었다.

갈 때 들렀던 편의점이 길 반대편에 보이자 갑자기 피곤해졌다. 눈을 감고 귓속에 울리는 소리에 의식을 맡겼다.

모래가 흘러내리는 소리. 파도가 밀려오는 소리. 폭풍이 휘몰아치는 소리. 때때로 표정을 바꾸는 잡음은 죄다 불쾌하기에 다른 생각과 빈틈을 덧칠하듯 덮어버린다. 얼룩이 천천히 번져나가는 것처럼 몸 안쪽이 잡음으로 메워졌다.

도착했어, 라는 목소리가 멀리서 들렸다.

하루는 눈을 뜨고 막 바깥쪽에서 일렁이는 목소리를 끌어당겼다. 'B동'이라는 익숙한 글씨를 보고서야 집에 돌아왔음을 알았다.

하루는 차에서 내려 계단을 뛰어올라 집으로 들어갔다.

옷장에서 집히는 대로 꺼낸 옷과 속옷을 클럽팀에서 사용하는 더플백에 마구 쑤셔 넣었다. 현관으로 향하다가 문득 걸음을 멈추고 책가방을 바라보았다.

방학이 시작되고 한 번도 열어보지 않았던 책가방에는 방학숙제로 받은 문제지와 작문용 원고지, 도구 상자, 구깃구깃해진 프린트물이 들어 있었다.

하루는 그중에서 임간학교 안내문을 꺼내 더플백에 넣었다. 이번에야말로 집을 나서서 조수석에 올라탔다.

"그러고 보니 임간학교는 학교에서 버스를 타고 가는 거 아니야?"

앞에서 목소리가 들려서 하루는 안전벨트를 매던 손을 멈췄다. 고개를 들어 백미러에 비친 남자의 얼굴을 보았다.

새삼스레 무슨 소리를 하는 걸까.

그야 당연히 그렇다.

"난 참가 신청을 안 했거든요. 그래서 버스는 못 타요."

하루의 대답에 남자는 흐음, 하고 중얼거렸다.

"신청을 안 하면 못 타는 거야?"

"그야 돈을 안 냈으니까요."

"아아, 그런가."

남자는 지갑을 꺼내 돈이 얼마나 있는지 확인했다. 하루는 안전벨트를 맨 후 그런 문제가 아니라요, 하고 한숨을 쉬었다.

"애당초 난 임간학교에는 안 가는 걸로 처리됐다고요."

"그렇구나."

하루는 몸에서 힘이 쭉 빠졌다.

그걸 몰랐다면 대체 이 상황을 어떤 식으로 받아들였던 걸까. 임간학교에 갈 작정이었다면 아침부터 공원에 소풍을 갈 리 없다.

"왜 신청 안 했는데?"

남자가 악의 없는 말투로 물었다.

하루는 "이유 같은 거 딱히 없어요" 하며 고개를 돌렸다.

"그냥 아빠가 안 가도 된다면서 신청하지 않았을 뿐."

"하지만 닛코에 가고 싶다면서?"

남자의 목소리에서 신기하다는 듯한 낌새밖에 전해지지 않았기에 하루는 말문이 막혔다.

분명 하루는 닛코에 가고 싶다고 했다. 하지만 최대한 오래 차를 탈 수 있도록 마침 떠오른 먼 곳의 지명을 댔을 뿐이다.

사실 닛코는 아무래도 상관없었다. 가방에 안내문을 넣어 온 것도 반 아이들이나 선생님과 마주치면 귀찮아질 테니까 일정을 확인하려고 했을 뿐……

"어이!"

갑자기 밖에서 굵은 목소리가 날아들어 하루는 반사적으로 어깨를 움찔했다.

창문으로 고개를 돌리기도 전에 누구인지 알아차렸다.

"……아빠."

중얼거리는 소리가 새어 나왔다. 남자가 상체를 비틀어 밖을 보았다.

"너 누구야? 야, 하루! 뭐 하는 거야?"

하얀 종이봉투를 든 아버지가 성큼성큼 다가와서 운전석 창문을 주먹으로 두드렸다. 소리와 진동이 차 안의 공기를 뒤흔들자, 하루는 몸을 움츠리고 고개를 숙였다.

철컥, 하는 소리가 반대편 문에서 들렸다. 하루는 얼른 조수석 문 자물쇠를 확인했다.

"하루, 이 자식 누구야?"

가슴이 벌렁거리고 입안이 바짝 말랐다. 귓속의 잡음에 집중하려 애썼다. 하지만 소리가 어디 있는지 찾아내기도 전에 다시 아버지가 창문을 두드렸다.

"어디 가려는 거냐!"

빨리 대답해야 한다고 안달하는데도 목이 꽉 막힌 것처럼 목소리가 나오지 않았다.

"닛코."

남자가 말을 툭 내뱉자 아버지가 "뭐라고?" 하고 목소리를 높였다.

"너 누구야? 선생?"

기세 넘치던 목소리가 아주 조금 약해졌다.

"그런 데는 안 가도 된다고 했을 텐데."

창밖에서 들리는 목소리에 혀 차는 소리가 섞였다.

"네가 뭔데 멋대로 데려가려는 거야? 이름 대."

"아쿠쓰 겐."

아쿠쓰 겐. 들어본 적 있는 이름이 마비된 머리 한구석에 다다랐다.

"임간학교에는 보내지 않겠다고 담임한테 말했잖아. 못 들었어?"

"못 들었어."

"그것도 그렇고 돈은 어쩌라고? 3만 엔이라니, 난 그런 돈 못 내."

"3만 엔이로군."

남자가 태평하게 중얼거렸다.

"뭐?"

아버지의 목소리에 분노가 서렸다.

"이 새끼 좀 보게. 시비 거는 거냐!"

무슨 말이라도 하려고 마음먹었다.

이대로 남자가 물러서면 당장 집에 돌아가야 한다.

하루는 떨리는 입술을 벌리고 저기, 하고 목소리를 쥐어짰다.

"돈은 내가……, 모아둔 걸로."

"엥? 야, 그런 쓸데없는 짓을 하려고 돈을 모았어?"

아버지는 몹시 어이없다는 듯 말하더니, 차를 빙 돌아서 하루가 있는 쪽 문 앞으로 왔다.

"그렇게 돈이 남아돌면 밥값 좀 줄여주랴?"

하루는 눈앞이 캄캄해졌다. 온몸이 급속도로 싸늘해지고 주변 소리가 멀어졌다.

"잔말 말고 빨리 내려. 자, 선물로 푸딩 사 왔어."

아버지가 종이봉투를 얼굴 옆으로 쳐들고 부드러운 목소리로 말했다.

하루는 굳은 목을 움직여 초점이 맞지 않는 눈으로 아버지를 보았다.

허리를 구부린 아버지의 얼굴이 일렁이는 것처럼 보였다. 귓속의 소리가 커졌다. 쏴와 윙이 합쳐진 소리. 휘몰아치는 잡음 밖에서 아버지가 입을 움직였다. 어렴풋한 윤곽이 커졌다 작아졌다 했다.

빨리 시키는 대로 해야 한다 싶었다. 아버지가 시키는 대로 하면 더 이상 화내지 않을지도 모른다. 아무튼 아버지의 기분이 더 나빠지지 않도록 하는 편이 좋다.

어슴푸레한 시야 한가운데 허벅다리 위에 움켜쥔 오른손이 비쳤다. 손은 문을 열려 하지 않는다. 손끝조차 미동도 없다.

"야, 하루!"

아버지의 목소리가 몸을 둘러싼 막 바깥에서 탁하게 울려 퍼진 다음 순간, 두피에 날카로운 통증이 느껴졌다.

반사적으로 비명이 새어 나왔고, 머리털로 뻗은 손을 붙잡혔다. 뽑힌 머리카락이 눈앞에 훌훌 떨어졌다.

"이 자식이 왜 아빠 말을 무시해? 빨리 내리라고 했잖아!"

살짝 열어둔 창문으로 팔을 쑤셔 넣은 아버지가 하루의 오른손을 힘껏 잡아당겼다. 왼쪽으로 넘어간 몸을 깁스한 왼팔로만 지탱하자 극심한 통증이 몰려왔다.

"아파!"

아버지는 힘을 빼지 않았다. 뒤틀린 손목이 유리창 가장자리에 꽉 눌렸다.

"아파, 아파, 아프다고!"

"내릴 거야, 안 내릴 거야? 아빠가 묻잖아."

"내릴게! 내리면 되잖아!"

아버지가 손을 놓았다.

하루는 창문 틈새에서 빼낸 오른손을 가슴 앞에 대고, 숨을 헐떡거리며 손목을 돌렸다. 다행히 부러지지는 않았다.

"내릴 거야?"

고개를 들자 남자가 이쪽을 보고 있었다.

싫다. 하루는 입을 벌렸다. 무섭다. 목소리가 나오지 않았다. 어쩌지. 눈을 감았다. 내리기 싫다. 하루는 고개를 저었다.

"꽉 붙잡아."

눈을 번쩍 뜨자 기어를 쥔 남자의 손이 시야에 들어왔다.

상체가 덜컥 흔들려서 얼른 시트 가장자리를 붙잡았다.

다시 좌석 위에서 상체가 흔들린 후 움직임이 멈췄다.

하루는 고개를 홱 쳐들고 창밖을 보았다.

아버지의 모습이 아까보다 작아졌다.

차가 후진했다는 것을 뒤늦게 이해했다. 시트를 꽉 붙잡은 채 남자를 보았다.

남자는 하루와 시선을 마주치지 않고 기어를 조작하더니, 운전석 창문으로 고개를 내밀어 "이봐!" 하고 지금 상황에 어울리지 않게 태평한 목소리로 말했다.

아버지가 걸어오자 남자는 재빨리 고개를 집어넣고 구부정한 자세로 운전대를 잡았다.

그리고 말했다.

"잘 부딪쳐."

하루는 눈을 부릅떴다.

차가 단숨에 속력을 높이자 몸이 뒤로 쏠렸다.

아버지의 놀란 얼굴이 쭉쭉 가까워졌다.

갑자기 모든 것이 느릿느릿해 보였다.

아버지가 도망칠 곳을 찾아 오른쪽으로 갔다가 왼쪽으로 돌아왔다.

속임 동작에 걸린 것처럼 움직임이 둔해서, 빈말로도 좋은 몸놀림이라고 할 수는 없었다. 허리 위치가 높고 하루라도 간단히 빠져나갈 수 있을 만큼 반응이 별로였다.

아버지가 몸을 보호하듯 팔을 쳐들고 눈을 감는 것이 보였다.

아, 하고 하루는 아버지가 했던 말들을 떠올렸다. 무서워도 절대로 눈을 감으면 안 돼. 이 감각을 잊어버리지 말고 몸에 잘 새겨놔. 움직이는 풍경을 잘 보고, 땅이 어느 쪽인지 항상 확인하는 거야…….

쿵, 하고 세찬 충격이 온몸을 휩쓴 후 시간의 흐름이 원래대로 돌아왔다.

하루는 안전벨트를 풀고 문을 열어 상반신을 내밀었다.

아버지는 땅에 쓰러져 있었다.

오른쪽 다리를 붙잡고 시뻘건 얼굴로 끙끙거렸다.

남자가 창문으로 고개를 내밀어 아버지를 내려다보았다. 하루를 돌아보고 "시범이 됐어?" 하고 물었다.

시범, 하고 하루는 중얼거렸다.

"안 됐어?"

하루가 고개를 끄덕하자 남자는 "그렇군" 하고 고개를 주억거리더니 다시 기어를 조작했다.

"이만 갈까."

지금까지와 다름없는 어조로 말하고 후진하면서 운전대를 돌려 차 방향을 바꾸었다.

"네?"

하루는 잠긴 목소리로 되물으며 백미러를 보았다.

남자의 차분한 눈과 시선이 얽혔다.

"갈 거지, 닛코."

닛코라는 말이 처음 듣는 단어처럼 귀에 꽂혔다.

하루는 다시 차 밖으로 고개를 돌렸다.

아버지는 이쪽을 보고 있지 않았다.

그저 아까와 똑같은 자세로 땅에 쓰러져 있었다.

사고가 났다는 걸 아직 모르는지 달려오는 사람도 없고, 웅성대는 목소리도 들리지 않았다.

하루는 얼굴을 앞으로 돌려 남자를 보았다.

남자는 하루의 대답을 가만히 기다리고 있었다.

"갈래요."

하루가 대답하는 것과 동시에 차는 거침없이 달려갔다.

3. 다이라 쇼타로

쇼타로와 오야를 본 순간, 아쿠쓰 어머니의 눈이 지저분한 천으로 닦은 것처럼 단숨에 흐려졌다.

자꾸 찾아와서 죄송합니다, 하고 쇼타로는 인사하며 문틈에 발끝을 밀어넣었다.

아쿠쓰 어머니는 천천히 쇼타로의 발을 보더니 문고리에서 손을 뗐다.

쇼타로는 안으로 들어가서 가져온 소책자를 쳐들었다.

"이 책자를 보신 적 있습니까?"

아쿠쓰 어머니는 쇼타로가 든 소책자를 보고 굳어버렸다.

쇼타로는 표정 변화와 몸짓을 놓치지 않도록, 일단은 신중하게 "우생 수술" 하고 딱 한 마디 했다.

하지만 아쿠쓰 어머니는 눈을 깜박이는 것조차 잊어버린 듯했다.

쇼타로는 긴장을 늦추지 않고 "아드님은 아이를 못 가지도록 불임 수술을 받은 거였군요" 하고 이미 진위 확인을 마친 것처럼 말을 내던졌다.

일종의 도박이긴 했지만 아쿠쓰 어머니는 고개를 살짝 흔들었다. 고개를 끄덕이는 것도 젓는 것도 아니라 정말로 그냥 흔들리는 정도였다.

그리고 다시 굳어버렸다. 침묵이 흐르는 가운데, 쇼타로도 숨죽인 채 기다렸다.

5분 넘게 지나서야 겨우 아쿠쓰 어머니가 입을 열었다.

"……겐이 열다섯 살 때였어요."

속삭이는 듯한 목소리였다.

쇼타로는 감정이 드러나지 않도록 조심하면서 "그 사실을 그날 아드님께 알려주신 겁니까?" 하고 질문했다.

아쿠쓰 어머니 입에서 한숨이 새어 나왔다. 바람 빠진 풍선처럼 등이 움츠러들자 몸이 더 작아 보였다.

"겐에게는 평생 말하지 않을 작정이었어요."

뭔가 스위치가 전환된 것처럼, 목소리가 쉬긴 했지만 막힘 없는 말투였다.

"결혼했을 때도 말하지 않았는데 이제 와서 말해본들 무슨 소용이겠냐 싶어서……, 그런데."

아쿠쓰 어머니가 고개를 살짝 들고 당시를 떠올리듯 허공을 쳐다보았다.

"그날 겐이 그러고 보니 미와가 재혼한대, 그러더라고요. 아이가 생겼다고, 역시 지금까지 아이가 생기지 않은 건 자기 탓일지도 모른다고……, 마치 아무 일도 아닌 것처럼."

거기서 갑자기 숨을 크게 들이마셨다.

"겐에게 아이를 가지고 싶으냐고 물어봤죠. 저 스스로도 왜 이렇게 박정한 질문을 하나 싶었어요. 그야 당연히 가지고 싶을 텐데 말이죠. 그러다 잘 안 돼서 결국 이혼하게 된 거고……, 하지만 겐은 가지고 싶지는 않다고 대답했어요."

떨리는 목소리에 이끌리듯 무릎에 얹은 손이 떨리기 시작했다.

"뭐야, 아이를 가지고 싶은 게 아니었나 싶었죠. 그럼 더 이상 감추지 않아도 될 것 같은 생각이 들었어요. 말해도 겐은 화내지 않을지도 모른다고요."

아쿠쓰 어머니는 거기서 입을 다물었다. 그대로 말문을 닫아버릴 듯한 낌새가 느껴져서 쇼타로는 "그래서 말씀하셨군요" 하고 이야기를 재촉했다.

아쿠쓰 어머니는 "겐은 아무 말도 하지 않았어요" 하고 대답했다.

"아무 말도 없이 그저 멍한 얼굴로 서 있길래……, 어쩌면 못 들은 건지도 모르겠다 싶었죠. 뭐라고 했느냐고 물어보면 아무것도 아니라고 대답하기로 마음먹었어요. 일단 속마음을 한 번 털어놓기는 했으니까."

"아드님의 반응은 그뿐이었습니까?"

쇼타로는 재빨리 메모하고 물었다. 아쿠쓰 어머니는 아니요, 하고 입을 열었다.

"잠시 후에 왜 수술을 시켰느냐고 묻더군요. 저는……, 뭐라고 대답하면 좋을지 모르겠더라고요. 대답할 말도 준비해놓지 않고서 대뜸 알려준 걸 후회했어요. 뭐라고 하면 좋을까 허둥대다가……, 그야 네가 그런 짓을 했으니까, 라고……."

"그런 짓?"

처음으로 아쿠쓰 어머니가 어깨를 움찔했다. 입을 꾹 다물고 고개를 설레설레 내저었다.

쇼타로는 일부러 윽박지르는 목소리를 꾸며내서 "아드님이 뭘 어쨌는데요?" 하고 다그쳤다.

아쿠쓰 어머니는 어쩔 줄 모르고 시선을 이리저리 돌리다가 아니에요, 하며 자기 머리털을 붙잡았다. 그리고 머리를 바쁘게 쓸어내리며 그런 게 아니라, 하고 말을 이었다. 귀가 벌겋게 달아올랐다.

"그, 대단한 이야기는 아니에요. 지금 생각하면 전혀……, 그렇게 호들갑을 떨 일은 아니었을지도 모르는데……."

"뭘 어쨌는지 말씀해 주세요."

쇼타로는 아까보다 가벼운 말투로 한 번 더 요청했다. 아쿠쓰 어머니는 아니에요, 하고 또 한 번 말하고 나서 기어드는 목소리로 대답했다.

"그냥 좀……, 뭐랄까 저속한 책을 보고 있어서……."

"저속한 책? 성인 잡지 말씀이십니까?"

아쿠쓰 어머니는 뺨도 불그레해졌다.

"그……, 남편 걸 찾아낸 모양이더라고요."

"그렇군요."

쇼타로는 일단 맞장구를 쳤지만, 뭐가 문제인지 이해가 되지 않았다. 아들이 아버지의 성인 잡지를 찾아내 몰래 보는 건, 어머니로서는 충격일지도 모르지만 극히 평범한 일이다.

쇼타로의 생각이 전해졌는지 아쿠쓰 어머니는 "거실에서 보고 있었어요" 하고 하소연하듯이 말했다.

"저도 사내아이가 중학생쯤 되면 당연히 그런 데 흥미를 품는다는 것쯤은 알아요. 하지만 아무리 그래도 보통은 자기 방에서 몰래 보잖아요? 그런데 겐은 거실 소파에서 당당히 보더라고요. 제가 들어왔는데도 아랑곳없이 상기된 얼굴로 책에 푹 빠져서 그, 손을 계속 움직이고……."

"어머님이 들어오신 줄 몰랐던 것 아닐까요?"

"아니에요. 무슨 짓이냐고 말을 걸었거든요. 하지만 그만두라고 말릴 때까지 그만두질 않아서……, 겐은 제가 왜 화내는지 모르겠다는 듯 어리둥절한 표정이었고요."

혼란스러웠던 당시 기분이 되살아났는지, 아쿠쓰 어머니는 당혹감과 수치심이 뒤섞인 표정이었다.

"기분 좋으니까 그랬다고 하더군요. ……아버지 방에 있었다면서."

"그 일을 남편분께는?"

"어떻게 말하겠어요?"

아쿠쓰 어머니가 큰일 날 소리 한다는 투로 말했다. 쇼타로는 고개를 끄덕이며 수첩에 '성인 잡지' 하고 적었다.

어느 날 집에 돌아오자 아들이 거실 소파에서 성인 잡지를 보며 자위행위를 하고 있었다. 어머니가 왔는데도 개의치 않고 아들이 발기된 성기를 문지른다. 확실히 정신이 아찔했으리라.

하지만 그런 이유로 불임 수술을 시켰다니 이해하고 넘어갈 수 있는 문제가 아니다.

성에 눈뜬 아들을 보고 아무리 동요했더라도 똑바로 맞서서 타이르고 가르치는 것이 부모의 소임이지 않겠는가.

아쿠쓰 어머니는 눈시울을 붉히며 입을 열었다.

"히라야마 씨도 역겹다고 했어요."

쇼타로는 짧게 숨을 삼켰다.

—여기서 이어지는 건가.

"히라야마 사치코 씨의 어머님 말씀이시군요."

아쿠쓰 어머니는 턱을 살짝 당겼다.

"히라야마 씨는 딸이 열네 살 때 수술을 시켰다고 했어요. 모르는 사람에게 몹쓸 짓을 당해서 임신하는 바람에 낙태시켰는데, 다시는 그런 꼴을 당하기 싫다고……, 다 자식을 위한 일이라고 몇 번이나 강조했죠. 더구나 그쪽은 아들이라 내버려 두면 가해자가 될지도 모르는데 수술하지 않는 건 이기적이라면서요."

아쿠쓰 어머니는 이마에 손을 댔다. 눈을 질끈 감았다가 손톱으로 피부를 천천히 긁어내리며 눈을 떴다.

"겐이 계도 처분을 받은 후 왜 우리 아이만 이런 문제를 일으키는 걸까 고민하던 무렵에, 겐이 여학생에게 받은 러브레터를 들고 돌아왔어요. 히죽히죽 웃는 겐의 얼굴을 본 순간, 저속한 짓을 하던 때의 모습과 히라야마 씨에게 들은 말이 머릿속에 되살아나서……."

아쿠쓰 어머니는 양손으로 얼굴을 덮었다.

쇼타로는 입을 벌리려다 다물었다.

그런 일로, 라는 말이 목구멍까지 솟구쳤다.

객관적으로 보면 중학생의 풋풋한 연애다. 물론 피임에 관한 지식은 철저히 알려주는 편이 좋겠지만, 그걸 건너뛰고 느닷없이 불임 수술 이야기가 나오다니 비약이 너무 심하다.

쇼타로의 뇌리에 경찰서에서 읽었던 소책자가 떠올랐다.

거기서 '문제'로 거론했던 사례도 하잘것없는 내용이었다. 특정한 이성의 이야기만 한다, 이성에게 과자를 나눠준다, 자유 시간에 이성 옆에 앉으려 한다……, 전부 이성에 눈뜬 아이라면 극히 평범하게 할 법한 행동이고 오히려 순정적이라고 받아들일 만한 일화다.

하지만 그러한 사례들을 두고 '정박아의 성적 호기심'이라며 모조리 걱정해야 할 일로 기술했고, 자위행위를 시작한 여자아이에 대해서는 '미치광이 같은 여자 정박아'라고 표현하기까지 했다.

'이상 성욕이 항진되면 대를 끊어야 마땅하다'라고 단언하고, 불임 수술의 옳고 그름을 검토하기보다 어디까지나 불임 수술이 '당연한 전제'인 것처럼 논의를 진행했던 시대와 장소가 분명히 존재했던 것이다.

아쿠쓰 어머니의 손가락 사이로 코를 훌쩍이는 소리가 들렸다.

"도가와 선생님께 말씀도 들었고요. 그래서 저도 역시 시키는 편이 낫겠다 싶어서."

—도가와.

쇼타로는 오한이 든 것처럼 몸을 부르르 떨었다.

"도가와가 뭐라고 했는데요?"

"……부모가 되어야 어엿한 어른이라는 풍조가 세상에 아직 남아 있지만, 그런 풍조에 얽매여 인생을 살아가면 더 고달프고 불행해질 수도 있다고요."

아쿠쓰 어머니의 목소리에는 억양이 없었다. 뼈마디가 불거진 손에 가려져서 표정은 보이지 않았다.

"물론 부모가 됨으로써 얻을 수 있는 행복도 많다. 육아는 깊은 기쁨으로 가득 찬 경험이다. 아이가 보여주는 새로운 풍경은 아주 신선하고 윤택하다. 하지만 그런 경험을 하기 위해 꼭 자신의 유전자를 물려받은 아이가 있어야 하는 것은 아니다. 오히려 부모라는 입장이 아니기에 가능한 일도 있지 않겠느냐……, 도가와 선생님은 그렇게 말씀하셨어요. 저도 공감했고요."

아쿠쓰 어머니가 손을 내렸다. 표정이 빠져나간 얼굴이 드러났다.

"일단 아이가 태어나면 부모가 아니었던 시절로는 못 돌아가요. 그 후로는 평생 부모로 살아가야 하죠. 태어날 아이에게도 장애가 있으면 어쩌나요? 겐은 자신의 인생을 살아나가는 것만으로도 버거운데, 과연 아이의 인생까지 짊어질 수 있을까요?"

아쿠쓰 어머니는 거침없이 토해내는 것처럼 말했다.

"저만 봐도 그렇잖아요. 저는 겐이 태어난 뒤로 쭉 '겐 엄마'였다고요."

쇼타로를 올려다보고 힘없이 뺨을 일그러뜨렸다.

쇼타로는 맞장구를 칠 수가 없었다.

확실히 자신은 눈앞의 여성을 이름으로 부른 적이 없었다. 어머님은, 어머님이, 어머님의……, 자료에서 수없이 봤는데도 이름이 뭐였는지 기억나지 않았다.

"도가와 선생님의 말씀을 듣고 나니, 겐은 저처럼 살지 말았으면 싶더군요. 줄일 수 있는 걱정이 있다면 줄이고, 자유롭게 자기 인생을 살았으면 해서……, 그래서 검사를 좀 받아볼 거라고 설명하고 겐을 병원에 데려갔어요."

아쿠쓰 어머니는 쇼타로와 오야에게라기보다, 다다를 방법 없는 존재에게 고백하듯이 말했다.

오야가 아드님에게는, 하고 말을 꺼냈다.

"사건 당일에 이 이야기를 들려주신 겁니까?"

아쿠쓰 어머니는 "지금처럼 제대로 설명하지는 못했어요" 하고 눈을 내리깔았다.

"그날부터 매일매일 후회했어요. 왜 말했을까, 말하더라도 왜 좀 더 제대로 설명하지 못했을까. 만약 저와 도가와 선생님의 마음을 제대로 전했다면……, 그런 일은 일어나지 않았을 텐데."

"도가와가 수술을 시키라고 했다는 건 전달됐다는 말씀이로군요."

오야가 수첩과 볼펜을 들고 확인했다.

하지만 아쿠쓰 어머니는 아니요, 하고 강하게 부정했다.

"도가와 선생님이 시킨 게 아니에요."

―방금 도가와의 이야기를 듣고 결단했다고 말하지 않았나?

그게 아니라, 하고 말을 잇는 아쿠쓰 어머니의 입에서 허연 거품이 튀어나왔다.

"나라가 그렇게 해야 한다고 시켰잖아요!"

마치 비명과도 같은 목소리였다.

여운만을 남기고 조용해진 복도에 흐느끼는 소리가 퍼져나갔다.

옛 우생보호법에 대해서는 쇼타로와 오야도 여기 오기 전에 조사했다.

시행 기간은 1948년부터 1996년 9월 25일, 사건이 발생하기 약 한 달 전까지.

제2차 세계대전이 끝난 후 가옥과 식량 부족 문제, 국외에서 돌아온 귀환병 문제, 베이비붐으로 불어난 인구 문제가 중점 과제로 떠오른 가운데 우생보호법이 제정됐다. 그리고 이 법률에 따라 '불행한 아이를 낳지 말자는 운동'의 일환으로서 불임 수술이 추진됐다. 모체 보호법[24]으로 개정되기까지 48년간 실시된 불임 수술은 80만 건이 넘고, 그중 본인의 동의 없이 강제로 실시된 우생 수술은 약 1만 6천 5백 건에 달한다.

하지만 쇼타로는 몰랐다. 자신과는 관계없는 이야기였기 때문이다.

"제가 잘못한 건가요?"

아쿠쓰 어머니는 얼굴에서 표정을 지우고 떨리는 목소리로 말했다.

"저는 다들 한다길래 한 거예요. 수술하지 않는 건 이기적인 짓이라고, 아이를 위해서라고, 올바른 일이라고……, 유명 대

---

24   낙태, 피임 및 불임 수술에 관련된 사항을 정한 법률. 기존 우생보호법에서 우생학
     적 사상을 바탕으로 규정했던 강제 단종 등에 관한 조문을 삭제했다.

학 교수님들도, 의사 선생님도, 도가와 선생님도."

아쿠쓰 어머니가 공허한 눈으로 천천히 쇼타로를 쳐다보았다. 눈동자는 여전히 탁했지만, 그 안쪽에서 뿜어져 나오는 강한 빛 때문에 흐리멍덩했던 눈빛이 윤곽을 되찾았다.

"올바른 행동이라 믿고서 돌이킬 수 없는 일을 했는데, 나중에 와서 그건 잘못이었다고, 말도 안 되는 인권 침해라고 하다니 이제 와서 어쩌란 말인가요?"

아쿠쓰 어머니는 자신의 손에 시선을 떨어뜨렸다. 왼손 검지에 생긴 손거스러미를 많이 자란 손톱으로 잡아서 비틀 듯이 뜯어냈다.

"겐은 아이를 가지고 싶지 않다고 했어요. 그래서 저도 말하기로 한 거고요. 겐은 늘 바보같이 진심만 말하니까 그 말도 믿어도 되겠거니……, 그런데."

손톱 옆에 피가 살짝 맺혔다. 그래도 아쿠쓰 어머니는 개의치 않고 남은 손거스러미를 떼어냈다. 뭉개진 핏방울이 오른손 손끝을 더럽혔다.

마지막에 겐이 그랬어요, 하고 아쿠쓰 어머니는 악을 쓰듯 말했다.

"가지고 싶지는 않다, 가지고 싶었다고요."

차로 돌아온 후에도 쇼타로와 오야는 한동안 입을 열지 않았다.

도가와 살해 사건의 동기에 깊이 관련됐을 것으로 보이는 사실이 밝혀져 수사가 크게 진전됐는데도 마음은 전혀 들뜨지 않았다.

오히려 아무리 단서를 찾아내 한 발짝 한 발짝 나아간들, 용의자를 체포하지 못하면 의미 없다는 생각이 가슴을 무겁게 짓눌렀다.

아쿠쓰는 지금 어디서 뭘 하고 있을까.

도가와를 살해한 후, 어떤 마음으로 도망치고 있는 걸까.

사건 직후에 쇼타로는 아쿠쓰가 지나갔을 것이라고 추정되는 도주 경로를 반복해서 걸어 다녔다.

도가와의 학원에서 아사히니시서 앞까지, 경찰서 바로 앞에서 발걸음을 돌려 선로 아래의 터널로.

좁고 어두침침한 터널은 높이가 180센티미터, 아쿠쓰의 키와 거의 똑같았다.

눈꺼풀 안쪽에 떠오른, 몸을 웅크리고 터널을 걸어가는 아쿠쓰의 뒷모습은 손을 뻗으면 닿을 만큼 가까워 보였다.

하지만 쇼타로의 목소리는 과거의 아쿠쓰에게 결코 들리지 않는다.

삑, 하고 무선이 연결되는 소리가 작게 들렸다.

—통신 지령실에서 알린다. 아사히니시 관내에서 뺑소니 사건이 발생. 현장 부근의 가용 인원은 지시에 따라 행동할 것. 오전 9시 25분경, 사콘야마 주택단지 B동 앞에서 가해자가 운

전하는 차가 남성 한 명과 접촉. 차종은 연파란색 마치. 가해자는 현장에서 북쪽으로 차를 몰아 닛코 방면으로 도주 중인 것으로 보인다. 출동 가능한 인원 있습니까, 응답 바람.

"아사히니시 5, 기타구 히가시주조 6번지 도로에 있습니다."

쇼타로는 무전기에 몸을 내밀며 반사적으로 대답했다.

—통신 지령실에서 아사히니시 5에게. 도호쿠 자동차 도로로 즉시 출동 바람.

쇼타로는 "아사히니시 5, 수신했음" 하고 목소리를 높이며 안전벨트를 맸다. 옆에서 오야도 재빨리 기어를 바꾸고 운전대를 잡았다.

—통신 지령실에서 아사히니시 5에게. 시카하마바시 다리로 진입할 것.

"아사히니시 5, 수신했음."

쇼타로가 대답하는 것과 동시에 차가 출발했다. 크게 흔들린 상체를 얼른 바로 세웠다.

"후타마타가와에서 닛코로 향한다면 도메이가와사키 인터체인지에서 수도 고속도로를 탔겠죠?"

오야가 앞을 보고 가속 페달을 밟았다.

"가와구치를 통과하면 우쓰노미야 인터체인지까지 직행할 생각인가."

쇼타로는 머릿속으로 지도를 그리면서 말했다.

사건이 발생한 지 약 한 시간이 지났다. 가와구치를 지나기 전에 과연 따라잡을 수 있을까. 교통 사정에 따라서는 아슬아슬하다.

쇼타로는 무선으로 허가를 받은 후, 탈착식 경광등을 꺼냈다. 창문으로 몸을 내밀어 차량 위쪽에 경광등을 달았다.

사이렌이 울리자 오야가 가속 페달을 더 힘껏 밟았다.

—통신 지령실에서 알린다. 가해자 차량의 번호판이 확인됐다. 요코하마, 분류번호 572, 히라가나 '니'에.

쇼타로는 재빨리 수첩에 받아적었다.

—가해자는 키가 큰 30대 남성. 피해자의 아들이 동승한 것으로 보인다.

펜을 움직이는 손이 멈췄다.

"유괴입니까?"

수신했다고 응답하는 것도 잊어버리고 물었다.

—통신 지령실에서 알린다. 임간학교에 늦은 학생을 교사가 바래다주고 있는 것으로 보인다.

쇼타로는 수신했다고 무선으로 알린 후, 참고 있던 숨을 살짝 내쉬었다.

그렇다면 뺑소니가 발생했다는 상황이 잘 이해가 되지 않았지만, 아무튼 미성년자 약취유인[25]은 아닌 듯했다.

창문으로 고개를 내밀어 하늘을 보자 날아가는 헬기가 눈에

---

25 폭력, 협박, 기망, 유혹을 통해 미성년자를 자기나 타인의 지배하에 두는 범죄.

들어왔다.

고개를 넣었을 때 앞쪽에 가와구치 분기점의 간판이 나타나서 보고하려고 무전기에 손을 뻗은 순간이었다.

—통신 지령실에서 알린다. 가와구치 분기점을 5킬로미터 지난 곳에서 해당 차량 발견.

"젠장!"

오야가 운전대를 내리쳤다.

쇼타로는 주먹을 쥐고 "아사히니시 5, 가와구치 분기점 통과"하고 보고했다. 오야가 몸을 앞으로 내밀었다. 요금소에서 속력을 줄인 차가 다시 속력을 높였다.

쇼타로는 앞쪽을 응시하며 입술을 핥았다.

—5킬로미터 앞.

사이렌을 울리면서 달리면 따라잡지 못할 거리는 아니다.

—통신 지령실에서 알린다. 우쓰노미야 인터체인지, 인원 배치 완료.

"아사히니히 5, 수신했음."

쇼타로는 대답한 후 작게 숨을 내뱉었다.

대시보드에서 지도를 꺼내서 펼치고 도호쿠 자동차 도로를 손가락으로 쭉 훑었다. 우쓰노미야 인터체인지까지 가는 동안 나오는 휴게소와 주차장은 하스다, 하뉴, 사노, 쓰가니시카타, 오야, 총 다섯 군데.

주행 중에 사고가 발생하는 건 피해야 한다. 상대가 아이를 데리고 있는 교사라면 확성기로 지시해서 비상 주차장에 정차시킬 수도 있겠지만……, 거기까지 생각했을 때 뺑소니라는 찜찜한 상황이 마음에 걸렸다.

임간학교에 늦은 학생을 바래다주기 위해 차를 급하게 몰고 있다는 건 알겠다. 하지만 교사라는 사람이 학생을 태운 상태로 뺑소니를 칠까.

쇼타로는 확성기를 꺼냈다.

"긴급 차량이 지나가겠습니다. 오른쪽 길을 비워 주십시오."

앞이 탁 트인 길을 향해 오야가 더욱 속력을 높였다.

"아무튼 연파란색 마치를 눈으로 확인할 수 있는 곳까지 접근하자."

"네!"

오야가 긴박한 목소리로 대답하고 운진대를 꽉 움켜쥐었다.

그 순간, 무전기에서 버저 소리가 울렸다.

—긴급, 긴급.

갑자기 긴급 통보가 날아들어서 쇼타로는 몸을 내밀었다.

—뺑소니 가해자가 아사히구 이마주쿠에서 발생한 살인 사건의 피의자 아쿠쓰 겐을 자칭했다는 보고가 들어왔다.

위팔에 소름이 쭉 끼쳤다.

4. 하시모토 하루

유리창을 끝까지 내린 차창으로 바람이 씽씽 불어들었다.

하루는 차창 가까이에 얼굴을 대고 머리카락이 바람에 날리는 느낌을 맛보며, 바람이 세차게 부는 것치고는 그다지 움직임이 없어 보이는 풍경을 바라보았다.

한 군데 시선을 집중하면 차례차례 뒤로 흘러가는 걸 알 수 있지만, 쭉 이어지는 회색 방음벽은 가끔 위쪽으로 빌딩이 튀어나오는 걸 빼면 변화가 없었다.

멍하니 방음벽 이음매의 개수를 헤아리고 있자니 터널로 들어가서 차 안이 밤처럼 어두워졌다.

군데군데 흰색 불빛이 보여서 눈으로 좇다가 흰색 조명이 세 개 간격으로 배치돼 있다는 걸 알아차렸다. 오렌지, 오렌지, 오렌지, 하양, 오렌지, 오렌지, 오렌지, 하양.

어둠 속에 떠오르는 선명한 녹색 표지판은 오락실에서 본 슈팅 게임을 연상시켰다. 다가왔다가 사라지고, 또 갑자기 나타나서 이쪽으로 다가온다. 쏘고 또 쏴도 끝이 없는 무미건조한 적과 벌이는 단조로운 게임.

출구가 전혀 보이지 않아서 터널이 이대로 영원히 계속될 것만 같았다. 하지만 언젠가는 빠져나가리라는 것을 머리로는 안다. 움켜쥔 모래가 손가락 사이로 흘러 떨어지는 듯한 감각과 함께 이 광경을 본 적 있다는 사실이 떠올랐다.

"나, 여기 와봤는데."

작게 중얼거리자 남자가 "여기" 하고 따라 말했다.

"정확하게 여기는 아닐지도 모르지만, 어딘가의 터널요."

아직 어릴 적의 일이었다.

몇 살이었는지는 생각나지 않지만 어머니가 있었으니까 분명 초등학교 1학년보다 예전이리라.

"어디 갔다가 돌아오는 길에 잠들었다가 깨어나니까 터널이었어요."

―맞다, 그때는 우리 집에도 차가 있었어.

아버지가 운전했고 어머니는 조수석에 탔다. 졸린다며 아버지는 노래를 불렀고, 어머니는 따다다단, 하고 묘하게 촌스러운 입소리로 부지런히 장단을 맞췄다.

아이 러브 유, 예사이두. 따다다단. 사랑하고. 따다다단. 있다고. 따다다단.

말할 때와는 달리 낮고 깊게 뻗어나가는 아버지의 노랫소리가 약간 간질간질하게 느껴졌고, 평소에는 장난기가 별로 없는 어머니가 아저씨처럼 장단을 맞추는 게 웃겼다.

그러면 졸리는 게 나아지냐고 묻자 노래하던 아버지는 어, 깜박 잠들었네, 하고 마치 지금까지 정말로 자고 있었던 것처럼 눈을 비볐고, 어머니까지 어머나 엄마도 잠들었네, 하고 뺨을 눌렀다. 잠자면서 어떻게 노래를 불러, 하고 하루가 약간 당황한 목소리로 말하자 두 사람은 소리 내어 웃었다.

하루는 오렌지색으로 물든 깁스를 멍하니 내려다보았다.

어머니가 집을 나간 뒤로 아버지는 웃음이 줄었다.

하지만 아무리 기분이 언짢아도, 가령 하루를 야단친 직후라도 아침 7시 20분이 되면 반드시 농구공을 들고 현관으로 향했다.

집 앞 공원에서 아버지를 상대로 팔, 다리, 어깨, 눈의 움직임을 열심히 쫓으면 다른 일은 아무래도 상관없어졌다. 어떻게 하면 아버지를 제칠 수 있을까. 어떻게 하면 아버지의 공을 가로챌 수 있을까. 그런 생각으로 머리가 가득 찼다.

하지만, 어쩌면 그렇기에 아버지는 하루의 몸 상태가 좋지 않으면 화를 냈다.

환장하겠네, 하고 실망했다는 듯 말하고 7시 20분이 돼도 공을 손에 들지 않았다. 아무튼 잠이나 자, 하고 하루를 이부자리에 눕혔고, 깨어난 하루가 목이 말라 이부자리에서 빠져나오면 어깨를 움찔했다. 뭐야, 왜? 마치 뭔가를 두려워하는 것처럼 허둥지둥하며 하루가 목마르다고 하면 스포츠음료를 컵에 따라주었고, 배가 고프다고 하면 사과를 깎아주거나 우동을 부드럽게 삶아주었다.

체온계에 높은 온도가 나올 때마다 하루는 아버지가 열심히 지키려 했던 것을 망가뜨리는 듯한 기분이 들었다. 점차 하루는 몸이 안 좋아도 아버지에게 말하지 않게 됐고, 아버지도 콜록거리는 하루에게서 고개를 돌리고 집을 나섰다.

하루가 차에 부딪혀 다치면 기쁜 듯이 행동하지만, 아프다고 호소하면 언짢아한다. 차에 치여도 죽지 않게끔 연습하지만, 아버지의 가슴속에는 실패해서 죽기를 바라는 마음도 있다는 것이 느껴졌다.

하루가 죽으면 아버지는 소리 높여 울 것이다. 하루의 시체에 달라붙어 몸부림치고, 운전자를 욕하고, 지금까지와는 비교도 안 될 만큼 많은 돈을 받는다.

하지만 아버지가 원하는 것은 분명 돈이 아니다.

차 안이 확 밝아졌다. 터널을 빠져나왔다고 생각한 것도 잠시, 또 어두워졌다.

전전 동네에 살던 시절, 아버지가 여자와 걸어가는 모습을 딱 한 번 보았다.

짧은 치마에서 뻗어 나온 가느다란 다리로 활기차게 걷는 여자 옆에서 부드럽게 웃던 아버지. 굽 높은 구두가 땅에 걸려서 여자가 넘어질 뻔했을 때도 아버지는 화내지 않고 웃으며 여자의 팔을 잡아주었다.

"그 사람, 아버지에 적합하지 않은 거겠지."

하루는 깔쭉깔쭉해진 손톱 끝을 바라보며 중얼거렸다.

자신만 없었다면 아버지는 늘 그렇게 웃으며 지낼 수 있었을지도 모른다.

아버지도 아저씨 입장이었다면…….

"부모에 적합하지 않은 사람이 있어?"

갑자기 날아든 말에 하루는 고개를 번쩍 들었다.

남자는 하루를 보지 않고 앞차의 움직임을 좇고 있었다.

하루는 귓불이 뜨끈해졌다.

"하지만."

반론하려던 목소리가 듣기 싫게 거칠어졌다.

하지만 아버지는 늘 부모라는 걸 싫어하는 눈치였다. 빨리 그만두고 싶다는 마음을 목소리로, 얼굴로, 태도로 드러냈다.

차가 다시 터널을 빠져나오자 강한 바람이 하루의 뺨을 때렸다.

그로부터 한동안 남자는 아무 말도 하지 않았다.

요금소 몇 군데를 지날 때마다 창밖 풍경은 평평해졌고, 짙고 옅은 녹음이 늘어났다.

어느 틈엔가 회색 방음벽은 사라졌고, 보통 길에도 있을 법한 가드레일 바로 옆에 숲과 밭이 보였다. 너무 넓어서 아득해보이는 하늘에 가느다란 전선이 줄을 그었다. 뭔지 모를 숫자

가 적힌 표지판이 나타났다가 유심히 바라볼 틈도 없이 뒤로
휙 지나갔다.

"닛코에서 지갑을 잃어버린 적이 있어."

남자가 앞쪽에 시선을 고정한 채 불쑥 말했다.

"미와가 준 거였는데, 까만색에 매끈매끈한 재질이었지."

남자의 옆얼굴을 보자 아까 그런 대화는 나눈 적 없다는 듯
한 표정이었다.

"매끈매끈하니 기분 좋아서 사용하지 않을 때도 자주 꺼내서
만지작거렸지. 전에 사용했던 지갑도 매끈매끈해서 만지작거
렸는데, 어머니는 그러지 말라고 했어. 이상하다고 오해받으면
어쩌냐고 할 때도 있었고, 잃어버리면 큰일이라고 할 때도 있
었지."

하루는 아주 약간 긴장하며 네, 라고만 맞장구를 쳤다. 하지
만 남자는 "이렇게 선물할 보람이 있는 사람은 잘 없다며 미와
는 웃었지만" 하고 다시 부모님이라는 화제에 거리를 두었다.

"케이블카로 돌아가려고 했을 때 알아차렸어."

남자는 눈앞에 나타난 글씨를 읽듯이 말했다. 지갑을 잃어버
린 이야기로 되돌아갔다는 걸 한 박자 늦게 이해했다.

"미와가 아까 타고 왔을 때는 있었으니까 금방 찾을 거라며
둘이서 돌아다녔던 곳을 다시 돌아다녔지."

남자의 이야기는 군데군데 페이지가 숨겨진 책을 읽어주는
것 같은 느낌이었다.

"케이블카가 출발하는 시간에 늦겠다고 했어. 미와는 그러게, 하고 대답했어."

"어, 시간에 늦겠다는 말은 아저씨가 한 거예요?"

하루는 무심코 끼어들었다.

남자는 뭘 물어보는 건지 모르겠다는 듯한 표정을 짓더니 아아, 하고 고개를 끄덕였다.

"내가 말했어."

"그런데도 미와 아줌마가 화를 안 냈군요."

"화낼 일이야?"

남자가 백미러를 통해 시선을 던졌다.

하루의 입에서 또 어, 하고 목소리가 새어 나왔다.

"그야 선물받은 물건을 잃어버렸잖아요? 게다가 기껏 같이 찾아주고 있는데 케이블카 시간을 신경 쓰면 보통은 발끈할 것 같은데요."

"그런가."

"아니, 잘 모르겠지만……, 선물받은 지갑을 못 찾아도 상관없다는 건가, 그런 생각이 들지 않을까요?"

"못 찾아도 상관없지는 않아."

"그럼 왜 케이블카 시간을 신경 썼어요?"

차가 위아래로 살짝 흔들렸다.

남자가 복잡한 표정을 지었다. 생각에 잠긴 듯 잠깐 입을 다물었다가 "시계가 보였으니까" 하고 작게 중얼거렸다.

"보였으니까?"

"늦겠구나 싶었어."

또 차가 흔들렸다.

몇 초에 한 번씩 규칙적으로 흔들리는 차의 고삐를 당기듯
남자는 운전대를 움켜잡았다.

"미와는 화내지 않았어. 원숭이가 가져갔나 보다고 하면서
웃었지."

"원숭이?"

"그 무렵에 미와는 언제나 웃었어."

남자가 사이드미러로 눈을 돌렸다. 하루도 따라서 뒤를 돌아
보았다.

그 순간 바람 사이로 사이렌 소리가 희미하게 들려왔다.

하루는 눈이 휘둥그레졌다.

—혹시 아저씨를 쫓아오는 경찰차일까?

"버스 도착 시간은 몇 시지?"

"네?"

하루는 고개를 앞으로 홱 돌렸다.

"안내문에 안 적혀 있어?"

부리나케 발밑의 가방을 들어 올려 안에서 구깃구깃해진 안
내장을 꺼냈다.

"음, 첫째 날은 9시에 학교를 출발해서 사노 휴게소라는 곳
에서 점심을 먹는가 봐요."

남자가 차에 달린 디지털 시계를 확인했다. 하루도 몸을 내밀고 들여다보았다. 11시 17분.

"미묘하군."

하루는 고개를 푹 숙였다. 안내장 끄트머리를 꼭 붙잡고 "이제 됐어요" 하고 목소리를 짜냈다.

"닛코에는 안 가도 되니까, 아저씨, 도망쳐요."

"그건 안 되겠지."

남자는 대번에 말했다.

"이 상황에서 도망칠 수 있을 리 없어."

하루는 입술을 깨물었다.

―내가 미끄럼틀을 보고 싶다고 하지 않으면, 아저씨는 지하실에서 나오지 않았을 텐데.

지금까지처럼 계속 숨어 있었으면 경찰에 붙잡힐 걱정도 없었다.

닛코에 가고 싶다고 하지만 않았다면.

집에 들렀다 가자고만 하지 않았다면.

"딱히 도망치고 싶은 건 아니야."

남자가 가속 페달을 밟았다.

코가 찡하니 아팠다. 하루는 입술에 힘을 주고 하지만, 하고 입을 열었다.

할 말을 찾지 못해 우물쭈물하자 남자가 "아무래도 더는 안 되려나" 하고 중얼거렸다.

"엔진 출력이 다르니까."

태평한 목소리로 말하며 운전대를 꺾었다.

표지판을 올려다보자 나이프와 포크 마크, 화살표가 있었다.

남자는 속력을 낮추고 버스와 트럭이 주차된 구역의 차량을 한 대씩 확인하며 나아갔다.

"너희 학교 버스는 있어?"

하루는 창밖을 유심히 보았지만, 너무 가까운 탓에 오히려 높은 위치에 있는 좌석이 잘 보이지 않았다.

"모르겠어요."

하루의 대답에 남자는 다섯 칸이 비어 있는 주차 공간의 한복판에 차를 세운 후, 숨을 길게 내쉬고 운전대를 놓았다.

어느 틈엔가 사이렌 소리가 사라졌다.

위에 빨간 램프를 단 차가 뒤쪽을 지나쳐 휴게소 출구를 막듯이 비스듬히 정차했다.

"내릴까?"

남자가 불쑥 물었다.

하루는 재빨리 고개를 저었다.

남자는 관자놀이를 긁적긁적했다.

그 사이에 경찰차가 여러 대 몰려와서 주변을 둘러쌌다.

차에서 내린 사람들은 검은 물체를 쥐고 있었다. 권총이라는 말이 떠오른 순간, 반사적으로 배가 꽉 쪼그라들었다.

하루는 권총에 연결된 검은색 피탈 방지끈을 보고 "내리는 게 좋을까요?" 하고 되물었다.

"마음대로 해."

남자는 하루를 보고 조용히 대답했다.

하루는 남자와 경찰을 번갈아 보았다.

자신이 여기 있음으로써 아저씨의 입장이 더 안 좋아진다면, 내리는 편이 낫겠다 싶었다.

하지만 자신이 내리면 경찰이 아저씨에게 총을 쏠 수도 있을 것 같았다. 자신이 차에 타고 있으니까 경찰도 난폭한 행동을 자제하는 것일 수도 있다.

"안 내릴래요."

하루의 말에 남자는 그렇구나, 라고만 답했다.

경찰관 몇 명이 어딘가로 달려가는 모습이 보였다. 화장실에서 나온 사람들이 어리둥절한 표정으로 멈췄다가 바로 경찰관의 안내에 따라 물러갔다. 다른 경찰관이 노란색 테이프를 길게 떼어내서 끝부분을 굵은 기둥에 둘둘 감았다. 겁먹은 얼굴, 흥분한 얼굴, PHS에 뭐라고 떠들어대는 긴장된 얼굴……, 자신을 바라보는 진지한 얼굴.

이건 뭘까, 하고 하루는 생각했다.

어쩌다 이렇게 됐을까.

하루는 뻣뻣해진 고개를 앞으로 돌리고 저기요, 하고 남자를 불렀다.

"아저씨는 왜 사람을 죽였어요?"

지금까지도 몇 번이나 떠올랐지만, 입 밖에 꺼내지는 않은 질문이었다.

모르는 척하면 없었던 셈 칠 수 있다. 다 상관없는 일이라고 여기고 싶었다.

하지만 이제 뭘 어쩌든 이 앞으로는 나아갈 수 없다.

남자는 흐리멍덩한 눈으로 허공을 쳐다보았다.

하루는 남자에게서 시선을 돌려 남자가 쳐다보는 앞유리창 쪽을 바라보았다.

거기에는 바깥 풍경밖에 없었다. 출입 금지라는 글씨가 적힌 노란색 테이프. 그 너머에 있는 검은 사람들.

하루는 다시 남자를 숨죽여 바라보았다.

남자의 눈이 크게 흔들렸다. 갑자기 화질이 낮아진 영상을, 그래도 들여다보려고 애쓰는 것처럼 눈알을 움직였다.

하루는 주먹을 움켜쥐었다. 뭘 바라는지도 모르는 채 주먹에 힘을 주었다.

마침내 영상이 사라진 듯 남자가 눈을 세 번 깜박이더니, 운전대에 얹은 손바닥을 내려다보았다.

멀쩡한지 확인하듯 손가락을 움직이다가 입을 살짝 벌렸다.

"정신을 차리니 선생님이 쓰러져 있었고, 내 손에는 꽃병이 있었어."

하루의 의문을 해결해 줄 이야기는 아닌 듯했다.

"경찰서 앞까지 갔을 때, 그러고 보니 예전에 선생님이 날 데리러 여기 온 적이 있었다는 게 생각났지."

그래도 어떻게든 대답하려 하는 남자의 마음은 전해져 왔다.

아쿠쓰, 하고 고함을 지르는 소리가 멀리서 들렸다.

"그 아이를 차에서 내보내."

하루는 손을 뻗어 남자의 팔을 잡았다.

"도망쳐요."

한 번 더 말했다.

"날 인질로 삼으면 돼요. 나도 인질인 척할게요. 같이 닛코에
가는 거예요."

울음을 터뜨리기 직전 같은 목소리가 나왔다.

남자가 천천히 고개를 돌렸다.

하루의 손을 내려다본 후, 하루의 얼굴을 보았다.

"안 통하겠지."

—왜 거짓말이라도 응, 이라고 말해주지 않는 거야.

하루는 바르르 떨리는 입술을 깨물었다.

하지만 이런 상황에서 그런 거짓말을 하는 사람이 아니라는
것도, 그렇기에 함께 도망치고 싶다는 것도 하루는 잘 알고 있
었다.

"학교에 자전거를 가지러 갔어. 난 걸었고 선생님은 자전거
를 밀면서. 학교에서는 둘 다 자전거를 타고 나왔지. 학교에서
집으로 돌아가는 동안, 난 선생님을 따라서 달렸어."

남자는 또 과거의 광경을 스크린에 틀어놓았을 때의 눈빛으

로 말했다.

"이미 밤이라 길은 평소 다니던 길이 아닌 것처럼 어두웠지. 앞을 달리는 선생님은 길을 꺾을 때마다 손을 들어서 신호를 보내줬어."

문득 하루의 머릿속에도 아버지의 손이 떠올랐다.

농구공을 가뿐히 움켜잡는 커다란 손, 림을 향해 내리치는 굵은 팔, 머리에 얹힌 따스한 무게감. 내 자랑스러운 아들이야…….

"오른쪽인지 왼쪽인지 말로 알려주는 게 아니라 그냥 어둠 속에서 흰색 셔츠를 입은 선생님이 쭉 뻗은 팔만 보였어. 그걸 보면서 생각했지."

남자가 창밖으로 고개를 돌렸다.

철컥, 하고 안전벨트를 푸는 소리가 들렸다.

"아아, 저 손이 가리키는 쪽으로 가면 틀림없구나."

5. 나카무라 요스케

"정답은……, 3번!"

아나운서처럼 귀에 쏙 들어오면서도 어쩐지 점잔 빼는 듯한 버스 가이드의 목소리가 차 안에 울려 퍼지자 환성과 탄식이 일었다.

"아싸, 맞혔다!"

주먹을 불끈 쥐며 통로로 몸을 내민 료가 요스케를 빙글 돌아보았다.

"요스케는?"

"……난 틀렸어."

"우와, 난 다섯 문제 연속 정답이야! 어, 혹시 나 닛코 박사인가?"

"자, 그럼 마지막 열 번째 문제."

버스 가이드가 말하는 것과 동시에 료가 입을 다물고 자세를 바로 했다.

"닛코 도쇼구의 양명문[26]에는 다른 기둥과 위아래가 반대인 기둥이 하나 있는데요. 그 이유는 무엇일까요?"

차 안에 웅성거리는 소리가 퍼져나갔다.

"1번, 목수의 실수다. 2번, 도쿠가와 가문에 대한 저주다. 3번, 주술적인 의미다."

"에엥?"

료가 불만스러운 듯한 소리를 냈다.

"뭐야, 그걸 어떻게 알아?"

요스케는 버스 가이드가 들려주는 문제와 선택지를 들으며 창틀에 팔꿈치를 대고 주먹에 턱을 괸 채 커튼 틈새로 밖을 보았다. 도심을 빠져나와서 꽤 달려서인지 창밖에는 밭과 숲만 펼쳐졌다.

"음, 뭘까. 실수였으면 고칠 것 같은데. 역시 저주인가?"

"그럼 확인하겠습니다."

버스 가이드가 손을 들며 말했다.

"1번, 목수의 실수라고 생각하는 사람?"

아이들 몇 명이 드문드문 손을 들었다. 료는 엉거주춤 일어서서 뒤쪽 좌석까지 훑어보다가 "자자, 일어서면 안 돼" 하고 바로 주의를 받았다.

---

26   닛코 도쇼구에 있는 문 중 하나. 508개의 조각으로 장식한 아름다운 문이다.

"그럼 2번, 저주라고 생각하는 사람?"

옆에서 료가 손을 힘차게 쳐들었다.

대충 반 정도가 손을 들었다.

"3번, 주술적인 의미라고 생각하는 사람?"

요스케는 고개를 바로 세우고 주먹을 펼치려다 말았다. 다시 주먹에 턱을 괬다.

정답은, 하고 버스 가이드가 뜸을 들였다.

"3번!"

차 안이 아까보다 더 소란스러워졌다.

버스 가이드가 빙긋 웃었다.

"양명문의 기둥은 열두 개인데요. 거꾸로 세워진 건 북쪽면의 서쪽에서 두 번째 기둥이랍니다. 자세히 보면 조각의 무늬가 거꾸로인 걸 알 수 있어요. 내일 가면 찾아봅시다."

"기타가와 씨!"

늘 시원시원하게 행동하는 어린이회 서기 우메하라 유키가 손을 똑바로 들고 버스 가이드를 불렀다.

"주술적인 의미라니, 그게 뭔데요?"

버스 가이드는 기쁜 표정으로 고개를 끄덕였다.

"간단히 말하면 액막이 같은 거예요."

"액막이?"

"예로부터 차면 기운다고 하죠. 달님은 보름달이 됐나 싶다가도 바로 이지러지잖아요? 무슨 일이든 절정기에 다다르는 것과 동시에 내리막길에 접어들고는 하니까, 건물도 완성과 동시에 무너지기 시작할까 봐 염려한 거죠. 그래서 일부러 기둥을 하나 거꾸로 세워서 미완성 상태로 놓아둠으로써 재앙을 피하려고 했다고 해요."

또 3번이네, 세 번 연속이라니 너무하잖아, 하고 입술을 삐죽 내밀었던 료는 이야, 하고 감탄사를 내뱉었다.

"어쩐지 멋지네."

요스케는 눈을 감았다.

"뭐야, 요스케. 자려고?"

"멀미가 좀 나서."

어깨를 흔드는 료에게 짤막하게 대꾸하자 아, 미안해, 하고 료는 당황한 듯 손을 치웠다.

실은 아무렇지도 않았다. 하지만 도무지 퀴즈 대회를 신나게 즐길 기분이 아니었다.

결국 하루는 오지 않았다.

오지 않는다는 건 며칠 전부터 알고 있었다.

그래도 혹시나, 하는 기대를 지우지 못했다.

출발하기 전날 상황이 변했을지도 모른다고. 선생님이 한 번더 하루 아버지를 설득했을지도 모른다고.

하지만 집합 장소에 하루는 나타나지 않았다.

그 녀석 안 왔네, 하고 료도 아쉽다는 듯이 말했지만, 약간 기뻐 보이기도 했다.

"곧 휴게소에 도착합니다."

오카노 선생님의 목소리가 들려서 요스케는 눈을 떴다.

"여기서 점심 먹으면서 휴식할 거니까 일단 화장실부터 갔다가, 점심 먹고 돌아와서 자리에 앉도록 해요. 다들 가게 사람에게 예의 바르게 인사해야 해."

마지막 부분만 평소 말투로 돌아왔다. 네, 하고 대답하는 소리가 차 안 여기저기서 들렸다.

"나, 카레인데."

료가 통로를 사이에 두고 옆좌석에 앉은 와타나베 지카코에게 말했다.

"나도."

지카코는 꺼림칙하다는 듯 인상을 찌푸렸다.

요스케도 카레라이스였다.

첫째 날 휴게소에서 먹을 점심은 여름방학이 시작되기 전에 미리 신청했다. 전국을 떠들썩하게 만든 독극물 카레 사건[27]이 발생하기 전이었다.

버스가 멈췄다.

요스케는 발치에 놓아둔 배낭을 들어서 허벅다리 위에 얹었다. 언제라도 나갈 수 있도록 준비하고 선생님의 지시를 기다

---

27 1998년 7월 25일 저녁, 와카야마현 와카야마시에서 열린 지역 축제에서 식사로 제공한 카레에 독극물이 혼입된 사건. 네 명이 사망하고 예순세 명이 중독됐다.

렸다.

하지만 좀처럼 안내 방송이 나오지 않았다.

어떻게 된 걸까 싶어 몸을 일으켜 앞을 보자, 다른 아이도 몇 명 일어서 있었다.

"안 내리나?"

료가 의아하다는 듯 말했다.

지카코가 선생님들 쪽을 보고 고개를 갸웃거렸다.

선생님들은 앞쪽 자리에서 뭔가 상의하는 것 같았다. 그럴 수가, 라는 둥 잠깐 기다려, 라는 둥 당황한 목소리가 작게 들렸다.

선생님이 PHS로 누군가와 통화했다. 버스 가이드도 복잡한 표정으로 운전기사와 이야기를 나누었다.

요스케는 료와 얼굴을 마주 보았다.

"무슨 일이라도 생겼나."

료가 불안한 듯한 목소리로 말했다. 요스케는 대답하지 않고 선생님들이 있는 쪽을 보았다. 설명해 줄 낌새는 없었다.

창문을 열고 버스 차체를 내려다보았지만, 무슨 문제가 있는 것처럼 보이지는 않았다. 주차장에는 다른 차들도 많이 주차돼 있었으며 하늘은 아주 맑고 쾌청했다. 저 멀리 산이 있었고, 가족으로 보이는 나들이객이 웃는 얼굴로 유모차를 밀면서 버스 바로 근처를 지나갔다.

"어, 잠시 버스에서 대기하겠습니다."

선생님이 갈라진 목소리로 드디어 말을 꺼냈다. 아이들의 웅성거림이 더 커졌다.

"창문 닫고 커튼 쳐요. 선생님이 허락할 때까지는 자리에서 일어서면 안 됩니다."

"선생님, 무슨 일 생겼나요?"

우메하라 유키가 즉시 손을 들고 물었다.

선생님은 시선을 한 곳에 두지 못하고, 빨리 창문 닫고 커튼 치라는 말만 되풀이했다.

시킨 대로 하자 어두침침하니 답답한 분위기가 차 안에 감돌았다.

선생님은 운전기사와 얼굴을 마주 보고 고개를 살짝 끄덕인 후 마이크를 고쳐 잡았다.

"진정하고 잘 들으렴. 방금 경찰에게 연락이 왔는데 이 부근에 살인범이 있대."

심장이 쿵 뛰었다.

차 안이 다시 소란스러워졌다.

"조용히 해."

선생님이 목소리를 높였다.

"버스에서 내리지 않으면 안전해. 지금 경찰에 상황을 확인하는 중이니까, 조금만 더 기다리렴."

선생님이 거기까지 말했을 때, 창밖에서 사이렌 소리가 작게 들렸다.

"어, 진짜로?"

료가 요스케 앞으로 몸을 내밀었다.

창문에 달라붙어 있는 아이들의 모습이 좌석 틈새로 보였다.

옆에 주차한 버스를 보자, 그쪽에서도 아이들이 커튼 틈새로 밖을 내다보고 있었다.

선생님이 또 통화하는 듯한 목소리가 들렸다.

버스는 움직이지 않았다. 문도 열리지 않았다.

사이렌 소리가 다가오는가 싶더니 경찰차가 차례차례 모여 들었다.

"어, 쟤 하시모토 하루잖아!"

바로 뒷좌석에서 그런 소리가 들려서 요스케는 커튼 틈새로 얼굴을 들이밀었다.

경찰차가 만든 동그라미 안쪽에 연파란색 경차가 있었다.

시선을 모았지만 창문에 빛이 반사돼서 잘 안 보였다. 운전석에 앉은 남자가 얼굴을 움직인 순간.

"아!"

저도 모르게 요스케는 큰소리를 냈다.

그 남자였다.

하루가 어느 집 정원에서 만났던 사람. 지명수배 포스터의 사진과 흡사하게 생긴 남자.

"뭐야, 저거……, 인질?"

가까이에서 들린 목소리에 눈앞이 깜깜해졌다.

자신은 알고 있었다. 그 남자가 살인범이라는 사실을 알아차리고 하루에게 알려주었다. 하지만 하루가 절대로 신고하지 말라고 해서 결국 아무에게도 말하지 않았다. 분명 착각했을 것이라고 스스로에게 핑계를 대면서.

―역시 말해야 했어.

수많은 경찰관이 버스 밖을 돌아다녔다.

노란색 테이프를 치는 사람, 다른 손님들을 대피시키는 사람, 뭔가 지시하는 사람……, 그중 한 명이 차에 권총을 겨누는 모습이 보여서 요스케는 엉겁결에 소리를 질렀다.

"안 돼!"

하지만 경찰관은 고개를 들지 않았고, 총도 내리지 않았다.

"요스케! 조용히 해!"

선생님이 날카로운 목소리로 야단쳤다.

입을 다문 요스케는 선생님이 시선을 돌린 것을 확인한 후, 창문 자물쇠를 살그머니 풀었다.

"야, 요스케."

료가 당황한 표정으로 어깨를 잡았지만, 아랑곳없이 창문을 10센티쯤 열었다.

연파란색 차는 아까 봤을 때부터 움직임이 없었다.

"일단 버스를 이동시키죠."

버스 가이드의 목소리가 들렸다.

"아이들이 휘말리기라도 하면 큰일이에요."

"하지만 경찰에 확인부터 받아야 할 텐데요."

"범인을 자극하지 말라, 그건가요? 그래도 만약 아이들에게 무슨 일이라도 생기면……."

"저 차에 있는 아이도 우리 반 학생입니다!"

앞쪽에서 선생님의 고함이 들리자 요스케는 눈 안쪽이 뜨거워졌다.

하루, 하고 속으로 불렀다. 하루, 하루, 하루…….

문득 바깥 분위기가 변한 것 같아서 의식을 되돌리자, 운전석에서 남자가 나오는 참이었다.

"아! 나왔다!"

누군가 흥분된 목소리로 외쳤다.

경찰관들이 일제히 권총을 겨누었다. 긴장감이 감돌았다.

남자는 천천히 움직여서 조수석 문을 열었다.

"하루!"

요스케는 창문으로 머리를 내밀고 소리쳤다.

"요스케!"

누군가 뒤에서 어깨를 붙잡고 잡아당겼다.

"위험하다고 했잖아! ……안 되겠군. 역시 버스를 이동시켜야겠습니다!"

선생님이 목소리를 높이며 운전석으로 뛰어갔다.

요스케는 다시 창문에 달라붙었다.

"체포되기 전에 부탁이 하나 있는데."

남자가 갑자기 얼굴을 이쪽으로 돌렸다. 한순간 자신에게 하는 말인가 싶어 움찔했을 때, 경찰관이 "무슨 부탁?" 하고 물었다.

요스케는 침을 삼켰다.

무슨 말을 하려는 걸까.

그 부탁을 들어주면 하루를 풀어주겠다는 걸까.

남자가 하루를 돌아보고 뭔가 말했다. 그리고 가지고 있던 지갑을 경찰관 쪽으로 쳐들었다.

"이 녀석을 임간학교에 참가시켜 줬으면 해."

엇, 하고 목소리가 새어 나왔다.

—임간학교?

경찰관도 놀란 표정이었다. 고개는 돌리지 않고 옆 사람과 눈짓만 주고받았다.

뒤쪽에 있는 경찰 관계자들이 바쁘게 움직이기 시작했다.

남자와 마주 서 있는 경찰관은 꼼짝도 하지 않고 그 자리에서 남자를 응시했다.

"지금 확인하는 중이니까, 괜한 짓 하지 말고 가만히 있어."

경찰관은 권총을 겨눈 채 말했다.

잠시 후 PHS 벨소리가 차 안에 울려 퍼졌다. 선생님이 얼른 전화를 받아서 네, 네, 하고 뭔가에 대답했다.

선생님이 전화를 끊고 얼마쯤 지나자, 차 안의 분위기가 확 들끓어 올랐다.

요스케는 창문에 달려들었다.

차에서 하루가 나왔다.

남자 옆에 선 하루는 묶여 있지 않았고, 다친 곳도 없는 듯했다. 팔에 깁스를 했지만 저건 원래 그랬다.

"이리 오렴."

권총을 겨누지 않은 경찰관 중 한 명이 두 팔을 벌렸다.

하지만 하루는 움직이지 않았다.

"괜찮아, 한 발짝씩 오면 돼."

경찰관이 그렇게 말하면서 한 걸음 앞으로 나아갔다.

가까워진 거리만큼 하루는 뒤로 물러났다.

경찰관은 움직임을 멈췄다. 어떻게 해야 할지 망설이는 눈치였다.

하루가 남자의 팔을 붙잡았다.

"아저씨를 체포할 건가요?"

"네 옆에 있는 남자는 살인 사건의 범인이야. 너희 아버지도 차로 치었잖아?"

"아빠가 차에 치이라고 시켰어요."

하루는 경찰관을 똑바로 바라보며 말했다.

요스케는 숨을 삼켰다.

"치여서 다치면 돈을 받을 수 있다면서요."

버스 안이 술렁거렸다.

"그건······."

"아저씨는 날 구해준 거라고요."

하루의 얼굴이 잔뜩 일그러졌다. 아, 하고 요스케가 생각한 순간 하루의 눈에서 눈물이 흘러내렸다.

남자는 자기와 키가 비슷한 하루의 머리에 손을 얹었다.

부드러운 손놀림으로 머리를 쓰다듬은 후, 그대로 경찰관을 향해 걸어갔다.

주변에서 대기하고 있던 경찰관들이 우르르 몰려와서 남자를 땅에 쓰러뜨리고 재빨리 수갑을 채웠다.

"아저씨!"

황급히 달려가려는 하루를 다른 경찰관이 제지했다.

머리를 눌린 남자는 얼굴을 들지 않았다.

오전 11시 48분, 신병 확보, 라는 목소리가 울려 퍼졌다.

굉장하다, 하고 요스케가 또 목소리를 높였다. 벌써 몇 번째인지 모르겠다.

"여기 끝내준다. 마치 게임의 끝판 같아. 나오는 건물이 전부 보스급이라고 할까."

요스케가 들뜬 목소리로 말했지만 하루는 응, 이라고만 대답했다.

닛코 도쇼구는 확실히 굉장했다.

계단 난간과 돌탑 같은 것에 두툼하게 낀 이끼도, 커다랗고 굵은 나무도, 아무도 모를 법한 세세한 부분에까지 빽빽하게 새겨진 색색의 조각도, 처음 느껴보는 매력으로 가득했다.

양명문이라는 문의 기둥을 하나만 거꾸로 세웠다는 사실은 처음 알았고, 교과서에 실렸던 '세 마리 원숭이[28]'를 보았을 때

---

28 손으로 각각 눈, 귀, 입을 가리고 있는 세 마리 원숭이 상. 보지 않고, 듣지 않고, 말하지 않는다는 뜻을 나타낸다.

는 이게 진짜구나, 하고 감탄했다. 다 함께 몇 개인지 헤아리며 신사 안쪽 건물로 이어지는 계단을 올라가자, 숨이 차고 심장이 빨리 뛰어서 고양감이 느껴졌고, 공기가 맛있다며 요스케가 심호흡하는 모습을 보고 흉내도 내보았다.

하지만 그게 다였다.

처음에는 이렇게 정교한 건물을 인간이 만들었다는 사실에 경악과도 비슷한 인상을 받았지만, 두세 군데 돌자 전부 비슷하게 느껴져서 딱히 마음이 움직이지 않았다.

'잠자는 고양이[29]'는 상상했던 것보다 작아서 진품 같지 않았다.

숙제를 해치우고 있는 듯한 기분마저 들어서 하루는 허둥지둥 감동하려 했다.

그 사람이 기껏 마련해준 기회다. 제대로 맛보지 않으면 아깝다.

조각 하나하나를 열심히 관찰하고, 보이는 모든 것을 머릿속에 새기려 애썼다. 다른 아이들이 견학하는 시간보다 조금이라도 더 오래 머무르며, 자신은 이 **굉장함**을 고스란히 느끼고 있다고 생각하려 했다.

실제로 요스케는 몇 번이나 하루에게 고개를 돌려 눈부시다는 듯 바라보았다. 정말로 잘됐다고 요스케는 말했다. 하루는

---

29 닛코 도쇼구 동쪽 회랑에 있는 목각 고양이.

응, 하고 대답했다.

하지만 주변 사람들을 속일 수는 있어도 자기 자신을 완전히 속일 수는 없었다.

남자가 경찰차로 끌려간 후, 하루는 부축해주는 경찰관과 함께 다른 차에 올라탔다.

팔은 어떻게 된 거냐고 묻길래 3주 전에 차에 치여서 다쳤다고 대답하자 경찰관은 반 아이들이 적어준 응원 메시지로 가득한 깁스를 가만히 바라보며 "아버지가 차에 치이라고 시켰다고 했지?" 하고 조용한 말투로 확인했다.

요스케와 남자에게도 들려줬던 설명을 하루가 꺼내놓자 경찰관은 화난 표정에 이어 착잡한 표정을 지었다.

그렇구나, 하고 짤막하게 말한 경찰관의 목소리는 남자의 목소리와 조금 비슷한 것 같았다.

하지만 차례차례 날아드는 질문에 하루는 잘 대답하지 못했다.

고양이를 따라간 집에서 남자와 처음으로 만났던 것, 남자에게 음식을 받아먹었던 것, 공원 이야기를 하다가 미끄럼틀이 보고 싶다고 하자 남자가 집으로 찾아와서 차에 태워 데려간 것, 또 가고 싶은 곳이 없느냐고 묻길래 닛코라고 대답한 것, 차 안에서 남자에게 이야기를 들었던 것.

전부 똑똑히 말해야 한다고 다짐했건만, 무슨 말을 해도 진짜가 아닌 것 같은 기분이 들었다.

그 후 하루는 병원으로 가서 다양한 검사를 받았다. 검사가 끝나자 경찰관이 또 질문 공세를 퍼부었다. 대답할 수 있는 내용을 전부 대답했을 무렵에는 이미 저녁이었다.

한동안 병실에 혼자 남겨졌다. 오늘은 여기서 자려나 싶었는데 경찰관이 돌아왔다.

교장 선생님 나이 정도로 보이는 경찰관은 침대 옆 동그란 의자에 앉았고, 오카노 선생님 또래로 보이는 젊은 경찰관은 병실 입구 근처에 섰다.

나이 먹은 경찰관이 하루를 정면에서 바라보았다. 아까 이리 오라며 팔을 벌린 사람이라는 걸 이제야 알아차렸다.

"일단 친구들이 있는 곳으로 갈까?"

"친구들이 있는 곳?"

"지금 임간학교 일정을 진행 중이잖아."

하루가 대답을 하지 못하자 경찰관은 "선생님하고 이야기해 놨으니까 걱정할 것 없어" 하고 말을 이었다.

"네가 참가하고 싶으면 참가할 수 있는데, 어떻게 할래?"

잘 모르겠다는 것이 솔직한 심정이었다.

가고 싶은 마음과 그딴 건 아무래도 상관없다는 마음이 반반이었다. 아저씨가 기껏 데려왔는데, 하고 안달하는 기분이 닛코가 뭐 어쨌느냐는 마음과 복잡하게 뒤섞였다.

사실 닛코에는 오지 않아도 상관없었다.

아저씨가 붙잡힐 바에야 어디에도 안 가는 게 나았다.

그 정원에서 아저씨가 주는 음식을 먹으며 이야기하거나 그 냥 묵묵히 앉아 있을 걸 그랬다.

―이 녀석을 임간학교에 참가시켜 줬으면 해.

그런 부탁 말고 자기를 놓아달라고 하면 됐을 텐데.

"죄송해요."

하루는 고개를 숙이고 말했다.

"왜 사과하는 거니?"

경찰관이 묻는다기보다 이야기를 재촉하듯이 말했다.

"그야, 제가 멋대로 구는 바람에……."

"네가 멋대로 군 탓이 아니야."

부드럽지만 단호한 말투였다.

"아저씨들은 아쿠쓰와 약속했기 때문에 학교와 교섭하기로 한 거란다. 오카노 선생님은 자기 마음을 앞세워서 네가 참가 해 주길 바라고 있고."

하루는 무심코 고개를 들었다.

"선생님 마음을 앞세워서요?"

"그래. 오카노 선생님은 하루가 꼭 참가하면 좋겠으니까, 어 떻게든 설득해 달라고 했어."

선생님의 웃는 얼굴이 떠올랐다. 여름방학이 시작되기 전, 교무실로 몰래 불러서 무슨 일 있으면 찾아오라고 말해줬던 오 카노 선생님.

문득 경찰관이 눈을 가늘게 떴다.

"앞으로 아쿠쓰가 일으킨 사건이 뉴스에 나오고 이런저런 사정이 밝혀지면, 슬퍼지거나 아쿠쓰가 체포된 일에 책임을 느낄지도 모르겠구나. 하지만 이것만큼은 기억하렴."

경찰관은 하루의 얼굴을 들여다보고 말했다.

"아쿠쓰는 본인의 의지로 밖에 나온 거야. 아쿠쓰가 네 소원을 들어주기로 한 것도 아쿠쓰 본인의 마음을 앞세운 거지."

젊은 경찰관이 운전하는 차를 타고 선생님과 아이들이 머무는 숙소로 향했다. 나이 먹은 경찰관은 하루 옆에 앉아서 외할머니와 외할아버지가 오신 것 같다고 알려주었다. 다리를 건너는 도중에 전화벨이 울렸다. 나이 먹은 형사가 알겠습니다, 이제 돌아가겠습니다, 라고만 대답하고 전화를 끊더니 시트에 머리를 묻고 한숨을 길게 내쉬었다.

오야, 하고 운전석을 향해 불렀다.

"과장이야. 빨리 돌아와서 아쿠쓰를 취조하라는군."

뭔가 느슨해진 듯한 차 안의 분위기가 조금 신기하게 느껴졌다.

저녁 식사 시간이 끝났을 무렵, 숙소에 도착했다.

오카노 선생님과 함께 식당에 들어간 순간, 아이들이 하루를 둘러싸고 질문을 퍼부었지만 선생님이 야단치자 마지못해 자리로 돌아갔다.

선생님은 일단 하루를 옆에 앉히고, 다른 선생님이 가져온 저녁 식사를 하루 앞에 내려놓았다.

"아이들이 이것저것 물어봐서 힘들면 선생님들 방으로 와도 돼."

하루는 1인용 냄비 아래에서 작게 타오르는 하늘색 양초 같은 덩어리를 바라보았다.

난 힘든 걸까.

"일단 요스케네 조에 넣어줄게. 마음이 안정되지 않거든 언제든지 이쪽으로 오렴."

선생님을 보고 고개를 끄덕이자 선생님은 요스케도 분명 반가워할 거야, 하고 기쁜 듯이 눈을 가늘게 떴다.

식당을 나선 후에도, 방에 들어간 후에도, 다음 날 아침에도 아이들이 번갈아 하루에게 이것저것 물어보았다. 그때마다 요스케가 그만두라고 말렸지만, 몇 번을 말려도 물어보는 사람은 끊이지 않았다.

"자, 마지막은 약사당의 우는 용입니다."

기타가와 씨라는 버스 가이드가 귀에 잘 들어오는 목소리로 유창하게 말했다.

하루는 양말 바닥을 통해 전해지는 바닥의 냉기를 느끼며, 다른 건물보다 약간 수수해 보이는 약사당으로 들어갔다.

검은 바탕에 금장식이 달린 문을 통과하자 앞반 아이들이 나오는 참이었다. 한 줄로 서서 차례차례 옆방으로 이동해 천장을 올려다보았다.

당장이라도 튀어나올 것 같은 커다란 용이 있었다. 기다랗고 구불구불한 몸뚱이와 수염이 세밀한 무늬가 새겨진 틀 속에 담겨 있었다.

"천장에 있는 그림은 가노 에이신 야스노부가 그렸다고 추정되는 용의 그림을 복원한 것이에요. 이 용이 운다고 해서 우는 용이라고 불린답니다."

기타가와 씨는 말을 한마디씩 끊어가며 천천히 설명했다.

"일설에 따르면 메이지[30] 시대에 여기를 청소하던 직원이 천장에 앉은 비둘기를 쫓아내기 위해 손뼉을 치다가 마치 용이 우는 듯한 소리가 난다는 걸 알아차렸다고 하네요."

주변에서 우와, 하고 놀라는 목소리가 들렸다. 놀랄 대목이구나, 하고 하루는 생각했다.

기타가와 씨가 양손에 박자목을 들었다. "그럼 울음소리를 들어볼까요" 하고 박자목을 서로 맞부딪힌 순간.

정수리로 들어온 높고 맑은 소리가 하루의 등뼈를 살짝 흔들었다.

소리로 이루어진 파도가 몸 안쪽에서 이리저리 부딪치고 튕겨 나오자, 소용돌이치고 있던 뭔가가 조금씩 방향을 맞춰서 파도로 빨려들었다.

---

30   1868~1912년까지 일본에서 사용된 연호.

충격은 금방 발바닥으로 빠져나갔다. 여운만 남아서 속삭이는 것처럼 배 속을 간질였다.

주변은 사람들로 가득하고 말소리도 들리건만, 아무것도 없는 공간에 홀로 서 있는 기분이었다.

여기는 지금까지 와본 적 없는 곳이다.

"정말로 우네!"

옆에서 요스케가 탄성을 질렀다.

끝내준다, 하고 료가 천장을 올려다보며 손발을 바둥거렸다.

"우와, 뭐라고 한 걸까."

"뭘 쳐다보냐, 라든가?"

"이런 좁은 곳에 가둬놓다니 몹쓸 인간 놈들. 그런 거 아닐까?"

두 사람의 말을 들으며 하루는 한 번 더 용을 올려다보았다.

이 용은 사람들이 쳐다보든 말든 전혀 신경 쓰지 않을 것 같았다. 언제든지 나가려고만 하면 어디로든 갈 수 있다. 하지만 여기 있는 것도 나쁘지 않으니까 일단 여기 머물면서 다음은 어디로 갈까 계획하는 중이다.

장난스럽게 턱을 내밀고 부리부리한 눈을 옆으로 돌린 모습을 보니, 즐거운 생각을 하는 것 같았다.

"굉장하죠?"

기타가와 씨가 만족스럽게 미소 지었다.

"하지만 이 용이 언제든지 울음소리를 들려주는 건 아니에요."

모두를 둘러보고 한 발짝 오른쪽으로 비켜나서 다시 박자목을 쳤다.

따아아악, 하고 충분히 맑은 소리가 울려 퍼졌다.

하지만 아까 들었던 소리와는 뭔가 달랐다. 뭐가 어떻게 다른지 궁금해서 아까 그 소리를 한 번 더 듣고 싶어졌다.

"이 용은 얼굴 바로 아래에서 박자목을 쳐야 울음소리를 잘 내준답니다. 기준이 꽤 엄격한 용이죠. 여기 도쇼구는 올해 5월에 사적으로 지정됐고, 곧 유네스코 세계유산에도 등재될 예정이라고 해요. 어쩌면 이렇게 느긋하게 견학할 수 있는 것도 올해로 마지막일지 모르니까 한 명씩 박자목을 쳐볼까요?"

아, 잘할 수 있을까, 하고 여학생 중 한 명이 걱정하는 목소리가 들렸다. 그리고 박자목을 어설프게 맞부딪치는 소리가 이어졌다.

몇 번인가 반복하는 동안 소리가 높게 뻗어나가기 시작했다.

—맞아, 소리가 길어.

그리고 방울이 굴러가는 듯한 소리가 섞인다. 그 소리가 배 속을 간질이고, 아플 만큼 저릿저릿한 귀는 바깥세상과 단절된다. 자신의 몸이 소리가 지나가기 위한 통처럼 변한다.

드디어 하루가 박자목을 칠 차례가 됐다.

박자목을 받으려고 멍하니 손을 뻗는데, 갑자기 박자목이 뒤로 쑥 물러났다.

"아, 미안해. 못 치겠구나."

기타가와 씨가 깁스한 하루의 왼팔을 보고 말했다.

하루도 그제야 한 손으로는 박자목을 칠 수 없다는 걸 깨달았다.

어, 하고 아쉬움에 찬 목소리가 새어 나왔다.

빨리 줄에서 나와야 한다는 걸 알지만 발이 떨어지지 않았다.

스스로도 놀랄 만큼 낙담했다. 자신의 손으로 박자목을 칠 수 없다. 용의 울음소리를 바로 밑에서 들을 수 없다…….

"같이 하자."

오른쪽 어깨에 손을 얹는 느낌에 굳은 고개를 돌리자 요스케였다.

요스케는 기타가와 씨에게 받은 박자목 두 짝을 들고 하루 왼쪽으로 와서 한 짝을 내밀었다.

하나, 둘, 이라는 구령에 맞춰 허둥지둥 네모난 나무막대를 움직이자, 손바닥에 부드러운 감촉이 되돌아왔다. 요스케의 손가락을 때렸다는 걸 한 박자 늦게 알아차렸다.

"아, 미안해."

"괜찮아, 한 번 더."

하루의 손을 가만히 바라보며 다시 준비하는 요스케는 아주 진지한 표정이었다.

정신을 집중하는 듯한 그 표정에 하루는 시선을 빼앗겼다.

이 녀석은 무슨 생각을 하는 걸까, 처음으로 궁금해졌다.

흔해 빠진 부류라고 생각했다.

이 녀석이 믿어 의심치 않는 장밋빛 세상을 부숴버리고 싶었다.

먹을 게 없어서 배고파본 적도 없고, 차에 잘 부딪치라는 말을 부모에게 들어본 적도 없고, 까딱 잘못하면 죽을 수도 있는 상황에서 몸을 내던져본 적도 없으니 내가 어떤 세상을 보고 있는지 모를 거라고 요스케를 무시했다.

하지만……, 요스케가 믿는 세상을 나는 얼마나 알까.

요스케는 왜 이렇게 기도하는 듯한 표정을 짓고 있는 걸까.

"간다."

요스케가 속삭이는 듯한 목소리로 말했다.

하루는 요스케의 손을 보았다. 박자목의 위치를 잘 맞추고 거리를 쟀다.

"하나, 둘!"

딱, 하고 손바닥에 어이없을 만큼 작은 충격이 느껴진 다음 순간, 머리 바로 위에서 소리가 내려왔다.

단숨에 밀려온 파도가 강하고 길게 뻗어나갔다.

귓속의 잡음을 끌어들여 데려가려는 것처럼.

─많은 걸 보고, 잘 담아둬.

문득 남자의 목소리가 몸 안쪽에서 울렸다.

남자가 마지막으로 해준 말.

부드럽고, 간질간질하고, 목놓아 울고 싶을 만큼 따스한 목소리가 머리를, 가슴을, 등을, 배를 내달려 빠져나갔다.

물속에 뛰어든 것처럼 갑자기 콧속이 찡해졌다.

숨이 잘 안 쉬어져서 헐떡이듯 숨을 들이마셨다. 내뱉는 목소리가 울음으로 바뀌었다.

그게 마지막이었다.

아저씨는 체포되고 말았다.

분명 다시는 못 만난다.

아저씨, 하고 중얼거리는 목소리가 갈라졌다.

아저씨, 아저씨, 아저씨…….

"하루."

품에 안겨든 하루의 목소리도 흔들리는 것처럼 들렸다. 나, 나, 하고 할 말을 찾으려 애쓰는 심정이 맞닿은 가슴에서 전해졌다.

요스케는 뭐라고 해야 할지 망설여지는지 한 번 더 나, 하고 되풀이한 후에야 말을 꺼냈다.

"하루랑 여기 와서 기뻐."

뜨겁고, 굳은살이 박인 부분이 거칠거칠한 요스케의 손바닥이 등 위에서 떨렸다.

응, 이라는 대답은 목소리가 되어 나오지 않았다.

이 이야기를 쓰지 않으면 앞으로 나아갈 수
없겠다는 생각이 들었습니다 —아시자와 요

*작품의 스포일러를 언급하고 있으니 본문을 먼저 읽어주십시오.

어느 세대까지 이 사실에 공감할지는 모르겠지만, 내가 어렸
을 때는 좌석버스 등받이에 '재떨이'가 달려 있었다. 버스에서
담배를 피워도 됐었다는 이야기다. 실제로 할머니와 함께 버스
를 타고 시골에 내려가다가, 담배를 피우는 아저씨 때문에 고
생했던 기억이 난다. 당연히 속이 거북하고 기분이 나빴지만
그 아저씨에게 담배를 피우지 말라고 금지할 수는 없었다. 당
시 버스 내 흡연은 그릇된 일이 아니었기 때문이다.

하지만 세월이 흐르며 버스 내 흡연은 금지됐고, 몰상식한
짓으로 받아들여지게 됐다. 가치관의 변화와 함께 과거에는 옳
았던 일이 그릇된 일로 변한 것이다.

이렇듯 변하는 사회를 두고 작가 아시자와 요는 "지금 현재 자신이 올바르다고 여기는 일을 지키며 살아갈 수 있는 건 단지 운이 좋아서 그럴 뿐이라는 생각이 든다"라고 말한다.

> "제 마음속에는 늘 두려움이 있습니다. 지금은 용납되지 않지만 옛날에는 용납됐던 일이 얼마든지 있고, 지금은 옳다고 믿는 일도 미래에는 평가가 바뀔지 모르죠. 그 결과, 제가 언젠가 단죄당하거나 자기 자신을 용서할 수 없을까 봐 두려워요. 그러한 공포가 문제의식과 연결돼서, 지금 이 이야기를 쓰기로 결심했습니다(아시자와 요 인터뷰 발췌)."

그리고 아시자와 요가 이번에 마주한 문제는 '우생보호법'이다. 2024년 7월, 일본의 최고 재판소에서 옛 우생보호법은 헌법 위반이라며 국가가 배상하라는 판결을 내렸고, 이에 기시다 수상이 원고와 관계자들을 만나 사과의 뜻을 전한다.

1948년부터 1996년까지 시행된 옛 우생보호법은 '지적 장애, 정신 질환, 유전성 질환 등으로 진단받아 심사회에서 적절하다고 판단되면 본인의 동의 없이도 불임 수술을 실시할 수 있다'는 내용의 법률이다.

지금 생각하면 이런 악법은 또 없지만, 아시자와 요는 과거에 옳다고 믿으며 돌이킬 수 없는 선택을 했던 사람들을 무작정 비난하지는 않는다. 대신에 이 문제를 누구에게나 존경받았던 학원 강사가 그를 아버지처럼 여겼던 옛 제자에게 살해당하는 사건에 녹여 넣는다.

사건의 범인 아쿠쓰와 그를 숨겨주는 중학교 동창생 도요코, 아버지의 강요로 자해공갈을 해서 먹고사는 초등학교 6학년 하루와 그의 친구 요스케, 그리고 사건을 쫓는 두 형사. 세 파트로 나누어 진행되는 이야기는 서로 얽히고설키며 삶의 '이정표'를 잃은 두 사람을 부각시킨다.

은사 도가와의 권유로 우생 수술을 받은 아쿠쓰는 아이를 가질 수 없다. 그 때문에 이혼했고 어쩌면 누렸을지도 모르는 삶을 잃는다. 하루는 아버지 덕분에 농구 재능과 좋은 신체 조건을 타고 태어나지만, 정작 아버지의 강요로 목숨을 걸고 자해공갈을 한다.

아무리 훌륭한 재능을 물려주었다고 한들, 과연 하루의 아버지를 좋은 아버지라고 할 수 있을까? 지능이나 정신에 문제가 있다고 해서 부모 자격이 없다고, 태어난 아이는 반드시 불행해진다고 단언할 수 있을까?

공원으로 소풍을 간 아쿠쓰와 하루는 마치 아버지와 아들 같은 모습을 보여준다. 만약 하루가 아쿠쓰의 아들로 태어났다면 살면서 어려운 점이 있었을지도 모르지만, 그렇다고 그들을 무시하고 배제할 것이 아니라 모두가 나아가는 길로 함께 걸어갈 이정표를 제시해주는 것이 국가와 사회 구성원의 역할 아닐까?

한국에 우생보호법은 없지만, 우리도 얼핏 올발라 보인다고 해서 무작정 올바르다고 받아들여서는 안 될 것이다. 아시자와 요가 품고 있는 두려움은 우리도 품어야 할 감정이 아닐까 싶다.

그리고 사족이 될지도 모르지만 한마디 덧붙이자면, 이 작품에서 살인을 저지른 아쿠쓰, 그를 숨겨준 도요코, 아버지에게 학대받은 하루가 앞으로 어떻게 되는지 작가는 알려주지 않는다. 지금까지 힘든 인생을 살았고 앞으로도 그럴지 모른다. 하지만 도요코의 어머니가 딸이 악몽을 꿨을 때 그랬던 것처럼 독자의 상상력으로 사연 있는 그들의 앞날을 해피엔딩으로 바꿔주었으면 하는 바이다.

올해로 작가 생활 13년 차인 아시자와 요는 근래에 "무엇을 쓰느냐보다도 어떻게 쓰느냐로 의식이 바뀌어 왔다"라고 한다. 그런 의미에서 데뷔 10주년 기념작인 『밤의 이정표』는 아시자와 요에게 새로운 도전이자 작가 인생의 전환점이 아닐까.

작가에게 뜻깊을 이 작품이 독자들에게도 일종의 이정표가 될 수 있기를 바란다.

2025년
김은모

밤의 이정표

1판 1쇄 인쇄 2025년 1월 10일
1판 1쇄 발행 2025년 1월 24일

지은이 아시자와 요 **옮긴이** 김은모
발행인 송호준 **편집장** 민현주 **마케팅** 송재원
디자인 소요 이경란 **제작** 송승욱 **총괄이사** 황인용
발행처 블루홀식스 **출판등록** 2016년 4월 5일 제 2016-000100호
주소 경기도 파주시 회동길 483-1 **전화** 031-955-9777 **팩스** 031-955-9779
이메일 blueholesix@naver.com

ISBN 979-11-93149-39-3 03830 **값** 17,800원